ASTRID PARKER NUNCA FALLA

ASTRID PARKER NUNCA FALLA

ASHLEY HERRING BLAKE

TITANIA

Argentina • Chile • Colombia • España
Estados Unidos • México • Perú • Uruguay

Título original: *Astrid Parker Doesn't Fail*
Editor original: Berkley Romance, an imprint of Penguin Random House LLC
Traducción: Aitana Vega Casiano

1.ª edición Abril 2024

ISBN: 978-84-19131-57-7
E-ISBN: 978-84-19936-82-0
Depósito legal: M-2.710-2024

Fotocomposición: Urano World Spain, S.A.U.
Impreso por Romanyà Valls, S.A. – Verdaguer, 1 – 08786 Capellades (Barcelona)

Impreso en España – *Printed in Spain*

*Para todas aquellas personas que tardaron
un poco en darse cuenta.*

«Descubrir lo que te hace feliz es un grandísimo comienzo».

ATRIBUIDO A LUCILLE BALL

CAPÍTULO

UNO

Astrid Parker estaba perfecta.

Al menos todo lo perfecta que le era posible, lo que aquellos días implicaba un montón de corrector para cubrir las medias lunas moradas que se le habían instalado bajo los ojos. Pero aparte de esa insignificante cortina de humo, estaba impecable.

Aceleró el paso por la acera mientras la luz mañanera de abril alargaba su sombra sobre los adoquines del centro de Bright Falls, Oregón. No se creía que hubiera salido el sol, que le calentaba la piel pálida, y hubiera podido dejarse el paraguas y las botas de agua en el armario de la entrada de su casa. Era el primer día sin lluvia en dos semanas.

Nacida y criada en el noroeste del Pacífico, estaba acostumbrada a la lluvia, al gris y a la llovizna constante, pero que las nubes se hubieran dignado a tomarse un descanso precisamente aquel día era, como mínimo, alentador. Si hubiera creído en las señales, se habría puesto un poco sensiblera por la coincidencia. En vez de eso, se detuvo frente al café Wake Up y contempló su reflejo en el gran ventanal.

Esa mañana se había levantado una hora antes de lo necesario y se había lavado y secado el pelo, asegurándose de peinarse el flequillo rubio recién recortado exactamente como le había enseñado Kelsey, su estilista. El resultado era…, en fin, perfecto. Los mechones ondulados le caían justo por encima de los hombros, el flequillo estaba despuntado, elegante y brillante. Apenas se había maquillado, sin contar el corrector, y las joyas que llevaba eran discretas y de buen gusto, solo unos aretes dorados que le adornaban los lóbulos de las orejas.

El vestido que tenía puesto era la auténtica estrella. Era su favorito y la prenda más cara que tenía; aún no se había atrevido a decirles a sus mejores amigas, Iris y Claire, cuánto había pagado por él el año anterior, después de romper con Spencer. Había sido una compra necesaria. Una compra para recuperar el poder y sentirse segura de sí misma y guapa. Al contemplar en ese momento el vestido de tubo de color marfil, sin mangas y de largo midi, su reflejo le confirmó que había valido hasta el último céntimo. Combinado con sus tacones negros favoritos de tiras de ocho centímetros, ni siquiera su madre tendría motivos para quejarse del aspecto de Astrid en el escaparate. Era elegante y desenvuelta. Preparada.

Perfecta.

Todo lo que debía ser para la reunión de aquel día y la primera jornada de rodaje en el hotel Everwood. Una sonrisa vacilante se abrió paso en su boca al pensar en el histórico lugar, que era suyo para hacer con él lo que quisiera. Bueno, no era exactamente suyo. Aun así, cuando la propietaria desde hacía mucho tiempo de aquel hotel rural victoriano apreciada en todo el país, Pru Everwood, la había llamado dos semanas antes para decirle que estaba lista para renovarlo y que el programa de HGTV de Natasha Rojas, *Innside America*, quería rodar un episodio sobre toda la transformación, Astrid casi se había mordido la lengua para no gritar de alegría.

Alegría y un poco de terror, pero solo eran nervios, o eso se había dicho a sí misma durante los últimos catorce días. Claro que estaba emocionada. Cómo no estarlo; era la oportunidad de su vida.

La vieja mansión reconvertida en hotel era el sueño de cualquier diseñador: tres pisos de intrincados aleros y frontones, un amplio porche delantero, un exterior que en la actualidad era del color del vómito de gato, pero que brillaría con esplendor bajo algún encantador tono pastel, lavanda o quizás un verde menta. Por dentro, era un laberinto de habitaciones de paneles oscuros y telarañas, pero Astrid ya se imaginaba cómo iba a dar luz e iluminar el espacio, con paredes de contraste y tablones de madera que sustituirían los revestimientos de cerezo. Cambiaría el porche trasero podrido por un solario bañado por el sol.

No cabía duda; el hotel Everwood era el proyecto de sus sueños.

Y su único proyecto por el momento.

Suspiró y alejó de su mente sus recientes problemas económicos, incluido el hecho de que hubiera tenido que despedir a su ayudante y a su recepcionista porque ya no podía pagarles. Diseños Bright era oficialmente una empresa de una sola persona, así que no había tiempo para dudas ni para incoherencias.

Desde que se había hecho cargo de la empresa de diseño de Lindy Westbrook cuando la mujer se jubiló nueve años atrás, siempre había tenido la cantidad perfecta de trabajo para mantenerse ocupada y solvente. Sin embargo, desde hacía un tiempo las cosas se habían vuelto lentas y aburridas. En un lugar tan pequeño como Bright Falls, en Oregón, había un número limitado de trabajos de diseño y si tenía que renovar un solo despacho más de médico, abogado o agente inmobiliario, para llenarlos de asientos incómodos y cuadros abstractos, se iba a arrancar las pestañas.

Por no mencionar que si dejaba que el negocio de Lindy se hundiera, sobre todo después del desastre de su compromiso fallido del verano anterior, su madre no solo le arrancaría las pestañas por ella, sino que se aseguraría de que todo el pueblo supiera que el fracaso profesional era solo y exclusivamente culpa de Astrid y aprovecharía para sacar a relucir sus defectos personales desde detrás de la cortina familiar.

Aquella entrañable cualidad de su madre se había disparado últimamente e Isabel ponía una mueca cada vez que Astrid tenía un pelo fuera de lugar o se servía un panecillo. Estaba agotada, había dormido fatal durante meses y necesitaba unas vacaciones muy largas.

O necesitaba que todo acabase; los suspiros, las cejas levantadas y las muecas que su madre le dedicaba. Sin duda, si algo apaciguaría a Isabel, y quizás incluso lograría arrancarle un abrazo orgulloso o un elogio como *confío plenamente en ti, cariño*, sería aparecer como la diseñadora principal en un prestigioso programa de televisión y traer al adorado Everwood a la era moderna.

Así que Astrid necesitaba el trabajo del Everwood. Necesitaba el dinero y la influencia que le proporcionaría salir en el programa. El hotel era famoso; había innumerables libros, programas y documentales sobre la leyenda de la Dama Azul que supuestamente rondaba una de las habitaciones del piso de arriba, y aparecer en *Innside America*, la creación de la reina del mundo del diseño, Natasha Rojas, lo cambiaría todo para ella.

Era su oportunidad de pasar de ser una diseñadora de pueblo con un compromiso fallido a ser algo más. Algo mejor. Alguien que le gustara de verdad a su madre. Se demostraría a sí misma su valía con aquel proyecto, lo sentía.

Volvió a sonreírle a su reflejo. Se estaba alisando el tejido claro del vestido cuando un puño golpeó el cristal desde el interior. Se sobresaltó y retrocedió; dio un traspié que casi le hace doblar el tobillo por la altura de los tacones.

—¡Estás como un tren!

Una bonita pelirroja le sonrió a través del escaparate y luego meneó las cejas con lujuria ante la figura de Astrid.

—¡Por Dios, Iris! —dijo con los dedos en el pecho mientras intentaba calmarse el corazón—. Por favor, por un día, no.

—¡¿No qué?! —gritó Iris a través del cristal, con los brazos apoyados en el respaldo de una silla de madera pintada de turquesa.

—No… —Astrid agitó la mano mientras pensaba en la palabra adecuada. Cuando se trataba de su mejor amiga, Iris Kelly, la palabra adecuada rara vez duraba mucho—. No importa.

—Trae ese cuerpazo aquí dentro —dijo Iris—. Claire y Delilah se están diciendo cosas bonitas al oído…

—¡No es cierto! —exclamó su otra mejor amiga, Claire, desde algún lugar detrás de Iris antes de asomarse también por el escaparate, con el pelo oscuro recogido en un moño descuidado, y sus gafas de montura morada reflejaron la luz del sol.

—Y poco a poco estoy perdiendo las ganas de vivir —continuó Iris y chocó el hombro con el de Claire.

—No te atrevas a fingir que no te encanta —dijo Delilah, su hermanastra y la novia de Claire desde hacía diez meses; todavía se estaba acostumbrando a su presencia. Habían tenido una infancia tensa, llena de resentimientos y malentendidos. El proceso de curación era largo y, sinceramente, agotador. Habían recorrido un largo camino desde el pasado mes de junio, cuando Delilah había llegado desde Nueva York para fotografiar la malograda boda de Astrid y, en su lugar, había terminado por enamorarse de su mejor amiga. Desde entonces, había vuelto a Bright Falls y había hecho a Claire más feliz de lo que Astrid jamás la había visto.

Como si quisiera demostrarlo, Delilah apareció a la vista y rodeó a Claire con un brazo tatuado, y ella la miró como si no solo hubiera colgado la luna, sino como si la hubiera creado. Astrid sintió una punzada en el pecho. No eran celos en sí y hacía tiempo que se había dado cuenta de que los problemas que su hermanastra y ella habían tenido al crecer habían sido culpa de ambas, así que tampoco era malestar o preocupación por su mejor amiga.

Era una sensación más parecida a las náuseas. Nunca lo admitiría ante Claire, ni ante Iris y su flamante novia, Jillian, pero ver a una pareja feliz le daba ganas de vomitar; su estómago revuelto era la prueba. Desde que Spencer y ella habían roto el año anterior, sentía náuseas solo de pensar en romances y citas.

Precisamente por eso no pensaba en romances ni en citas, ni mucho menos les dedicaba tiempo, ni tenía planes de hacerlo en el futuro.

—Entra, cielo —dijo Claire y dio un golpecito en la ventana—. ¡Es un gran día!

Astrid sonrió y se le disiparon las náuseas, menos mal. Cuando les contó a Iris y a Claire lo de la llamada de Pru Everwood, lo de *Innside America*, que los nietos de Pru volverían al pueblo para ayudar a la anciana a gestionar todo el asunto y lo de Natasha Rojas, sus mejores amigas se pusieron a chillar de alegría y la ayudaron a preparar la reunión de aquel día con la familia Everwood. Por supuesto, la preparación implicó pasar varias noches en casa de Astrid, con botellas de vino abiertas en la mesita de centro mientras ella trabajaba en su software de diseño e Iris y Claire se volvían cada vez más escandalosas y molestas, pero aun así. Lo que contaba era la intención.

Habían insistido en verse para desayunar en el café Wake Up y cargarle las pilas con, en palabras de Iris, «*bagels* y poder femenino». Astrid mentiría si dijera que le vendría bien un poco de eso. Asintió a Claire y se dirigió hacia la entrada. Extendió la mano hacia el picaporte de latón deslustrado. Sin embargo, antes tirar de ella, la puerta de madera turquesa se abrió de golpe y algo se abalanzó sobre Astrid, le arrancó el aire de los pulmones y la lanzó hacia atrás.

Aterrizó con fuerza sobre el trasero, se arañó las palmas de las manos con los adoquines y una sensación de ardor empezó a extenderse por su pecho antes de deslizarse por su vientre.

—¡Ay, Dios! Lo siento mucho.

Una voz sonó justo delante de ella, pero estaba paralizada, con las piernas abiertas de una forma nada elegante, el tacón derecho de sus zapatos favoritos partido por la mitad y colgando de un hilo, y...

Cerró los ojos con fuerza. Contó hasta tres antes de abrirlos. Quizá fuera un sueño. Una pesadilla. Seguro que no estaba espatarrada en la acera, en pleno centro de Bright Falls. Su vestido de tubo, su precioso vestido de la suerte que le hacía un culo increíble, no estaba cubierto de café caliente, húmedo y muy oscuro. No había tres vasos de papel empapados rodando por el suelo a su alrededor, ni un portabebidas volcado en su regazo, que derramaba aún más líquido por su vestido de solo lavado en seco y, definitivamente, no había una mujer con una maraña de pelo corto castaño dorado, un mono vaquero claro con los puños doblados en los tobillos y unas botas marrones robustas de pie a su lado con una expresión de horror en la cara.

No estaba pasando.

—¿Estás bien? —preguntó la mujer y le tendió una mano—. Tenía prisa y no te he visto. ¡Vaya! El vestido ha salido mal parado, ¿eh?

Astrid ignoró el balbuceo e ignoró la mano. Se concentró en respirar. Inspirar y espirar. Despacio. Porque lo que quería hacer era gritar. Muy alto. En la cara de la mujer y posiblemente acompañarlo de un buen y firme empujón en el hombro. Sabía que no debía hacerlo, así que respiró y respiró.

—¿Estás hiperventilando? —interpeló la mujer—. ¿Debería llamar a alguien?

Se arrodilló y la miró a la cara, con los ojos avellana entrecerrados. Su rostro era casi élfico, de rasgos delicados y nariz y barbilla afiladas. Llevaba el pelo corto rapado por un lado y más largo por el otro; le caía por la frente y estaba lleno de enredos descuidados, como si acabara de despertarse.

Llevaba un aro en la nariz, un diminuto septum de plata.

—¿Cuántos dedos ves? —preguntó y levantó dos.

Astrid tuvo ganas de responderle levantando un dedo muy concreto, pero antes de que pudiera, Iris, Claire y Delilah salieron de la cafetería, todas con expresión conmocionada cuando la vieron en el suelo.

¿Todavía estaba en el suelo?

—Cielo, ¿qué ha pasado? —preguntó Claire y corrió a ayudarla a levantarse.

—Yo he pasado —dijo la mujer—. Lo siento mucho, estaba saliendo y no he mirado por dónde iba, lo cual es muy típico de mí y me siento fatal y…

—¡Por Dios! ¿Te quieres callar?

Las palabras se le escaparon antes de pensárselo mejor. La mujer abrió los ojos con sorpresa, el delineador de ojos perfecto se le arqueó hacia arriba y entreabrió la boca pintada de color rojo frambuesa.

Claire carraspeó y tiró del brazo de Astrid, pero ella la apartó. Iba a levantarse sola y conservar la poca dignidad que le quedaba. Los transeúntes que se dirigían al trabajo o a tomar un café se la quedaban mirando, seguramente dando gracias a los dioses o a quien fuera porque su mañana no hubiera empezado tan mal como la de aquella pobre chica con el vestido estropeado y las palmas de las manos arañadas.

Se puso en pie a la pata coja, la mujer se levantó con ella y se retorció las manos; puso una mueca cuando Astrid se quitó el zapato roto e inspeccionó el tacón partido.

—De verdad que lo…

—Lo sientes, sí, ya lo he oído —dijo Astrid—. Pero una disculpa no me va a arreglar el vestido ni el zapato, ¿verdad que no?

La mujer se apartó el pelo detrás de una oreja y reveló varios *piercings* más.

—No, supongo que no.

Algo parecido a la desesperación, por irracional que fuera, le sonrojó las mejillas a Astrid y le encogió el pecho. Una cosa. Era lo único que quería, que aquella mañana saliera perfecta, pero no, una mujer inútil con un bonito pelo y un aro en la nariz tenía que irrumpir en su vida en el momento más inoportuno y anular cualquier posibilidad de perfección. Sentía un cosquilleo en las yemas de los dedos, el estómago acalambrado por los nervios y las palabras le brotaban como una armadura de veneno y enfado.

—¿Cómo es posible que no me hayas visto? —espetó.

—Yo…

—Estaba justo delante, vestida de marfil, nada menos. —Astrid agitó las manos para señalarse el vestido—. Prácticamente relucía.

La mujer frunció el ceño.

—Verás…

—Olvídalo —dijo Astrid—. Ya lo has estropeado todo. —Sacó el móvil del bolso, abrió la agenda de contactos y se lo puso a la mujer en la cara—. Guarda tu número para enviarte la factura.

—¡Mierda! —murmuró Iris.

—¿La factura? —preguntó la mujer.

—Huye —le susurró Iris, pero ella se limitó a mirarlas a las dos con confusión.

—La factura de la tintorería —aclaró Astrid, todavía con el teléfono en la mano.

—Cielo —dijo Claire—, ¿de verdad es necesario…?

—Sí, Claire, lo es —la cortó Astrid. Seguía respirando con dificultad y no apartaba la mirada de aquel huracán con patas que era incapaz de cruzar una puerta sin provocar el caos.

La mujer le quitó por fin el móvil y lo miró mientras tecleaba su número. Tragó saliva. Cuando terminó, se lo devolvió a Astrid y se puso a recoger las tazas de café y el portabebidas ya vacío para tirarlo todo a un gran cubo de basura que había cerca de la entrada del Wake Up.

Después se marchó sin decir palabra.

Astrid la siguió con la mirada mientras avanzaba a toda prisa media manzana por la acera. Se detuvo frente a una camioneta verde menta que, sin duda, había vivido tiempos mejores, y prácticamente se lanzó dentro antes de salir de la plaza de aparcamiento con un chirrido de goma. El motor retumbó mientras conducía hacia el norte y desapareció de la vista.

—Bueno —dijo Delilah.

—Sí —dijo Iris.

Claire alargó la mano y apretó la de Astrid, lo que hizo que volviera a pensar en lo que acababa de pasar.

Se miró el vestido; el café empezaba a secarse y se convertía en un marrón opaco mientras sujetaba el zapato entre los dedos. La invadió una nueva sensación de horror, pero no por la ropa estropeada ni por su mañana perfecta destruida en el día más importante de su vida profesional. No, era Astrid Parker. Podía lidiar con todo eso.

Lo que no tenía arreglo era que acababa de cantarle las cuarenta a una completa desconocida por derramar un café, hecho que se iba asentando sobre sus hombros como una capa de alquitrán, espeso, pegajoso y asqueroso.

—Vamos a limpiarte —dijo Claire y trató de tirar de ella para que espabilara, pero Astrid no cedió.

—He sonado igual que mi madre —reflexionó en voz baja. Tragó con fuerza el nudo que se había formado en la garganta y miró a cada una de sus amigas por turnos, luego se permitió detener la mirada en Delilah—. ¿Verdad?

—No, claro que no —dijo Claire.

—Si lo piensas bien, ¿qué significa «igual»? —preguntó Iris.

—Sí, la verdad es que sí —aseveró Delilah.

—¡Amor! —la reprendió Claire y golpeó el brazo de su novia.

—¿Qué? Ha preguntado —se defendió ella.

Astrid se frotó la frente. Hubo un tiempo en el que habría considerado que parecerse a Isabel Parker-Green era algo bueno, un objetivo, una forma poderosa de enfrentarse al mundo en general. La madre de Astrid era desenvuelta, perfectamente compuesta, elegante, educada y refinada. Y la mujer más fría e insensible que había conocido.

Temía a menudo que la excesiva implicación de su madre en su vida fuera a tener graves repercusiones, que la esencia de Isabel se filtraría en la sangre y en los huesos de su hija y pasaría a ser parte de ella de un modo que escaparía a su control. Y allí tenía la prueba; cuando las cosas se ponían feas, Astrid Parker se volvía autoritaria, arrogante y una zorra en toda regla.

—¡Mierda! —dijo y se apretó las sienes entre el pulgar y el índice—. La he amenazado con la factura de la tintorería, ¡por el amor de Dios! Tengo que disculparme.

—Me da que ese barco ya ha zarpado —dijo Delilah y señaló con la mano hacia donde el humo de la goma quemada de los neumáticos de la mujer todavía flotaba en el aire.

—Si te sientes mejor, lo más probable es que nunca la vuelvas a ver —agregó Iris—. No la he reconocido. Me habría acordado de alguien tan sexi.

—¡Iris, por Dios! —dijo Claire.

—¡Venga ya! Era empíricamente preciosa —soltó Iris—. ¿Habéis visto el mono? ¿El pelo? *Queer* lo mires como lo mires.

Delilah se rio e incluso Claire esbozó una sonrisa. Astrid sintió una soledad inexplicable. Desde hacía un tiempo, la experimentaba cada vez más a menudo cuando estaba con sus amigas, como si todas comprendieran algo fundamental sobre la vida y el amor que a ella se le escapaba.

—Todos tenemos días malos —continuó Claire—. Seguro que lo entiende.

—Eres demasiado pura para este mundo, Claire Sutherland —dijo Iris.

Claire puso los ojos en blanco, mientras Delilah sonreía y le estampaba un beso en la cabeza. Toda la escena hizo que a Astrid se le revolvieran aún más las tripas, las muestras de afecto en público, la positividad constante de Claire, el sarcasmo de Iris. La única que siempre era sincera con ella era Delilah y no soportaba mirarla a los ojos en ese momento, no después de haberse puesto en plan Isabel Parker-Green.

—Tengo que ir a cambiarme a casa —dijo y se quitó el otro zapato para evitar cojear por la acera con un tacón de ocho centímetros.

—Te acompaño —ofreció Claire.

—No, tranquila, no hace falta —dijo y se soltó de su brazo. Luego se dirigió hacia donde había aparcado el coche. Necesitaba estar a solas un rato, mentalizarse. A pesar del desastre de la mañana, seguía siendo la diseñadora jefe de la remodelación del Everwood, iba a trabajar en *Innside America* y estaba a punto de conocer a Natasha Rojas. De ninguna manera un tropiezo con una torpe aficionada al café y un momento de extrema mala uva iban a echarle a perder el día.

Se había despedido de sus amigas con un beso y estaba a medio camino del coche cuando se le ocurrió buscar en el móvil el nombre de la mujer. Tal vez podría enviarle un mensaje de disculpa y decirle, al menos, que por supuesto no iba a enviarle la factura de la tintorería. Desbloqueó el teléfono y dejó de andar mientras miraba la información de contacto de la mujer.

No había ningún nombre.

Solo había un número guardado como «Persona encantadora que se ha cargado tu horrible vestido».

CAPÍTULO

DOS

Jordan Everwood avanzó casi dos kilómetros por la carretera antes de tener que parar. Intentó contenerse y tragar el nudo que se le estaba formando en la garganta, pero a la mierda, porque ¿para quién intentaba mantener la compostura? Desde luego, no para sí misma. Ya llevaba un año siendo un completo y absoluto desastre, más si empezaba a contar desde el diagnóstico de Meredith, así que era un estado al que ya se había acostumbrado.

Estaba a unos ocho kilómetros de donde se alojaba en casa de su abuela. Simon ya la estaba acribillando a mensajes para preguntarle cuándo volvería con su preciado café y no le apetecía llegar con chorretones de rímel en la cara.

Detuvo la camioneta, Adora, en el arcén de la carretera de dos carriles que salía de Bright Falls, rodeada por nada más que árboles de hoja perenne empapados por la lluvia hasta donde alcanzaba la vista y alguna que otra montaña de la que no sabía el nombre en la distancia.

Muy diferente de Savannah.

Aunque, claro, de eso se trataba.

Puso a Adora en punto muerto y el motor protestó; el viaje a través del país de hacía una semana había dejado a su preciosa camioneta para el arrastre. Meredith y ella le habían puesto el nombre de la protagonista de su serie favorita, *She-Ra*, cuando

Jordan había empezado a trabajar de carpintera en Casas Dalloway e Hijas cuatro años atrás.

Joder, ¿solo habían pasado cuatro años?

Le parecía toda una vida.

Jordan apoyó la cabeza en el asiento de piel y dejó que las lágrimas le resbalaran por la cara. Todo era un desastre; la mudanza, o la segunda oportunidad, como le gustaba llamarla a Simon. Su hermano mellizo llevaba casi seis meses insistiéndole para que se fuera de Savannah.

—Está maldita, Jordie —le había dicho más de una vez.

—Claro que está maldita —ella siempre respondía—. Es una de las ciudades más embrujadas de Estados Unidos.

—Sabes a qué me refiero, listilla.

Lo sabía, pero antes muerta que reconocerlo. Sin embargo, en los meses posteriores, desde que había empezado a enviarle postales, todas de alguna ciudad nueva y emocionante (¡San Francisco! ¡Nueva York! ¡Chicago!); su vida en Savannah no había hecho más que empeorar. Se había vuelto descuidada en el trabajo, lo que le había cultivado varias quejas de clientes, decenas de armarios hechos a medida y piezas de mobiliario únicas arruinadas por culpa de errores de cálculo, de la niebla mental de la que era incapaz de deshacerse.

Hasta su psicóloga le había dicho que le vendría bien cambiar de aires.

—Creía que el objetivo de la terapia era enfrentarse a los problemas, no huir de ellos —había dicho Jordan en una sesión dos meses atrás, cuando Angela le había sugerido con mucho tacto que a lo mejor Simon tenía razón.

—No es lo mismo huir de algo que huir hacia algo —le había dicho—. Necesitas un cambio, Jordan. No estás viviendo. Estás atrapada en una vida que lleva un año muerta. O lo estás intentando, porque claramente no funciona. Es una vida que ya no se puede vivir.

Jordan se había marchado del despacho de Angela como una exhalación después de aquel consejo, sin despedirse ni

mandarla a la mierda ni nada. Aun así, las palabras de la psicóloga la habían atormentado, más que ninguno de los famosos
fantasmas de Savannah, hasta el día en que las cosas se descon-
trolaron un poco en el trabajo.

Quizá «descontrolarse» era un eufemismo, dado que le
había prendido fuego a una restauración multimillonaria en
Chatham Square.

A propósito.

Un incendio pequeñito.

Se acababa de cargar la instalación de unos magníficos armarios de roble; en concreto, se le había caído una pieza de
una esquina tras rechazar la ayuda de su ayudante Molly y la
preciosa madera se había hecho pedazos contra el suelo, así
que estaba frustrada, como poco. Por lo visto, según los testi-
gos, había sacado unas cerillas de la caja de herramientas, había encendido unas cuantas y las había arrojado a la pila de
madera mientras voceaba algo parecido a: *¡A la mierda, a la
mierda, a la mierda!*

La llama apenas había prendido. No era fácil incendiar unos
armarios con acabados profesionales, por mucho que fueran de
madera, pero la intención del acto en sí había sellado su destino. Bri Dalloway, matriarca y complaciente jefa de Jordan, estaba harta, igual que sus dos hijas, Hattie y Vivian.

Recién despedida tras quemar todos los puentes, sin bromas, y sin nada con lo que ocupar el tiempo, se había pasado
las siguientes dos semanas tirada en el sofá con Catra, su gata
bicolor, ignorando el teléfono y atiborrándose a platos precoci-
nados mientras devoraba todas las comedias románticas de
Netflix. Estuvo así, y habría seguido encantada durante mucho
más tiempo, hasta que Simon se presentó en la puerta de la casita de una planta en Ardsley Park que compartía con Meredith, recién llegado desde Portland, con el teléfono en la oreja y
la persona que Jordan más quería en el mundo al otro lado
de la línea.

Su abuela.

La persona que sería capaz de convencerla de cualquier cosa, incluso de mudarse al otro lado del país para ayudarla a renovar el Everwood, el hotel que había pertenecido a su familia desde hacía más de un siglo. Pru no tuvo más que decirle una vez *Ven a casa, cariño*, con su voz dulce y delicada, y de pronto Jordan volvía a tener doce años y estaba pasando el verano en el Everwood, el único lugar donde se había sentido bien de verdad. Sin una madre enferma de la que preocuparse. Sin que los niños del colegio del pueblo al norte de California donde había crecido la mirasen con recelo por salir del armario a los once años. Nada más que las escaleras que crujían y los pasadizos secretos del hotel, las rosas silvestres y los mullidos cielos nublados de Oregón, el dulce aroma a agua de rosas cuando su abuela la abrazaba.

Así que allí estaba, a cinco mil kilómetros del hogar que había compartido con el amor de su vida, llorando en el arcén de una carretera comarcal, sin café y con el recuerdo de los chillidos de una mujer muy irritada retumbando en los oídos.

Un plan perfecto, Simon.

Qué desastre. Ni siquiera era capaz de ir a por café. Pru solo bebía té y no tenía cafetera en la cocina de su casa de campo. De ahí lo de ir a por café y la consecuente hecatombe. Debería haber comprado una cafetera Keurig al llegar al pueblo la semana anterior, o al menos haberle pedido a Simon que la comprara. Bien que se lo podía permitir con el dinero del libro. Pero no, en un alarde de prepotencia, le había dicho que no había nada mejor que un café del Wake Up a primera hora de la mañana. Lo peor era que tenía razón; era el mejor café que había probado.

Por desgracia, el néctar de los dioses de Simon estaba en aquel momento impregnado en el exuberante vestido de lino, algodón o lo que cojones fuera de Doña Zorra Suprema, junto con la tercera bebida que había comprado para la diseñadora con la que se iban a reunir para hablar de la renovación del Everwood, así como con la presentadora y el equipo de *Innside America*, aunque ni loca pensaba comprar cafés para todo el mundo.

Respiró entre hipidos. No le gustaba llamar «zorra» a nadie, no en sentido negativo. Solo usaba esa palabra con sus amigas. Claro que ya no tenía amigas. Su grupo de Savannah les había pertenecido a Meredith y a ella, y no sabía cómo interactuar en él sin su pareja, ni ellas con ella.

Por lo visto, no sabía interactuar con otras personas en general.

Para terminar de mejorarlo todo, la mujer sobre la que se había abalanzado como un toro encabritado tenía que ser guapa. No solo guapa. Era una puta preciosidad. Unas curvas suaves y el pelo cortado a capas, las cejas espesas, perfectamente perfiladas, por supuesto, y el toque justo de sombras bajo los ojos castaños para darle un aspecto interesante. Era despampanante y, por primera vez en más de un año, Jordan había perdido el sentido por un segundo mientras un cosquilleo le recorría el vientre.

Hasta que la mujer abrió la boca y el delicado cosquilleo se convirtió en una avalancha de piedras.

—Joder —dijo en voz alta y apretó el volante de Adora con los dedos mientras la asaltaba una nueva oleada de lágrimas. Estaba llorando por un encontronazo con una chica mala, como si volviera a ser aquella cría del pelo raro y que había salido del armario en el instituto. De repente se sintió milenaria. Apenas tenía treinta y un años. Ya había conocido al amor de su vida, se había enamorado, se habían casado y la había perdido. Era demasiado joven para sentirse así de vieja.

Se sorbió la nariz y se secó los ojos. Sacudió la cabeza para despejarse. Luego recogió el bolso cruzado de cuero, al que Meredith siempre llamaba «su pozo sin fondo», y rebuscó hasta encontrar la bolsita de seda donde llevaba el tarot. Tiró del cordón y se volcó las cartas en las manos. Le encantaba aquella baraja. Las cartas eran coloridas y modernas y, lo mejor de todo, feministas y *queer* a más no poder. En cada una, incluso en los reyes de cada palo, aparecía una mujer o una persona no binaria. Jordan las había comprado poco después de encontrarse sola y sin Meredith, una compra para reconfortarse un poco, y desde entonces las usaba todos los días. Era el único hábito saludable que mantenía; las cartas la ayudaban a mantener los pies en la tierra y le impedían irse flotando.

Salvo que últimamente la sacaban de quicio.

—Vamos —susurró mientras barajaba las brillantes cartas—. Vamos, venga, vamos.

Sabía que se suponía que debía hacer preguntas profundas mientras barajaba el tarot, como por ejemplo: «¿Qué necesito saber hoy para vivir mi mejor vida?». Pero eso no le funcionaba muy bien desde hacía un tiempo.

De hecho, en el último mes, las cartas la habían traicionado.

Dejó de barajar y dividió las cartas en tres montones sobre el regazo, luego volvió a apilarlas rápidamente en uno solo. Apartó el bolso hacia la puerta del copiloto y colocó las cartas sobre el asiento. Observó el dibujo azul brillante del reverso, pasó la mano por encima y esperó a que alguna atrajera su atención.

Una lo hizo. No dudó. Siguió el procedimiento de siempre, por instinto, y sacó la carta. Se la llevó al pecho durante un segundo y respiró hondo. Había setenta y ocho puñeteras cartas en el tarot, veintidós arcanos mayores y cincuenta y seis menores. ¿Qué posibilidades había de que volviera a sacar la misma?

Muy pocas.

Sin embargo…

Dio la vuelta a la carta.

El dos de copas le devolvió la mirada, como casi todas las mañanas del último mes. El muy desgraciado le estaba tomando el pelo. De vez en cuando sacaba algo diferente, una varita o un pentáculo al azar, al loco, un hierofante o una luna.

Incluso habría preferido la desastrosa torre. Al menos encajaría con el estado de su vida. Cualquier cosa en lugar de aquella brillante carta con la imagen de dos mujeres en una playa, cada una sosteniendo una gran copa. Estaban la una frente a la otra, sonrientes, felices, llenas de esperanza y posibilidades. El dos de copas prometía romance y amor, nuevas relaciones.

Una pareja perfecta.

Almas predestinadas.

La habría partido por la mitad. No se creía que la hubiera vuelto a sacar. Cada vez que lo hacía, se sorprendía otra vez, se enfadaba y, la verdad, se asustaba un poco. El tarot no estaba hecho para ser predictivo. Se usaba para comprender y conocerse a una misma. Las cartas debían guiar a alguien hacia una comprensión más profunda de lo que quería, lo que estaba viviendo, lo que necesitaba. Así que no interpretaba la carta como un indicativo de que su alma gemela estaba a la vuelta de la esquina.

¿Cómo hacerlo?

Su alma gemela hacía tiempo que se había marchado.

Sinceramente, no sabía qué significaba la carta. No para ella. Podría indicar amistad, una profunda necesidad de conectar con alguien.

Con quien fuera.

Sin embargo, ya había demostrado una y otra vez, incluida aquella misma mañana, que no se le daba nada bien.

Respiró entrecortadamente y volvió a meter el dos de copas en la baraja. Mientras se guardaba la bolsita de seda en el bolso, el teléfono le vibró con fuerza en el portavasos. Lo levantó y en la pantalla se encontró un mensaje de su hermano.

¿Dónde narices estás?

Acababa de empezar a escribir cuando le llegó otro mensaje.

¿Hola?

Y otro más.

Jordie.

Y otra vez.

¿Estás bien? En serio, no tiene gracia. Te fuiste hace más de una hora.

Puso los ojos en blanco y llamó.

—Estoy bien —dijo antes de que él terminara su saludo de pánico—. Deja de acosarme por mensaje.

—Oye, como el hermano mayor...

—Ah, sí, esos tres minutos y medio que pasaste siendo hijo único te infundieron de una sabiduría insuperable.

—Tengo derecho a saber cómo estás y asegurarme de que no te has perdido ni has sufrido un accidente grave ni...

—¿Le he prendido fuego y arruinado lo que queda de mi triste vida?

—También iba a añadir comprobar que la gata no te había comido la cara.

Jordan fingió un grito ahogado de sorpresa.

—Catra jamás haría eso.

—Los gatos son el depredador perfecto de la naturaleza. Si te rompieras la crisma en la bañera y no tuviera a nadie que la alimentara, te comería la cara al cabo de unos días.

—¿Qué tal si dejamos de hablar de cómo mi gata se va a convertir en una psicópata asesina?

—Lo único que digo es que, si voy a tener que tragarme yo solito el rodaje del programa este en el que la abuela nos ha metido, me gustaría saberlo.

Jordan suspiró. Aún no se creía que fueran a salir en *Innside America*. Era uno de los programas más populares de la HGTV y estaba presentado por Natasha Rojas, una mujer que se había labrado una gran carrera en el mundo del diseño de interiores, creadora y editora de una revista de diseño muy chic llamada *Orchid*, y que pasaba gran parte del tiempo viajando por todo el país para supervisar las reformas de hoteles históricos. El equipo siempre estaba formado por trabajadores locales y Natasha era famosa por sus comentarios sin tapujos, por no hablar de su estilo impecable.

Si era sincera, Jordan se sentía un poco intimidada. Llevaba tiempo sin hacer precisamente un trabajo estelar y Natasha Rojas siempre esperaba perfección. Aun así, el interés del programa por el hotel había terminado de convencer a su abuela de renovarlo, algo que Jordan y el resto de la familia ya sabían que necesitaba desde hacía unos veinte años.

—Será interesante —dijo.

—Sí. Como mínimo. —Simon soltó una carcajada—. En serio. ¿Estás bien?

—Sí —respondió, porque era la respuesta correcta para su sobreprotector hermano, aunque no fuera del todo sincera.

—De acuerdo —dijo él, con un alivio evidente—. Vale, bien. Bebe un poco de café, te ayudará.

Abrió la boca para explicarle que no habría ningún café milagroso, pero entonces todo el altercado delante del Wake Up confirmaría lo que su hermano ya temía. Lo que ya sabía.

Jordan Everwood era una catástrofe con patas y había que manejarla con cuidado.

—Ya —dijo—. Buena idea.

Después colgó y arrancó a Adora.

Diez minutos después, Jordan se desvió por un camino de grava de un solo carril. Oficialmente, el hotel Everwood pertenecía al código postal de Bright Falls, pero en realidad estaba justo fuera de los límites del pueblo, en tierra de nadie, escondido entre árboles de hoja perenne como un secreto. La casa victoriana de estilo Reina Ana era una construcción original de los Everwood, levantada en 1910 por los tatara-tatarabuelos de Jordan, James y Opal Everwood. Lucía elegantes agujas y detallados adornos y contaba con un buen puñado de pasadizos ocultos en el interior que a Jordan le encantaba explorar de niña con Simon durante el verano y otras visitas vacacionales.

Su abuela, Prudence Everwood, era quien había convertido la casa en un hotel en los sesenta, junto con su hermana menor, Temperance. Fue un éxito inmediato, primero por su belleza y su idílica ubicación, y segundo por la famosa Dama Azul.

O tal vez fuera al revés. A todo el mundo le gustaban las historias de fantasmas, esa conexión con lo desconocido. Desde luego, Jordan no se había resistido cuando era más joven. Pru no había vivido en la casa principal desde la apertura del hotel, sino que se había trasladado a la cochera situada justo detrás de la propiedad, convertida en una encantadora, aunque diminuta, casita de campo de tres dormitorios. Cada vez que sus nietos la visitaban, se quedaban despiertos hasta tarde y se colaban en el hotel, ansiosos por echar un vistazo al fantasmal rostro de su antepasada, Alice Everwood, la tristemente célebre Dama Azul.

Nunca lo habían conseguido. Sin embargo, sí habían vivido muchos momentos en los que un chirrido de las escaleras o un azote del viento en un alero del tejado los había hecho gritar como locos, provocando la ira de los huéspedes y el enfado de sus mayores.

Al doblar la esquina y ver aparecer el hotel, Jordan sonrió ante los recuerdos. Le encantaba aquel lugar, le encantaba que perteneciera a su familia y que siempre pudiera contar con que la recibiera con las puertas abiertas. Cuando Simon y ella eran pequeños, su madre, Serena, padecía una depresión no diagnosticada, por lo que los mellizos habían pasado casi todos los veranos con su abuela, mientras su padre intentaba ayudar a Serena a «centrarse», como siempre lo habían llamado. Jordan llegaba siempre al Everwood hecha una maraña de nudos, pero entre su abuela y la suave lluvia de Oregón, se relajaba poco a poco y volvía a parecerse a la persona despreocupada que todos los niños están destinados a ser para cuando llega agosto. Por fin, cuando tenían dieciséis años, a Serena le diagnosticaron un trastorno depresivo grave. Fue a terapia y empezó a tomar la medicación adecuada, y las cosas mejoraron, pero los mellizos siguieron pasando los veranos en Oregón hasta que se marcharon a la universidad.

Aunque Jordan no estaba muy segura sobre lo de estar en Bright Falls y no tenía ni idea de qué iba a hacer con su vida, teniendo en cuenta que por el momento era incapaz de completar ni el más básico de los trabajos de carpintería, aquel lugar le seguía resultando mágico. Siempre lo sería. Sí, la casa no estaba en las mejores condiciones. La madera y la piedra del exterior, antaño de un marfil reluciente, habían adquirido el color de un hueso amarillento y apagado. La pintura se desprendía de las molduras que rodeaban las ventanas y el porche, y el balcón de la torre estaba hundido por el lado izquierdo. Los rosales, antes frondosos y podados con esmero, que florecían en un derroche de color cada verano, estaban desarreglados y crecidos, y amenazaban con apoderarse del porche en su totalidad. El interior no estaba en mucho mejor estado; el elemento fantasmal se había impuesto sin pretenderlo por toda la encantadora mansión victoriana en los últimos años, plagada de rincones oscuros y muebles incómodos y chirriantes. Jordan estaba bastante segura de que las camas con dosel de las habitaciones habían pertenecido ya a los primeros propietarios.

Incluidos los colchones. Se estremeció al pensarlo.

Cuando el equipo de *Innside America* había contactado con Pru hacía unos meses para hablar de un posible episodio de renovación, su abuela no había dudado más de unos segundos. Ya era vieja; bordeaba los ochenta. La tía Temperance había muerto en los noventa, de modo que Pru había dirigido aquel lugar en soledad durante casi veinte años. Serena era su única hija, nacida de un tórrido romance que había tenido a los veintitantos con un pintor semifamoso que había vivido en Bright Falls por un tiempo. Nunca había formado parte de sus vidas y Pru nunca se había casado. Los padres de Jordan y Simon seguían locamente enamorados y regentaban un minúsculo viñedo en el condado de Sonoma, un proyecto en el que se habían embarcado hacía apenas diez años, después de que ambos se dieran cuenta de que eran infelices con sus trabajos de oficina.

Como resultado, no quedaba nadie para ayudar a Pru a gestionar aquella bestia de hotel mientras se derrumbaba sobre sus cabezas, y mucho menos el estrés de una renovación televisada. Nadie excepto Simon, que podía trabajar a distancia y vivir en cualquier lugar. ¿Y quién mejor que su hermana melliza, desconsolada y perdida en la vida, para ayudarlos con un proyecto de tal envergadura, aportando mano de obra y conocimientos gratuitos?

Suspiró cuando Adora entró a trompicones en la entrada circular. Simon y su abuela estaban en el porche. Él señalaba mientras hablaba y Pru asentía con la cabeza y sorbía lo que Jordan supuso que sería una taza de té inglés bien cargado. Habían cerrado el hotel la semana anterior y no pensaban volver a abrir hasta que terminaran la reforma, lo que Jordan calculaba que serían al menos seis semanas, y eso a buen ritmo. Como pensaban dejar intacta la mayor parte de la distribución de la casa, dado que en un hotel los espacios abiertos no solo eran innecesarios, sino que perjudicarían la comodidad de los huéspedes; gran parte del trabajo sería estético, aunque habría que resolver algunos problemas estructurales en el exterior. Por supuesto, no estaba segura de si todo se ralentizaría al tener que trabajar con un equipo de rodaje de por medio. Los correos preliminares habían indicado que Natasha Rojas se esforzaba por hacer que todo fuera lo más auténtico posible, pero Jordan no tenía ni idea de cómo se desarrollaría todo en la realidad. Natasha llegaría con su equipo en cualquier momento, así que supuso que entonces revisarían los detalles.

—Ahí estás —dijo Simon y saltó los escalones podridos mientras ella se bajaba de la camioneta. Llevaba unos vaqueros oscuros y una camiseta granate, con unas Vans grises desgastadas. Jordan y Simon eran mellizos, pero no se parecían en nada. Ella tenía el pelo castaño de su madre mientras que los mechones oscuros de su hermano eran cien por cien herencia paterna, desgreñados por arriba y cortos por los lados. Aunque sí que tenían los mismos ojos, los ojos de los Everwood, de color avellana con más vetas doradas que marrones atravesando el verde.

Al verla, Simon abrió mucho esos ojos tras unas gafas de montura negra.

—Ya lo sé —dijo Jordan y levantó las manos vacías de café—. Lo siento, pero…

Él la agarró de los brazos y la miró a la cara al interrumpirla.

—¿Qué ha pasado? Creía que habías dicho que estabas bien.

Frunció el ceño ante su expresión de preocupación, hasta que recordó que se había pasado veinte minutos sollozando en Adora en el arcén de la carretera. Al parecer, se había olvidado de borrar las pruebas. Sospechaba que su adorado delineador de ojos y el rímel vegano que se había puesto debían de haberse desparramado por sus mejillas como si se hubiera maquillado para una fiesta de Halloween.

—Ah. —Se tocó la cara—. Eso.

—Sí, eso.

—Mi niña, ¿qué ha pasado? —dijo su abuela al acercarse a ellos desde el porche, con el pelo corto plateado reluciente bajo el sol. Iba vestida con un jersey verde y negro, unos vaqueros azul oscuro y unas zapatillas Keds blancas. Llevaba unas gafas con la montura verde hierba, a juego con el jersey. Desde que Jordan tenía memoria, su abuela siempre combinaba las gafas con la ropa. A saber cuántos pares debía de tener la mujer. Al menos veinte, calculaba.

—Nada —dijo Jordan.

—No has estropeado ese precioso maquillaje por nada —acotó Pru y le frotó algunas manchas negras de la mejilla.

Jordan suspiró y ladeó la cabeza hacia la mano de su abuela. Lo cierto era que no le apetecía nada hablar de todo el lío: el choque con Doña Zorra Suprema, la bronca que había recibido en consecuencia, la sesión de llanto. Toda su familia ya pensaba que apenas era capaz de funcionar. Admitir que un mero altercado social la había llevado a sollozar como una preadolescente hormonal no la beneficiaría en lo más mínimo.

—Se me derramó el café al salir del local —dijo—. Me salpicó un poco en la cara y no me fijé en cómo me lo limpiaba.

—Mierda, ¿te has quemado la cara? —preguntó Simon, que le agarró las mejillas para buscar quemaduras.

Por el amor de Dios.

Se zafó de su hermano.

—No, solo han sido unas gotas. —Retrocedió hacia el camino que conducía a la casa de su abuela—. Iré a asearme. ¿A qué hora se supone que empieza todo?

Antes de que Simon respondiera, unos neumáticos crujieron por el camino de grava.

—¿Ahora? —dijo y puso una mueca.

Jordan gimió.

—¿De verdad me necesitas para esto?

—Eres la carpintera jefe, Jordie, y miembro de la familia. Te quieren en el rodaje.

Exhaló un suspiro. Era, como mucho, un puesto honorífico. Era imposible que su hermano le confiara el trabajo. Ya sabía que había contratado a un contratista, un tal Josh Foster de Winter Lake, y los contratistas tenían a sus propios carpinteros en plantilla.

Lo sabía bien; antes era una de ellos.

Aun así, Simon le había prometido que había llegado a un acuerdo con Josh, que Jordan dirigiría el proyecto, trabajaría de cerca con la diseñadora y sería la persona al mando para todos los trabajos de carpintería. La idea la excitaba y la aterrorizaba a la vez. Hubo un tiempo en que la carpintería había sido para ella más que un trabajo, era una pasión. Le encantaba trabajar con la madera, le encantaba crear y había soñado con producir su propia línea de muebles y abrir su propia tienda.

Al menos antes lo hacía, antes de que una sierra eléctrica en sus manos se hubiera convertido literalmente en un riesgo laboral.

—Está bien —dijo a su hermano. Le seguiría el juego. Después de todo, quería participar en la reforma. Solo que no estaba segura de cuánto control tendría en realidad. Pero en fin. Cualquier cosa con tal de borrar la mirada de preocupación de la cara de Simon.

Un sedán plateado apareció por el camino y Jordan se colocó detrás de su hermano para limpiarse las mejillas. Tal vez tuviera que usar su propia saliva, pero eran tiempos desesperados.

—Hola, querida —dijo su abuela después de que se abriera y se cerrara la puerta de un coche.

—Pru, ¿cómo estás? —dijo una voz.

—Estoy bien —respondió ella—. Vaya, estás preciosa.

Una risa.

—Muchas gracias. Pero ¡mírate! ¡Qué gafas más bonitas!

—La abuela podría darnos a todos varios consejos de moda —dijo Simon.

Otra risa.

Jordan tomó aire, se armó de valor para hacerse la profesional y se dio la vuelta.

Parpadeó.

Parpadeó otra vez, porque...

A unos metros de distancia y sonriéndole a la adorada abuela de Jordan, estaba la mismísima Doña Zorra Suprema. Ya no estaba cubierta de café, su mirada se había vuelto suave y amistosa en lugar de desorbitada y cargada de rabia, e iba vestida con un impresionante traje negro ajustado y una blusa blanca, combinada con unos zapatos Oxford de tacón burdeos oscuro que le hacían unas piernas impresionantes, pero no cabía duda de que era ella.

—Astrid Parker —se presentó y le tendió una mano a Simon—. De Diseños Bright. Hemos hablado mucho por correo.

—Sí, hola, encantado de conocerte por fin —dijo él y le dio la mano—. Simon Everwood. —Se giró y le dio un codazo a

Jordan por detrás—. Esta es mi hermana, Jordan. Será la carpintera jefe del proyecto y tu contacto principal con la familia.

La mujer, Astrid, abrió los ojos como platos y su boquita rosada se quedó abierta de asombro.

CAPÍTULO

TRES

Astrid no decía tacos a menudo, pero *¡joder, mierda, joder!*

La mujer de Wake Up.

Esa mujer.

—Ho-hola —logró decir. Extendió la mano. No sabía qué más hacer.

La mujer, Jordan Everwood, levantó una ceja oscura. Astrid contuvo la respiración y esbozó una sonrisa. Si había algo que se le daba de maravilla, era fabricar una sonrisa convincente. Incluso dejó que le llegara a los ojos.

—Encantada de conocerte —añadió.

La boca de Jordan tembló y Astrid supo que estaba condenada. Perdería aquel trabajo, a Natasha Rojas y a su última pizca de cordura en lo concerniente a su madre, todo por unos cafés y un vestido.

Un puñetero vestido.

Sintió que se le formaba un nudo en la garganta, lo que significaba que, además de acabar con su carrera de un plumazo, también iba a echarse a llorar delante del glorioso Everwood. Mejor dicho, delante de tres gloriosos Everwood.

Astrid estaba a punto de bajar la mano cuando unos dedos fríos y callosos se deslizaron por su palma.

—Es un absoluto placer conocerte —dijo Jordan.

Astrid sintió una oleada de alivio en el vientre. Jordan le apretó la mano un poco más de lo necesario, pero en aquel momento estaría dispuesta a dejar que aquella mujer la arrojara al río Bright si quería.

—Tengo muchas ganas de empezar —dijo cuando Jordan la soltó—. El Everwood ha sido mi sueño como diseñadora durante años.

—¿No me digas? —preguntó Jordan, con evidente sarcasmo.

Astrid vio que Simon miraba a su hermana conmocionado, pero ella lo ignoró. Estaba demasiado ocupada atravesando a Astrid con una expresión ilegible. ¿Malicia? ¿Interés? ¿Pura maldad sin adulterar? No estaba segura, pero fuera lo que fuese, le provocaba la necesidad de vomitar en los parterres cubiertos de maleza.

—Así es —dijo con la intención de dejar atrás la incomodidad—. Recibí las especificaciones que me enviaste, Simon, pero hace tiempo que no entro en el hotel.

—¿Nunca te has alojado aquí? —preguntó Jordan y levantó de nuevo las cejas con mucha expresividad.

Astrid abrió la boca. Volvió a cerrarla. Debería poder decir que sí, pero aquel lugar no era famoso precisamente por su lujo. Al mirarlo entonces, con las espinas sin cuidar de los rosales trepando hasta el porche y las descoloridas cortinas de encaje en las ventanas centenarias, parecía recién salido de una película de terror.

—Pues…

—Astrid vive en Bright Falls, Jordan —interrumpió Simon y la salvó—. Por qué iba a alojarse en un hotel en su propia casa.

Astrid sonrió y asintió.

—Ajá —fue todo lo que Jordan dijo en respuesta y se ganó otra mirada de su hermano.

—Yo, por mi parte, estoy encantado de rejuvenecer el hotel —dijo él con una palmada y le sonrió a Astrid—. Ya es hora de traer esta vieja reliquia al siglo XXI, ¿verdad, abuela?

Los ojos de Pru se apagaron un poco, pero asintió.

—Claro. Sí.

—Por supuesto, lo haremos todo ante la cámara —continuó Simon—. Será interesante.

—Hablando del tema —dijo Jordan y señaló con la barbilla hacia el camino de entrada.

Astrid se dio la vuelta al mismo tiempo que dos furgonetas blancas entraban por el camino de grava, con INNSIDE AMERICA impreso en los laterales en un llamativo color burdeos, la primera «i» en forma de torreta. Se le revolvió el estómago como si fuera el primer día de clase. Los Everwood, o más concretamente, Pru y Simon, se pusieron a su lado y le sobrevino una extraña sensación de camaradería mientras empezaba a salir gente de los vehículos. Sintió a Jordan acercarse detrás de ella, pero se obligó a respirar y a sonreír.

Había siete personas en total y la mayoría se dirigieron inmediatamente a la parte trasera de las furgonetas para sacar el equipo y se echaron al hombro unos bolsas negras gigantes.

Solo dos avanzaron hacia los Everwood y Astrid, una de las cuales era Natasha Rojas.

Era magnífica.

Esa era la única palabra que se le ocurrió para describirla. Su piel morena resplandecía bajo el sol de la mañana y llevaba el pelo largo y oscuro recogido en una coleta baja que no a muchas personas les quedaba bien. Llevaba un vestido largo de color azul marino y unas sandalias de esparto, además de unas cuantas cadenas de oro en el cuello, una de las cuales tenía un extraño amuleto que se parecía a un doble hueso de la suerte.

—¡Hola! —gritó y saludó con la mano mientras se subía las gafas de sol a la cabeza. Se deslizó en el grupo como si flotase sobre una nube.

Astrid reconocía que quizás estuviera un poquito fascinada, pero, en su defensa, Simon también parecía medio aturdido.

—Hola —dijo y le tendió una mano cuando Natasha se acercó—. Soy Simon Everwood.

—Simon, es un placer conocerte. —Natasha le estrechó la mano con las dos suyas y luego se volvió hacia Pru—. Y esta debe de ser Pru Everwood. Es un verdadero honor. Hace tiempo que admiro tu hotel.

—Muchas gracias, querida —dijo la anciana.

—Y permíteme que me fije en esas gafas y ese jersey. —Sujetó las dos manos de Pru y le levantó los brazos para observarla—. Todo un clásico.

Pru sonrió.

—Intento seguirles el ritmo a estos dos —agregó y le dio un codazo a Jordan, que se había acercado a su abuela.

—Se nota que no es tarea fácil —dijo Natasha al estrechar la mano de Jordan.

Astrid esperó su turno con paciencia y se alisó los pantalones negros con el mayor disimulo posible cuando Natasha se volvió hacia ella.

—¡Me falta nuestra intrépida diseñadora! —dijo la mujer.

—Sí, hola, soy Astrid Parker —respondió, orgullosa de sonar suave y uniforme. Años de formación en protocolo desde niña la habían preparado para momentos como aquel. Literalmente, había asistido a clases con una mujer llamada Mildred que tenía una mueca permanente en los labios—. Soy una gran admiradora de tu trabajo.

Natasha entrecerró los ojos, pero no de forma poco amistosa.

—Estoy deseando ver lo que nos tienes preparado, Astrid.

Tras eso, Natasha se volvió hacia la persona que estaba a su lado.

—Os presento a Emery, nuestre brillante productore.

—Hola, encantade de conoceros —dijo Emery—. Uso el pronombre elle.

—Es bueno saberlo —dijo Jordan y le estrechó la mano. Emery era una persona negra, con un afro oscuro que le enmarcaba la cara. Llevaba vaqueros, un jersey verde de aspecto suave y unas botas marrones resistentes—. Yo uso ella —añadió y se señaló el pecho.

—Él —dijo Simon y le dio también la mano a Emery—. Encantado de conocerte.

Pru también compartió sus pronombres (ella), al igual que Natasha (ella). Astrid casi se sintió redundante cuando le sonrió a Emery y dijo «ella», lo cual era una tontería. Los pronombres de una persona eran los que eran, pero la tempestad que tenía en el vientre la hacía cuestionarse cada palabra.

—Vale, hablemos un poco de logística —dijo Emery mientras los miembros del equipo pululaban dentro y fuera del hotel en busca de la mejor iluminación para la primera escena, en la que Astrid les enseñaría su plan de diseño a los Everwood—. Primero echaremos un vistazo y nos familiarizaremos con el espacio. En algún punto de los próximos días, rodaremos las presentaciones entre los Everwood, Natasha y Astrid, como si fuera la primera vez. Sé que es tedioso, pero es una apertura importante para el programa.

—Que conste que esa será la única escena inauténtica —aclaró Natasha—. Después de eso, vuestro objetivo será actuar como si no hubiera al menos cuatro personas en todo momento en la habitación apuntándoos a la cara con focos y cámaras.

—Pan comido —dijo Jordan con sorna.

Natasha se rio.

—Cuesta un poco acostumbrarse, pero céntrate en el trabajo y te irá bien. No te preocupes por si metes la pata. Si te trabas con las palabras, vuelve a empezar como harías en cualquier otra situación. Si se te cae algo, recógelo. Lo que queremos es mostrar a personas reales haciendo un trabajo real. El humor es imprescindible. Además, la fase de edición existe para algo.

Astrid asintió, aunque la cabeza le daba vueltas. ¿El humor era imprescindible? Ella no era precisamente famosa por sus bromas. Dios, aquello iba en serio. Estaba pasando de verdad. Y muy rápido. Ya sabía de antemano que pasarían todo el día grabando, pero después de la mañana que había tenido, después de lo de Jordan, daría lo que fuera por tener unas horas para recomponerse.

Unas horas que claramente no iba a tener.

—¿Vamos a dar una vuelta rápida mientras el equipo se prepara? —ofreció Natasha y le tendió el brazo a Pru.

—Por supuesto —dijo ella y se agarró al interior del codo de la presentadora. Las dos se dirigieron hacia la casa, con Emery y Simon detrás.

Astrid esperó un segundo para que su habitual paso ligero no los adelantara. Además, le vendría bien tomarse un segundo para organizar los pensamientos y controlar las emociones.

Y eran muchas emociones. El altercado delante del Wake Up le volvió a la cabeza y amenazó con abrumarla. No se creía su suerte. O más bien su falta de ella. De todas las personas. De todos los trabajos. Y allí estaban Natasha Rojas, como la diosa hermosa que Astrid siempre había sabido que era; Emery, que emanaba tranquilidad y frescura, y su séquito de personas vestidas de negro y equipadas con cámaras.

Era casi demasiado.

Pero nada era demasiado para Astrid. Ella podía con todo. Tenía que poder.

Inspiró hondo por la nariz, como le había enseñado Hilde, su psicóloga. Contuvo el aire en los pulmones durante cuatro segundos y lo soltó contando hasta ocho. Estaba a punto de repetir el proceso, solo una vez más, cuando se dio cuenta de que Jordan no se había dirigido hacia la casa con el equipo y su familia. En vez de eso, estaba apoyada en su maltrecha camioneta, con los brazos cruzados.

—¿Sirve de algo? —preguntó.

—¿El qué? —preguntó Astrid.

—La respiración.

Suspiró.

—No, la verdad es que no.

—Me pregunto por qué.

Astrid frunció el ceño, sin saber qué responder a eso, pero sabía que tenía cosas más importantes que decir. Unas cuantas, de hecho.

—Oye —empezó—. En cuanto a lo de esta mañana...

—Sí, fue toda una experiencia.

Astrid se quedó con la boca abierta, sin palabras. Se acercó un paso más a la mujer, decidida a disculparse. Si no lo hacía, le complicaría el trabajo, así como su relación con los clientes.

Toda su carrera.

Además, aunque solo fuera por simple decencia humana, le debía una disculpa por comportarse como una tirana.

Se obligó a mirar a Jordan Everwood a los ojos. La otra mujer era preciosa, era innegable. Si Astrid la hubiera visto por la calle o sentada en un restaurante, la habría mirado, habría observado cómo se movía por el mundo y habría fantaseado sobre su vida.

Pero la situación actual era muy diferente. Astrid se dio cuenta de que el delineador de ojos que Jordan llevaba por la mañana había desaparecido. De hecho, tenía una pequeña mancha negra cerca de la sien. En las mejillas se le veían unas ligerísimas marcas de piel más clara, como si las lágrimas se hubieran abierto paso a través del maquillaje. El pintalabios seguía perfecto, un atrevido tono frambuesa aplicado con maestría sobre unos labios carnosos, pero el resto de su rostro parecía… cansado. Desgastado.

Un torrente de culpa le inundó el pecho. ¿La había hecho llorar?

Mierda.

—Lo siento —dijo antes de que Jordan la detuviera—. De verdad, me porté fatal esta mañana y no voy a poner excusas…

—Me encantaría oírlo.

Astrid parpadeó.

—¿Oír qué?

—La excusa.

Levantó la mano como para indicarle que continuara. Astrid tenía el corazón en la garganta. Intentó tragar saliva un par de veces, pero no le sirvió de mucho mientras un puñado de excusas ridículas le pasaban por la mente.

Tenía prisa.

Era mi vestido favorito.

Anoche no dormí lo suficiente.

Ninguna serviría. Ni un poquito, por muy ciertas que fueran.

Jordan levantó las cejas.

—¿De verdad tienes una? ¿O te dedicas a tratar a la gente como una mierda porque sí?

—No, claro que no. Eso no es lo que...

—Entonces debes de tener una excusa. ¿O solo te disculpas porque has descubierto que soy tu clienta?

Astrid agachó la mirada y se frotó la frente. Las lágrimas se le agolparon en la garganta. Otra vez. Por Dios, ¿cómo se le había complicado tanto el día? Se suponía que debía ser perfecto. Se suponía que iba a ser estimulante y exitoso.

Volvió a mirar a Jordan, que la observaba con paciencia. Se quedó mirándola, buscando las palabras adecuadas cuando, de repente, no le hizo falta buscar más. Conocía las palabras adecuadas, su excusa, o mejor dicho, la razón de todo lo que había acontecido esa horrible mañana. Le vinieron con facilidad, palabras que nunca había sido capaz de pronunciar en el último año ante sus mejores amigas, como si la atenta mirada de los ojos verdes y dorados de aquella mujer le arrancara la verdad.

Me aterra fracasar.

Todo me aterroriza.

Dios. Astrid sacudió un poco la cabeza y se tragó las terribles y vergonzosas confesiones que se le habían agolpado de repente en el pecho.

Pasaron varios segundos antes de que se diera cuenta de que Jordan se había acercado un paso más a ella, había descruzado los brazos para meter las manos en los bolsillos del mono y la miraba con la cabeza ladeada.

Astrid se recogió el pelo detrás de las orejas y cuadró los hombros. No podía decirle nada de aquello, pero tenía que decir algo.

—Yo...

—¡Jordie! —llamó Simon desde el porche—. ¿Empezamos o qué?

Jordan parpadeó y dio un paso atrás.

—Sí. Sí, claro. Lo siento.

Después se dio la vuelta y aceleró el paso para reunirse con su familia, mientras Astrid se quedaba pasmada y con una retahíla de preocupantes verdades en la punta de la lengua que se alegró mucho de no haber tenido la oportunidad de decir.

CAPÍTULO

CUATRO

Jordan prácticamente subió corriendo los escalones para llegar junto a Simon. Natasha y Pru se dirigieron al otro lado del porche para hablar de la estructura. Su abuela jugueteaba con un helecho moribundo que colgaba del techo, con una arruga entre las cejas más profunda de lo normal.

—Natasha parece estupenda —dijo Simon.

—Sí —dijo Jordan—. Lleva un collar de un clítoris, así que considero que es bastante impresionante.

Simon parpadeó.

—¿Que lleva… qué?

Jordan le señaló el cuello.

—El collar. ¿El que parece un hueso de la suerte? Es un clítoris.

—No… no me había dado cuenta.

Jordan sonrió satisfecha.

—El clítoris, mi querido hermano, es algo a lo que siempre deberías prestar atención.

Simon puso los ojos en blanco y se estremeció al mismo tiempo.

—¿Te importaría no volver a decir *clítoris* delante de mí nunca más, hermanita? Gracias.

Jordan se rio, pero entonces él se puso serio.

—Lo que sí he notado ha sido cierta tensión —dijo.

—¿De qué me hablas?

Le señaló a Astrid con la barbilla, que se había detenido al pie de los escalones para mirar algo en el móvil.

—Astrid y tú. ¿La conoces?

—No —respondió rápidamente, con los ojos muy abiertos y puso cara de inocente. La decisión de no contarles a su hermano y a su abuela cómo había conocido a Astrid en realidad se tomó sola.

Bueno, *conocer* era un eufemismo.

Observó a Astrid, que caminaba hacia ellos, con paso elegante y decidido, con absoluta serenidad. Sin embargo, hacía un segundo no estaba tan serena. Para nada.

Y eso le gustó.

La forma en que se había trabado con la disculpa había despertado algo en Jordan. Un interés, tal vez, un deseo nada benévolo de verla sudar. En cualquier caso, le habría gustado oír qué excusa iba a revelarle Astrid por su comportamiento. El brillo en sus ojos cuando las dos se miraron y la forma en que abrió la boca, como si acabara de darse cuenta de algo trascendental, había sido...

Jordan cerró los ojos.

Intrigante.

Nada más.

Astrid era preciosa, sí; de hecho, bajo el sol de la mañana, con un traje a medida y el aspecto de una Cate Blanchett más joven, Jordan tuvo que apretar las piernas cuando la vio morderse el labio inferior, pero no era buena persona. Eso estaba claro, así que lo atractiva que fuera era irrelevante.

Jordan no se había vuelto inmune a las mujeres y a las personas no binarias atractivas desde lo de Meredith. Las percibía, igual que percibía la humedad del aire durante el verano en Savannah o que el café se le había enfriado. El problema era que, la mayor parte del tiempo, salvo por un único y desafortunado lío de una noche hacía unos seis meses, no sentía nada más allá de esa percepción, ni quería.

Y, desde luego, en ese momento no sentía nada.

Astrid subió los escalones y Pru la llamó para que se acercara al cementerio de plantas. Pasó junto a Jordan sin decir palabra ni mirarla, algo de lo que Simon se percató, porque arrastró a su hermana al otro lado del porche y se puso a hurgar en la pintura descascarillada de la barandilla. Un enorme trozo de madera se desprendió.

—Joder, este sitio se cae a pedazos —murmuró.

—De ahí la reforma —dijo ella, pero entendía cómo se sentía. Al mirar alrededor, al patio, antes exuberante y ahora prácticamente estéril, por donde solía corretear todas las mañanas para recoger rosas para las habitaciones de los huéspedes y buscar caracoles en el jardín, sintió que el corazón se le encogía. Demasiado.

—Esto tiene que salir bien, ¿de acuerdo? —dijo Simon y suspiró con pesadez.

—¿El qué?

—La renovación. El rediseño. La abuela ha estado preocupada, por el hotel en general.

Jordan frunció el ceño.

—¿Cómo que la abuela está preocupada?

Su hermano negó con la cabeza, pero lo conocía bien.

—Simon —insistió—. ¿Qué pasa?

Él suspiró y se pasó una mano por el pelo, lo que le confirmó que pasaba algo. El pavor le retorció las tripas.

—Cuéntamelo —espetó cuando su hermano se limitó a proyectar su angustia en la barandilla descascarillada.

—La abuela no quería decírtelo. Ya tienes bastante con lo tuyo.

Por el amor de Dios.

—Simon, te juro que si no escupes ahora mismo algo con sentido, te arranco la lengua.

Él levantó las manos.

—Vale, vale, tranquila. —Se volvió hacia ella y bajó la voz—. El hotel tiene problemas. Problemas serios.

—¿Problemas… de dinero?

Simon asintió.

—Ha habido pocos huéspedes y muy espaciados en el tiempo desde hace más de un año. La abuela está cansada, Jordie. La casa es suya, pero sin ingresos no puede administrarla. No quiere perder el hotel, pero si las cosas no cambian…

—De ahí la renovación televisada —terminó ella.

—Exacto. Por desgracia, la cadena no paga la renovación, así que la abuela ha pedido un préstamo enorme para financiarlo todo, confiando en que el negocio remontará y podrá devolverlo todo y ganar algo más. Si esto no sale bien, si no conseguimos llamar la atención con el episodio y atraemos una tonelada de huéspedes, entonces…

—Joder.

—Exactamente.

Jordan se llevó una mano al vientre y trató de contener el movimiento de sus tripas.

—¿Por qué no me lo has dicho?

La miró.

—Ya sabes por qué, Jordie.

Ella apretó los dientes y se dio la vuelta. Sí, reconocía que había estado un poco perdida el último año. Tal vez había dejado que muchas cosas de su vida se descarrilasen. ¿Y qué?

—Crees que la voy a cagar —dijo. No era una pregunta.

Simon se quedó con la boca abierta, pero de sus labios no salió ninguna protesta. Al menos no de inmediato. Las palabras quedaron colgando entre los dos durante varios segundos, como un nubarrón a punto de llover.

—No es eso —dijo por fin.

Jordan apretó los labios y miró el patio lateral, un amasijo de parterres sin podar y maleza.

—Necesito que Astrid y tú trabajéis juntas —dijo Simon—. Y bien. Es la única diseñadora de la ciudad y a la abuela le cae bien. Además, es buena, así que…

—Que no provoque ningún incendio, es lo que me quieres decir.

Él hizo una mueca. Era justo lo que quería decir y ambos lo sabían. La quería allí, pero solo hasta cierto punto, eso decía. Por mucho que bromeasen sobre que su gata le iba a comer la cara y lo desastrosa que era su vida, a la hora de la verdad, su familia estaba preocupada. La querían, lo sabía, pero eso no significaba que confiaran en su talento.

—Entendido —dijo y se dio la vuelta antes de que él viera el dolor reflejado en sus ojos.

Simon intentó darle la mano, pero Jordan se apartó de la barandilla, se acercó a su abuela y enlazó el brazo con el de ella. Cuando habló, se aseguró de que su voz sonase recubierta de azúcar y rayos de sol.

—Vamos dentro, ¿vale?

Simon la miró con el ceño fruncido, pero lo ignoró. De hecho, resistió el impulso de sacarle el dedo corazón, una hazaña de la que se sentía muy orgullosa. Pru le dio unas palmaditas en el brazo y Jordan aspiró el aroma de la anciana, a agua de rosas y menta, los olores de su infancia. Se relajó, solo un poco, y apretó más a su abuela. No quería que se preocupara por nada y, por descontado, ella no le daría ningún motivo para hacerlo.

—Sí, me muero de ganas de ver el interior —dijo Natasha y luego señaló a una mujer blanca con el pelo de color rosa brillante que llevaba una gran cámara colgada del hombro—. Queremos grabar la visita para documentar el aspecto del hotel antes de la reforma. Ella es Goldie. Nos seguirá un rato. Pero recordad actuar con naturalidad.

—Hola a todo el mundo —dijo Goldie y los demás le devolvieron el saludo.

Una mujer asiática llamada Darcy se acercó a Jordan y le limpió el delineador de ojos que se le había corrido, luego le empolvó la cara. Ella miró a Astrid de reojo, que se alisaba la americana y se pasaba una mano por el pelo, inquieta.

Sus miradas se encontraron y la mujer entreabrió la boca en una fracción de segundo de vulnerabilidad, antes de cubrir su hermoso rostro con una máscara de serenidad. Jordan sintió el repentino impulso de hacer algo para arrancársela de un tirón.

Una vez estuvieron instalados y Goldie les dio el visto bueno, Simon abrió la puerta principal y un olor rancio salió a recibirlos, como a madera centenaria y habitaciones sin usar, lo cual era un poco extraño, dado que habían cerrado el hotel justo antes de que llegara Jordan, la semana anterior.

Jordan se preguntó si tal vez llevarían cerrados mucho más tiempo, pero su familia no se había molestado en decírselo porque, pobrecita, era muy frágil.

—Esta entrada es impresionante —dijo Astrid y levantó la vista hacia el techo abovedado.

Lo era. El vestíbulo estaba oscuro y mohoso, no lo negaba, pero la estructura era impresionante. Era un espacio amplio y las escaleras subían en espiral hasta el segundo piso frente a ellos. Las paredes estaban empapeladas con motivos florales de color rosa carmesí, combinadas con el revestimiento de madera de cerezo oscuro que se elevaba sobre el suelo de cerezo original. Si se miraba hacia arriba, se podía seguir la escalera hasta un pequeño balcón en la primera planta que daba al vestíbulo.

Varios sofás de flores y sillones orejeros ocupaban la mayor parte del salón, donde el resto del equipo de *Innside America* iba preparando las cámaras y la iluminación. A la izquierda estaba la sala de estar, que el hotel usaba como conserjería, con un enorme escritorio de roble equipado con un ordenador viejo y, por Dios, ¿un Rolodex?

Jordan sabía que su abuela tenía solo dos empleadas para ayudarla con el hotel: Evelyn, una mujer apenas una década más joven que la propia Pru, que se ocupaba de las reservas y de atender a los huéspedes, y Sarah, una mujer de unos cincuenta años que hacía de cocinera y ama de llaves. En la planta de arriba solo había ocho habitaciones, un número considerable para una casa residencial, pero no tanto para un hotel. Las tres se habían llevado bien desde que Jordan recordaba, pero a la luz de la revelación de Simon y al ver el triste tarjetero giratorio y el ordenador prehistórico, sintió que la preocupación florecía en su pecho.

—Vendrá bien darle un poco de luz a la estancia —dijo Astrid y señaló el vestíbulo con la mano—. Asegurar de que la experiencia del Everwood comience nada más entrar por la puerta. —Su voz sonaba perfectamente tranquila. Incluso elegante.

—Sí, estoy de acuerdo —dijo Natasha.

—Perfecto —dijo Simon—. Es cierto que está un poco oscuro.

Todo el mundo desempeñaba su papel a la perfección. Qué bonito, ¿verdad?

—¿Y en qué consiste la experiencia del Everwood? —preguntó Jordan y miró a Astrid con los brazos cruzados.

Simon la fulminó con la mirada, pero era una pregunta justa. Todas las renovaciones tenían una visión; quería saber cuál era la de Astrid.

Astrid ladeó la cabeza y sonrió.

—El lujo.

—A todo el mundo le gusta el lujo —dijo Simon y le dio a su hermana una palmada demasiado fuerte en la espalda.

—Eso creo yo —dijo Astrid, con un tono metódico, casi científico. Comenzó a recorrer el espacio—. Estos suelos de madera son preciosos y están en muy buen estado, así que me encantaría barnizarlos y sustituir la moqueta de toda la casa por un producto similar. Quitaremos el papel pintado, usaremos una pintura gris fría y molduras blancas brillantes.

—¿Pintura gris y molduras blancas? —repitió Jordan—. ¿Eso es todo?

Astrid se aclaró la garganta.

—Por supuesto que no.

—Interesante —dijo Natasha y le dedicó una mirada a Emery que Jordan no supo descifrar. Emery se limitó a levantar las cejas.

—Bien, veamos el resto de la casa, luego nos sentaremos en el salón para repasar el diseño —dijo Natasha.

Goldie los siguió por la oscura y destartalada cocina, la única habitación de invitados de la planta baja, que tenía telarañas en las esquinas, y las habitaciones del piso de arriba, incluida la famosa habitación embrujada Lapis, donde supuestamente seguía viviendo el fantasma de Alice Everwood. Todo el tiempo, Astrid iba hablando de blanco y gris, de modo que, cuando entraron en la sala de estar para ver el auténtico plan de diseño, Jordan ya estaba segura de que lo iba a odiar.

—Me muero de ganas de enseñaros lo que se me ha ocurrido —dijo Astrid cuando volvieron a bajar las escaleras. Sacó un iPad de su elegante bolso y le dio unos golpecitos en la cubierta de cuero.

—Qué ilusión —dijo Jordan.

Simon murmuró en voz baja algo que sonó sospechosamente a un juramento mientras se dirigían al salón y se sentaban en las mohosas sillas que rodeaban la mesita de centro. Astrid dejó el iPad sobre la superficie, apartó con cuidado algunas revistas antiguas de *Better Homes and Gardens* y dio unos golpecitos en la pantalla. Emery charló con el equipo y estuvieron un rato toqueteando la iluminación y los ángulos mientras Astrid y los Everwood esperaban. Jordan subió una pierna a la silla e hizo rebotar la rodilla. De vez en cuando, Astrid y ella se miraban, pero nunca por mucho tiempo.

Pru puso una mano tranquilizadora en la pierna inquieta de Jordan. La joven se detuvo de inmediato y su abuela le guiñó un ojo. Respiró hondo y trató de pensar en la felicidad de su abuela. Simon tenía razón; todo tenía que salir bien. No podían perder el Everwood.

—Ya está todo listo —dijo Emery—. Cuando quieras, Astrid.

Ella asintió y abrió en el iPad una aplicación de diseño de interiores que Jordan reconoció de su época con Dalloway e Hijas.

—Bien, siguiendo las ideas que planteé con Simon, esto es lo que he pensado para esta planta. —Jordan le dedicó a su hermano una mirada anonadada, que esperó que Natasha no percibiera.

Astrid le entregó el iPad a Pru.

—Aquí proyectaremos el diseño en la pantalla para los espectadores, que lo sepáis —dijo Emery.

Astrid asintió y tanto Jordan como Simon se levantaron para situarse detrás de su abuela, que claramente no tenía mucha idea de qué hacer con un iPad. Jordan se arrodilló a su lado y la ayudó a acercar, alejar y girar las imágenes tridimensionales de las estancias para verlas desde todos los ángulos.

Bien podrían haber estado explorando la web de Ikea. Todo era blanco y gris, texturizado con maderas en bruto, rayas, un cojín con estampado floral al azar aquí y allá. Había azulejos en la cocina, encimeras de mármol blanco y gris, electrodomésticos de acero inoxidable. Sabía que el estilo se llamaba «granja moderna». Lujoso y clásico a la vez. Encantador.

Pero no era el Everwood.

El Everwood eran aleros y secretos, cristales ondulados y ollas de cobre, noches acogedoras frente al fuego, paredes cubiertas de librerías de madera oscura por todas partes. Jordan respiró hondo e intentó centrarse en lo que Simon le había dicho antes.

—Vaya —dijo él. Jordan esperó a que continuara, pero no lo hizo. Se limitó a contemplar las imágenes del iPad y se tapó la boca con la mano, como si estuviera meditando muy profundamente sobre la pared de contraste del comedor. Tablones blancos, qué original.

—¿Esto es lo que pediste? —dijo por fin Jordan y lo miró.

Él se echó hacia atrás.

—Tenemos que modernizarnos, Jordie. Una casa encantada espeluznante ya no se lleva en los tiempos que corren.

Jordan vio de reojo que Astrid miraba al equipo, pero Emery le hizo un gesto con el índice para indicarle que continuaran.

—No te lo niego, pero esto no somos nosotros —dijo Jordan.

—Es lo que necesitamos ser para competir en el mercado.

Jordan negó con la cabeza, perpleja ante su actitud. Aquel diseño no modernizaba el Everwood. No lo actualizaba. Lo cambiaba por completo y lo transformada en algo que ni siquiera reconocía.

—Abuela, ¿qué te parece? —preguntó.

—Ah —dijo Pru—. Es…

La anciana frunció el ceño. Parpadeó. Jordan sintió alivio. A su abuela no le gustaba. Lo notaba por la forma en que arrugaba las cejas y apretaba los labios rojos.

—Es muy bonito —dijo al final.

—¿Qué? —soltó Jordan. Más bien lo balbuceó. Su hermano le lanzó otra mirada asesina. Ella se la devolvió y esperó transmitir bien lo que pensaba. *¿Es una puta broma?*

Por lo visto, no lo era. Simon le apretó el hombro a su abuela y dijo:

—Es muy moderno.

—Desde luego —dijo Natasha y Jordan la miró a los ojos. Había algo en ellos, una pregunta, pero no tenía ni idea de qué se le pasaba por la cabeza a la presentadora.

—Es muy relajante —añadió Natasha—. Como un spa, algo que buscan muchos huéspedes.

—Lujo —dijo Astrid y asintió a Natasha.

Pru asintió también, con la boca apretada.

Me cago en todo, pensó Jordan.

—Podemos hacer los ajustes que quieras, por supuesto —dijo Astrid y señaló el iPad—. Son solo ideas preliminares. A medida que avancemos, me encantaría que participaras en la elección de telas, muebles, electrodomésticos y demás.

—Por supuesto, querida —dijo Pru—. Aunque estoy segura de que lo que elijas será maravilloso.

Jordan abrió la boca para protestar; aquella no era su abuela. Su abuela se implicaba en todos los aspectos del hotel. Siempre lo había hecho. Después de todo, era su bebé, su vida.

Aquello no estaba bien. Nada estaba bien.

Jordan le puso la mano en el brazo a Pru.

—Abuela...

—¿Qué tal si vemos el plano de las habitaciones? —cortó Simon. Esa vez ni siquiera se molestó en mirar a Jordan. Se negó a mirarla mientras la casa de su familia se convertía en una producción en masa.

Jordan mantuvo la boca cerrada mientras el resto de los planos de diseño iban pasando en un borrón de blanco y gris, porcelana y cristal. Al fin y al cabo, estaba claro que era lo que su familia esperaba de ella, aunque el diseño, por encantador, moderno y luminoso que fuera, no tenía nada que ver con el Everwood. Pero ¿qué sabía ella? No era más que una carpintera en paro aficionada a provocar incendios.

CAPÍTULO

CINCO

Por fin, la cámara se apagó, bajaron las luces y Emery declaró que habían terminado la jornada.

Astrid estaba sudando; notaba las axilas como un pantano de Florida. Esperaba que nadie se diera cuenta. Se secó la frente y se tomó su tiempo para guardar el iPad en el bolso. Todos a su alrededor se levantaron y charlaron de los planes que tenían para el resto de la tarde, pero ella necesitaba un minuto.

Necesitaba varios días.

Por supuesto, cuanto antes saliera de allí, antes podría tumbarse en el sofá con una botella de vino. Ni siquiera tenía claro si le haría falta la copa.

—La demolición empieza el miércoles, gente —dijo Emery—. Hay mucho que hacer antes, incluida la limpieza con la familia el lunes.

Mientras el equipo se reunía para concretar los detalles, Astrid pensó en lo surrealista que era todo, como rodeado de una neblina onírica. Por supuesto, Jordan Everwood y su evidente aversión, si no odio, por su diseño no ayudaban.

Nadie había odiado nunca sus diseños. Cierto, el Everwood era diferente a todo en lo que había trabajado. La mayoría de sus clientes eran del estilo de su madre y querían que sus espacios reflejaran lo que veían en las revistas y en la televisión. Querían el salón de Reese Witherspoon y el dormitorio de Nicole Kidman.

Lujo. Luz. Modernidad.

Astrid siempre había cumplido con lo que le habían pedido. Al fin y al cabo, se había criado en una casa exactamente así, decorada por la mismísima Lindy Westbrook. Pero lo más importante era que aquel estilo era lo que Simon y Pru querían. Jordan debería cerrar la boca y centrarse en hacer los armarios.

Puso una mueca ante aquel pensamiento tan poco agradable, pero se estaba quedando sin fuerzas a pasos agigantados. Se levantó y se colgó el bolso al hombro. Se dirigía hacia Pru para despedirse cuando Natasha la llamó por su nombre.

—Astrid. Jordan. ¿Hablamos un momento? —dijo la presentadora y señaló con la cabeza hacia donde Emery y ella estaban junto a la chimenea, que era verdaderamente atroz, de latón y llena de manchas de hollín.

—Sí, claro —dijo Astrid y se les acercó. Sintió a Jordan detrás de ella y se preparó.

—¿Qué pasa? —preguntó la mujer. Separó mucho las piernas y se cruzó de brazos. Dios, irradiaba confianza. Astrid pensó en corregir la postura, pero sabía que ya estaba bien erguida.

—Bueno —dijo Natasha y les sonrío a las dos—, ¿qué os ha parecido la primera grabación?

—Bien —respondió Astrid en automático, porque ni loca iba a decir lo que pensaba de verdad, que se acercaba más a «un absoluto desastre».

Jordan, sin embargo, no tuvo las mismas reservas.

—Meh —dijo.

—Desarrolla eso —dijo Natasha y Jordan se rio.

—De acuerdo, doctora Rojas.

Astrid apretó la mandíbula, la familiaridad del tono de Jordan la puso nerviosa. Era Natasha Rojas, por el amor de Dios.

Pero Natasha se rio.

—La terapia no tiene nada de malo.

Jordan extendió el puño para chocarlo y Natasha correspondió el gesto con alegría.

La mandíbula de Astrid volvió a tensarse. Sin duda, aquella noche le tocaría dormir con el protector bucal puesto.

—El diseño no es lo que me esperaba —dijo Jordan cuando terminó la cálida camaradería.

—No te gusta —dijo Natasha.

—No —espetó y miró de reojo a Astrid—. No me gusta.

Astrid apretó la correa del bolso con los dedos. Si fuera una goma elástica, ya la habría roto en varios pedazos.

—Es lo que Pru y Simon pidieron —dijo con firmeza.

—¿Acaso yo soy también una Everwood? —preguntó Jordan.

Astrid la miró a los ojos. Buscó algún atisbo de dulzura, pero no lo encontró. Directa al grano, entonces.

—Sí, pero no eres la que me firmó el cheque con el adelanto, ni, imagino, la que firmará el final cuando todo esté dicho y hecho.

Jordan abrió la boca y sacó la lengua para lamerse el labio inferior. Astrid tuvo que obligarse a no seguir su recorrido con la mirada. Se volvió hacia Natasha, que las observaba con una mano sobre la boca y una expresión de placer en los ojos que la hizo fruncir el ceño.

—Es perfecto —dijo Natasha y luego le dio un golpecito en el brazo a Emery—. ¿No te parece perfecto?

—Totalmente —dijo elle y los ojos marrones prácticamente le brillaban—. Nos dará una dinámica muy interesante para el programa.

—Perdón —dijo Astrid y sacudió la cabeza—. ¿Qué?

Natasha agitó la mano entre Astrid y Jordan.

—Esta tensión entre las dos. Esta… llamémosla «ligera enemistad». Es preciosa.

—Preciosa.

Astrid se limitó a mirarla.

Natasha asintió y apretó las manos como si rezara.

—Me enorgullezco de la autenticidad en lo que hago. No me gusta fabricar emociones para la pantalla y no censuraré las mías de ahora en adelante. Pero no debemos olvidar que estamos haciendo un espectáculo. Y el conflicto vende.

—Es decir… —dijo Jordan, con una pregunta en el tono.

—Que no te contengas —dijo Natasha—. Siente lo que sientas. Hasta diría que dejes explotar la tensión, pero eso depende de ti. Por lo que he visto, ya tenemos suficiente para que todo sea muy intrigante. La carpintera jefe, una Everwood, nada menos, y la diseñadora del proyecto enfrentadas.

—No estamos enfrentadas —dijo Astrid.

—Es delicioso —añadió Natasha, haciendo caso omiso la protesta de Astrid—. Lo único que digo es que lo aprovechéis.

La bilis le subió a la garganta. No podía estar pasando. Así no era como ella trabajaba. Astrid entraba, hacía lo que tenía que hacer y se iba. No se metía en dramas. Apenas dejaba que las emociones le afectaran durante un proyecto. Nublaban el juicio y no pintaban nada en una relación profesional.

—Verás —dijo, dispuesta a explicar por qué no funcionaría—. No creo que…

—Me apunto —soltó Jordan y miró a Astrid de reojo—. Hagámoslo.

Aquella tarde, Astrid apenas acababa de cerrar las oficinas de Diseños Bright a las cinco en punto cuando el teléfono empezó a vibrarle con mensajes en el chat grupal de sus amigas.

¿Alguien quiere ir a Stella? Jillian y yo ya estamos aquí.

Iris. Por supuesto que era Iris, invitándolas al único bar de Bright Falls para pasar una noche de música *country* mala y cerveza.

Me apunto.

Envió Claire.

Además, ¡Astrid tiene que contarnos cómo ha ido su gran día!

Mientras haya bourbon.

Añadió Delilah.

Claro que hay bourbon, amor.

Dijo Claire.

Lo dices como si fuera una garantía, pero recuerdo muy bien que Stella se quedó sin Bulleit en octubre.

Contestó Delilah.

Fue un día oscuro.

Tráete el alcohol.

Del.

Dijo Iris.

¿A un bar?

Preguntó Delilah.

Qué atrevimiento.

Claire envió un emoji de llorar de la risa y Astrid contempló cómo las palabras llenaban la pantalla. Sabía que sus amigas querían verla y enterarse de cómo había ido el rodaje y el encuentro con Natasha Rojas, pero, mientras buscaba las llaves en el bolso, la idea de meterse en el barullo de un bar y revivir el día de mierda que había tenido palabra por palabra, sobre todo el detalle de que la mujer del café acabara siendo Jordan Everwood, se le antojaba como un yunque en el pecho.

Subió al coche y emprendió el camino de vuelta a casa sin contestar. Tenía que pensar en cómo actuar, porque si dejaba entrever lo mal que se sentía, las tres mujeres se plantarían en el salón de su casa antes de que le diera tiempo a quitarse los tacones de los pies doloridos.

Cuando atravesó la puerta de casa y encendió algunas lámparas, el teléfono seguía vibrando incansable en su bolso.

¿Astrid?

¿Estás de camino? Te pido un Riesling.

¿Astrid?

ASTRID.

Suspiró, con los pulgares sobre el teclado. ¿Cansancio? Iris nunca lo dejaría correr. Calambres menstruales… no, se imaginaba perfectamente a su amiga dándole un puñado de ibuprofenos.

Una migraña. Podría funcionar. Nunca había tenido una, pero si algún día le iba a provocar un dolor punzante detrás de los ojos, era ese.

Creo que tengo mi primera migraña.

Tecleó antes de darle más vueltas.

¡Ay, no!

Respondió Claire al instante.

¿Así que ha ido mal?

Dijo Delilah, porque, por supuesto, veía a través de Astrid como si fuera una hoja de celofán.

Ha ido bien.

Dijo Astrid.

Pero necesito un poco de silencio y una habitación oscura.

Qué rollo.

Dijo Iris.

Ris, por Dios.

Respondió Claire.

Perdón. ¿Necesitas algo?

Astrid escribió un sencillo *no, gracias* y apagó el teléfono antes de que le dijeran nada más. No era del todo mentira. La cabeza le palpitaba con fuerza y el salón oscuro, decorado en tonos neutros que tranquilizaban el cerebro, la llamaba como si fueran las puertas del cielo.

Tras ponerse una camiseta de tirantes y unos pantalones de yoga, se sirvió una copa de vino blanco y se acomodó en el sofá. Suspiró cuando su cuerpo se hundió en los cojines. El día le pasó factura y todo lo que había pasado se expandió por su pecho, espeso e incómodo. Repitió los acontecimientos una y otra vez, desde la expresión horrorizada de Jordan por la mañana, cuando Astrid arremetió contra ella a la salida de la cafetería, hasta el claro desdén de la mujer por su trabajo.

Se quedó atascada en esa parte demasiado tiempo: los ojos en blanco de Jordan, la mueca que puso ante el diseño, la forma en que sus delgados pero tonificados bíceps se flexionaban cuando se cruzaba de brazos.

Astrid sacudió la cabeza, con la esperanza de deshacerse de Jordan, pero todo lo que debería haber hecho de otra manera le pasó por la mente como una película, fracaso tras fracaso. La opresión del pecho creció, acompañada de una sensación de pánico que ya le era familiar y que había experimentado por primera vez cuando tenía diez años y había intentado hacer sonreír a su desconsolada madre.

Lo había intentado y había fracasado.

Echó los hombros hacia atrás. Levantó la barbilla. Tenía que centrarse. Sacó el portátil del bolso y lo abrió. La luz de la pantalla llenaba la habitación como un fantasma inoportuno. Entró en el correo electrónico, dispuesta a responder a todos los mensajes que seguramente le habrían llegado a lo largo del día mientras estudiaba a fondo los diseños para el Everwood.

Parpadeó al ver el único mensaje nuevo en la bandeja de entrada.

Solo uno.

Y era de su madre.

El negocio no iba muy bien últimamente. Podía admitirlo, al menos en la tranquilidad de su propia mente, pero la cosa empezaba a ponerse fea. Estaba acostumbrada a recibir al menos veinte correos al día; contratistas que le preguntaban por su próximo proyecto, clientes potenciales que solicitaban sus servicios para sus aburridos salones, clientes actuales que le enlazaban tableros de Pinterest y le enviaban fotos de un candelabro antiguo que habían visto en el mercadillo de Sotheby.

Se hundió en los cojines mientras el pánico, y algo más, le oprimían el pecho. Exhaló y cerró los ojos. Alivio. Eso era. Pero no podía ser, porque adoraba su trabajo. Le encantaba.

Aquellos días, aparte de sus mejores amigas felizmente enamoradas, el trabajo era lo único que tenía.

Se incorporó y corrigió la postura, decidida a pasar la noche buscando posibles proyectos a los que ofrecer sus servicios, cuando volvió a fijarse en el mensaje de su madre. El asunto decía: *Interesante*.

El miedo sustituyó de golpe a cualquier otra emoción.

Bebió otro sorbo de vino, más bien dos, para armarse de valor. Quizá fuera un posible trabajo. Tal vez un enlace a un vestido que su madre creía que le quedaría bien a Astrid. Tal vez...

Abrió el correo para quitárselo de encima cuanto antes. El cuerpo del mensaje no decía nada, pero había un único enlace subrayado en azul. Hizo clic en él y una foto apareció en la pantalla, tan grande y en tan alta definición que Astrid se sobresaltó de pies a cabeza.

—Por Dios —dijo a su casa vacía mientras miraba a un hombre blanco con los dientes perfectos, el pelo dorado y una impecable camisa azul abotonada. Estaba junto a una mujer blanca y rubia que claramente se había sometido a una ortodoncia igual de cara en su juventud. Suaves ondas le enmarcaban el rostro impecablemente maquillado y los ojos azules como un cielo de verano. No supo distinguir a ciencia cierta dónde se encontraba su exprometido, tal vez fuera un restaurante o un viñedo, pero el familiar pedrusco que la mujer llevaba en la mano izquierda era muy claro.

El año anterior por las mismas fechas, aquel mismo diamante había brillado en la mano de Astrid.

La foto encabezaba un artículo de la sección de estilo de vida del *Seattle Times*, con un cuadro de texto debajo.

Pocas personas entienden mejor los sinsabores del amor verdadero que el doctor Spencer Hale, de treinta y tres años. Tras sufrir una devastadora ruptura con Astrid Parker, de Bright Falls (Oregón), el doctor Hale huyó a Seattle para curarse las heridas. «Vine aquí para sanar —nos contó el doctor—. No esperaba descubrir lo que era el verdadero amor».

Astrid sintió que perdía el color de las mejillas. El vino le revolvió el estómago vacío, una mezcla ácida que amenazaba con volver a subir. Sabía que debería cerrar el portátil de golpe. Levantarse. Darse un baño. Mejor aún, salir para ir a Stella's y quizá tomarse unos chupitos del licor más fuerte que tuvieran por primera vez en su vida. No debería, bajo ninguna circunstancia, seguir leyendo el artículo. A Astrid se le daba muy bien hacer lo que debía.

Normalmente.

Deslizó los dedos por la pantalla y reveló más detalles del viaje del doctor Hale en busca del amor eterno.

El doctor Hale, dentista de éxito en Capitol Hill, conoció a su futura esposa un ventoso día de septiembre, cuando Amelia Ryland (24) entró en su consulta para hacerse una limpieza.

«Tenía los dientes perfectos —dijo Hale y rio mientras rodeaba con el brazo a la señorita Ryland—. Tendría que haber sabido en ese mismo instante que era la indicada para mí».

Después de una boda en junio, la señorita Ryland, recién graduada en Vassar y dotada de una fortuna familiar que rivaliza con la de los Vanderbilt, planea trabajar como voluntaria y prepararse para la ya incipiente familia de la pareja...

Astrid cerró el ordenador de un manotazo. Le costaba tanto respirar que le temblaban las fosas nasales.

...descubrir lo que era el amor verdadero.

...la ya incipiente familia.

Se sirvió más vino, pero se limitó a sostener la copa en la mano, incapaz de tragar mientras analizaba lo que sentía. Le gustaría mirar a la nueva prometida de Spencer, con la piel sin poros y los labios perfectos, y no sentir nada más que una oleada de alivio porque la mujer de la foto no fuera la propia Astrid.

Le encantaría no sentir nada.

Pero no era así. Sentía algo. Muchas cosas, en realidad. Por suerte, el arrepentimiento no era una de ellas. Tampoco envidiaba a la prometida del doctor Hale. De hecho, sintió una punzada de preocupación por el futuro de la joven; Spencer era un cerdo controlador de la peor calaña, que se salía con la suya en sus relaciones a base de manipulación y sonrisas. Así que no, no la envidiaba.

Aun así, su corazón y su mente no se quedaban inertes cuando pensaba en Spencer. No eran observadores imparciales. Sentada en el oscuro salón, pensando en que el único correo que había recibido en todo el día había sido de su propia madre, para compartirle la noticia de la felicidad de su exprometido con otra mujer, Astrid trató de averiguar por qué.

Mejor dicho, trató de ignorar la verdadera razón. Porque la sabía. Conocía muy bien aquel sentimiento de insuficiencia, la constante presión en el pecho para ser más, tomar las decisiones correctas, conseguir al cliente perfecto, casarse con el hombre adecuado.

Interesante, había dicho su madre sobre el artículo de Spencer. Sin embargo, cuando Astrid volvió a abrir el portátil, cerró el artículo y se puso a buscar ventas inmobiliarias recientes en la zona, tuvo claro que no era eso lo que había querido decir en realidad.

El domingo, Astrid se plantó delante de Mansión Wisteria, donde las flores moradas que habían dado nombre a la casa de su infancia trepaban por los ladrillos de terracota. Resultaba curioso que algo tan sencillo como cruzar una puerta pudiera volverse extremadamente complicado, como una maraña de nudos que no estaba segura de poder desenredar jamás. Le preocuparía que su madre estuviera observando su llegada, pero ese no era el estilo de Isabel. Isabel Parker-Green no esperaba a nadie. La gente acudía a ella. Astrid cuadró los hombros y levantó un zapato de tacón para pisar el primer escalón. Podía hacerlo. Era un *brunch*, por el amor de Dios, no una endodoncia, aunque el pavor que sentía en las entrañas parecía confundir una cosa con la otra.

Volvió a bajar el pie al suelo.

Sacó el teléfono y le mandó un mensaje a la única persona que se le ocurría que entendería su ridícula situación.

¿Me recuerdas cómo se hace?

Le preguntó a Delilah.

¿El qué?

Respondió ella de inmediato.

Entrar en nuestra casa.

Ah, eso. Fácil. Me esfuerzo mucho por no hacerlo.

Astrid resopló.

Pero si no te quedara más remedio...

Los tres puntitos parpadearon en la pantalla. Desaparecieron y volvieron a aparecer, seguidos de un emoji de un vaso de *bourbon*, otro de una copa de vino, un martini y, por último, una jarra de cerveza.

Odias la cerveza.

Escribió Astrid.

Situaciones desesperadas.

Astrid casi sonrió.

No suelo llevar una petaca en el bolso.

Te sugiero que te compres una.

No me ayudas.

te pide una petaca

Astrid se rio. Inexplicablemente, la extraña conversación la estaba ayudando un poco. Sentía menos presión en el pecho, lo justo como para respirar hondo y volver a subir el pie al escalón.

Pasitos pequeños.

Claire pregunta si quieres que vayamos.

Envió Delilah.

Astrid sonrió. Quién sino Claire iba a ofrecerle a apoyo para el habitual *brunch* de los domingos con su madre. Durante un segundo, se lo pensó. Odiaba que las interacciones con su madre se hubieran vuelto tan complicadas. Después de que cancelara la boda el pasado mes de junio, un evento en el que Isabel había invertido decenas de miles de dólares y a la que había invitado a todo el mundo de su círculo social, su relación había pasado de amistosa a frígida y cordial.

Porque Isabel Parker-Green siempre era cortés, incluso con su decepcionante hija.

No hace falta.

Respondió Astrid. No pensaba someter a su mejor amiga a aquel horror. Ni siquiera quería que Delilah tuviera que soportar aquello y apenas le caía bien.

Dale las gracias a Claire de todos modos.

Escribió.

Arriba esas tetas.

Respondió Delilah.

Astrid puso los ojos en blanco mientras volvía a guardarse el móvil en el bolso, pero sacó pecho mientras subía los escalones y se arrojaba al interior de la casa en una exhalación.

Dentro, la casa estaba silenciosa y helada, como siempre; el aroma a lavanda y lejía y las paredes blancas le resultaban extrañamente reconfortantes y angustiosas al mismo tiempo. Entró en la enorme cocina, de un blanco reluciente y acero inoxidable, antes de ver a su madre en el patio de atrás, con la corta melena rubia teñida reluciente bajo el sol de la mañana mientras se bebía una mimosa dorada.

—Llegas tarde —fue lo primero que le dijo cuando salió.

—Lo siento —dijo Astrid y se acomodó en una silla frente a Isabel. La esperaba una mimosa, gracias a Dios, y una increíble variedad de huevos benedictinos, fruta fresca y *croissants* de mantequilla que Isabel no tocaría ni en un millón de años.

—¿Te ha entretenido el trabajo? —preguntó Isabel mientras se servía café de una jarra de acero inoxidable.

—Sí —mintió Astrid—. He estado muy ocupada.

Otra mentira. Aunque se había pasado todo el sábado diseccionando el diseño del Everwood y buscando los fallos. Algo en sus planos había hecho que Jordan frunciera el ceño y resoplara de la forma en que lo había hecho, pero había sido incapaz de encontrar el qué. Sus modelos eran exactamente lo que Pru y Simon le habían pedido. Limpios. Modernos. Elegantes. Justo en lo que Astrid destacaba.

Miró alrededor, a través de las puertas francesas que daban al interior, y observó la modernidad y la elegancia de la casa de su madre. Por un instante, un atisbo de duda la arañó bajo la piel, la misma repentina sensación de pánico que la invadía a veces incluso en su propia casa moderna y elegante, como si de repente la hubieran soltado en medio de una vida que no reconocía, pero lo apartó de un manotazo.

—No me cabe duda —dijo Isabel y se recostó en el respaldo de la silla. Llevaba unas enormes gafas de sol, lo que resultaba desconcertante porque Astrid no sabía si la estaba escrutando o no.

Mejor asumir que sí y actuar en consecuencia.

—¿Muchos proyectos abiertos? —preguntó Isabel.

Astrid dio un sorbo a la mimosa.

—Bastantes —dijo y asintió con energía—. Varios diseños interesantes.

Isabel apretó los labios.

—¿O se trata de un único proyecto, que al parecer has empezado humillando públicamente a la querida nieta de la clienta en cuestión en pleno centro?

Astrid se quedó helada, con la copa de champán en la boca. Malditos pueblos. Su madre tenía espías por todas partes.

Isabel suspiró y se sirvió un puñado de bayas de colores brillantes en el plato.

—Astrid.

Ahí estaba. El fatigado suspiro acompañado de su nombre, que siempre indicaba que se avecinaba una reprimenda serena, disfrazada de preocupación maternal.

—Sabes que solo quiero lo mejor para ti —dijo Isabel.

—Por supuesto —respondió ella, como era costumbre. Mantuvo el rostro impasible, pero por dentro sentía que el estómago se le retorcía como un nido de serpientes.

—Si quieres que te tomen en serio, tienes que actuar con seriedad.

Asintió.

—Gritarle a otra persona en público nunca es apropiado, no me importa lo que la bribona en cuestión hiciera para merecerlo.

—Lo entiendo. —Astrid se sirvió un *croissant* y la mirada de Isabel siguió el recorrido de su mano. Dejó el bollo en el plato.

—Conozco a Pru Everwood desde hace mucho —continuó Isabel—. Sus nietos, mellizos, si no recuerdo mal, eran siempre un desastre cuando venían a pasar los veranos, con el pelo enmarañado y suciedad bajo las uñas.

Dios, no, el pelo enmarañado y suciedad.

Astrid dio otro recatado sorbo a su bebida. No recordaba para nada a Jordan y a Simon de su infancia, pero no le sorprendía. Por cómo Isabel hablaba de ellos, la mueca de sus labios y el desdén de su voz, había pocas posibilidades de que su madre la hubiera dejado jugar con alguien que se hubiera atrevido a cometer el delito de no ponerse unos zapatos limpios antes de salir de casa.

—Sea como fuere —continuó Isabel mientras mordisqueaba una fresa como una ardilla—, tu comportamiento es un reflejo de tu trabajo, y de mí. No hace falta que te recuerde la importancia de este proyecto. Podría encumbrarte o destruirte. Espero más de ti y tú también deberías.

Ahí viene…

—Sobre todo después del desagradable asunto del año pasado. No puedes permitirte perder el encargo del Everwood y las dos lo sabemos.

Isabel se inclinó sobre la mesa y palmeó la mano de Astrid. Al volver a su asiento, deslizó el *croissant* del plato de su hija de vuelta a la bandeja.

—Lindy levantó esa empresa con sus propias manos —continuó y Astrid evitó poner los ojos en blanco. Lindy Westbrook era una de las amigas más queridas de su madre, contando con que Isabel fuera capaz de ser amiga de nadie, cosa que Astrid dudaba.

En cualquier caso, cuando Lindy, a la edad de cincuenta y un años, decidió dejar el negocio para dedicarse a otras incursiones inmobiliarias con su cuarto marido por toda la costa oeste, Astrid acababa de volver de la universidad con un nuevo y flamante título en Administración de Empresas. Antes de que se diera cuenta de lo que estaba pasando, aceptó hacerse cargo de Diseños Bright. Era una *millennial* de veintidós años, así que en aquel momento no sentía más que gratitud por tener trabajo y, además, uno interesante. Le gustaba el diseño de interiores. Parecía que se le daba bien, si sus primeras semanas trabajando junto a Lindy servían como prueba, y tenía buen ojo para los detalles y la organización.

También sabía sonreír con elegancia y complacer a los clientes, lo cual, como Lindy le había dicho más de una vez, era la mitad del trabajo.

Así que había sonreído. Había complacido. Había mantenido el negocio a flote y, cada vez que Lindy volvía a la ciudad con su elegante melena plateada y sus trajes elegantes, la anciana se mostraba contenta con el trabajo de Astrid, con su clientela y sus diseños, la mayoría de ellos modernos y elegantes.

Oficialmente, Lindy ya no era propietaria de ninguna parte del negocio, pero no dejaba de ser un legado. Según Isabel, su aprobación era importante, aunque Astrid fuera propietaria del cuarenta y nueve por ciento de Diseños Bright. Su madre, por supuesto, poseía el otro cincuenta y uno por ciento. Aunque Astrid podría haberse permitido comprar la empresa entera a los veintidós años con un poco de papeleo, puesto que tenía el dinero en un fideicomiso que le había dejado su difunto padre, Isabel se había asegurado de que no fuera totalmente suyo hasta que cumpliera los treinta y cinco; su madre afirmaba que quería ayudarla. Le había dicho entonces: *Te ayudaré mientras pruebas las aguas. No hace falta que eches mano de tus ahorros a menos que realmente te haga falta.*

Por supuesto, Astrid no tardó en darse cuenta de que había sido otra maniobra de Isabel para mantenerla controlada. Pero en aquel entonces acababa de salir de la universidad y era la primera vez que gestionaba un negocio. Isabel era su madre, su única progenitora durante la mayor parte de su vida. Quería complacerla. Quería que le sonriera, le pasara el brazo por los hombros y la abrazara.

Aún lo quería, si era sincera.

—El Everwood es un tesoro nacional —dijo Isabel—. Y está en apuros, así que si fueras tú quien lo ayudara a…

—¿A qué te refieres con «apuros»?

Isabel levantó una ceja, una habilidad que ella no había heredado, y apretó los labios. A su madre no le gustaba que la interrumpieran y, de repente, Astrid se sintió como si tuviera ocho años y estuviera en clase de protocolo.

—Lo siento —dijo—. No sabía que el Everwood tuviera problemas.

Isabel asintió.

—El negocio va mal, por lo que he oído. Pru lo cerró hace un mes.

Astrid parpadeó.

—No tenía ni idea.

—Entenderás por qué es esencial que tengas éxito. Bright Falls no quiere perder el Everwood a manos de una cadena hotelera o una familia que no respete su historia. Forma parte del legado local. Diseños Bright tiene que ayudar a salvarlo. No desperdicies esta oportunidad de conseguir la vida que estás destinada a tener por un breve lapso de mal genio.

Astrid asintió y se bebió la mimosa; las burbujas le quemaron la garganta. *La vida que estás destinada a tener* era una de las expresiones favoritas de su madre. Las palabras siempre le habían dado una sensación de propósito, de destino, pero últimamente solo la empujaban a repasar todos los momentos importantes de su vida y preguntarse *¿cuándo he elegido esto?*

—Bueno, cuéntame —dijo Isabel. Se quitó por fin las gafas de sol y le sonrió a su hija con expectación, como si no acabara de presentarle en bandeja de plata todos sus fracasos pasados y sus expectativas presentes y la hubiera invitado a hincarles el diente—. ¿Has leído el artículo que te envié sobre Spencer? Bastante interesante, en mi opinión. Amelia Ryland es encantadora, ¿no crees? Sabes qué clase de Ryland es, ¿verdad? ¿De farmacias Ryland? Esa familia tiene tanto dinero que asusta. Creo que la propia Amelia es…

Astrid dejó de prestar atención al resto de la diatriba de su madre sobre los encantos de Amelia, se sirvió el *croissant* antes de que a Isabel le diera tiempo a pestañear y le dio un buen bocado, nada propio de una dama.

CAPÍTULO

SEIS

Jordan sabía que preparar una casa para demolerla era un trabajo casi tan agotador como la demolición en sí misma, salvo porque aquel proyecto en particular implicaba vagar entre innumerables recuerdos mientras decidían qué conservar y de qué deshacerse, con una mujer de ochenta años que se negaba con vehemencia a desprenderse de nada.

Y con un equipo de cámara completo.

El lunes por la mañana solo estaba la familia, junto con Emery, Goldie detrás de la cámara y Patrick, que se ocupaba de la iluminación de la escena. Natasha estaba en la casa, pero trabajando con el portátil en la cocina. Astrid, por suerte, ni siquiera estaba allí.

—No puedo vender este armario —dijo Pru en la famosa habitación Lapis con Jordan y Simon mientras las cámaras y las luces los apuntaban. El programa no planeaba filmar el proceso de limpieza de todas las estancias, pero aquella no iban a perdérsela—. Lleva aquí desde la casa original.

—También es muy feo, abuela —añadió Simon.

Jordan le dio un codazo en el pecho, aunque tenía razón. La pieza parecía recién salida de *La Bella y la Bestia* y daba la impresión de que fuera a ponerse a cantar en cualquier momento. El armario era más alto que Simon, que medía su buen metro noventa, y lucía varios adornos en la superficie de roble macizo,

78

entre los que se incluían unas puntas rizadas que Jordan dedujo que debían de emular hojas, y una cabeza de león gigante en la parte superior que parecía observar su conversación con evidente desdén.

—Perteneció a Alice Everwood —agregó Pru y acarició la chirriante puerta del mueble—. Cuando…

—Se enteró de la traición de su amante, se encerró en este mismo armario y se negó a salir durante tres días —terminó Simon—. Lo sabemos, abuela. Pero no podemos conservar todas las reliquias fantasmales si queremos modernizarnos.

—Pues no nos modernizamos —dijo Jordan.

Simon le lanzó una mirada que cortaría el metal.

—Estupendo —dijo Emery en voz baja desde fuera de cámara—. Muy buen material, seguid así.

—¿Qué? —dijo Jordan y miró a su hermano sin dejarse amilanar. Estar rodeada de cámaras por todas partes resultaba extraño, pero se dio cuenta de que lo que les había dicho Natasha era cierto; si se concentraba en el trabajo, todo iría bien. En aquel momento, el trabajo consistía en sacar de quicio a su hermano—. Es historia, Simon.

—Es una historia triste, nada más —sentenció él.

Alice Everwood había sido la hija de los primeros propietarios de la casa, James y Opal. También se la conocía como la Dama Azul, el infame fantasma del hotel que, al enterarse de que su amado, con casi toda seguridad un malnacido privilegiado que había querido colarse bajo sus enaguas antes de que sus propios padres lo casaran con alguien más rico, se había prometido con otra mujer, no volvió a salir de la casa y llevaba siempre una piedra de lapislázuli de un color azul intenso colgada del cuello. Por entonces tenía dieciocho años y acabó muriendo de tuberculosis a la tierna edad de veintitrés, pero la mayoría de Bright Falls coincidía en que en realidad había muerto por un corazón roto.

El sudor se acumuló en el labio superior de Jordan y las similitudes entre Alice Everwood y ella la asaltaron de repente.

Ambas habían acabado abandonadas por sus seres más queridos. Ambas tenían el corazón roto. Las dos eran solitarias. Al menos, Jordan lo había sido hasta hacía apenas dos semanas, cuando su casa en Savannah parecía una tumba de cartones vacíos de Ben & Jerry's y cajas de pizza en descomposición. Sí, Jordan no se había encerrado en un armario, pero a saber a qué tipo de medidas habría recurrido si Simon no la hubiera arrastrado hasta Oregón. Alargó la mano para tocar el armario y, en cuanto las puntas de sus dedos rozaron la madera, sintió un chisporroteo de electricidad.

—Ay, mierda —dijo y retiró la mano—. Perdón —añadió y miró a Emery con una mueca.

Elle se rio.

—No te preocupes.

—¿Lo veis? —dijo Pru y señaló la monstruosidad de madera, aparentemente ajena a su público—. Alice no quiere que se lo lleven.

—Abuela, ponte seria —pidió Simon.

La anciana se mostró ofendida.

—Siempre hablo en serio cuando se trata de Alice Everwood.

Desde la muerte de Alice en 1934, se habían producido… sucesos. Ruidos en el dormitorio, como pies descalzos que se deslizaban por las duras tablas de madera; la puerta del armario que se abría y se cerraba en mitad de la noche; una ventana bien cerrada con llave que por la mañana aparecía abierta de par en par. Se decía que a Alice le gustaban el aire fresco y mirar las estrellas mientras suspiraba por su amor perdido.

La historia de Alice y su presunto fantasma era más que una historia triste. Había acompañado a los mellizos todos los días de su infancia. Que a Simon le pareciera bien arrancarlo todo sin más le parecía casi imperdonable.

Ahora más que nunca.

Pru suspiró y miró hacia el armario.

—Supongo que podría indagar a ver si la sociedad histórica de Bright Falls lo quiere.

—Abuela, no puedes regalar el armario de Alice —dijo Jordan—. ¿Qué hará si...? O sea, lo abre. O algo. Lo necesita.

—¿O algo? —preguntó Simon—. Jordan, por favor.

Pero Jordan no pensaba ceder. El Everwood no sería el Everwood sin la Dama Azul. Alice era el corazón de aquel lugar. Para empezar, era gran parte de la razón por la que cualquiera optaba por alojarse allí y la razón principal que había atraído el interés de *Innside America*. Por supuesto, aquella habitación, y todas las demás, en realidad, era anticuada y chillona, con pesadas cortinas de terciopelo y flecos, la gigantesca cama con dosel, los feos muebles y el papel pintado de flores, pero eliminar todos los vestigios de la historia no era la solución.

La pintura gris y los azulejos de cerámica no eran la solución.

—Jordan —dijo Simon en voz baja—. Lo vamos a hacer. ¿Entendido?

Jordan lo ignoró y se centró en su abuela.

—¿De verdad crees que es lo correcto?

Pru abrió la boca, pero no le dio ninguna respuesta. Miró el armario y luego el resto de la habitación. Jordan habría jurado que le brillaban un poco los ojos, pero después tensó los hombros y asintió.

—Sí —dijo—. Tu hermano tiene razón, cielo. Sé que es duro, pero tenemos que modernizar este sitio. Tengo que aprender a desprenderme de las cosas y tú también.

No quería disgustar a su abuela si aquello era lo que realmente quería, pero, en el fondo, estaba convencida de que no era la decisión correcta.

Además, Natasha le había dicho que se dejara llevar, ¿no? Si leía un poco entre líneas, Emery había añadido que su rebeldía era lo que haría un programa interesante. Y un programa interesante era lo que necesitaban para salvar el Everwood.

—Podemos actualizarnos y modernizarnos sin borrar todo lo que el Everwood representa —comentó—. Dejadme el armario. Lo restauraré. Lo modificaré para que encaje con lo que...

—Casi se atragantó con el nombre, pero siguió adelante al ver que Emery le levantaba el pulgar con disimulo—. Lo que Astrid ha planeado.

—Jordan —dijo su hermano—, no podemos ponernos a restaurar todo lo que…

—Vale —lo cortó Pru, con una palmadita en el brazo—. A ver qué se te ocurre.

Jordan suspiró.

—Gracias.

Pegó una nota adhesiva azul en el armario para indicar al equipo de mudanzas que iría al día siguiente de que iban a quedarse con esa pieza. Les pediría que la trasladaran al polvoriento cobertizo detrás de la casa de su abuela que ya había empezado a limpiar para convertirlo en taller.

Mientras seguían deambulando por la casa para etiquetarlo todo con notas adhesivas de distintos colores, Jordan usó el azul más que ningún otro color.

—Tu taller no es el Louvre —dijo Simon cuando puso una nota en un escritorio antiguo del dormitorio principal, una verdadera bestia de roble espantosa—. Tiene un límite de espacio.

Ella se limitó a sacarle la lengua, mientras en su cerebro se empezaba a fraguar un plan.

Era la carpintera jefe y no iba a permitir que Astrid Parker, ni su propia familia, ya puestos, destruyera el único lugar donde había sido feliz.

¿Natasha y Emery querían tensión?

Les daría una buena dosis.

CAPÍTULO

SIETE

El martes por la mañana, Astrid iba en una furgoneta de *Innside America* con Natasha, Emery, Regina, del equipo de cámara, y Jordan, de camino al mercadillo de Sotheby para filmar algunas compras locales antes de que empezara la demolición al día siguiente. Sabía que en el mercadillo no encontraría nada que quisiera utilizar en el diseño; aunque siempre tenían puestos interesantes, no eran exactamente de su estilo, pero a Natasha siempre le gustaba visitar tiendas y artesanos locales para el programa.

Estaba lista. Llevaba preparada para aquella escena desde el momento en que Pru la había llamado para ser la diseñadora del proyecto. Sin embargo, a la hora de la verdad, con su estilo chocando con el de Jordan y el tema de la tensión que Natasha quería alimentar, no tenía ni idea de qué esperar.

Cuando llegaron, Regina se echó la cámara al hombro, Emmy cargó con el micrófono y Natasha se limitó a alentar a Astrid y Jordan. *A por todas*. Sin indicaciones ni nada.

Jordan, vestida con unos vaqueros grises y una camiseta de color azul marino entallada y cubierta de nubecillas que goteaban lluvia, miró a Astrid expectante.

—Esta es tu casa, Parker —dijo—. Adelante.

Astrid asintió y optó por no señalar que Sotheby no era su casa, que solo había ido a aquel mercadillo una vez, cuando Iris se había mudado a su piso seis años atrás y había querido llenarlo con una amalgama de colores y telas bohemias.

Se puso las gafas de sol y observó el amplio espacio de hierba. Por todas partes se extendían tiendas multicolores, compradores que deambulaban con bolsas y sombreros para protegerse del sol, disfrutando del ansiado calor primaveral. El aire olía a café y mantequilla, y Astrid recordó que por allí siempre había algunos artesanos de alimentación: cafeteros, cerveceros, panaderos e incluso algunos vinicultores locales.

—Vayamos por aquí —dijo y señaló con la cabeza la avenida principal, como si hubiera otra opción. Aun así, estaba decidida a fingir que sabía lo que hacía.

Se detuvo en una tienda que vendía velas y, aunque el fuerte aroma a pachulí y salvia era casi abrumador, hizo ademán de agarrar una de las muchas velas blancas que había en frascos de conservas reutilizados, con un cordel enrollado alrededor del cristal.

—Quedarían bien en algunas mesitas auxiliares —aseguró.

Jordan levantó una vela y la olfateó, luego arrugó la nariz con disgusto.

—Huele como la cafetería de un colegio.

Astrid olió la vela, aún en manos de Jordan. Le vino un olor picante y punzante, con un matiz más cálido que le recordó al pollo al horno.

—Dios, es verdad.

Jordan miró la etiqueta.

—Mira, incluso se llama «Horribles recuerdos de juventud».

Astrid puso los ojos en blanco y le quitó la vela para mirarla.

—No se llama así.

—Bien podría.

—Aunque «Noches de verano» no es muy acertado.

—Debería ser «Clases de verano».

Astrid rio y volvió a dejar la vela en su sitio. Sintió que se relajaba mientras pasaban al siguiente puesto. Podía hacerlo. Lo estaba haciendo. Sonreía, Jordan y ella se llevaban bien y…

—Ahora sí que sí.

Jordan se detuvo frente a un puesto lleno con telas oscuras, la mesa repleta de todo tipo de decoraciones *kitsch* victorianas. Levantó un reloj monstruoso, hecho de latón deslustrado y lleno de adornos exagerados. Unas hadas recorrían la superficie del reloj como si se tratara de una escena de *Sueño de una noche de verano*.

Astrid se limitó a parpadear.

—Venga ya —dijo Jordan—. Esto quedaría bien en el Everwood.

—Queda bien ahora —confirmó Astrid—. Pero no en el Everwood que intentamos crear.

—Que tú intentas crear.

—Bien —dijo Natasha desde detrás de Astrid—. Perfecto.

Astrid trató de respirar con normalidad, pero la cosa no iba bien y nada era perfecto. Prefería volver a inhalar la vela con olor a comedor escolar.

—Ese reloj no nos encaja —agregó Astrid, manteniéndose firme.

—Repito, para ti —dijo Jordan.

—¿De verdad vamos a pasar por esto cada vez que haya que tomar una decisión? —preguntó Astrid—. ¿Tú contra mí, lo viejo contra lo nuevo, lo espeluznante y anticuado contra lo limpio y moderno?

Jordan sonrió con suficiencia.

—Buena elección de adjetivos, Parker.

—Solo es una pregunta.

—Sí, entiendo lo que dices. Pero no me gusta.

—Tenemos trabajo que hacer.

—Pues hagámoslo.

Se midieron con la mirada, mientras Natasha las animaba.

—No vamos a comprar ese espanto de reloj —dijo Astrid. Pensaba ganar la discusión, aunque fuera lo último que hiciera.

—Y yo digo que sí.

Mierda, al parecer Jordan estaba igual de decidida.

—Seguro que encontramos un sitio para ponerlo —continuó Jordan—. Tiene que haber alguna habitación, algún rinconcito donde tus preciosos ojos virginales no tengan que mirarlo a menudo, donde...

—Perdona, ¿ojos virginales?

Jordan se encogió de hombros.

—No quisiera desflorar tus delicadas sensibilidades.

A Astrid se le calentó la sangre y no en el buen sentido. Más bien como si alguien acabara de derramar café sobre su vestido favorito. ¿Cómo se atrevía aquella mujer a tratarla como si fuera una niñita enclenque a la que había que tratar con cuidado?

—Mis sensibilidades no son nada delicadas, muchas gracias —dijo con los dientes apretados—. Quédate con tu puñe...

—Está bien, corten —dijo Emery y se quitó los auriculares—. Vamos a hacer un descanso de diez minutos. Creo que a todes nos vendrá bien un café.

Astrid asintió, pero se dio la vuelta para respirar hondo y tragarse todas las palabrotas que pugnaban por salir. Le temblaban las extremidades y sentía que se le iban a saltar las lágrimas en cualquier momento.

—¿Estás bien, cielo? —Una mujer del puesto del reloj apareció detrás de una cortina y la miró con preocupación.

—Estoy bien —dijo ella y se forzó a sonreír—. Gracias.

—¿Querías ver algo? —preguntó la mujer. Su larga melena pelirroja estaba salpicada de canas.

—No, gracias. Solo estaba...

—En realidad, ¿cuánto cuesta este precioso reloj? —preguntó Jordan y se acercó con el reloj de hadas aún en las manos.

Astrid no esperó a oír la respuesta. Se dio la vuelta y se marchó a otro puesto, cualquiera que no estuviera vendiendo mercancías horteras en las que Jordan pudiera rebuscar.

Acabó en el de una panadería de un pueblo cercano llamada Azúcar y Estrella. Nunca había ido, pero sabía que estaba regentada por una pareja *queer* y que se especializaba en productos de temporada. Estaba a rebosar, pero no le importó esperar unos minutos para ver qué ofrecían. Le llegaba un cálido aroma a levadura y mantequilla de los productos horneados y sintió que los hombros se le relajaban de inmediato.

—Hola —saludó una mujer regordeta con el pelo rizado y alborotado cuando Astrid llegó por fin a la mesa. Llevaba una etiqueta que indicaba que se llamaba Bonnie—. ¿En qué puedo ayudarte?

—Solo quería echar un vistazo —dijo Astrid, pero ya se le estaba haciendo la boca agua al ver el despliegue de galletas, magdalenas y panes. Se fijó en un *scone* con diminutos trocitos de color púrpura horneados en la masa. Podrían ser arándanos, pero se veían demasiado delicados para ser la fruta redonda. Se inclinó todo lo higiénicamente posible e inspiró para intentar desentrañar el ingrediente.

—¿Es lavanda? —preguntó.

Bonnie sonrió.

—Lo es. Estoy impresionada.

—Yo también.

Astrid giró la cabeza hacia la izquierda y se encontró a Jordan a su lado, con las cejas levantadas hasta la línea del pelo. Tragó saliva, pero la ignoró y se volvió hacia los productos horneados.

—¿Quieres una muestra? —preguntó Bonnie.

—Sería estupendo, gracias —dijo Astrid.

La mujer deslizó un *scone* de la cesta a un plato blanco y lo cortó en trozos del tamaño de un bocado.

—¿Cómo haces para que no se desmigaje? —preguntó Astrid mientras el cuchillo de Bonnie se deslizaba por la masa con facilidad—. ¿Mantequilla?

Bonnie se rio.

—En mi opinión, nunca hay demasiada mantequilla, pero tengo otro truquito.

—Cuéntame —dijo Astrid.

Bonnie dejó los trozos de *scone* en vasitos y les dio uno a Astrid y otro a Jordan.

—Los pongo muy juntos en la bandeja del horno. Cuando crecen y se juntan unos con otros, no se secan tanto.

—¿En serio? —dijo Astrid—. Nunca se me habría ocurrido. Me encantan los *scones*, pero siempre que los hago me quedan muy secos.

—¿Eres repostera? —preguntó Bonnie.

Astrid negó con la cabeza.

—No, no. Qué va, yo...

—Si horneas con regularidad y eres capaz de oler los ingredientes de un producto horneado, eres repostera —dijo Bonnie.

Astrid parpadeó. De niña le encantaba cocinar. Era la actividad que más la reconfortaba, sobre todo en los meses de silencio que siguieron a la muerte del padre de Delilah y en los que su madre se perdió en la niebla de su propio duelo. Se pasaba el día en la cocina, rodeada de una cornucopia de utensilios de repostería. Le encantaba la ciencia, la precisión. Pero sobre todo cómo dentro de las reglas generales había mucho espacio para la creatividad y la invención.

La universidad lo cambió todo. En su residencia de estudiantes de primero no había espacio para experimentos culinarios. Más aún, tampoco tenía tiempo. Ya era adulta. Tenía que dedicarse a cosas de adultos.

Tras la sonrisa afectuosa de Bonnie y con la palabra *repostera* todavía flotando en el aire, le entraron ganas de llorar.

Lo cual era ridículo.

—¿Eres repostera? —preguntó Jordan y arrancó a Astrid de sus pensamientos. Casi había olvidado que la carpintera estaba allí, pero ella la miraba con una sombra de asombro en los ojos.

Astrid no contestó, sino que se limitó a darse la vuelta y sonreírle a Bonnie. Luego le dio un mordisco al trozo de *scone* que ya era del tamaño de un bocado.

—Joder —dijo Jordan tras hacer lo mismo—. Está increíble. Ni siquiera sabe a jabón.

Bonnie se rio.

—Intento no ponerles mucha lejía.

Jordan hizo un gesto con la mano, todavía masticando.

—Lo siento, es que la lavanda me sabe a jabón.

—A veces pasa —dijo Bonnie—. Pero se puede evitar…

—Moliendo los cogollos y mezclándolos con azúcar.

A Astrid se le escaparon las palabras antes de que pudiera detenerlas. Recordaba haber leído sobre esa técnica hacía años, pero nunca la había probado. Bonnie se limitó a sonreír.

—¿Lo ves? Repostera hasta la médula.

Luego le guiñó un ojo y se fue a atender a otro cliente. Astrid se quedó con una extraña sensación de dolor y nostalgia.

—Ha sido interesante —dijo Jordan y aplastó el vasito de papel en la mano mientras la miraba expectante.

—¿Qué pasa? —inquirió Astrid—. ¿Nunca habías comido *scones*?

—No hablo del *scone* —dijo Jordan, con una voz tan baja y suave que Astrid jadeó y sintió un nudo en la garganta—. Hablo del azúcar de lavanda y de cómo…

—Solo es azúcar.

—Parecías una niña en Navidad al hablar de ello.

Astrid negó con la cabeza.

—Es algo que antes me gustaba.

—¿Antes?

—Sí, antes. No soy…

—¿De las que se manchan las mejillas de harina? —terminó Jordan, con la cabeza ladeada y los ojos entrecerrados.

—Exacto —dijo Astrid, pero sus ganas de llorar se multiplicaron por diez. No tenía sentido. Jordan no se equivocaba. Ella no era de las que se pasaban el día trasteando en la cocina. Ni de lejos. Se había asegurado de ello durante toda su vida adulta.

Se encontró con la mirada curiosa de Jordan, verde y dorada, y enloquecedora.

—Exacto —repitió y se aclaró la garganta. Se limpió las migas en los vaqueros antes de darse la vuelta—. Deberíamos irnos. Seguro que Natasha y Emery quieren que sigamos.

—De acuerdo —dijo Jordan, de nuevo con sarcasmo, que era justo lo que Astrid necesitaba—. Pero vamos a comprar el reloj te pongas como te pongas.

—Lo llevas claro —concluyó Astrid cuando empezaron a cruzar juntas la explanada de hierba.

Jordan sonrió, pero no dijo nada.

Cuarenta y cinco minutos después, Astrid iba en el asiento de atrás de la furgoneta junto a Jordan, que llevaba un reloj monstruosamente feo sobre el regazo.

CAPÍTULO
OCHO

Astrid no acostumbraba a asistir a las demoliciones. Odiaba el polvo, el caos, estar cerca cuando el equipo arrancaba armarios de las paredes y blandía mazos a lo loco. Pero el Everwood no era un proyecto cualquiera y había que documentarlo todo para *Innside America*, incluidas imágenes suyas supervisando parte de la demolición, o al menos fingiendo que lo hacía. Además, dada la ya precaria situación de su reputación con la carpintera, sabía que tenía que participar. Tal vez despegar uno o dos trozos de papel pintado la ayudaría a arreglar un poco las cosas con Jordan. Solo tenía que mantenerse tan serena como siempre.

Sin embargo, cuando aparcó frente al hotel y vio a Jordan y a Natasha riendo en el porche, los nervios la traicionaron. Entre el gran contenedor situado en el patio delantero y el equipo del programa interactuando con el de demolición, las cosas se estaban poniendo serias.

—Ya estás aquí —dijo Jordan cuando Astrid salió del coche y se dirigió hacia el porche, con el bolso de trabajo colgado en el codo.

Astrid se aseguró de que la sonrisa le llegara a los ojos. El pelo corto de Jordan estaba cubierto de polvo y a saber qué más. En la cabeza llevaba unas gafas de seguridad y un gastado cinturón de herramientas le rodeaba la cintura, ceñido alrededor de otro mono de trabajo de tela vaquera gris oscura, con nada más que un sujetador deportivo de color rosa brillante debajo.

Sintió que se le revolvía el estómago; la piel expuesta siempre la incomodaba, un desafortunado subproducto de tres décadas de lecciones de etiqueta de mano de Isabel. Era perfectamente consciente de que mostrar ciertas partes del cuerpo en situaciones que no implicaban agua ni bañadores era algo normal y aceptable para muchas personas, pero era incapaz de deshacerse de años y años de cruzar las piernas por los tobillos, la derecha sobre la izquierda. Aun así, inclinó la cabeza hacia la otra mujer y admiró la suave piel que le asomaba por los costados del mono mientras se preguntaba qué se sentiría al ser tan libre.

—¿Hola? —dijo Jordan y le agitó una mano delante de la cara.

—Perdón, hola —respondió Astrid y se puso las gafas de sol. Se sentía mejor con una barrera que las separase como un muro extra de protección—. ¿Cómo va todo?

Buscó con la mirada a Josh Foster, el contratista que los Everwood habían contratado y cuyo equipo iba a ocuparse de la demolición. Cuando se encontraban en trabajos, Astrid interactuaba con él lo menos posible y se limitaba a enviarle por correo electrónico los esquemas del diseño con un escueto *aquí tienes* como cuerpo del mensaje. Como ex de su mejor amiga Claire y padre de su hija, Ruby, Josh era una presencia inevitable en el círculo de Astrid, pero no tenía por qué caerle bien. Le había hecho suficiente daño a Claire en el pasado como para que su nuevo sentido de la responsabilidad, adornado con un negocio propio y una residencia permanente en Winter Lake, no sirvieran para convencer a Astrid. A pesar de todo, su equipo estaba allí, tirando fregaderos y armarios antiguos al gran contenedor verde del jardín delantero, así que tenía al menos que concederle eso.

—Todo va bien —dijo Jordan—. La destrucción de la casa de mi infancia va viento en popa.

—Mierda, Jordan —dijo Natasha, con un tono risueño—. Guárdate esos comentarios para las cámaras.

Jordan también se rio y Astrid se obligó a unirse a ellas, aunque el acto le pareció desesperado, como si fuera una preadolescente que suplicaba que la dejaran sentarse en la mesa de los chicos populares. Aun así, ¿Natasha quería que interpretara un papel? Pues lo haría. Se le daba de maravilla.

Dejó que la risa se desvaneciera.

—Entonces, ¿qué? ¿Quieres quedarte con esa bañera de patas con el anillo de herrumbre y…? —Entrecerró los ojos para distinguir los detalles de la bañera que dos obreros cargaban al contenedor—. ¿Qué son los de los grifos? ¿Querubines? Aunque te encantan los relojes con hadas que bailan, así que tampoco me sorprendería.

Jordan siguió mirándola con frialdad y una ceja levantada. Mierda, a Astrid le encantaría saber levantar una ceja.

—Va a ser divertido —comentó Natasha. Luego, le puso una mano en el hombro a Jordan, se dio la vuelta y llamó a Emery por la puerta abierta de la casa. La carpintera no apartó la mirada de Astrid, con una sonrisita en la boca de color rojo frambuesa.

—Hola, ¿qué tal? —dijo Emery cuando apareció en el porche, también con unas gafas de seguridad y vestide con una camiseta gris con seis barras horizontales impresas, cada una en un color diferente del arcoíris—. Hola, Astrid.

—Hola —respondió ella con una sonrisa.

—Está bien —dijo Natasha y dio una palmada—. Han llegado nuestras dos estrellas y ya están bien calentitas, así que a ver si grabamos algo interesante.

—¿Qué tienes en mente? —preguntó Emery.

Natasha se volvió hacia Jordan.

—Vamos a sacarte bastante en la parte de la demolición; ya tenemos pensados varios planos con Josh y un par con Simon y Pru, si crees que estarán dispuestos.

—Por supuesto —dijo Jordan—. A mi abuela le encantará aporrear algunos gabinetes de cocina.

—Ya que lo mencionas —agregó Natasha con un toque de picardía en la voz y se volvió hacia Astrid. Luego se limitó a sonreírle.

—¿Qué? —preguntó ella—. Ya que lo mencionas, ¿qué?

—De ninguna manera —dijo Jordan y negó con la cabeza.

—Anda, venga —pidió Natasha—. Emery, ¿tengo razón o no?

—La tienes —dijo le productore y le guiñó un ojo a Astrid antes de teclear algo en el teléfono.

—¿Razón en qué? —preguntó Astrid.

—Tiene todas las papeletas para salir mal —dijo Jordan, que la ignoró por completo y siguió mirando a Natasha.

—Estará bien —aseguró la presentadora—. Será un momento entre profesora y alumna.

—No lo sé —dijo Jordan y por fin miró a Astrid. Recorrió con la mirada la camiseta blanca ajustada, los vaqueros pitillo oscuros y las zapatillas blancas que llevaba. Astrid se tensó con el escrutinio y resistió el impulso de comprobar que llevaba los puños de las mangas bien enrollados—. Aquí hay mucho blanco.

—Aún mejor —concluyó Natasha.

El pulso de Astrid le rugía en los oídos.

—Que alguien me cuente de una puñetera vez lo que está pasando.

Todes abrieron los ojos de par en par. Había levantado la voz hasta casi gritar.

Y había dicho una palabrota. Delante de Natasha Rojas.

La mujer, por su parte, se mostró encantada.

—Tenemos la tarea perfecta para ti.

—¿Por qué lo dices como si quisieras decir justo lo contrario? —preguntó Astrid.

Jordan esbozó una sonrisa cargada de malicia.

—Míranos. Qué bien nos conocemos ya.

Astrid suspiró y se subió el bolso al hombro. Fuera lo que fuese, tenía que estar dispuesta. Cualquier otra reacción resultaría elitista y mezquina.

—Está bien. Adelante.

Natasha sonrió de oreja a oreja y levantó el pulgar a Emery, que desapareció en el interior de la casa mientras llamaba a Regina. Jordan se quedó mirando a Astrid durante una fracción de segundo antes de darse la vuelta y subir los desvencijados escalones del porche. Astrid la siguió y los ruidos de la demolición crecieron cuando cruzaron la puerta abierta.

Jordan y Natasha la guiaron a través de una puerta batiente de roble oscuro hasta la cocina. Era un espacio amplio con una serie de ventanas en la pared del fondo, más luminoso de lo que cabría esperar en una casa centenaria. Aun así, Astrid se moría por cambiar los armarios oscuros por madera blanca, retirar las encimeras de laminado descascarillado y sustituirlas por mármol liso.

Regina y Emery ya estaban dentro, montando luces y cámaras, junto con Darcy, cuyo trabajo consistía en preparar la estética de cada toma, desde el peinado y el maquillaje hasta la posición de los escombros del suelo.

—Vamos a prepararte —dijo y sentó a Astrid en un taburete al fondo de la sala. Le inspeccionó el rostro mientras ella se centraba en su *piercing* en la ceja y su sombra de ojos morada—. La verdad es que ya estás estupenda.

—Ah —dijo Astrid—. Gracias.

—¿Y yo qué tal, Darce? —preguntó Jordan y puso cara de ofendida.

Darcy se rio y sacudió la melena asimétrica.

—Por favor, ¿con ese delineador? Podrías hacer mi trabajo.

Jordan se rio también, lo que llamó la atención de Astrid. Por alguna razón, sintió que el rubor le subía a las mejillas. ¿Por qué Jordan ya se llevaba tan bien con todo el mundo?

Darcy le tusó el pelo, le puso un poco de colorete en los pómulos y le dio unas palmaditas en el hombro antes de liberarla. Astrid se levantó y dejó el bolso en el taburete. Aún no sabía qué querían que hiciera.

—¿A la cadena le parece bien que salgas con ese collar en pantalla? —preguntó Jordan y señaló el colgante de oro que llevaba

Natasha en el cuello, el mismo doble hueso de la suerte que Astrid recordaba del primer encuentro la semana pasada.

La presentadora se rio, agarró el colgante con los dedos y lo miró.

—La mayoría de la gente ni siquiera se da cuenta de lo que es.

Jordan puso los ojos en blanco.

—Soy lesbiana. Claro que sé lo que es.

—¿Qué es? —preguntó Astrid e inmediatamente deseó no haberlo hecho.

Ambas mujeres se volvieron a mirarla y luego volvieron a dirigirse la una a la otra. Estaba claro que debería saberlo.

—Nada más que añadir —dijo Jordan y asintió hacia Natasha.

Ella, al menos, fue un poco más educada y sonrió con calidez. Hasta que abrió la boca.

—Es el clítoris.

—Es... —Astrid se atragantó. Parpadeó. Estaba bastante segura de que nunca había pronunciado esa palabra en voz alta.

—El clítoris —repitió Jordan.

—Sí, ya lo he entendido —dijo Astrid.

—Quienes lo tienen deberían darle prioridad, ¿me equivoco? —dijo Natasha.

Chocaron los puños. Darcy soltó un gritito desde cerca de la puerta trasera, donde estaba moviendo una pila de madera rota hacia el rincón.

—Claro —dijo Astrid. ¿Estaba sudando? Mierda, estaba sudando. No era que se sintiera horrorizada ni ofendida. Todo lo contrario. Iris Kelly era su mejor amiga, por el amor de Dios. Pero se sentía... perdida. El equipo, Natasha, Emery, Jordan, todo el mundo era vibrante, divertido y descarado.

Todo lo que Astrid no era.

Todo lo que, en parte, deseaba ser.

—Bien, ya estamos a punto —dijo Regina, con la cara aún oculta tras la cámara—. Cinco, cuatro, tres...

Luego levantó los dedos para el dos y el uno y, antes de que Astrid se diera cuenta, la luz de la cámara se puso verde.

—Ah —balbuceó—. Eh…

—Ten.

Algo frío y suave le tocó el brazo. La cabeza de acero de un mazo le presionaba la piel desnuda mientras Jordan sujetaba el largo mango de madera.

—¿Qué quieres decir? —preguntó Astrid.

Jordan enarcó una ceja. Balanceó el mazo hacia atrás y lo levantó más alto. Las manos se le deslizaron hacia la cabeza de acero.

—Esto, mi dulce niña del verano, es un mazo. Aplasta cosas. Hace mucho ruido y arrasa por donde pasa.

Natasha, que estaba fuera de plano en ese momento, disimuló una risita con la mano. Le brillaban los ojos. Astrid cuadró los hombros. Iba a quedar bien, costara lo que costara. Quería sentarse en la mesa de los populares.

—Ya veo que eres una listilla —dijo y Jordan sonrió. Astrid sospechaba que su boca quería hacer lo mismo, pero no pensaba darle la satisfacción a la otra mujer.

—Aprendes rápido —agregó Jordan—. Te enseñaré. Toma. —Con la mano libre, le lanzó unas gafas transparentes, que Astrid consiguió atrapar a duras penas—. Protege a esos bebés marroncitos.

Algo en la forma en que Jordan había dicho las últimas palabras hizo que la sangre se le acumulara en las mejillas mientras se ponía las gafas en la cabeza. No sabía por qué. La protección ocular era un requisito básico en una obra y había tenido que ponérselas lo suficiente como para saber de antemano que allí también le tocaría hacerlo.

Jordan se colocó también las gafas. Un mechón de pelo más largo que el resto se le enredó en la correa y se le escapó formando un bucle de color marrón dorado. Astrid dudaba de que se hubiera dado cuenta o que le importara mientras se subía el mazo al hombro, apuntalaba los pies en el suelo cubierto de plástico y dejaba volar la herramienta.

Un enorme crujido resonó por toda la cocina. Aunque estaba preparada, Astrid se sobresaltó y retrocedió un par de pasos cuando los trozos de madera saltaron por los aires. Los fibrosos músculos de los brazos de Jordan ondularon cuando levantó el mazo y repitió el movimiento. Tenía abdominales, auténticos y visibles bajo la tela vaquera del mono, que se contraían cada vez que se preparaba para dar otro golpe.

Era fascinante. El cuerpo de Jordan era eficiente y rápido, como una máquina bien engrasada que sabía exactamente cuál era su misión. Astrid solo había visto a hombres hacer aquel tipo de trabajo, lo que probablemente era parte de la razón por la que la exhibición de poder de Jordan le resultaba tan fascinante. Se sintió una feminista horrible. Por supuesto que sabía que había mujeres y personas no binarias que trabajaban en la construcción, pero aun así no podía apartar la mirada. Punto para la misoginia interiorizada.

Sacudió la cabeza para despejarse y se sacó de la cabeza todos los pensamientos de fascinación. Era una mujer haciendo bien su trabajo. Nada más.

Una vez despejados los armarios, Jordan se detuvo. Se subió las gafas sobre la cabeza, apoyó el cabezal de acero en el suelo y se apoyó en el mango mientras se giraba para mirar a Astrid.

Estaba sudando.

Los brazos le brillaban. Tenía gotas en el pecho.

Astrid quiso abofetearse por fijarse en esos detalles. Sí, era una persona detallista. Personalidad de tipo A, organizada hasta la exageración, ojos atentos y en constante búsqueda de defectos. Era la amiga que siempre se fijaba en la pelusa del pelo de Claire o se daba cuenta de que a Iris se le había escapado un botón de la camisa, pero aun así. Estaba en un plató profesional, por el amor de Dios, y delante de una cámara, por si fuera poco; no era el momento de fijarse en las gotas de sudor que se deslizaban por el escote de la carpintera.

—Y así es como se hace —dijo Jordan.

—Muy emocionante —respondió Astrid sin emoción alguna—. ¿Dónde hay un vaporizador? Se me da genial quitar el papel pintado.

—De eso nada —dijo Jordan y se rio—. Ahora te toca a ti.

Se le encogió el estómago. Lo más seguro era que ni siquiera fuera capaz de levantar el mazo y mucho menos estrellarlo contra un montón de madera. Prefería que Jordan, la carpintera sexi, por no hablar de la mitad del equipo del programa, no fuera testigo de cómo fracasaba estrepitosamente. Las posibilidades de que se aplastara un dedo del pie o de la mano eran altas, o de que se cargara algo que no debía. No, gracias.

—¿Qué pasa, Parker? —provocó Jordan y se le acercó con el mazo—. ¿Tienes miedo?

Tuvo la sensación de que Jordan ya sabía la respuesta a la pregunta, pero no pensaba admitirlo. La carpintera estaba aún más cerca. Se fijó en un círculo de un verde más oscuro que bordeaba el centro de sus ojos avellana. Nunca había visto unos ojos así.

—¿Y bien? —le repitió, de nuevo con aquella sonrisa de suficiencia.

Astrid tragó saliva y apretó la mandíbula.

—Está bien.

Jordan la miró con lo que solo podía interpretarse como triunfo.

Astrid la siguió hasta una nueva hilera de armarios aún intactos.

—Ponte esto —le indicó. Se quitó los guantes y se los entregó. Todavía estaban calientes cuando Astrid deslizó el áspero material sobre sus dedos—. Vale, esto es lo que tienes que hacer.

Jordan procedió a explicarle cómo sostener el mazo, cómo usar las piernas de contrapeso y cómo agarrarlo bien antes de dirigirlo hacia el objetivo previsto.

—Cuando golpees el mueble, no aflojes el agarre —explicó—. Mantenlo apretado, tira hacia atrás y repite. ¿Entendido?

—Entendido —dijo Astrid, pero no lo tenía nada claro. Le temblaban las manos al apretar el mango y de pronto temió no ser capaz siquiera de levantarlo.

—No hay mejor momento que el presente, Parker —dijo Jordan y la observó con una clara expresión de suficiencia. ¿Quería que fracasara?

La idea le sentó como un puñetazo en el estómago. Sabía que cualquier hostilidad por parte de Jordan era bien merecida, pero de pronto se sintió como si tuviera todo el cuerpo en carne viva y el más mínimo roce la hiciera ver las estrellas.

Aspiró una bocanada de aire y levantó el mazo. El peso era considerable; estuvo a punto de hundirle el hombro y le tensó los músculos del cuello, pero consiguió sostenerlo. Se cuadró frente al armario más cercano mientras Jordan retrocedía unos pasos.

Buena idea. A saber dónde iba a aterrizar. Preparó el cuerpo para imitar lo que Jordan había hecho y se centró en su objetivo como en una diana. Inspiró hondo por la nariz, pero era incapaz de moverse más allá de su posición actual.

—Siempre me imagino algo que desprecio —dijo Jordan desde detrás.

Astrid se giró.

—¿Qué?

Jordan señaló los armarios.

—Imagina que son algo que odias. O alguien. El cuadragésimo quinto presidente. Racistas y homófobos. Coles de Bruselas.

Astrid esbozó una sonrisa.

—¿Coles de Bruselas?

—Las odio con toda mi alma.

—¿Eso haces? ¿Imaginar coles de Bruselas?

La expresión irónica de Jordan se atenuó, solo un ápice, pero cuando habló su voz era más suave.

—Algo así.

Astrid se dio la vuelta y sintió un repentino subidón. Algo que odiara. ¿Por dónde empezar? El desorden. Los muebles de la época victoriana. El agua con gas con sabor a frutos del bosque. Las fajas. Cuatro tenedores distintos en la cena. El tic en el ojo de su madre. Los suspiros de su madre. La mueca de su madre cuando Astrid se atrevía a comerse un ofensivo carbohidrato.

La cara de su exprometido parpadeó en su mente. La cara perfecta y cincelada de chico de oro de Spencer Hale, con su nueva prometida perfecta. No lo odiaba. No del todo. Desde luego, no la odiaba a ella. Más bien odiaba la persona que había sido cuando estaba con Spencer, odiaba haber creído que necesitaba casarse con alguien como él. Odiaba sentirse incapaz de tomar sus propias decisiones, de vivir su propia vida.

Astrid oyó un sonido ronco, casi un gruñido, y, hasta que el mazo estuvo volando por los aires, no se dio cuenta de que procedía de ella. El extremo de acero se estrelló contra el mueble con estrépito y las astillas salieron disparadas en todas direcciones. La acción y su consecuencia la sorprendieron tanto que aflojó el agarre, el mazo cayó en picado al suelo y se llevó su brazo con él.

—Quieta, fiera —dijo Jordan, de repente a su lado—. No lo sueltes, ¿recuerdas?

Le deslizó los dedos por la muñeca desnuda y la ayudó a volver a levantar la herramienta.

Astrid se estremeció. Le temblaba todo el cuerpo y la adrenalina le corría por las venas. Se le puso la piel de gallina.

—Otra vez —dijo y Jordan alzó las cejas. No dijo nada, retrocedió y le indicó con un gesto que continuara.

Así lo hizo. Se olvidó por completo de las cámaras y de Natasha Rojas. Arrasó el armario hasta que no quedó más que una cáscara de madera colgando de la pared por los soportes. Luego pulverizó el de al lado, golpeando el mazo una y otra vez hasta que se quedó sin aliento y le escocieron los dedos a pesar de los guantes que le protegían la piel. Se sentía salvaje y viva, como si hubiera volcado toda su voluntad en la herramienta y por una vez llevara las riendas de su vida.

Nunca se había divertido tanto en una obra.

Cuando por fin se detuvo, tenía el brazo dolorido, trozos de madera y polvo le moteaban la camiseta blanca y no quería ni pensar en cómo tendría el pelo.

Se subió las gafas a la cabeza y se volvió para mirar a Jordan Everwood, que la contemplaba con la boca abierta.

—Dios, qué bien me ha sentado.

CAPÍTULO

NUEVE

Jordan miró a Astrid con una mezcla de diversión, irritación y, muy a su pesar, excitación en las entrañas.

—Eres mejor de lo que esperaba —dijo, se acercó y le quitó el mazo antes de que la mujer desatara otra masacre contra los muebles.

Astrid se rio y se sacudió el pelo. El polvo cayó de su flequillo desgreñado como si fuera nieve.

—No tenía ni idea de que sería tan terapéutico.

—¿Lo ves? No tenías motivos para resistirte.

Astrid frunció el ceño.

—No me he resistido.

Jordan se rio.

—Me encantaría ver lo que consideras resistirte, entonces. Pobre hombre.

Jordan observó con atención la reacción de Astrid. Sí, había dicho *hombre* con toda la intención. Sí, estaba buscando alguna señal de que Astrid no era heterosexual, porque estaba notando ciertas vibraciones. Después de dos décadas saliendo exclusivamente con mujeres y personas no binarias era imposible no captar aquellas cosas. Para empezar, la larga mirada que habían compartido en el mercadillo, cuando fue testigo de su lado tierno y vulnerable ante el puesto de repostería. Después, ese mismo día, la forma en que se le había cortado la respiración durante una milésima de segundo cuando le había tocado la muñeca, un sonido que tenía el potencial de dejarla por los suelos durante el resto del día. Y no quería ni pensar en cómo la diseñadora la había repasado de arriba abajo en la entrada de la casa, sin sonreír, con la boca abierta y recorriendo cada centímetro de piel.

Por otra parte, también había presenciado todo eso antes en mujeres hetero. Las curiosas, las aburridas, las reprimidas que ansiaban enseñar el vientre sin sentir que iban en contra de los deseos de sus madres. Tal vez Astrid perteneciera a alguna de aquellas categorías y, de ser así, Jordan no pensaba acercarse.

¿En qué estaba pensando? No iba a acercarse ni aunque Astrid acabara siendo más *queer* que un unicornio cubierto de purpurina. Era el enemigo, la adalid del blanco y el gris, la apisonadora de la personalidad y el ambiente. Un hecho que haría bien en recordar mientras le enseñaba a blandir un mazo.

Sin embargo, notó un claro rubor en las mejillas de Astrid cuando agachó la mirada y las largas pestañas le rozaron las mejillas.

Joder.

—Dudo que mi exprometido se describiera a sí mismo como un pobre hombre —dijo Astrid.

Ajá. Bien. Masculino. Ex. Tampoco significaba necesariamente que fuera hetero ni que el prometido en cuestión se identificara como hombre, pero Jordan iba a agarrarse a lo que pudiera. Cualquier cosa con tal de enfriarse un poco la piel repentinamente caliente.

—¿Te lo has imaginado a él? —preguntó.

No pudo evitarlo. Sentía curiosidad. Astrid había cobrado vida al blandir la herramienta, con los dientes apretados y los delgados brazos tensos. Y aquel gruñido. No, no iba a pensar en el gruñido.

Joder, qué falta le hacía echar un polvo.

Pero no con la puñetera Astrid Parker.

Se apuntó un recordatorio mental para encerrarse en su pequeño dormitorio aquella noche y pasar un poco de tiempo de calidad con el contenido de su mesita. Lo cual era más difícil de lo que podría parecer, dado que su hermano y su abuela estaban siempre a una pared de distancia. Pero ya se las arreglaría. Tenía que hacerlo. Ya llevaba un tiempo sin hacerlo, las dos semanas de sofá después de que la despidieran le habían matado la libido y ahora vivía con su abuela, por el amor de Dios, por mucho que la adorara. Su situación no avivaba precisamente las llamas del deseo.

Sin embargo, al ver la respiración agitada de Astrid, que todavía empuñaba el mazo, la llama se avivó más que de sobra.

La mujer asintió.

—Sí, eso he imaginado.

—¿Es un imbécil?

La otra mujer suspiró.

—Es… no. Bueno, sí, lo es, pero en realidad no ha sido eso por lo que…

Otra vez bajó la mirada y Jordan se perdió en sus pestañas infinitas. Esa vez incluso se mordió el labio inferior. Necesitaba salir de allí. De inmediato. Miró a Natasha y a Emery, a Regina detrás de la cámara, pero todes estaban observando la interacción como si vieran una película de lo más emocionante, con los labios entreabiertos y las pupilas un poco dilatadas.

—¿A quién imaginas tú? —preguntó Astrid.

Jordan parpadeó y se volvió.

—¿Qué?

—¿A quién imaginas? —repitió y luego señaló con la cabeza el mazo que aún sostenía.

Así sin más, la tristeza y la ira la cubrieron como un manto. Tan suave que no las vio caer hasta que fue demasiado tarde. Nunca lo veía venir. El duelo. Era así de astuto, la seguía a hurtadillas hasta que encontraba el momento perfecto para asaltarla como un depredador.

—No imagino a una persona —se oyó decir.

—Entonces, ¿qué? —dijo Astrid, con los ojos muy abiertos y curiosos. Incluso dio un paso adelante y se inclinó un poco hacia ella.

Jordan dio un paso atrás y se apartó.

—El cáncer —dijo en voz baja—. Me imagino el cáncer cuando me pongo a destrozar armarios como si no hubiera un mañana.

—Corten —dijo Emery.

Ya era hora. Jordan exhaló, pero Astrid la seguía mirando, con la boca abierta y las gruesas cejas fruncidas en señal de preocupación. Mierda. No quería que le hicieran preguntas y no quería oír el horrible e inevitable *lo siento*. Ni siquiera sabía por qué le había dicho la verdad. O parte de la verdad, al menos. Se había vuelto una experta en evitar pronunciar aquella palabra en voz alta, en revolcarse sola en su patético comportamiento.

Sin embargo, había hablado delante de Astrid, además de un equipo entero de televisión que acababa de grabar cada segundo de su patetismo.

Estupendo.

De ninguna manera iban a sacarle nada más, así que se dio la vuelta y salió por la puerta trasera antes de que nadie dijera ninguna sandez.

Nadie podía entrar en el taller de Jordan, ni siquiera Natasha Rojas. Lo había dejado claro antes de que empezara la demolición, alegando que no era seguro y que aún lo estaba poniendo todo en orden para el trabajo. Josh Foster había montado una tienda en el patio de atrás para sus propios obreros, con todo lo necesario para cortar, serrar y martillear, por lo que no tenían ninguna necesidad de acceder al taller privado de la carpintera jefe.

El grupo de Josh ya había puesto mala cara por ello; la habían evaluado y habían protestado porque técnicamente estuviera al mando. Pero el propio Josh no había reaccionado. Bueno, sí, pero se había limitado a decir: *Me parece bien*. Luego había vuelto al trabajo sin más. Jordan siempre esperaba cierto nivel de machismo en el trabajo, era inevitable en su profesión, pero hasta el momento Josh solo la había tratado con deferencia y respeto. Tampoco iba a darle un premio por mostrar un poco de decencia humana básica, pero aun así. Agradecía que no cuestionara su petición de privacidad. En realidad, el viejo cobertizo detrás de la casa de su abuela llevaba en perfecto estado desde la noche anterior, cuando Jordan había terminado de preparar el espacio para lo que tenía planeado.

Pero no quería que nadie viera cuál era ese plan.

Salió por la puerta de atrás del hotel y cruzó la extensión de hierba demasiado larga a toda prisa en dirección al cobertizo. Pulsó la combinación del candado que había colocado en la puerta el día después de conocer a Astrid Parker y entró. El espacio era grande, lo bastante amplio para un taller individual. Ya olía a madera vieja por los múltiples muebles que había amontonado en un rincón, incluido el armario de Alice. El banco de trabajo, la joya de la corona de cualquier taller, estaba en el centro de la habitación, una mesa de madera con forma de *L* y un acceso directo a la sierra mecánica en un extremo.

Un armario de cocina esquinero, cortado según las especificaciones de diseño de Astrid, ya estaba colocado en la superficie.

Jordan se desabrochó el cinturón de herramientas y lo dejó caer al suelo de cemento. Se acercó al banco de trabajo y apoyó las manos en la gruesa madera. Respiró. Había pasado un año. No entendía por qué la pérdida de Meredith le seguía resultando tan… fresca. Nueva.

Pero allí estaba, suspirando por su mujer una vez más, casi con el mismo aliento con el que acababa de suspirar por Astrid Parker y su infernal gruñido al blandir el mazo.

—Joder —masculló en voz alta y se apretó los ojos con las palmas de las manos.

No se sentía culpable. Sabía que la culpa no tenía cabida en su historia con Meredith. Lo que sí había era rabia, como había demostrado al pulverizar un armario con solo tres mazazos, pero sobre todo había miedo.

Muchísimo miedo. Había convivido con él el tiempo suficiente como para reconocerlo. No se engañaba a sí misma. Pero no sabía qué hacer al respecto.

Solo había tenido una amante desde Meredith, una mujer llamada Katie a la que había conocido en un bar después de un día duro en el trabajo y de que el silencio en casa se le hiciera particularmente insoportable. La soledad la había superado y había sentido la imperiosa necesidad de escuchar otra voz en su casa que no fuera la suya. Sin embargo, en cuanto Katie estuvo en su cama, después del sexo y cuando la mujer se dispuso a marcharse, Jordan sintió cómo otra necesidad se apoderaba de ella.

No te vayas.

Fue lo que quiso decirle a una completa desconocida, se rindió al deseo de que alguien la mirase de verdad y dejó que las palabras se le escaparan.

Katie la había mirado, pero no como Jordan quería. Había sonreído con satisfacción, se había vestido y le había dicho:

—Las dos sabemos que esto no es eso.

Después se marchó sin decir nada más.

Jordan pasó toda la semana siguiente en la cama, mientras Bri Dalloway le bombardeaba el teléfono, hasta que terminó por involucrar a Simon, que le dejó un mensaje de voz en el que la amenazó con presentarse en su casa y secuestrar a su gata si no iba a trabajar.

De eso hacía seis meses. No hacía falta decir que Jordan ya no estaba hecha para el sexo casual. Y cualquier cosa que no fuera casual seguramente conduciría a más pruebas de que tampoco era lo que nadie se imaginaba como una compañera de vida, lo que la dejaba sola con sus dedos.

Sin embargo, si era sincera consigo misma, eso era lo que quería de verdad. Una compañera. Siempre lo había deseado, la solidez de una familia, construir una vida con y para otra persona como la que su abuela y su hermano habían construido para ella. Pero después de Meredith, ya no creía que fuera posible. Le aterrorizaba incluso soñar con la posibilidad.

Después de Katie, había invertido en numerosos juguetes sexuales, tres vibradores y dos estimuladores de clítoris diferentes, además de un par de consoladores. Le había ido bien desde entonces. En casa, siempre ponía música, algún programa en la tele o una película, para que siempre hubiera otra voz con ella. Gracias a los orgasmos regulares, y muy buenos, proporcionados por la tecnología, hacía tiempo que no pensaba en acostarse con nadie. Incluso cuando se fijaba en una persona atractiva, se limitaba a observarla, se imaginaba una larga sesión con el Satisfyer 3000 esa misma noche y seguía adelante.

Hasta que había aparecido la puñetera Astrid Parker.

Hasta su flequillo despuntado, sus trajes de chaqueta y su adorable ignorancia sobre cómo era un clítoris.

Jordan podría educarla. Enseñarle todo lo que había que saber sobre el clítoris...

Dios, no.

Eso no iba a pasar. Ni en un millón de años.

Se frotó la cara con las manos, lo que probablemente le emborronó el lápiz de ojos, y miró el armario en el que estaba trabajando. A menudo encargaba los armarios que quería el cliente. En Savannah, había varios fabricantes locales a los que Dalloway e Hijas recurrían y Josh había mencionado uno con el que había colaborado en varias ocasiones en Winter Lake, incluso para los proyectos en Bright Falls.

Pero Jordan tenía un plan.

Y si encargaban los armarios blancos cuadrados que Astrid quería, su plan se iría al traste.

Así que había convencido a Josh de que podía construir un armario mejor, lo cual era cierto, y de que les ahorraría dinero en el presupuesto, también cierto, y él había aceptado. Era muy confiado, un buen chico que se había criado en un pueblo pequeño, y Jordan estaba más que preparada para soportar la ira de Astrid cuando los armarios estuvieran terminados e instalados.

De hecho, la ira de Astrid era parte de lo que la motivaba.

Se puso manos a la obra, volvió a ponerse las gafas protectoras y empezó a medir y a cortar las puertas para dejar sitio al parteluz de época que tenía encargado. La cocina del Everwood era enorme, así que era un trabajo considerable. Había estado bien contar con un ayudante, no iba a mentir, pero valdría la pena.

Durante la próxima hora, se perdió en el trabajo. Le encantaba aquella parte del proceso, la creación. Hacía tanto que no construía algo desde cero que se había olvidado de la emoción, de cómo todo su cuerpo se activaba al ver cómo algo tomaba forma y se hacía realidad. Y aquel proyecto era aún más estimulante de lo normal, imaginar la cocina que de verdad encajaba con lo que era el Everwood, modernizándola al tiempo que honraba la historia y la tradición.

Hizo una pausa, apagó la sierra y se quitó los guantes para abrir el portátil. Astrid les había enviado por correo los planos digitales a Jordan y a Josh la semana anterior. No tardó mucho en crear una copia en su programa de diseño y luego utilizó los mismos esquemas para rediseñar el Everwood habitación por habitación de la manera en que debía ser. Sonrió al mirar el plano de la cocina.

Era preciosa. Dejó que Astrid conservara su adorada pintura gris. Dejó los electrodomésticos de acero inoxidable y la mesa de madera tosca que la diseñadora había incluido para añadir un toque de textura. Pero todo lo demás…, digamos que no era blanco ni gris. Era más oscuro que el diseño de Astrid, con armarios en color verde salvia e incrustaciones de cristal ajimezado y un colgador de hierro para ollas de cobre suspendido en el centro del techo. Había un fregadero de granja, tal como Astrid quería, y Jordan reconocía que el blanco quedaba muy bien ahí, pero en vez de encimeras de mármol blanco, había encargado bloques de madera.

El efecto, al menos en su mente y en la imagen del ordenador, era *vintage* y acogedor. Era el Everwood en toda su esencia.

Sonrió a la habitación de la pantalla e ignoró las reacciones de todos cuando vieran el resultado final. Dudaba que Natasha se refiriera a aquello al decirles que avivaran la tensión entre carpintera y diseñadora. Se refería al sarcasmo y a las pullas, las cuales dominaban a la perfección, pero aquellos armarios y todo su rediseño eran algo muy distinto.

De todas formas, no estaba segura de que fuera a poder ponerlo en marcha. Dado que lo grababan todo, tendría que trabajar por la noche, fuera de cámara, pero una vez colocados los armarios, una vez pintados, ¿qué iban a hacer? Contaba con el factor de la audiencia, con el hecho de que Natasha quería autenticidad y tensión para mejorar la expectación por el programa.

También contaba con el evidente orgullo de Astrid. La mujer prácticamente rezumaba... No pasión, exactamente. Era más sutil, una clara desesperación por la aprobación ajena, por el éxito tal vez. Fuera lo que fuese, estaba segura al noventa y nueve por ciento de que le impediría reconocer que había perdido el control de su carpintera y su diseño.

Lo cierto era que le daba igual cómo pasara, siempre y cuando el Everwood no se convirtiera en una sala de exposiciones de West Elm y el episodio se emitiera, así que tenía que tener cuidado. Mucho cuidado. De no dejar que su hermano, que ya la consideraba un absoluto desastre, se enterara de lo que estaba haciendo.

Por el momento, sin embargo, su corazón se había tranquilizado, el peso del duelo se había ido y Astrid Parker no era más que una ligera molestia en el fondo de su mente.

La semana siguiente transcurrió como cualquier otro trabajo. En gran parte. Si Jordan ignoraba por completo las cámaras, las luces, a Darcy revoloteando a su alrededor para asegurarse de que desprendía la mezcla adecuada de glamur y cansancio, a Natasha y su collar de clítoris dirigiendo y comentando todo, y la exasperante forma en que se le revolvía el estómago como a una preadolescente cuando oía el repiqueteo de los zapatos de Astrid por los pasillos, había sido igual que tantos trabajos anteriores.

Jordan se perdía en el trabajo, entre sierras y taladros y la lenta formación de un armario de cocina, entre viajes subrepticios a la tienda de decoración de Sotheby para comprar una pintura que no estaba en el plan de diseño de Astrid. Pasó largas noches buscando ideas en Pinterest y dando forma a su propio plan en el programa de diseño, habitación por habitación: una bañera de cobre para el baño principal, cortinas de damasco blanco y plata, estanterías empotradas con el mismo tono de salvia que los armarios de la cocina.

Aunque siempre había ofrecido su opinión en cuanto al diseño estético de una habitación durante su paso por Dalloway e Hijas y sin duda había diseñado un buen número de muebles, nunca se había sumergido por completo en los detalles de una habitación, como la pintura, las telas o las alfombras.

Le encantaba. Los colores, las texturas, la idea de que estaba creando desde cero el ambiente de la habitación de una casa, de la suya, además. Era importante. Se sentía bien, más que en cualquier otro trabajo que hubiera hecho, sobre todo en los dos últimos años.

Por supuesto, todo seguía siendo solo una idea y solo existía en su taller o en su ordenador. Hasta el momento, en la casa de verdad, Josh, el equipo y ella se habían limitado a esculpir el espacio para el diseño, aplicar una base a las paredes para repintarlas, lijar los suelos, consultar con electricistas y fontaneros, todo bajo la supervisión de Astrid y sus vaqueros y blusas bien planchadas, y una cámara que captaba alguna que otra conversación.

Pero aquella noche todo cambiaría. La demolición había terminado. Iban a empezar a restaurar los suelos de madera originales, lo que significaba que había que terminar de pintar y cubrirlo todo del gris homogéneo de Astrid en cuestión de una semana. Al día siguiente rodarían en la habitación Lapis, el dormitorio de Alice, ya que Natasha quería captar una buena escena del «antes» con toda la familia y hablar de cómo el plan de Astrid encajaba con la historia de la casa.

Lo cual, de acuerdo con el plan original de la diseñadora, no lo hacía para nada. Pero, después de aquella noche, lo haría.

A las cinco en punto, mientras las elegantes furgonetas de *Innside America* se marchaban y el equipo de Josh recorría el camino de grava con sus camionetas salpicadas de barro, Jordan echó un vistazo debajo de una lona para examinar los suministros de los que disponía.

Cinta de pintor azul.

Un rodillo nuevo y brochas para los bordes.

Ocho litros de pintura para interiores.

El color se llamaba *Noche estrellada*, lo cual era perfecto. El tono era oscuro, pero con brillo, un atisbo de otro mundo.

Un toque de magia.

Se llevó una mano a la barriga, con la ansiedad a flor de piel. Antes de pararse a reconsiderar su plan por tercera, cuarta o quinta vez, cubrió su alijo con la lona, se fue a casa a ayudar a su abuela con la cena y esperó a que se hiciera de noche.

CAPÍTULO

DIEZ

Astrid observó el vestido de tubo de color marfil, aún envuelto en la bolsa rosa de la tintorería y colgado en el armario. Habían pasado dos semanas desde el incidente del café y, milagrosamente, la mancha había desaparecido. Antes del desastroso acontecimiento, se había puesto aquel vestido siempre que necesitaba sentirse poderosa.

Aquel era uno de esos días.

Retiró con cuidado la bolsa, como si estuviera abriendo un valioso regalo, y separó el suave tejido de la percha de madera. Lo deslizó por su cuerpo y ensayó lo que diría cuando grabaran la escena del «antes» en la habitación Lapis esa mañana.

En los últimos días, había estado repasando la historia de la habitación. Había visto dos documentales en los que aparecía el fantasma de Alice Everwood y había leído varios artículos en internet. Por supuesto, les dejaría la mayor parte del discurso sobre la historia a los Everwood, ya que era el legado de su familia, pero estaba segura de que tendría que explicar cómo su diseño realzaba la leyenda de Alice.

El problema era que no lo hacía. No se había dado cuenta mientras creaba el boceto de la habitación. Se había centrado en los conceptos de moderno y elegante, pero al enfrentarse al momento en que tendría que hablar de su inspiración, estaba en blanco.

La elección de los tejidos recuerda a principios del siglo veinte...

Claro.

Fijaos en cómo la posición de los muebles resalta una atmósfera acogedora, casi fantasmal...

Ni por asomo, pero quizá, si hablaba con suficiente convicción, se lo creerían. El aplomo y la confianza podían convencer a cualquiera de cualquier cosa, eso y un atuendo bien elegido. Al menos, eso era lo que su madre siempre le había enseñado y, en su profesión, había comprobado que casi siempre se cumplía.

Inspiró. Espiró. Podía hacerlo. Su plan era bueno. Era precioso y era lo que el cliente quería. Todo en el hotel estaba listo y el día sería per...

Se preguntó si debía siquiera pronunciar la palabra, pero mientras se calzaba unos zapatos nuevos de tacón negros y se miraba en el espejo, no se imaginaba nada qué pudiera salir mal.

Siempre y cuando se mantuviera alejada de Jordan Everwood y de su café matutino.

—Me muero por hablar de la famosa habitación Lapis —dijo Natasha Rojas.

Astrid subió las escaleras del hotel, acompañada de la presentadora y seguidas por los Everwood.

Las cámaras ya estaban situadas en la planta baja, en la primera planta y al final del pasillo fuera de la habitación en cuestión, por donde Emery también revoloteaba fuera de plano.

—Creo que va a quedar preciosa —dijo Astrid e intentó igualar el tono relajado de Natasha.

—Los suelos son todo un clásico —comentó Natasha cuando llegaron al rellano superior—. ¿Son los originales de la casa?

—Sí —dijo Jordan desde al lado de Pru. Iba agarrada del brazo de su abuela y llevaba los labios pintados del mismo rojo frambuesa de siempre, los ojos delineados y una camisa vaquera abotonada sobre unos vaqueros negros ajustados. Estaba adorable, como siempre. Resultaba irritante.

—James y Opal Everwood los instalaron cuando construyeron la casa en 1910 —prosiguió.

—Están en muy buen estado —dijo Natasha y se agachó para pasar las manos por la madera de color ámbar intenso. Llevaba el pelo largo y oscuro recogido en una coleta baja sobre un hombro, el *look* perfecto y despreocupado que Astrid nunca sería capaz de emular—. ¿Vas a conservarlos?

—Por supuesto —dijo ella.

El grupo continuó por el pasillo hasta la habitación Lapis, el primer destino del recorrido, dado que era la habitación más famosa de la casa.

—¿Alguien ha tenido algún encuentro sobrenatural aquí? —preguntó Natasha. Se detuvieron frente a la puerta de roble cerrada y los ojos castaños le brillaron con picardía al girar el antiguo pomo de cristal—. Por favor, decidme que sí.

—Yo no, y no ha sido por falta de intentos —dijo Simon—. Cuando éramos pequeños, Jordan y yo...

Pero antes de que terminara lo que iba a decir, Natasha abrió la puerta de golpe y un halo de luz azul inundó el pasillo.

Azul.

Astrid parpadeó.

Luz azul.

Volvió a parpadear, pero lo que estaba viendo era innegable. El sol de abril de un nuevo día despejado se colaba por las ventanas y se reflejaba en las paredes azules.

—Azul —dijo en voz alta, aunque no había sido su intención. Como diseñadora, no debería sorprenderse por el color de la habitación, pero por Dios.

Era azul. Literalmente azul oscuro. No del todo azul marino. Más bien le recordaba a las partes más profundas del mar cuando el sol se reflejaba en la superficie. También tenía un cierto brillo, un resplandor que hacía que se sintiera atrapada bajo el agua.

Pero los pintores no debían empezar hasta el día siguiente y, cuando lo hicieran, estaba segura de que aquel no era el color que habían acordado.

—Madre mía —dijo Simon y adelantó a una boquiabierta Astrid para llegar al centro de la habitación. Dio una vuelta despacio para verlo todo bien. Parecía tan sorprendido como ella.

Natasha se quedó callada. Se adentró en la estancia, con la cabeza inclinada hacia las cortinas de damasco blanco y plata que enmarcaban la ventana. Astrid tenía que reconocer que combinaban bastante bien con el color intenso de las paredes, pero en ese momento le daba igual. Lo único que le importaba era que ella no había elegido aquellas cortinas, por muy bonitas que fueran.

El equipo llenó la habitación. Regina detrás de la cámara, Chase con un micrófono, Patrick ajustando la iluminación y Emery observándolo todo con las cejas levantadas.

—Interesante —dijo Natasha.

Astrid no sabía qué decir. Si se mostraba de acuerdo, sería como reconocer que ella no había tomado la decisión, y una buena diseñadora debería saber en todo momento lo que ocurría en sus proyectos. Si le daba las gracias, estaría atribuyéndose el mérito de algo que no le pertenecía y que ni siquiera le gustaba.

¿Azul oscuro? ¿A quién se le había ocurrido algo así?

—¿Qué te parece, abuela?

Al oír la voz suave y amable de Jordan detrás de ella, Astrid se dio la vuelta. Muy despacio, como si la otra mujer la apuntase con una pistola a la espalda. Simon también se volvió. Natasha. Toda la energía de la habitación gravitó hacia Pru Everwood. Los ojos color avellana de la anciana brillaban detrás de unas gafas de color amarillo girasol y tenía la boca entreabierta.

A Astrid se le aceleró el corazón. Llevaba casi diez años en aquel negocio y conocía bien esa mirada.

La mirada del amor.

La mirada del hogar.

La mirada de un cliente satisfecho al cien por cien con el trabajo presentado.

—Es precioso —dijo Pru. Se llevó una mano temblorosa a la garganta. Los ojos le brillaban con lo que sin duda parecían lágrimas—. Es perfecto, Astrid.

Astrid.

—Es como ella —continuó la anciana—. Como Alice. Estoy deseando ver el producto acabado.

—Yo también —dijo Jordan, que seguía agarrada al brazo de su abuela y le sonreía a Astrid—. Es un color muy bonito.

Astrid abrió la boca para decir algo; sabía que la verdad sería preferible, pero fue incapaz. *No ha sido cosa mía* le parecían unas palabras imposibles de pronunciar delante de sus clientes, delante de Natasha Rojas y de las cámaras.

—Recuerdo que tu plan para esta habitación era muy diferente —dijo Simon, con las manos en las caderas. Astrid se volvió hacia él, pero se dio cuenta de que ni siquiera la miraba.

Miraba a Jordan.

Se estaba produciendo una especie de conversación silenciosa entre ellos, pero Astrid no tuvo tiempo de averiguar de qué se trataba. Natasha Rojas pasó los dedos por el iPad, con las cejas arrugadas.

—Efectivamente —dijo y frunció más el ceño ante la pantalla—. Aquí no hay nada azul.

Levantó el iPad y mostró las paredes de color gris plateado en la imagen en 3D, un edredón blanco inmaculado sobre una cama de matrimonio de hierro forjado y una pared de contraste con un diseño de espiga detrás, todo combinado con cortinas y cojines de contraste en tonos marrones, azules y grises.

Era un oasis, justo lo que buscaban los huéspedes de los hoteles rurales.

—Aunque he de decir que me gusta el cambio —continuó Natasha y pellizcó la pantalla con el pulgar y el índice para acercar la imagen—. Al plan original le faltaba inspiración.

Fue como una bomba en medio de la habitación.

Al menos así se lo pareció a Astrid. Parpadeó mientras Natasha Rojas seguía escudriñando la pantalla, deslizando los dedos para hacer *zoom*, con los labios fruncidos en señal de escrutinio.

Falto de inspiración.

¿Falto de inspiración?

Se repitió las palabras tantas veces que empezaron a perder el sentido. Sabía que debía decir algo, pero le aterraba la posibilidad de que se le saltaran las lágrimas si abría la boca. Además, si le daba la razón a Natasha, sería como pisotear su propio diseño delante del cliente. Si le llevaba la contraria, si defendía el trabajo que había hecho, se estaría enfrentando a una leyenda del diseño y criticando las paredes azules que Pru Everwood adoraba.

Joder, pensó. Si había un buen momento para pensar palabrotas, era aquel.

—Sí. Bueno —dijo cuando se recompuso lo suficiente para hablar. Sin embargo, las palabras adecuadas se le escurrían entre los dedos y se preguntó cuántas frivolidades más podría pronunciar antes de hacer el ridículo—. Eh…

—Decidimos seguir otro rumbo —dijo Jordan, con tanta calma como si estuviera comentando la posibilidad de que lloviera por la tarde. Astrid tardó unos segundos en comprender lo que estaba diciendo.

—¿En serio? —preguntó Simon y las miró a una y luego a otra—. ¿Astrid y tú juntas?

Jordan se limitó a ladear la cabeza hacia Astrid y levantó una ceja. Si tenía que definir la expresión, era un claro desafío. Tenía que tomar una decisión y lo hizo casi sin darse cuenta. Todo el mundo estaba expectante, incluida Natasha Rojas, quien, por supuesto, estaba más que dispuesta a dejar que el drama entre carpintera, cliente y diseñadora siguiera su curso. Así que relajó las facciones y cuadró los hombros.

—Hemos compartido algunas ideas —dijo por fin y sonrió sin enseñar los dientes. Estaba hecho. Técnicamente, no era mentira, ya que tenía pensado explicarle una serie de ideas a Jordan Everwood la próxima vez que estuvieran a solas.

—Así es —dijo Jordan.

—Interesante —repitió Natasha y cruzó una mirada con Emery. Parecía ser su palabra favorita y Astrid empezaba a hartarse de ella.

—¿Verdad que sí? —dijo Jordan, luego dio una palmada y se volvió hacia la presentadora—. Bueno, ¿te apetece ver algún pasadizo secreto? Aunque parezca increíble, se puede ir desde el dormitorio principal hasta la biblioteca de abajo a través de las paredes.

A Natasha se le iluminaron los ojos.

—Creía que nunca me lo preguntarías.

Jordan le sonrió y a Astrid se le pasó por la cabeza que estaban flirteando, pero apartó la idea. Le daba igual si a Jordan le daba por ligar con una farola. Lo que sí le importaba era aquel desastre de habitación, su plan de diseño falto de inspiración y pensar lo que iba a hacer con lo que fuera que Jordan estuviera tramando.

—¿Por qué no os adelantáis? —dijo, aún con una sonrisa perfecta en la cara y las manos entrelazadas—. Quiero comprobar algunas cosas en el baño.

—No hay problema —dijo Natasha—. Creo que ya hemos terminado contigo por hoy, ¿verdad, Emery?

—Tenemos lo que necesitamos —confirmó.

—Tengo muchas ganas de ver cómo progresa esta habitación —dijo la presentadora.

Astrid sonrió y enseñó la cantidad justa de dientes, mientras cruzaba una mirada con Jordan por encima del hombro de Natasha.

—Yo también.

Cuando el grupo se hubo alejado en dirección al dormitorio principal, aún intacto, al menos hasta donde Astrid sabía, dejó salir un largo suspiro que sonó como una mezcla entre una exhalación, un gruñido y un sollozo.

Falto de inspiración.

Falto de maldita inspiración.

Caminó en círculos por la habitación. El bolso que llevaba colgado del codo le golpeaba en la cadera una y otra vez. No se lo creía. Su plan para aquella habitación, para la casa, era bueno.

Es muy bonito.

Eso había dicho Pru al ver los planos por primera vez hacía dos semanas. La dueña del hotel no se iba a gastar cien mil dólares en una renovación que odiaba.

¿No?

Aun así, Astrid no dejaba de darle vueltas a la valoración de Natasha, como si una profesora acabara de suspenderle un trabajo en el que se había dejado el alma.

Se quedó quieta a causa de sus propios pensamientos.

Dejarse el alma.

Nunca había empleado esos términos para describir sus diseños. Trabajaba duro, escuchaba a los clientes y creaba espacios que les encantaban, pero siempre lo había visto solo como un trabajo. No creía que se hubiera «dejado el alma» en nada en su vida.

Qué idea más deprimente.

Astrid respiró hondo por la nariz. Inhaló cuatro segundos y exhaló ocho. Lo repitió unas cuantas veces hasta que el pánico disminuyó lo suficiente y le permitió pensar en otra cosa.

Algo que la deprimía menos y la enfurecía más, pero la rabia era buena.

Le costaba creer que Jordan hubiera resultado ser tan... embaucadora. No pasaba nada por añadir un poco de tensión ante las cámaras, una pizca de dramatismo, pero aquello había sido muy poco profesional. ¿Y por qué? Estaba claro que el diseño de Astrid no la maravillaba, pero era lo que su familia le había pedido.

Salvo que estaba claro que a Pru le había encantado el azul que cubría las paredes de la habitación Lapis.

Cerró los ojos. Lo resolvería. Aún podía reconducir el proyecto, salvar su reputación e impresionar a Natasha Rojas. Solo tenía que hablar con Jordan, nada más.

De camino a la puerta, le pitó el teléfono. Lo sacó del bolso y leyó un mensaje de Iris.

¡Voy de camino! Me apetecen patatas.

Casi había olvidado que su amiga quería invitarla a comer, una pequeña celebración por haber sobrevivido a la famosa habitación Lapis «antes» del rodaje. Aunque Astrid dudaba que la mañana que había tenido fuera digna de una celebración.

CAPÍTULO

ONCE

La mañana había ido mejor de lo que había esperado.

A Pru le había encantado el color de la pared, como Jordan sabía que pasaría, y eso era lo único que importaba. Pero otras cosas también habían encajado a la perfección. Tal como sospechaba, a Astrid le preocupaba demasiado quedar bien delante de Natasha Rojas como para cuestionar la aparición de las paredes azules. Incluso Simon se había creído que la diseñadora estaba al tanto del color de la pintura.

Aunque el comentario de Natasha de que a los diseños de Astrid les faltaba inspiración había sido un poco duro, Jordan estaba de acuerdo. Sinceramente, no estaba segura de que a la mujer le gustara mucho diseñar. Cumplía en el trabajo, sí, pero las únicas veces que había visto una chispa de pasión en sus ojos había sido cuando había golpeado con el mazo los armarios de la cocina y cuando había paladeado el *scone* en el mercadillo. Todas las demás veces que había estado en la casa, delante de las cámaras o no, su comportamiento era formal, clínico, como el de un médico que administraba un tratamiento.

Después de una corta caminata por un pasadizo secreto plagado de moho y polvo, que comenzaba en el armario del dormitorio principal y serpenteaba por el interior de la casa hasta desembocar de una estantería de la biblioteca, Natasha se excusó para hacer unas llamadas y Emery se marchó a preparar el rodaje de la siguiente escena. Pru quería irse a comer y Jordan necesitaba un minuto para planear su siguiente paso ahora que Astrid era consciente de que Jordan le estaba enmarañando el diseño.

Acompañó a su abuela a casa, mientras Pru no dejaba de parlotear emocionada de la habitación Lapis, para regocijo de Jordan. Después de comerse medio bocadillo de pavo que su abuela insistió en darle para pasar la tarde, se dirigió al taller. Fuera, las nubes se deslizaban por el cielo. La mañana había empezado luminosa y soleada, pero a Jordan le gustaban las nubes, la suavidad del cielo gris. Le resultaba agradable y reconfortante, mientras que el sol de Savannah siempre daba la impresión de burlarse de ella. *Mira, soy feliz, ¿por qué no espabilas?*

Las nubes eran más amables.

Hizo girar los hombros, dispuesta a trabajar en los armarios de la cocina, que estaban a medio terminar. Lo único que quería era un poco de paz y tranquilidad, sentir la madera bajo las manos mientras vislumbraba en su mente un hermoso plan de diseño.

Sin embargo, como el universo la odiaba, se chocó de bruces con Astrid Parker al rodear el infernal rosal descuidado que había entre la casa de su abuela y el taller.

—Mierda —maldijo cuando sus hombros colisionaron. Rebotó hacia atrás y se agarró a los brazos de Astrid por instinto para estabilizarse.

—Lo siento —dijo ella—. No te había visto.

Se quedaron así un segundo. Astrid respiró hondo varias veces, por lo que reflejaban sus nudillos blancos en las correas del bolso.

—Ya —dijo Jordan—. Bueno, tengo…

—¿Qué narices ha sido eso? —preguntó Astrid.

Jordan se quedó paralizada, con la boca abierta. Los ojos oscuros de Astrid la atravesaban con intensidad. Mucha intensidad. Y un poco de rabia. Se le encogió el estómago. Sabía que tarde o temprano tendría que enfrentarse a la otra mujer por haber pintado la habitación de azul sin decírselo.

Pero había esperado que fuera más tarde.

—No sé a qué te refieres —dijo.

Astrid bufó una risa sin un ápice de alegría. Se acercó y Jordan percibió un olor a limpio, como a brisa marina y ropa recién lavada.

—¿En serio? ¿Me haces *gaslighting*? —dijo—. Te creía mejor que eso.

Jordan se desinfló un poco. Tenía razón en ambas cosas.

—A menos que Alice Everwood haya pintado su habitación de azul —continuó Astrid.

Jordan levantó las cejas.

—¿Tal vez?

—¿Nos dejamos de putas tonterías?

Jordan inclinó la cabeza hacia ella.

—No me pareces de las que dicen palabrotas.

Astrid levantó una mano y la dejó caer, golpeándose la pierna.

—¿Por qué todo el mundo dice siempre lo mismo? Digo palabrotas como cualquiera.

—No como cualquiera. Las tuyas tienen un matiz muy refinado. Bonito vestido, por cierto.

Astrid se miró, como si hubiera olvidado por completo que llevaba puesto el infame vestido de color marfil. De repente parecía vulnerable, incluso desconcertada, y Jordan sintió que perdía toda la fuerza. Sí, Astrid le había gritado cuando tenía un mal día. No era para tanto. Se había enfrentado a cosas peores. Y ahora, la mujer solo intentaba hacer su trabajo. Un mal trabajo, pero aun así.

—Escucha —dijo y suspiró—. Ya sabes que no me gusta lo que has planeado para el hotel. Puede que a mi hermano no le importe una mierda nuestra casa familiar, pero a mí sí. Tu estilo no encaja con el Everwood, simple y llanamente. No es nada personal.

Consideró si mencionar también la opinión de Natasha, pero le pareció mezquino.

Astrid la miró con asombro. Pero no del bueno. Más bien del incrédulo.

—Claro que es personal —dijo—. Es mi trabajo. Mi negocio. Mi reputación la que está en juego. Y hoy me has tendido una emboscada.

—Lo has manejado bastante bien.

—Porque no me dejaste más opción.

—Pues decide ahora. Sé que Natasha y Emery quieren que nos pongamos dramáticas, pero yo lo veo muy sencillo. Quiero el diseño adecuado para el Everwood y el tuyo no lo es.

Astrid gimió y se pasó una mano por el pelo que le levantó el flequillo. Jordan sintió el impulso repentino y ridículo de recolocárselo y pasar los dedos por aquellos mechones rubios desfilados.

Se aclaró la garganta y cerró las manos en puños para contenerlas. Mantuvo el rostro impasible, pero no podía ignorar cómo le latía el corazón. Si era sincera, aquello le gustaba bastante. No necesariamente poner en riesgo el trabajo de Astrid. A pesar de su primer encuentro, no tenía energía para tratar de arruinarle la vida y, además, sería una venganza muy mezquina a la que aferrarse. *Me gritó, así que le jodí la vida.* No, no era lo que buscaba. Solo quería arreglar la casa de su familia y Astrid se interponía en su camino.

Bueno, Astrid y la total falta de fe de su propio hermano, pero lo mismo daba.

Sin embargo, al enfrentarse con aquella hermosa mujer, se sintió viva. Más de lo que se había sentido desde que Meredith había enfermado.

También estaba el hecho de que toda la renovación sería mucho más fácil si conseguía poner a la diseñadora de su lado, a pesar de la sed de drama de *Innside America*. Podían fingir el enfrentamiento si hacía falta. Pero si quería conseguirlo y no solo soñar con ello, necesitaba a Astrid Parker.

—Mira —dijo y se acercó—, no hace falta que estemos en guerra.

—¿Guerra? —añadió una voz justo antes de que una preciosa mujer blanca y pelirroja rodeara el rosal—. ¿Quién ha disparado primero?

—No hay ninguna guerra —dijo Jordan, al mismo tiempo que Astrid decía:

—Ella.

La mujer asintió y apretó los labios.

—Yo me andaría con ojo. Astrid es una oponente magnífica.

—Iris —siseó ella.

—¿Qué? —preguntó la mujer. Iris, supuso Jordan—. ¿Recuerdas la vez que estampaste a Piper Delacorte contra su taquilla de un golpe de cadera, con tanta fuerza que se cayó al suelo, todo porque descubriste que te había dado alcohol en la fiesta de Amira Karim para ver cómo te comportabas estando borracha?

—Eso fue en el instituto. Todo el mundo es horrible en el instituto.

Iris sonrió satisfecha.

—¿Se lo merecía?

—Por supuesto que se lo merecía. —Astrid se revolvió el pelo con teatralidad, lo que insinuaba un tono humorístico—. No se echa alcohol en la bebida de nadie sin permiso.

Iris se echó a reír y Astrid esbozó una sonrisa reacia. ¿En qué clase de infierno de la sororidad había caído? Jordan entrecerró los ojos ante las risitas de las dos amigas y sintió una punzada en el pecho, algo que hacía años que no sentía.

Apartó la sensación y se concentró. Iris le resultaba familiar. Tenía el pelo largo y pelirrojo, con algunas trenzas finas entretejidas, e iba vestida como si fuera a retozar en un campo de flores silvestres: un vaporoso vestido de flores que le llegaba a las rodillas, sandalias granates y unos largos pendientes de oro con forma de nubes con gotas de lluvia que le llegaban casi al hombro. Exudaba un aire bohemio bisexual, si tenía que describirlo.

Era una de las mujeres que habían rodeado a Astrid tras el desafortunado incidente con el café delante del Wake Up. Cómo no.

—Perdonad —dijo Jordan, más que dispuesta a alejarse de las dos. Intentó esquivarlas, pero Iris la detuvo.

—Lo siento, estamos siendo muy maleducadas. —Sonrió y enseñó una hilera de dientes blancos y perfectos—. Soy Iris. He venido a llevarme a Astrid a comer.

Jordan suspiró para sus adentros, pero claudicó.

—Jordan.

—Me resultas familiar —dijo Iris y ladeó la cabeza—. ¿Nos conocemos?

Su tono rezumaba sarcasmo. Por la forma en que la mujer miró su amiga, Jordan dedujo que la pulla iba dirigida a Astrid.

—¿Antes de hace cinco segundos? —preguntó—. Oficialmente, no.

Iris asintió. Astrid se retorció y levantó la vista al cielo como si prefiriese una abducción alienígena a aquella conversación.

Jordan se sintió identificada.

—Me alegro de que sea oficial —dijo Iris—. ¿Te gusta el minigolf?

—Perdona, ¿has dicho minigolf? —preguntó Jordan. Debía de haberle oído mal. Eso, o Iris era una maestra de lo impredecible.

—Minigolf —dijo Iris y asintió.

Lo segundo, entonces.

—Iris —articuló Astrid.

—Vas a ir —dijo Iris—. Asúmelo.

—De acuerdo, pero no sometas a Jordan a la ridiculez del minigolf borracho.

—¿Minigolf borracho? —repitió Jordan. ¿Se había caído en la madriguera del conejo?

Astrid suspiró y se sonrojó con un adorable tono rosado.

No, nada de adorable. *Mierda, Jordan.* Un rosado normal y corriente. Rubicundo incluso. Con un cero por ciento de atractivo.

—No es nada —dijo.

—Es una maravilla —agregó Iris—. Hay un sitio de minigolf en Sotheby llamado Birdie's, es para mayores de veintiuno y vende alcohol. Tienen unas pistas loquísimas. Como escenas de naufragios con sirenas, desiertos y selvas. Y repito, sirven alcohol. Acaba de abrir hace unos meses y vamos a ir todas esta noche. ¿Te apuntas?

Iris hablaba rápido y movía las manos como molinos de viento, hasta el punto de que Jordan tenía la sensación de estar viendo un programa en el que el sonido no se coordinaba con la boca de los actores. Tardó un segundo en darse cuenta de que la habían invitado a salir por ahí. A un minigolf borracho.

—Ah —dijo.

Pero antes de que le diera tiempo a formar una frase coherente, su hermano apareció desde detrás del rosal. Empezaba a odiar el puñetero rosal.

—Aquí estás —dijo Simon y la omnipresente arruga de preocupación del entrecejo se alisó por un segundo—. ¿Va todo bien?

Estaba harta de que le hicieran esa pregunta.

—Estoy bien. Charlaba con Astrid e Iris.

Simon frunció el ceño por su tono demasiado chillón, pero se volvió para mirar a las otras mujeres.

—Hola —dijo y le dedicó a Iris una sonrisa de oreja a oreja—. Soy Simon, el hermano mellizo de Jordan.

—Simon Everwood —expresó ella y frunció los labios mientras lo miraba de arriba abajo—. El escritor.

La sonrisa encantadora se transformó en su expresión de *vaya, has oído hablar de mí.*

—Eso me dicen.

Iris levantó las cejas.

—¿Quiénes?

Simon se rio y se frotó la nuca.

—Buena pregunta. Algunos días no lo tengo claro.

Iris soltó una risita.

—Seguro que Violet podría darte una pista.

Violet era una de las protagonistas de la primera novela de Simon, *Los recuerdos*, una extensa saga familiar ambientada en Los Ángeles, llena de personajes disfuncionales y crisis existenciales. El otoño anterior, el libro había permanecido diecinueve semanas en la lista de los más vendidos del *The New York Times*. Desde entonces, sin embargo, había tenido problemas para terminar su siguiente novela.

El rostro de Simon adoptó una expresión que rozaba la euforia.

—¿Lo has leído?

—Lo he tolerado.

Su hermano se llevó una mano al pecho, pero se rio y soltó una expresión de dolor, lo que hizo que Iris sonriera aún más.

Jordan llamó la atención de Astrid, y compartieron una expresión de incredulidad. Empezó a sonreír, pero entonces Astrid apartó la mirada.

—Bueno, me voy a trabajar —dijo Jordan en voz alta.

—Espera —dijo Iris. Alargó el brazo y le agarró la mano—. Di que vendrás esta noche. Los dos.

—Iris, por el amor de Dios —acotó Astrid.

—¿Ir a dónde? —dijo Simon y Jordan gimió para sus adentros—. Allí estaremos —añadió cuando Iris le explicara el evento, tal como su hermana sabía que haría. Le rodeó los hombros con un brazo y sonrió—. Sin ninguna duda.

Jordan nunca se había planteado el fratricidio, pero de repente el concepto le sonó increíblemente tentador.

CAPÍTULO

DOCE

Astrid iba en la parte de atrás del Prius de Claire, Iris a su lado en el asiento central y Jillian, la nueva y guapísima novia de su amiga que vivía y trabajaba como abogada en Portland, al otro lado. Tenía el pelo corto y rubio, que parecía tener mente propia, pero lo compensaba con trajes impecables y un estilo *butch*. Esa noche, se había dejado el traje en casa, o en el piso de Iris, y se había decantado por unos vaqueros, unos zapatos de vestir marrones y una americana azul marino sobre una camiseta blanca. Rara vez hablaba, pero cuando lo hacía, siempre soltaba alguna perla, como *mi empresa tiene asientos de palco en el Met, deberíamos ir todas alguna vez*, como si eso fuera lo más normal del mundo.

Hasta Delilah pensaba que Jillian era un poco extravagante a veces, y eso que había vivido doce años en Nueva York.

La relación era reciente e Iris estaba muy enamorada. Tras una ruptura relativamente sosegada con Grant el otoño anterior, su novio desde hacía casi tres años, se había alejado del mundo de las citas hasta que Jillian había entrado en su tienda hacía un mes. La mujer le había dicho que la había encontrado en Instagram y que estaba dispuesta a pagar mucho dinero por una agenda personalizada.

Iris había confeccionado el planificador en un tiempo récord, una agenda de lesbiana poderosa, como la había llamado, y Jillian y ella se habían acostado en cuanto había terminado el encargo.

Por supuesto, Astrid conocía todos los detalles de su romance, como que Iris quería arrancarle el traje a medida a Jillian en cuanto la veía, porque su amiga carecía de ningún tipo de filtro verbal.

En todo.

Astrid escuchaba mientras sus amigas charlaban sobre cómo les había ido el día. Claire comentó que nunca había conectado al escritor Simon Everwood con los Everwood de Bright Falls.

—Yo tampoco —dijo Iris—. La verdad es que no me había parado a pensarlo. Su libro es pura autocontemplación de señor blanco.

—No lo es —aclaró Claire—. A mí me gustó. Y la mitad de los personajes son *queer*.

—Vale, eso te lo compro —dijo Iris—. Me sigue recordando demasiado a Franzen.

—Por Dios, qué mala eres —añadió Claire y se rio—. Simon escribe personajes femeninos cis mucho mejor que Franzen. Ni siquiera incluye escenas de sexo gratuitas en las que los pechos de las mujeres tiemblan como si tuvieran mente propia.

—Entonces, ¿para qué leerlo? —preguntó Delilah desde el asiento del copiloto.

Claire soltó una risita y le agarró la mano para besarle los dedos.

—Simon no escribe novelas románticas.

—¿Las tetas sintientes son románticas? —preguntó Delilah.

—Me encantaría verlo escribir romántica —dijo Iris.

—Dudo mucho que fuera capaz —comentó Jillian con su voz suave.

—Exacto —dijo Iris y la miró como si la mujer hubiera inventado el sexo.

Astrid pensó que seguro que Jillian tenía un collar de un clítoris.

Se le escapó una carcajada.

—¿De qué te ríes? —preguntó Iris.

Ella hizo un gesto con la mano y se volvió hacia la ventana. Claire se aclaró la garganta.

—Me alegro de que hayas invitado a los Everwood esta noche, Ris.

Astrid apretó los dientes. Le había dicho a Iris varias veces durante la comida que a ella no le había hecho ninguna gracia la improvisada invitación, lo que era más o menos lo único que le había contado de la mañana que había tenido. Su amiga, por supuesto, había querido saber todos los detalles del rodaje con Natasha, así como por qué Jordan Everwood hablaba de guerras cuando se las encontró fuera del hotel. Había intentado quitársela de encima con frivolidades efusivas como *Natasha es genial* y *solo son diferencias creativas*, pero lo cierto era que no había dejado de pensar en la pintura azul y en que Natasha Rojas había calificado su diseño, mucho más moderno, de falto de inspiración.

—Hablando de los Everwood —dijo Iris y agitó una mano en el espacio entre los asientos—. Todavía no me creo que no nos contaras que estabas trabajando con la misma mujer que te manchó de café tu vestido favorito.

—Me han contado lo de ese encontronazo —dijo Jillian y se inclinó para mirar a Astrid—. Duro.

—Mucho —dijo ella e Iris le dio un codazo en las costillas—. Tengo que verlos a diario a nivel profesional. Preferiría no dedicarles también el tiempo libre, gracias.

—Tenía que invitarlos —dijo Iris—. Nos cuidamos entre nosotros.

—¿Quiénes? —preguntó Astrid.

—La gente *queer* —dijo Iris, luego levantó de nuevo la mano hacia el asiento delantero y después hacia Jillian.

Astrid había oído que Simon Everwood era bisexual. Era de dominio público y él era una figura semipública; lo había comentado en entrevistas más de una vez. Y ya sabía que Jordan era gay. Tenía sentido que todo su grupo de amigas, todas *queer* excepto ella, sintieran afinidad por los mellizos Everwood.

—Está bien —dijo—. Aun así, prefiero mantener separadas la vida personal de la profesional.

Iris emitió un gruñido de exasperación.

—Cariño, intenta relajarte. Solo por una noche. Has trabajado mucho y te lo mereces.

Astrid no dijo nada, pero sintió un nudo en la garganta. Sabía que Iris tenía buenas intenciones y solo quería que se divirtiera un poco, pero Astrid siempre había odiado aquella imagen de sí misma: tensa, incapaz de relajarse, fría.

Todo lo que representaba a Isabel Parker-Green.

Todo lo que Astrid no quería ser, pero donde se sentía atrapada a pesar de sus esfuerzos.

El sentimiento no era nuevo, pero había crecido últimamente, desde que había roto con Spencer. Incluso antes. Tal vez siempre había estado allí. No lo sabía.

Se suponía que dejarlo con su prometido el verano anterior iba a ser un paso adelante, el comienzo del camino para descubrir por fin quién era y qué quería. Sin embargo, lo único que había conseguido era sentirse cada vez más perdida desde que se había roto el compromiso. No se arrepentía de no haberse casado con Spencer. Ni por un segundo. Pero no había conseguido levantar cabeza desde entonces.

Y ahora estaba todo el lío del Everwood...

—Sí —dijo y respiró hondo—. Tienes razón. Necesito relajarme.

Cuando Claire entró en el aparcamiento de Birdie's, las luces de neón del campo iluminaban el cielo nocturno. Astrid le sonrió a su reflejo en la ventana y separó un poco más las comisuras de los labios para que pareciera real.

El campo de minigolf parecía sacado de Disneyland. Cada uno de los dieciocho hoyos tenía un tema personalizado, ya fueran piratas, desiertos, sirenas, selvas o ciudades futuristas, y todos estaban diseñados y ejecutados con muchísimo detalle. Dentro del edificio, donde se pagaba y se recogían los palos y las bolas, había también un bar llamado Bogey's, donde los golfistas podían pedir cerveza, vino o cócteles, todo servido en cómodos vasos de plástico con asas, tapas y pajitas.

Astrid tuvo que admitir que el lugar era increíble, aunque un poco hortera; a Isabel no la encontrarían ni muerta en un lugar así, y mucho menos viva y con su último par de Jimmy Choo. La idea le provocó un cálido cosquilleo.

Una sensación que se disipó casi al instante cuando vio a Jordan y Simon esperándolas junto a la barra. Las guirnaldas de luces que colgaban de los ganchos del techo, junto con las estanterías llenas de botellas iluminadas a contraluz, los bañaban a ellos y al resto de clientes de un suave resplandor ámbar. Jordan llevaba unos vaqueros negros ajustados doblados en los tobillos y una camisa azul abotonada de manga corta con estampado de limones. Tenía el pelo espectacular: la parte rapada parecía recién cortada y los mechones más largos le caían sobre la frente en ondas de color castaño dorado. Llevaba los labios pintados del habitual rojo frambuesa y el delineador de ojos perfecto.

Estaba guapísima. ¿Alguna vez Astrid se había visto así de radiante sin esfuerzo? Miró la blusa rojiza que llevaba metida por dentro de unos vaqueros de cintura alta y los botines granates que combinaban con todo y de repente se sintió como si volviera a estar en el instituto, cuando se cuestionaba todo lo que se ponía en el cuerpo.

—Hola —saludó Iris y se acercó a los Everwood con Jillian de la mano.

Simon llevaba una camiseta Henley de manga larga de color verde militar y unos vaqueros oscuros; las gafas y el pelo despeinado le daban el *look* perfecto de escritor.

Se hicieron las presentaciones, capitaneadas por Iris, por supuesto, pidieron bebidas y alquilaron pelotas y el equipo de golf. Astrid dio un sorbo al vino blanco y se acercó a las puertas de cristal dobles que conducían al campo. Estaban abiertas de par en par y un aire inusualmente cálido para una noche de abril se colaba en el interior.

Sabía que tenía que volver a hablar con Jordan del hotel, pero la mera idea de volver a estar a solas con ella le revolvía el estómago. Sin embargo, la casi discusión de antes la había dejado inquieta y ansiosa, dos sentimientos que últimamente conocía demasiado bien y, si alguna vez iba a conseguir relajarse, como Iris tanto insistía, tenían que calmar las aguas.

Cuadró los hombros, decidida, y bebió otro trago de alcohol que le infundió valor antes de volverse sobre los talones para enfrentarse al grupo.

Y chocó con Jordan Everwood.

Otra vez.

La bebida de Jordan, un vino tinto, por lo que parecía, salió volando del endeble vaso de plástico y le salpicó la camisa de limones.

—Ay madre —dijo Astrid—. Lo siento muchísimo. Deja que te traiga unas servilletas.

Corrió hacia la barra, donde el resto del grupo seguía esperando las bebidas, ajenos a lo que acababa de ocurrir. Agarró un puñado de servilletas marrones y se apresuró a volver junto a Jordan, que se había quedado allí plantada con cara de resignación.

—Supongo que es el karma —dijo y se secó la camisa muy posiblemente arruinada.

—¿Qué? —dijo Astrid.

Jordan las señaló a ambas.

—Yo te mancho tu vestido favorito y tú me manchas mi camisa favorita.

Astrid puso una mueca.

—¿Es tu favorita?

Jordan se encogió de hombros.

—La segunda favorita.

—Lo siento mucho. —Menos mal que quería demostrar que era una persona decente—. Te pagaré la tintorería.

Jordan soltó una carcajada y agitó una servilleta en el aire antes de volver a secarse el pecho sin ningún resultado. Tenía tres botones desabrochados en la parte superior y Astrid vislumbró un encaje púrpura. Unas gotas de vino tinto desaparecían por el escote.

Tragó saliva y apartó la mirada para buscar a sus mejores amigas y que la salvaran de aquel infierno. Claire estaba ocupada cuchicheando con Iris y Delilah, mientras que Simon y Jillian estaban a un lado y hablaban de no sabía qué, pero le importaba un pimiento, bebiendo respectivamente una cerveza y un *bourbon*. Estaba sola y casi era mejor así. No tenía por qué avergonzarse más delante de todo el grupo. Solo necesitaba aclarar las cosas con Jordan en cuanto al hotel.

El problema era que no tenía ni idea de cómo gestionar la situación. El enfado que había sentido por la mañana se había desvanecido y la había dejado avergonzada de que Jordan hubiera presenciado cómo Natasha calificaba sus diseños de poco inspirados y sin tener ni idea de cómo solucionar la situación. Se sintió perdida y abrumada. Sabía que estaba siendo infantil; que tenía treinta años y era una profesional, por el amor de Dios, pero empezaba a darse cuenta de que nunca se era demasiado mayor para sentirse sola, para preguntarse qué lugar ocupaba en el mundo.

Se volvió hacia Jordan, que había terminado de limpiarse y se bebía el resto del vino del vaso roto.

—Te puedes vengar dándome una paliza al minigolf —dijo Astrid. No sabía de dónde le había venido la idea. Ni siquiera había querido a Jordan allí esa noche, pero, de repente, un desafío de minigolf le pareció la única forma de hacer avances con la otra mujer.

Jordan terminó de beberse el vino y miró a Astrid.

—¿Ah, sí?

Astrid asintió.

—Soy malísima. De verdad.

Jordan entrecerró los ojos y miró a su hermano. Observó a Simon hablar con Jillian durante un segundo, antes de volverse hacia Astrid y recoger el palo de golf que había dejado en el suelo para limpiarse.

—Está bien, Parker, acepto el reto.

Luego tiró el vaso roto a la basura y levantó el brazo hacia las puertas francesas para indicarle a Astrid que pasara primero.

Ella se echó el palo al hombro, como había hecho con el mazo en la demolición, y entró en el campo sin mirar atrás.

CAPÍTULO

TRECE

Jordan odiaba reconocerlo, pero no se sentía del todo miserable mientras veía a Astrid Parker enfrentarse al par tres del hoyo número cuatro.

—Sí que eres malísima —dijo.

—Te lo he dicho —respondió Astrid.

Estaba intentando, por quinta vez, pasar la bola de color verde lima por encima de un Golden Gate en miniatura que estaba a punto de colapsar por un terremoto que había destruido la ciudad. Cada diez segundos más o menos, el icónico puente de metal rojo traqueteaba y se ondulaba, provocando que la pelota de Astrid resbalara y se deslizara hacia todos lados menos a donde ella quería que fuera.

La forma en que la mujer resoplaba y maldecía entre dientes en voz baja le parecía tierna, si se permitía pensar en ello.

Pero no se lo permitía.

Tampoco se permitía mirar cómo a Astrid se le marcaba un culo nada desdeñable con los vaqueros cuando se inclinaba con el palo. Aquel cara a cara con Astrid era un asunto de negocios. Nada más.

—Bueno —dijo Jordan, un poco demasiado alto, ya que Astrid se sobresaltó y le dio a la bola antes de estar preparada—. Menudo grupo tienes.

Señaló con el palo hacia el resto del grupo, que todavía iban por el hoyo dos porque se paraban a hablar cada dos por tres, o porque alguien volvía al bar a por más bebida, o porque Delilah, que era incluso peor que Astrid al minigolf, había lanzado el palo sin querer a la laguna pirata de color azul químico del hoyo uno.

Astrid volvió a colocar la bola, pero luego se incorporó y suspiró. Entrecerró los ojos para mirar a sus amigas.

—Son únicas, eso seguro.

—¿Siempre son así de...?

—¿Escandalosas?

Jordan se rio.

—Iba a decir dicharacheras.

—Eres educada.

Se quedaron calladas mientras Astrid golpeaba la bola. El puente crujió, retumbó y se la escupió de vuelta, mientras Jordan observaba a su hermano y a las demás.

Simon se reía de cómo Iris argumentaba por qué debían concederle un golpe extra, que al parecer tenía algo que ver con la luna llena y el hecho de que su bebida no tenía suficiente hielo.

—¿Siempre eres así de exasperante? —preguntó Simon.

—No te haces una idea —dijo ella, sonrió y bebió.

Él se rio más, con los ojos brillantes, una sonrisa radiante, y la postura relajada y segura. Jordan quería a su hermano, probablemente más de lo que quería a nadie en el mundo aparte de su abuela. Sin embargo, de vez en cuando sentía una punzada de celos. Su mellizo amaba la vida y ella le correspondía.

Con pasión.

Una primera novela superventas, una fe inquebrantable en el amor verdadero a pesar de que le habían roto el corazón en varias ocasiones, salir del armario. En el fondo, sabía que no estaba siendo del todo sincera consigo misma; Simon había pasado por momentos muy dolorosos y había sufrido mucho acoso al declararse bisexual el primer año de instituto. Sin embargo, cuando el *quarterback* del equipo de fútbol se declaró pansexual apenas tres semanas después, el acoso cesó como por arte de magia. Tampoco era que deseara que lo hubiera tenido más difícil. Por supuesto que no. Pero a veces… Sus sonrisas, su éxito, su infatigable búsqueda de un amor de película sin perder nunca la esperanza, todo eso la hacía sentir como si estuviera sola en una isla desierta.

La sensación había empeorado desde lo de Meredith. Todo había empeorado, claro, toda su vida había implosionado, mientras Simon protagonizaba artículos del *Sunday Times*. Sabía cómo encandilar al equipo de *Innside America*, pero eso era trabajo. Tenía un contexto al que aferrarse. Cuando la soltaban en medio de un grupo bullicioso como aquel, estaba perdida.

—Hacen que parezca fácil —dijo.

Astrid se había detenido en mitad del puente y miraba a sus amigas.

—¿El qué? —preguntó.

Jordan esbozó una sonrisa casi imperceptible.

—La vida. Divertirse.

Astrid levantó las cejas.

—¿Te cuesta divertirte?

Jordan la miró entonces. Mierda, tenía los ojos bonitos, de un marrón tan oscuro que apenas se distinguían las pupilas. Combinados con el cabello de color arena y las gruesas cejas oscuras, Astrid Parker era impresionante. Era innegable.

—No diría tanto —dijo Jordan.

Astrid la miró.

—¿En serio? Estás aquí conmigo, la persona que te trató como a un trapo por derramar un café, por no hablar de que odias todo lo que he planeado para la casa de tu familia hasta el punto de sabotearme activamente.

Jordan abrió la boca para protestar, pero cuando la mujer tenía razón, la tenía. La diversión había estado ausente de todas las partes de su existencia desde hacía un tiempo. Trabajaba. La cagaba en el trabajo. Su hermano intentaba salvarla. Y vuelta a empezar.

No siempre había sido así. Sentía que su reciente falta de fe en todo lo que la rodeaba le había abierto un agujero en el centro del pecho, donde antes su corazón latía fuerte y brillante, y solo había quedado una minúscula brasa que apenas tenía fuerzas para avivar las llamas la mayor parte del tiempo.

—Joder —dijo y se pasó una mano por el pelo—. Quiero decir, ¿qué estoy haciendo con mi vida?

Astrid enarcó las cejas al principio, pero luego se rio, una carcajada de verdad en la que se le arrugaron los ojos y enseñó los incisivos, un poco afilados, como los de un vampiro.

—Yo no estoy para hablar. Después de todo, he optado por pasar el rato con alguien que me considera una persona terrible con un gusto aún peor, en lugar de pasarlo con mis amigas de toda la vida, así que…

Apartó la mirada y se mordió el labio inferior con aquellos dientes afilados.

Jordan se estremeció y ladeó la cabeza. Supuso que debería decir algo parecido a *no eres una persona terrible*, pero, por alguna razón, sabía que Astrid no estaba buscando que la consolaran, así que no lo hizo.

—Pues tendremos que asegurarnos de que nos divertimos esta noche —dijo en cambio—. Aunque sea solo para demostrarnos que podemos.

Astrid levantó las cejas, solo un poco. Lo justo.

—¿Qué has pensado? —preguntó.

Jordan hizo una pausa. No sabía qué estaba haciendo. Debería volver a casa de su abuela, ponerse algo en Netflix y dormirse después de una larga sesión con algún aparato a pilas. Aun así, cerró los ojos y retrocedió, años y años, hasta una época en la que era feliz. Al menos, tan feliz como cualquier ser humano con una pareja cariñosa y un sueldo fijo. Buscó a una Jordan completamente diferente, una que no tuviera miedo de meter la pata todo el tiempo y que no estuviera planeando sabotear los planes de aquella mujer para el hotel. Un Jordan que durmiera con facilidad, que amara con facilidad.

Esa Jordan sabía muy bien cómo divertirse. Claro que su forma de hacerlo no se parecía en nada al grupo estridente que tenían detrás. Nunca lo había sido. Sin embargo, estaba segura de que a Astrid Parker le parecería bien.

—Lo que he pensado —dijo y se apoyó en el palo de golf para invadir el espacio de Astrid—, requiere de un cambio de escena.

CAPÍTULO

CATORCE

Si alguien le hubiera sugerido que esa noche acabaría recorriendo una oscura carretera estatal en una camioneta destartalada con Jordan Everwood, Astrid habría pensado que esa persona estaba borracha.

O drogada.

O cualquier otra combinación de ambas que explicara la ridícula idea. Sin embargo, allí estaba, en la camioneta a la que Jordan llamaba Adora, con los altavoces a todo volumen y una música *indie folk* que Astrid nunca había oído antes, mientras el viento le echaba el pelo a la cara.

—¿A dónde vamos? —gritó y bajó el volumen de la canción.

Ya había preguntado lo mismo dos veces y Jordan se limitaba a sonreír y volver a subir el volumen de la música mientras cantaba.

Volvió a girar el dial hacia la izquierda.

—Jordan, en serio. No me gusta no tener un plan.

Jordan se rio.

—Me he dado cuenta.

—¿Entonces?

—¿Tu prometido nunca te dio ninguna sorpresa? ¿Y tus amigas?

Astrid abrió la boca para decir que *por supuesto que no*, porque todo el mundo en su vida sabía que odiaba que la sorprendieran. Sin embargo, eso no había disuadido a Spencer de comprar una casa en Seattle sin decírselo una semana antes de su boda el año anterior. Tampoco había impedido que Iris y Claire se confabularan con Delilah a sus espaldas para detener la boda. Claro que sus intenciones habían sido buenas y sus instintos acertados, pero eso no venía al caso.

—Lo han hecho —dijo—. Y no me ha hecho gracia.

Jordan se colocó un mechón de pelo leonado detrás de la oreja y dejó a la vista un montón de aros, lunas y estrellas plateados.

—Esta te gustará. Te prometo que no da miedo.

—¿Implica tatuajes o cuerdas elásticas?

Jordan la miró.

—¿Qué clase de sorpresas te han dado?

Astrid se rio.

—Está bien, no implicaban agujas ni saltar hacia la muerte, pero aun así no fueron divertidas.

—Pues que bien que el objetivo de esta noche sea divertirnos. Es decir, si te apetece.

Cruzaron las miradas, solo un segundo, antes de que Jordan tuviera que volver a mirar a la carretera. Astrid se dio cuenta de que en la última hora, desde que se habían marchado de Birdie's, no, incluso antes, desde que había entrado en el campo de minigolf con Jordan, no se había preocupado por el trabajo ni el programa, ni por cómo Jordan Everwood había actuado a sus espaldas con la pintura ni por cómo iban a arreglar la habitación azul.

No había pensado en nada, al menos en nada serio. Y había sido divertido.

Eso era. Se estaba divirtiendo de verdad.

Aún más sorprendente, se dio cuenta de que no quería saber adónde iban; estaba disfrutando del misterio, del tonito burlón de Jordan cuando se negaba a contarle nada. Experimentar un momento en el que no estuviera pensando constantemente en el porqué, el cuándo y el cómo resultaba estimulante.

La mujer que tenía al lado ni siquiera parecía la misma Jordan Everwood de antes. Parecía... no estaba segura. Fuera lo que fuese aquel sentimiento, era nuevo y emocionante, y Astrid no quería arruinarlo sacando a colación el hotel y lo ocurrido con la habitación Lapis. Eso podía esperar. El mundo entero podía esperar y darle una noche libre, una noche en la que su objetivo fuera sonreír, reír y preocuparse menos.

Además, Astrid tenía muchas ganas de saber qué se traía Jordan entre manos.

<hr />

Terminaron en el centro de Winter Lake, un pueblo a unos treinta minutos de Bright Falls, pero a casi una hora de Birdie's, en Sotheby. A pesar de haberse criado en Oregón y de haber vivido allí toda su vida, con la excepción de los cuatro años en Berkeley, Astrid solo había estado de paso en aquel lugar en particular. Sabía que Josh Foster se había mudado allí, lo que reducía su atractivo.

Hasta que Jordan se detuvo frente a un cine.

No un cine cualquiera. Era un cine antiguo llamado Andromeda y parecía sacado de la Edad de Oro de Hollywood. Era precioso. Todo rosas, rojos y naranjas, un carnaval en mitad de una calle tranquila, rodeado de tiendas ya cerradas por la noche. Una marquesina iluminada con fluorescentes anunciaba un maratón de cine mudo y cócteles a tres dólares.

—Vaya —dijo Astrid cuando Jordan apagó el motor. Miró la imponente marquesina.

—¿Has visto? —dijo Jordan—. Nada de cuerdas elásticas.

Astrid sonrió.

—¿Sin cuerdas y con bebidas baratas?

—Dentro es aún mejor.

Jordan abrió la puerta y salió, seguida de cerca por Astrid. Sacaron entradas para el pase de las ocho en la taquilla de oro bruñido y cristal junto a la entrada antes de adentrarse en otra época. El vestíbulo estaba forrado de moqueta roja y detalles dorados. Todo era antiguo, desde la máquina de refrescos hasta la de palomitas, así como los trajes de color carmesí con borlas doradas que llevaban los empleados mientras dirigían a los clientes a sus asientos. El bar era pomposo, con botellas relucientes en estantes iluminados en verde, una barra lacada y taburetes de terciopelo rojo con flecos ya ocupados por clientes, varios de los cuales iban disfrazados como si fueran los años veinte.

—Vamos mal vestidas —dijo Astrid y se tironeó de la blusa.

Jordan le quitó importancia con la mano.

—No pasa nada. He venido muchas veces disfrazada y otras no. Aquí todo vale. Es lo que tú quieras que sea.

—¿Cómo es que nunca había oído hablar de este sitio? —preguntó Astrid.

Sabía que tenía la boca abierta, pero todo le resultaba embriagador. El aire olía a mantequilla, a cerezas al marrasquino y a licor del bueno. Las copas tintineaban. Las voces reían.

—Es una joya oculta de la Costa Oeste —dijo Jordan con una suavidad repentina—. Mi abuela nos traía aquí a Simon y a mí en verano cuando éramos niños. Sin cócteles, claro. Pero con muchas palomitas.

En ese momento, el estómago de Astrid rugió tan fuerte que le sorprendió que Jordan no lo oyera. No había probado bocado desde la comida con Iris.

—Las palomitas me suenan de maravilla. También un Old Fashioned.

Jordan levantó una ceja.

—Te tenía por una chica de vinos caros.

Astrid se encogió de hombros.

—Me parece un sitio que merece pedir una bebida con nombre propio.

—Desde luego.

Después de hacerse con un cubo enorme de palomitas relucientes y cubiertas de mantequilla, un Old Fashioned y un Manhattan, se acomodaron en dos lujosos sillones de terciopelo en el centro de la sala de cine. Astrid no dejaba de mirar alrededor: las pesadas cortinas, las deslumbrantes lámparas de araña de cristal, los azulejos de latón envejecido del techo que daban a todo un aire de glamur.

El espacio rebosaba inspiración.

Se metió unas palomitas en la boca y la amargura le subió como la bilis al pensarlo. Pero era verdad. Aquella noche, solo quería disfrutar de la belleza y la majestuosidad que la rodeaban sin obsesionarse con cómo conseguir el mismo efecto.

—Nunca he visto una película muda —dijo después de respirar hondo y tranquilizarse.

—Ah, vale —dijo Jordan y se volvió a mirarla con una pierna subida al asiento—. La mejor parte es un juego al que jugaba con Simon. Cada vez que un actor haga esto… —Desplegó una serie de expresiones cómicamente exageradas, los labios curvados y luego fruncidos, los ojos muy abiertos antes de entrecerrarse de nuevo, la mano en el pecho y luego en la mejilla—. Bebemos un trago.

Astrid ladeó la cabeza.

—¿Te importa repetirlo?

Jordan se echó a reír, pero la complació y sobreactuó como una actriz de cine mudo que reacciona ante un villano con un cuchillo.

—¿Simon y tú jugabais a beber cuando erais niños? —preguntó Astrid cuando dejó de reír y agitó el enorme cubito de hielo cuadrado de su vaso.

—Bueno, puede que las bebidas adoptaran la forma de gominolas ácidas y puede que acabáramos la película con las lenguas en carne viva. Puede que Simon vomitara en el coche de la abuela.

Astrid se apoyó en el reposabrazos que compartían y jugueteó con la pajita del *whisky*.

—¿Solo Simon?

—Tengo un estómago de acero. —Jordan se acarició el vientre—. Y es posible que insistiera en ir en el asiento de delante para no vomitar.

—¿Cómo fue lo de crecer con un hermano? —preguntó Astrid.

Jordan frunció el ceño.

—¿Delilah no es tu hermana?

Astrid parpadeó un segundo. Mierda. No era que se hubiera olvidado de Delilah, no era nada fácil, pero lo de compartir juegos, pelearse por el asiento de delante y comer caramelos hasta vomitar... Nunca habían hecho nada de eso.

—Hermanastra —dijo—. Es complicado.

Jordan asintió y buscó la mirada de Astrid para invitarla a seguir hablando.

Así que lo hizo.

Le contó que se habían criado juntas, que su padre había muerto de cáncer cuando ella tenía tres años y su padrastro había fallecido de un aneurisma a los diez, que las dos se habían pasado la mayor parte de la adolescencia creyendo que la otra la odiaba, cuando en realidad solo eran unas niñas que habían perdido demasiado y no sabían cómo procesarlo.

—Y mi madre... En fin, me harían falta diez más de estos para entrar ahí. —Agitó el hielo del vaso.

—Joder —dijo Jordan en voz baja—. Suena duro.

Astrid no dijo nada y se metió otro puñado de palomitas en la boca. Nunca se había sentido cómoda hablando de su dolor, de la soledad que había sentido de niña. De hecho, lo odiaba. Claire e Iris lo sabían porque habían estado presentes. No podía ocultarles el pasado, pero eso no implicaba que le diera por ponerse a filosofar de todo lo que había vivido.

Tal vez fuera por el *whisky* y porque no estaba acostumbrada a beber licores fuertes, pero mientras Jordan asimilaba todo lo que le había contado, sin hacer ningún comentario, Astrid sintió que se le relajaban un poco los hombros.

—¿Qué hay de ti? —preguntó.

Algo titiló en los ojos de la otra mujer.

—¿Qué hay de mí?

—Venga —dijo Astrid—. Te he contado mis penurias, ahora te toca a ti.

—¿Así funciona? —dijo con un atisbo de burla.

—Hace bastante tiempo que no tenía una conversación íntima, pero creo recordar que sí.

Las dos se callaron y la palabra *íntima* flotando en el espacio entre las dos. No había querido llamarlo así, pero no se le ocurría otra palabra para describirlo. Sin embargo, poco a poco la inquietud empezó a crecer dentro de ella, el temor de que Jordan fuera a dejarla colgada con buena parte de su carga emocional al descubierto y sin ofrecerle nada para equilibrar la balanza.

—Sabes que tengo un mellizo —empezó.

Astrid suspiró con disimulo.

—Sí, lo sé.

—Y una abuela.

—Jordan.

Se rio y se inclinó más hacia ella. Olía a bosque, un aroma casi a pino mezclado con algo más suave, como a jazmín.

—Vale, vale, está bien —dijo y exhaló. Después le habló de la depresión sin tratar de su madre cuando eran pequeños, de que se había pasado casi toda su infancia angustiada y culpándose por no ser capaz de hacer feliz a su madre.

—Ahora sé que no era culpa mía —dijo—. Pero ya sabes cómo es cuando eres niña y tienes el lóbulo frontal sin desarrollar.

—Ya —dijo Astrid en voz baja—. Lo entiendo.

Cuando el duelo se había apoderado de su propia casa, no había sabido procesarlo como algo que no era culpa suya. Delilah y ella habían pasado los últimos meses intentando desenredar su relación de la infancia, una relación basada en el rechazo y la ansiedad, de una nueva versión de su vida en la que intentaban ser hermanastras medianamente funcionales.

—En fin —continuó Jordan—, Simon y yo veníamos al Everwood todos los veranos para darles un respiro a nuestros padres y esa era la única época del año en la que me sentía feliz, en la que me sentía yo misma.

Astrid lo comprendió de golpe, una sensación cálida y pesada a la vez.

—Por eso el hotel significa tanto para ti.

Jordan asintió y bebió otro sorbo. Luego se rio y se pasó una mano por el pelo.

—Eso y que toda mi vida se vino abajo hace un año, por lo que este proyecto es literalmente lo único que me queda.

—Ah —dijo Astrid y la curiosidad sustituyó todo atisbo de culpabilidad que hubiera experimentado unos segundos antes—. ¿Qué pasó?

—Mierda —murmuró Jordan y luego agitó una mano—. No importa. No es nada.

—No. —Astrid le puso una mano en el brazo, apenas la punta de los dedos. La piel de Jordan era cálida y suave, salpicada por algunas pecas solitarias. Retiró la mano—. Está claro que importa.

Jordan engulló un buen trago de *bourbon* y puso una mueca.

—¿Recuerdas que dije que pensaba en el cáncer cuando golpeaba los armarios de la cocina?

Astrid sintió que se le formaba un nudo en el estómago.

—Sí.

Volvió a posar las yemas de los dedos en el brazo de Jordan, el más mínimo roce de piel.

Jordan suspiró y miró los dedos de Astrid antes de concentrarse en el espacio que tenía delante.

—Mi mujer. Meredith. Le diagnosticaron cáncer de mama hace dos años.

Astrid retrocedió como si la hubieran abofeteado.

—Dios mío. ¿Cuándo…? O sea… ¿Cuánto hace que… —Era incapaz de decirlo.

—No está muerta —dijo Jordan.

Astrid parpadeó.

—No lo está. —No lo había pronunciado como una pregunta, pero estaba muy confusa.

Jordan negó con la cabeza y bebió otro trago de licor.

—Sobrevivió. Lleva en remisión creo que unos catorce meses.

No sabía qué decir. ¿Jordan estaba casada? ¿Tenía una esposa? Un remolino de sentimientos contradictorios le revolvía las tripas: sorpresa, confusión y... no, no eran celos. Por supuesto que no. Sacudió la cabeza, tragó saliva y dijo lo que pensaba.

—No lo entiendo.

—Bienvenida al club —dijo Jordan y soltó una risita sin gracia. Luego se relajó visiblemente. Suspiró y apoyó la cabeza en el asiento para mirar el techo dorado, dejando la garganta al aire—. Está bien, lo diré rápido.

Astrid no se atrevió a pronunciar palabra, ni siquiera respiró mientras esperaba a que la mujer hablara.

—Me dejó. Después de mejorar, cuando estuvo oficialmente en remisión. El cáncer la hizo darse cuenta de que no estaba viviendo la vida que quería. Dijo que me quería, pero como a una mejor amiga, y, por lo visto, no era eso lo que quería en una relación. Quería un destino.

Jordan levantó la cabeza y miró a Astrid.

—¿Qué te parece? —dijo—. Un puto destino. Supongo que sujetarle el pelo mientras vomitaba por la quimio, rebuscar en internet pelucas de cabello real y programar la puta alarma cada dos horas por la noche para despertarme y asegurarme de que seguía respirando no era el destino que tenía en mente.

Astrid solo la miró.

—No me malinterpretes —continuó Jordan y suspiró—. Doy las gracias porque lo superase. El cáncer es una mierda y no se lo desearía a nadie. Pero después de todo lo que pasamos juntas... las cosas no salieron como esperaba.

—Ya —dijo Astrid en voz baja.

—¿Sabes qué es lo mejor? Todavía me manda mensajes, cada dos meses más o menos, para ver qué tal. —Ahí hizo unas comillas con los dedos—. Porque está decidida a seguir con la estupidez de ser mejores amigas.

Astrid no sabía qué decir. Todas las palabras se esfumaron de su cabeza. El ruido de la multitud creció a su alrededor, las risas y las conversaciones, el traqueteo del hielo en los vasos.

—Ah, y para rematar, aquí tenéis otro giro cósmico —dijo Jordan. Se incorporó de repente para alcanzar su bolso en el asiento de al lado. Rebuscó en el bolso de cuero marrón vegano y sacó un rectángulo de papel de colores un poco más grande que una carta de póker—. ¿Esto cuenta como destino?

Le tendió la carta y Astrid analizó la imagen. Eran dos mujeres, con diferentes tonos de piel morena, una con el pelo largo y negro y la otra, corto. Estaban frente a frente y las dos sostenían una copa dorada en la mano. Dos DE COPAS estaba impreso en la parte inferior.

—¿Una carta de tarot? —preguntó Astrid.

—No cualquier carta —dijo Jordan—. La carta que he sacado esta mañana. Y ayer. Hace tres días. Cuatro veces la semana pasada y así sucesivamente durante todo el último mes.

Astrid miró la carta y luego a Jordan, y viceversa.

Jordan se rio y se la quitó con una mueca de rencor.

—Es la carta de las almas gemelas. La pareja perfecta. El amor verdadero.

Astrid lo comprendió.

—Ah.

—Sí. Mi mujer me deja para buscar un destino romántico mejor y yo empiezo a sacar la puta carta del destino romántico. La diosa del universo tiene un sentido del humor muy retorcido, ¿no te parece?

Volvió a meterse la carta en el bolso y lo dejó en el asiento de al lado, luego bebió otro trago de licor. Se hundió en el sillón, con un tobillo sobre la rodilla contraria, los brazos en los reposabrazos y la cabeza hacia atrás.

Por instinto, Astrid volvió a tocarle el brazo. Bueno, no por instinto. Sus instintos rara vez se decantaban por el consuelo del contacto físico, pero, de algún modo, sentía que era lo que tenía que hacer en aquel momento.

Jordan giró la cabeza y sus miradas se encontraron. Se la veía un poco confusa, pero no estaba segura de si se debía al alcohol o a la historia que le había contado. Cuando la mujer no movió el brazo, Astrid le apretó un poco más la piel con las yemas de los dedos.

—Si dices que lo sientes —murmuró Jordan—, te tiraré el resto de la bebida por la cabeza.

Astrid esbozó una sonrisa.

—No iba a decir que lo siento.

Jordan la miró con escepticismo.

—¿Ah, no? Entonces, ¿qué ibas a decir?

Se llevó la cereza de la copa a la boca y la arrancó del tallo con un chasquido despiadado.

Astrid volvió a quedarse con la boca abierta.

—Iba a decir que sé hacerle un nudo al tallo de una cereza con la lengua.

Jordan parpadeó.

Astrid parpadeó.

Todo el teatro pareció parpadear.

¿Acababa de...? Mierda, sí, Astrid Isabella Parker acababa de ofrecer un truco de fiesta de fraternidad como respuesta a la noticia de que la esposa de Jordan, que había sobrevivido a un cáncer, la había abandonado para encontrar un destino mejor del que ya tenía.

—Joder, eso tengo que verlo —dijo Jordan y se irguió en el asiento, lo que desprendió los dedos de Astrid. Le tendió el tallo de la cereza.

Astrid enterró la cara entre las manos.

—Ay, madre. No tengo ni idea de por qué lo he dicho.

—Lo hecho, hecho está. —Jordan agitó el tallo—. Prepara esa lengua, Parker.

Astrid le quitó el tallo mientras la otra mujer se cruzaba de brazos, con la bebida aún en la mano.

—No lo he hecho desde la universidad —dijo Astrid y le dio vueltas entre el pulgar y el índice.

Jordan sonrió y levantó la mano que tenía libre para animarla. Astrid gimió, pero se metió el tallo en la boca. Movió la mandíbula de un lado a otro y de arriba abajo mientras trataba de mantener los labios apretados para que la boca no le colgara abierta como a un pez destripado. Sabía que probablemente parecía una completa idiota y la risa le cosquilleó en el pecho.

Jordan se inclinó hacia delante. Despacio, bajó la vista a los labios de Astrid y los suyos se separaron un poco. La observaba con atención, como si todo lo que hacía fuera fascinante.

Como si la propia Astrid fuera fascinante.

Algo en la escena le revolvió el estómago y le calentó las mejillas. No recordaba la última vez que alguien, independientemente de su género, la había mirado así. Abrumada, dejó de trabajar con el tallo e hizo ademán de escupirlo, pero Jordan la agarró del brazo.

—Más vale que salga con un nudo, Parker —dijo y levantó las cejas para desafiarla. Dibujó un círculo con el pulgar en la muñeca de Astrid, solo una vez, y luego apartó el brazo, pero bastó para que Astrid quisiera… ¿qué?

¿Salir airosa?

No era eso exactamente, aunque, una vez lanzado el desafío, la idea de rendirse le resultaba insoportable. Pero era algo más. Mientras enroscaba y enrollaba la lengua y maniobraba un extremo del tallo por debajo del otro, se dio cuenta de qué era lo que sentía.

Quería impresionar a Jordan Everwood.

Y lo haría. Vaya si lo haría

Cuando estuvo segura de que el tallo estaba anudado, levantó una mano displicente, se lo sacó de la boca y se lo entregó.

La otra mujer atrapó el tallo perfectamente atado y lo hizo girar entre los dedos. Volvió a mirar la boca de Astrid y ella hizo lo mismo. Jordan tenía una boca bonita, el labio superior y el inferior igual de carnosos, pintados de un rojo rubí perfecto a pesar de la bebida y las palomitas. Siempre había envidiado a las mujeres que tenían una boca carnosa como la de Jordan Everwood. La suya era más fina, el labio inferior más grande que el superior, y nunca había conseguido que le quedaran bien pintados de rojo.

Cuando las luces de la sala se atenuaron, se dio cuenta de que llevaba al menos diez segundos observando a Jordan Everwood; en concreto, su boca. Astrid se aclaró la garganta y se enderezó en el asiento.

—Te dije que sabía hacerlo.

—Ya lo veo —dijo Jordan, pero su voz sonó más suave y había desaparecido la burla. Astrid se sintió inquieta y un poco ansiosa, similar a la inquietud que sentía cuando estaba excitada, lo cual era ridículo. Aunque últimamente todo la excitaba: un anuncio de jabón, el olor lejano de una colonia en la cafetería, el tacto de las sábanas de algodón en los muslos desnudos.

Unas sábanas, por el amor de Dios.

En su defensa, llevaba sin tener relaciones… un tiempo. La última vez había sido con Spencer, una semana antes de que rompieran en junio. Diez meses no era tanto, pero con Claire y Delilah prácticamente restregándose en público cada vez que estaban juntas y el ensimismamiento de Iris con Jillian, su mala racha empezaba a parecerle una verdadera sequía.

Eso sin pensar en la última vez que Spencer, o cualquier otro chico con el que hubiera estado, la había hecho correrse. Era un auténtico cliché: la hija única reprimida de una madre controladora con dificultades para llegar al orgasmo con otras personas, porque cómo no iba a tenerlas.

¿Por qué le había dado por pensar en eso? Las sábanas en la intimidad de su habitación eran una cosa, pero ¿la voz ronca de Jordan Everwood? Tenía dos mejores amigas y una hermanastra *queer*, así que no era que no supiera que esas cosas pasaban, pero nunca le habían pasado a ella.

Y menos iban a pasar entonces. No en un cine dorado, con un cubo de palomitas entre los muslos y el sabor de una cereza escarchada en la boca.

Miró a Jordan, que se guardó el tallo de cereza en el bolsillo delantero de la camisa manchada de vino, con el ceño fruncido como si estuviera perdida en sus propios pensamientos profundos, probablemente sobre la esposa que la había abandonado.

Su esposa.

Jordan Everwood había estado casada. Con votos y anillos, en lo bueno y en lo malo, hasta que la muerte os separe.

O no.

Astrid miró al frente y sintió una hinchazón en la garganta. Dio un sorbo a la copa y se le nubló un poco la mente mientras se metía un trozo de hielo en la boca. La sensación le gustó bastante. Astrid casi nunca bebía más allá de un ligero puntillo, pero en ese momento necesitaba algo.

Se metió otro puñado de palomitas en la boca mientras el telón de terciopelo se descorría en el escenario y revelaba un par de querubines dorados, rodeados por un marco de flores y pájaros. Empezaron a rodar los créditos iniciales y *Luces de la ciudad* apareció en la pantalla.

—Oye —la llamó Jordan y levantó el *bourbon*. Tenía un brillo pícaro en la mirada que, por alguna razón, hizo que se sintiera aliviada. La mujer asintió en dirección a la pantalla y luego levantó la copa—. ¿Te apuntas?

Astrid apenas dudó antes de brindar con ella.

—Me apunto.

CAPÍTULO

QUINCE

Resultó que Astrid era una borracha muy divertida. A Jordan le preocupaba que una película muda no captara su atención, pero la mujer era como un tigre cazando un antílope y captaba todas las expresiones faciales exageradas de todos los actores. El resultado fueron dos mujeres muy achispadas a las diez de la noche, cuando salieron del cine y se adentraron en la cálida noche de abril.

Jordan sabía que debería haber parado después de dos copas para que pudieran volver a casa, pero no había querido hacerlo. Hacía mucho que no se sentía así con otro ser humano. Después de que Meredith se marchara, las amigas que Jordan y su mujer habían tenido en común habían intentado incluirla, pero ella no se había sentido capaz.

No se había sentido capaz de nada.

Y sigo igual, se dijo a sí misma, un mensaje pregrabado que no encajaba bien con su cerebro alterado en ese momento. Puñetero *bourbon*. Nunca tomaba buenas decisiones cuando bebía *bourbon*. De ahí que se hubiera desahogado y le hubiera contado que Meredith la había abandonado, ni siquiera por otra persona, sino que la había dejado sin más, a alguien que, en esencia, era su enemiga.

Sin embargo, cuando Astrid extendió los brazos bajo la brillante marquesina del Andromeda y las luces le tiñeron la piel de rosa y oro, no la vio como a una enemiga. Ni por asomo. Aquella era una mujer muy distinta de la que se había ensañado con Jordan por derramarle el café una semana antes, pero no tanto de la que había descubierto esa noche o de la que había blandido el mazazo hacía unos días. No, aquella Astrid solo era un poco más suave y la rígida coraza que la recubría se había resquebrajado un poco.

Jordan se preguntó si su propio caparazón también se habría roto.

—¿Lista para irnos? —preguntó mientras Astrid seguía girando como una patinadora sobre hielo y otros espectadores la rodeaban con expresión divertida.

La mujer se detuvo, sin aliento, y la luz de los fluorescentes se le reflejó en los ojos cuando parpadeó para mirar a Jordan.

—Ni un poquito.

Jordan se rio.

—Mejor, porque ninguna de las dos está en condiciones de conducir ahora mismo. Podríamos pedir un Lyft.

—Pero luego tendrías que volver a buscar la furgoneta mañana.

—Un viaje al que sin duda vendrías conmigo, Doña Vamos A Tomar Otra.

Astrid soltó una risita, una risita de verdad, y dio unas cuantas vueltas más. A Jordan le entraron náuseas solo de verla girar.

—No serás una de esas personas asquerosas que nunca tienen resaca, ¿verdad? —preguntó.

Astrid se encogió de hombros.

—No lo sé.

Giró, giró y giró.

—Un momento —dijo Jordan y se acercó a Astrid, no tan recta como le habría gustado. La agarró por los brazos para detenerla—. ¿Nunca te has emborrachado?

Astrid arrugó la cara, fingiendo que pensaba. Era jodidamente adorable, excepto que no lo era, porque Astrid Parker no era adorable, maldita sea.

—Isabel Parker-Green no aprueba la embriaguez —dijo Astrid y le dio un toquecito en la nariz con el índice—. Obviamente.

—¿Embriaguez?

—Isabel Parker-Green nunca usaría la palabra *borracha*.

Joder, su madre parecía todo un personaje.

—¿Y en la universidad? —preguntó Jordan.

Astrid se balanceó y Jordan se dio cuenta de que todavía le estaba agarrando los brazos. La soltó, pero entonces la otra mujer se inclinó hacia un lado de forma peligrosa, así que volvió a sujetarla.

—La universidad... —Astrid agitó una mano con aire despreocupado—. Mucho que hacer. Todo sobresalientes y salir con niños bonitos.

—Suena como una tortura.

Astrid se rio.

—Lo era. Iris siempre intentaba... —Pero entonces se interrumpió y se fijó en algo detrás de Jordan—. Hay unos columpios.

Ella se rio.

—¿Perdona?

—¡Columpios! —dijo Astrid. Entrelazó los dedos con los suyos y la arrastró hacia un pequeño parque al final de la calle—. No podemos conducir. Pues vamos a columpiarnos.

«Pues vamos a columpiarnos» era algo que nunca había esperado oír de la boca de Astrid Parker y mucho menos unido a tropezarse borracha por un parque a orillas de un lago.

Tampoco esperaba que la mano de Astrid le resultara tan cálida y suave, que sus dedos apretaran los suyos con la fuerza justa.

El parque era pequeño, un montón de zonas verdes que bordeaban un sendero y una zona de juegos minimalista a unos cinco metros del agua. Había un columpio, un balancín y un tobogán naranja brillante dispuestos alrededor de un gran roble. Cuando llegaron, Astrid le soltó la mano y enseguida se lanzó a un columpio azul de plástico. Sus movimientos eran tan inestables que Jordan se sorprendió de que consiguiera sentarse.

—¿Hasta dónde crees que puedo llegar? —inquirió Astrid y empezó a mover las piernas como una niña de primaria.

Jordan sonrió sin contenerse.

—No tan alto como yo.

—¿Quieres apostar?

—Ya lo creo, Parker. —Se acomodó en el columpio de al lado mientras Astrid ya se elevaba en el aire—. Aunque sería negligente por mi parte si no mencionara que el balanceo y el alcohol no siempre se llevan bien.

Astrid se limitó a sonreír y pronto estaban volando en el aire nocturno. El repiqueteo de su risa cuando los columbios se sincronizaron hizo que Jordan se sintiera…

¿Joven?

¿Esperanzada?

Feliz.

Eso era. Estaba feliz, un poco borracha, sí, pero no tanto como para no darse cuenta de que la risa que le burbujeaba en el pecho era muy real.

Astrid extendió una mano, con una sonrisa radiante y amplia, y atrapó los dedos de Jordan. Se quedaron así, oscilando de un lado a otro, con las manos entrelazadas bajo el cielo de Oregón.

CAPÍTULO

DIECISÉIS

El sol quería matar a Astrid Parker.

Al menos, eso sintió al despertarse a la mañana siguiente cuando la luz entró a raudales a través de las cortinas de gasa de la ventana de su habitación y asaltó sus párpados doloridos.

Algo zumbaba infatigable a su izquierda.

Algo horrible que la odiaba a muerte.

Ese algo resultó ser su teléfono, que carecía de la conciencia necesaria para despreciarla, pero la emoción permaneció inalterable. Levantó el aparato de la mesita de noche y miró la pantalla con los ojos entrecerrados. Una foto de Iris lanzando un beso le devolvió la mirada.

Tardó cinco segundos en darse cuenta de que su amiga la estaba llamando.

—¿Qué? —espetó cuando por fin consiguió deslizar el dedo por la pantalla.

—Vaya, así que sigues viva.

—¿Por qué me llamas?

Ya nadie llamaba por teléfono e Iris lo odiaba más que nadie.

—Los cuarenta mil millones de mensajes no parecían surtir efecto —dijo.

Astrid se apartó el móvil de la oreja y parpadeó. Una amalgama de variaciones de *¿dónde narices estás?* saturaba sus mensajes.

—Lo siento —dijo y volvió a apoyar la cabeza en la almohada mientras se frotaba las sienes con el pulgar y el índice.

—¿Dónde te habías metido?

Astrid hizo una pausa y las imágenes de la noche anterior se le agolparon en el cerebro. Se olió el pelo; olía a una extraña mezcla de palomitas de maíz y pinos. La boca le sabía a pantano.

También estaba desnuda.

Se incorporó.

Rápido.

Demasiado rápido.

La habitación empezó a dar vueltas y tenía una sensación horrible en el estómago.

Y estaba desnuda.

Totalmente desnuda.

Astrid nunca dormía desnuda.

Respiró hondo varias veces para contener las náuseas y trató de descifrar lo que había sucedido la noche anterior. La película, el ridículo tallo de cereza, el alcohol.

¿Habían ido a un parque? Recordaba vagamente un asiento frío de plástico y el olor metálico de las cadenas del columpio. La mano de Jordan mientras se elevaban en el aire.

El estómago se le revolvió al recordarlo.

¿Era real?

El revoltijo se convirtió en una sacudida cuando recordó que había saltado del columpio para vomitar en un arbusto.

Después de eso, Jordan había recuperado la sobriedad mucho antes que ella. Tenía un vago recuerdo de haberse subido a la camioneta, luego Jordan le había puesto una botella de agua en las manos. Las ventanillas bajadas, el aire fresco de la noche en la cara. Luego...

Nada.

Miró alrededor en busca de señales de lo que había hecho al llegar a casa. La ropa de la noche anterior estaba doblada en el sillón acolchado del rincón, pero no como ella la habría doblado, con las mangas bien metidas. No, las mangas de la blusa estaban visibles, como si alguien hubiera cortado la camisa por la mitad a lo largo, cosa que Astrid jamás hacía. Además, era muy probable que la prenda estuviese sucia y hubiera que meterla en la bolsa de la tintorería.

También había un vaso de agua en la mesita que no recordaba haber puesto ahí, junto con un bote de ibuprofeno.

Vale. Quizá Jordan había entrado y la había ayudado un poco. La había metido en la cama. Nada del otro mundo.

Pero, entonces, ¿por qué estaba desnuda y dónde estaba su ropa interior? Escudriñó el suelo y la silla, pero no la vio por ninguna parte.

—¿Hola? —dijo Iris.

Astrid se sobresaltó. Había olvidado por completo que su amiga estaba al teléfono.

—Eh…

Por fin localizó el sujetador, colgado de una esquina del cabecero de tela, como si lo hubiera tirado en mitad de la noche.

Por favor, que se lo hubiera quitado por la noche y no cuando Jordan le había dejado el vaso de agua junto a la cama.

—Astrid, te lo juro por Dios —dijo Iris.

La ignoró, concentrada en encontrar las bragas. No estaban en la cabecera, gracias a Dios, ni en el suelo, que ella viera. Apartó las sábanas para levantarse e investigar más a fondo, y entonces las localizó bajo las dichosas sábanas, cerca de los pies de la cama.

Exhaló y se estiró para recuperarlas, mientras se juraba que nunca volvería a beber tanto, cuando algo rosa le llamó la atención. Debajo de las bragas de algodón asomaba…

Ay, Dios.

—Astrid —dijo Iris—. ¿Te estás muriendo? ¿Qué está pasando?

—Luego te llamo.

—No, de eso nada. Como me cuelgues, pienso presentarme allí y…

Astrid colgó y se quedó mirando el destello rosa.

No, seguro que no.

Recogió las bragas y las lanzó a la otra punta de la habitación como si quemasen para revelar el vibrador California Dreaming Malibu Minx que Iris le había regalado hacía más de dos años. Nunca lo había usado. Ni una sola vez. Lo tenía en la mesita, junto a un antifaz de seda y un frasco de aceite de lavanda. No era que nunca se masturbara. Claro que lo hacía. Un par de veces por semana, de hecho. Pero, por lo general, prefería usar los dedos. Sinceramente, el California Dreaming le resultaba un poco intimidante. Era... en fin, enorme, y nunca había sentido la necesidad.

¿Por qué estaba en la cama?

Lo levantó con cuidado, tocando solo la base con las puntas de los dedos, e inspeccionó el juguete. Tenía el mismo aspecto de siempre, rosa brillante y liso, con una ligera curva en la punta. No tenía claro si había empleado sus servicios la noche anterior, pero al mirarlo, le vinieron a la memoria algunos recuerdos, como si se despertara de un sueño.

—Ah, pues vale —había dicho cuando Astrid había empezado a arrancarse la ropa en la habitación, desesperada por llegar a la cama. La otra mujer la había recogido a su paso y la había doblado, aunque mal, antes de colocarla en el sillón.

—Dormir —había dicho Astrid.

—Sí, esa es una muy buena idea —había respondido Jordan—. Pero antes, toma esto. —Le tendió dos pastillas azules y un vaso de agua—. Confía en mí.

Astrid había obedecido. Recordaba mirar los ojos avellana de Jordan, sentada en el borde de la cama en ropa interior mientras engullía el agua que ella sostenía.

Después se había desplomado sobre la almohada. Se había tapado hasta la barbilla y luego...

—Debería ser yo quien te arropara.

Eso era lo que le había dicho a Jordan cuando la otra mujer le había envuelto los brazos y las piernas con las sábanas.

—¿Y eso por qué? —había preguntado Jordan.

—Porque... —había murmurado Astrid—. Te dejó como si no fueras nada. Y no es así. Eres importante.

Silencio. Una mano suave y fría en la frente, un mechón de pelo detrás de la oreja. Astrid observó cómo la escena se desarrollaba en su mente como si viera una película por primera vez, presenciando cómo la protagonista tomaba decisiones ridículas e impulsadas por el alcohol.

Después de eso, supuso que se había dormido, pero entonces recordó haberse despertado en mitad de la noche porque...

Ay, Dios.

Había tenido un sueño.

Un sueño erótico.

Con Jordan Everwood.

En el sueño, estaban en el Andromeda, sentadas en los asientos de terciopelo rojo. Al igual que la noche anterior, Astrid había hecho un nudo con el tallo de una cereza; ¿cómo se le había ocurrido? Pero en el sueño, en vez de guardarse el tallo en el bolsillo, Jordan había seguido dándole vueltas entre los dedos, sin dejar de mirar la boca de Astrid. Y Astrid... Alguna fuerza sobrenatural debía de haberse apoderado de su cuerpo, porque ella, Astrid Isabella Parker, se le había subido al regazo.

A horcajadas.

Con una pierna a cada lado de sus caderas.

No tenía ni idea de qué había pasado con el tallo de la cereza. Jordan ya no lo tenía en las manos, porque las había usado para acercarla y después había subido por sus costillas y se había colado debajo de su camisa. No había ido directamente a los pechos. Se había tomado su tiempo para acariciarle la espalda con las puntas de los dedos, después el culo y luego había subido hasta las caderas. La Astrid del sueño había jadeado, literalmente, desesperada por que Jordan la tocara.

De hecho, eso es lo que había dicho en el sueño.

Tócame.

Y Jordan la había complacido. Recorrió con los pulgares los pezones ya endurecidos de Astrid, que gimió y echó la cabeza hacia atrás.

Astrid nunca gemía.

Jordan le lamió una franja que iba desde el cuello hasta la oreja antes de besarla, con la lengua, los dientes y la boca de piñón tirando del labio inferior de Astrid. Luego le había desabrochado los vaqueros y...

—Mierda —dijo Astrid, mirando el vibrador.

Recordaba haberse despertado desorientada y más cachonda de lo que había estado en mucho tiempo. Se habría arrancado la ropa interior antes de sacar el California Dreaming del cajón y encenderlo. Luego se lo había apretado contra el clítoris hasta correrse. Lo recordaba claramente. Se había corrido con más intensidad de lo que lo había hecho en meses.

—Mierda —repitió.

No pensó. No podía. El pánico la ahogaba como si se le llenaran de agua los pulmones. Se deshizo de todas las pruebas del orgasmo impulsado por Jordan Everwood de la noche anterior y se puso ropa interior limpia, unos pantalones de yoga y una sudadera con los hombros caídos. La cabeza le palpitaba con fuerza y el estómago todavía se planteaba rebelarse, pero no tenía tiempo para hacerles caso en ese momento. Iris debía de estar de camino y Astrid necesitaba hablar con alguien.

Con otra persona.

La única persona en la que confiaba para que tratase aquella experiencia con la desapasionada actitud de alguien a quien le importaba una mierda lo que necesitara o dejara de necesitar.

Delilah Green abrió la puerta de su piso con un saludo de lo más habitual.

—¿Qué cojones haces aquí?

—Lo siento —dijo Astrid—. Sé que es temprano.

—¿Temprano? —dijo Delilah—. Es de noche.

—Son las siete y media.

Delilah entrecerró los ojos. Llevaba los rizos recogidos en un moño alto y algunos mechones se le escapaban del coletero de seda y se le enroscaban en el cuello.

—Eso es prácticamente en mitad de la noche.

La hermanastra de Astrid no era una persona madrugadora, por así decirlo.

—Joder, estás hecha una mierda —dijo.

Astrid se tocó el pelo, que se había convertido en un nido de pájaros de tanto dar vueltas en la cama. Aunque no se había atrevido a mirarse en el espejo, no recordaba haberse quitado el maquillaje la noche anterior, lo que significaba que probablemente debía de parecer un mapache con resaca.

—Ya, bueno, ha sido una noche dura —dijo.

—¿Estás bien?

Astrid asintió, aunque no estaba segura de si era sincera o no.

—Claire no está, ¿verdad?

Delilah frunció el ceño.

—Josh y ella tenían una reunión con los profesores de Ruby antes de empezar las clases, así que anoche dormimos cada una en su casa. ¿Por qué?

—Es que… necesito hablar contigo.

—¿Sobre qué?

—Algo importante.

—Dormir es importante.

—Delilah.

—Pelmanastra.

—He tenido un sueño erótico con Jordan Everwood.

No era la forma en que se había imaginado soltar la noticia, pero al menos consiguió callar a Delilah. Su hermanastra parpadeó un par de veces y se pasó las manos por la cara antes de abrir la puerta para que Astrid entrara.

—Café —dijo y arrastró los pies hasta la cocina—. Voy a necesitar mucho café antes de tener esta conversación.

Astrid no respondió. Se hundió en el sofá gris del salón con la respiración agitada, como si hubiera corrido hasta allí, y miró alrededor para distraerse. Solo había ido unas pocas veces, pero el piso de Delilah era bonito, sencillo, gris, azul y verde. Con muchas fotografías en blanco y negro de Claire en las paredes. De la hija de Claire, Ruby. De las tres juntas. Fotos familiares.

También había cajas por todas partes, algunas ya etiquetadas como «Libros y otras mierdas» y «Fotos viejísimas», al más puro estilo de Delilah. Con todo lo que estaba pasando en el hotel, se había olvidado de que su hermanastra iba a mudarse oficialmente con Claire y Ruby la semana siguiente. Aunque Claire había preferido ir despacio en la relación debido a su hija de doce años, todo el mundo sabía que Delilah y ella estaban destinadas a estar juntas. Amor verdadero.

Astrid sintió una punzada de dolor en el pecho. No estaba segura de qué era exactamente, pero le vino Jordan a la cabeza, la expresión de su mirada cuando le contó lo de su mujer.

—Toma —dijo Delilah y le tendió una taza grande.

—Gracias.

Astrid la aceptó y, con un leve cosquilleo de felicidad, se dio cuenta de que Delilah había añadido un chorrito de endulzante y una pizca de canela, tal y como a Astrid le gustaba el café. Dio un sorbo y la cafeína le inundó el torrente sanguíneo, le insufló vida y la curó por dentro. Al instante, la sensación de que la cabeza le iba a explotar en cualquier momento se redujo un poco.

Delilah se acomodó en el otro lado del sofá y se sentó sobre las piernas. Luego se quedó mirando a Astrid, expectante.

Ella se aclaró la garganta, sin tener ni idea de qué decir dado que el motivo de su visita ya había salido a la luz. ¿Qué era lo que esperaba? ¿Un consejo? ¿Que la tranquilizara? ¿Por qué motivo? No se avergonzaba del sueño. Ni siquiera estaba confundida. Lo que estaba era… No sabía describirlo.

Abrumada.

Eso era.

Se sentía extremadamente abrumada por todo lo que había pasado la noche anterior.

—¿Vas a darme detalles? —preguntó Delilah al cabo de un rato.

—¿Detalles?

Su hermanastra movió las cejas.

—Detalles.

Algo en su expresión y su tono, la ligereza de la pregunta, le quitó un peso de encima.

—Ni hablar —dijo.

—Pero ¿fue excitante?

La sonrisa de Astrid se desvaneció. Tragó saliva y asintió en respuesta. NO pensaba mencionar el vibrador y el posterior orgasmo en la vida real, pero se sonrojó de todos modos.

Delilah sonrió.

—Estupendo.

—No pareces sorprendida.

Delilah ladeó la cabeza.

—¿A qué te refieres?

—Pues que yo... Soy yo. No soy... Es decir que nunca...

—A ver, para un segundo —dijo Delilah y se acercó un poco a Astrid—. «Nunca antes» no es lo mismo que «nunca jamás». Lo sabes, ¿verdad?

—Sí. Claro, pero es que... O sea, tengo a Claire y a Iris. Te... te tengo a ti. Estoy rodeado de amigas y familia *queer*. ¿No debería saberlo ya si me gustaran las mujeres?

Delilah se encogió de hombros.

—La sexualidad es complicada. No es estática. La gente cambia y la sexualidad, a veces, también. —Dio un sorbo al café—. Pero estamos hablando de ti. Eres la definición de la heterosexualidad obligada.

Astrid frunció el ceño y se puso a la defensiva.

—¿Perdona? ¿Qué me estás contando?

—No te pongas así. No es un insulto. A ver, piénsalo. Si te hubieras sentido atraída por una mujer o por alguien que no fuera un hombre cis en los últimos, veamos, dieciocho años, así a ojo, desde que llegaste a la pubertad, ¿qué habría hecho nuestra adorada madre?

Astrid abrió la boca y la cerró otra vez. Isabel se habría vuelto loca. Su madre nunca había dicho nada negativo sobre la homosexualidad de Claire ni de la de Iris. Ni siquiera se había opuesto a la de Delilah. Cuando su hijastra había salido del armario en secundaria, Isabel se había limitado a enarcar una ceja ante la noticia y había seguido como si nada, por lo que Astrid no creía que la homofobia tuviese un papel prominente en la mentalidad de Isabel, más bien eran las expectativas. Delilah era Delilah. Pero Astrid... Astrid era una Parker, sangre de su sangre, y se esperaba de ella que se casara con un hombre rico perfecto, que tuviera hijos perfectos y que se uniera a la Junior League.

Lo cual, comprendió, era una forma de homofobia, aunque nunca se hubiera parado a pensarlo. Sin embargo, al ponerse a repasar su pasado en busca de cualquier prueba de que alguna vez se hubiera sentido atraída por mujeres, encontró sutiles pistas.

La aguda atención que había prestado a cada detalle de los vaqueros de Amira Karim en el instituto. Le fascinaba cómo se le ajustaban a los muslos y al culo. También cómo siempre se fijaba en cómo el pecho de una mujer llenaba una camisa. Ya en la universidad, en el segundo año, unos chicos borrachos de una fraternidad la habían retado a enrollarse con Rilla Sanchez en una de las pocas fiestas a las que había asistido, y recordaba una clara y extraña punzada de decepción cuando Rilla los había mandado a todos a la mierda.

Tenía otros recuerdos, innumerables momentos que hacía tiempo que había atribuido a la admiración o a la envidia. Celos de toda la vida. Quería ser esas chicas, incluso competir con ellas, por horrible que sonara, no besarlas. Y a veces, tal vez hubiera sido solo eso. Una simple observación. Sin embargo, tal vez la suma de todas aquellas pequeñas pistas eran mucho más y nunca se había permitido afrontarlo.

Le gustaban los chicos, así que se había centrado en ellos. Era fácil ignorar todo lo demás.

—Mierda —dijo y enterró la cara entre las manos.

—Ya —dijo Delilah—. Se esperaba que solo vieras a los hombres como potenciales parejas románticas, así que eso hiciste.

—Mierda al cuadrado.

—Escúchame —dijo Delilah y dejó la taza en la mesita llena de negativos de fotos y juntando las manos—. Lo importante aquí no es el sueño erótico. Un sueño es un sueño. Esas cosas pasan. Joder, estoy bastante segura de que el año pasado, durante la acampada en Bagby Hot Springs, soñé que era un vampiro y seducía a tu exprometido para desangrarlo mientras estaba distraído con mis tetas.

Astrid abrió mucho los ojos y dejó también la taza sobre la mesa.

—¿Y no crees que significara nada?

Delilah puso una mueca.

—No me van los hombres cis.

—Sí, ya, pero ¿la parte de la asesina vampírica que quiere la sangre de Spencer?

Delilah frunció el ceño, pensativa.

—Tienes razón, pero el sueño sigue sin ser la parte importante.

Astrid gimió y se hundió en los cojines del sofá mientras se tapaba los ojos con el brazo. Delilah continuó:

—Lo importante es si te gusta o no Jordan Everwood. Es decir, aparte de querer follártela hasta perder el sentido.

Astrid se incorporó.

—No quiero… eh…

—No pasa nada. Puedes decirlo.

Astrid puso los ojos en blanco.

—No quiero follármela hasta perder el sentido. Ya está, ¿contenta?

Delilah sonrió.

—Mucho. Y claro que quieres, has tenido un sueño erótico con ella.

Astrid levantó las manos y las dejó caer de nuevo sobre las piernas con una sonora palmada.

—¡Pero si acabas de decir que eso no era lo importante!

Delilah se encogió de hombros, levantó el café y dio un sorbo petulante.

—Eres exasperante, ¿lo sabías? —dijo Astrid. Luego agarró un cojín con las palabras *bastante queer* bordadas y se lo lanzó a Delilah, que lo atrapó hábilmente con una mano y se lo devolvió.

—Por eso has acudido a mí y no a tus mejores amigas —dijo.

Astrid abrió la boca para protestar, pero su hermanastra tenía razón. Había ido directamente a ver a Delilah, ni siquiera se había planteado hablar con Iris o Claire primero. Sabía exactamente cómo reaccionarían. Iris se pondría a chillar y abriría una botella de champán, a pesar de la hora, luego se pondría a parlotear de que Astrid completaba su aquelarre *queer*. Y Claire, la dulce, dulce Claire, sería demasiado amable al respecto. La tranquilizaría y le haría preguntas trascendentales, y Astrid no quería nada de eso.

Quería las preguntas difíciles, las verdades complicadas, y sabía que Delilah era la única que se las daría.

—Entonces, ¿qué? —preguntó.

—¿Qué de qué?

Delilah se limitó a levantar las cejas.

Te dejó como si no fueras nada. Y no es así. Eres importante.

Astrid no dijo nada, no podía. De repente sintió un nudo en la garganta, demasiado grande para su cuerpo. Había pasado mucho tiempo desde que le había gustado alguien de verdad. Ni siquiera estaba segura de que Spencer hubiera entrado en esa categoría; simplemente había encajado en el molde adecuado en el momento adecuado.

Jordan, por otro lado, era un rompecabezas que estaba segura de querer resolver.

—Quiere sabotear mi diseño para el Everwood —dijo—. Es un problema.

Delilah levantó las cejas, pero esbozó una sonrisita de medio lado.

—Pues resuélvelo. Es lo que mejor se te da, ¿no?

Astrid suspiró. Antes de romper el compromiso con Spencer, sí, se habría considerado una experta en solucionar problemas. Sin embargo, durante el último año, no había dejado de darle vueltas a lo cerca que había estado de casarse con un hombre que ni siquiera le gustaba, ¿y todo para qué? Esa era la cuestión, ¿no? Se había dejado manejar en lugar de decidir qué tipo de vida quería en realidad. Y aunque había logrado salir de aquel embrollo, desde entonces no se había vuelto a sentir del todo ella misma. Para ser sincera, no estaba segura de haberse sentido así nunca.

Sentada en el salón de su hermanastra, una persona que se había marchado de Bright Falls a los dieciocho porque quería más, que creaba arte porque le encantaba, porque no podía dejar de hacerlo, y que luego había vuelto a casa por una mujer sin la que no quería vivir, Astrid tuvo el repentino y horrible pensamiento de que tal vez, todos y cada uno de los detalles y peculiaridades que la conformaban eran artificiales.

Fue como una explosión en el pecho y de repente le costó respirar.

—¿Estás bien? —preguntó Delilah, con el ceño fruncido en señal de preocupación. Astrid asintió, tragó un sorbo más de café y se controló, porque eso hacía Astrid Parker; siempre tenía el control.

—Debería irme —dijo. Se levantó y se plisó los pantalones de yoga, que de todos modos no se arrugaban, porque el movimiento era un hábito que tenía interiorizado.

Delilah asintió y se levantó también.

—Bueno, puedes venir a verme a las dos de la mañana siempre que tengas sueños guarros.

Astrid se rio, pero sintió que estaba al borde de las lágrimas.

—Hasta la semana que viene.

Delilah se mostró confundida durante una fracción de segundo, pero luego una expresión de absoluta felicidad se instaló en su rostro al mirar las cajas.

—Sí. La semana que viene.

—Vais a dar una fiesta para celebrarlo, ¿no? ¿El próximo fin de semana?

Delilah asintió.

—Qué bonito.

Le dio la espalda a Astrid.

—Sí, todo es maravilloso y perfecto. Ahora lárgate de aquí. Tienes una pinta horrible de verdad y empiezo a asustarme.

Astrid se rio, porque cuando su hermanastra tenía razón, la tenía.

CAPÍTULO

DIECISIETE

El dos de copas.

Ahí estaba otra vez, mirándola en toda su gloria, el amor verdadero, *queer* a más no poder y sin importarle un carajo lo que dijera el resto del mundo. Jordan se quedó mirando la carta sentada con las piernas cruzadas en la cama, con un dolor de cabeza por la resaca que le presionaba los ojos a pesar del litro de agua que se había bebido al llegar a casa la noche anterior.

Era el tercer día consecutivo que la sacaba. En la última semana, le habían salido también varios pentáculos y unas cuantas varitas, que había aceptado con alegría por sus respectivos significados materiales y creativos. Sin embargo, al universo le encantaba reírse, así que allí estaba contemplando aquel festival del amor la mañana después de arropar a una insoportablemente adorable y muy borracha Astrid Parker.

Debería haber sabido entonces que el día iría de mal en peor. Media hora más tarde, cuando el teléfono le sonó en el bolsillo de atrás mientras se servía el café en la cocina, supo quién era antes de mirarlo.

Solo había otras dos personas en el mundo que le escribieran mensajes y estaban en la habitación con ella. Su abuela estaba sentada en la mesa redonda de desayuno, con una camisa morada abotonada y unas gafas a juego, bebiendo un té Earl Grey en una taza de arcoíris con el mensaje «Adoro a mis nietos *queer»* mientras leía el *The New York Times*, como todas las mañanas. Simon silbaba mientras freía unas gruesas lonchas de beicon para acompañar los huevos con queso que ya había revuelto, la comida preferida de Jordan para la resaca. En momentos así, agradecía tener un mellizo que no necesitaba más que mirarla para saber que le hacía falta un desayuno bien grasiento.

Pero su teléfono frenó en seco el entusiasmo por la comida casera. Cada vez que ocurría, se decía que no iba ni a mirar el mensaje. No había respondido a ninguno, ni una sola vez en los últimos doce meses, pero siempre los leía y luego rumiaba cada palabra durante días, hasta que al final se rendía y acechaba el Instagram de Meredith, que estaba lleno de imágenes del pelo oscuro de su exmujer, feliz como una perdiz en San Francisco, Nashville, flotando en el cristalino lago Míchigan, posando frente a la Torre Eiffel. Por Dios.

A partir de ahí, su estado emocional entraba en una espiral que casi siempre acababa con un par de tarros familiares de Ben & Jerry's, una botella vacía de Bulleit y un montón de cajas de cartones de reparto.

Sobraba decir que Simon tenía razón al preocuparse porque no hubiera superado que el amor de su vida la hubiera abandonado como a un montón de basura. El problema era que Meredith volvía una y otra vez a rebuscar entre los desechos que había dejado.

Suspiró y su mano se movió sola para sacar el teléfono del bolsillo. Simon la miró, pero lo ignoró mientras leía la pantalla.

Hola, ¿qué tal estás?

Siempre la misma pregunta. Entonces, sin falta, aproximadamente tres minutos después del primer mensaje, llegaba el largo bloque de texto en el que le describía la maravillosa vida que llevaba.

Estoy en Colorado y me he acordado de ti. ¿Recuerdas el viaje por carretera que hicimos justo después de la universidad? ¿Cuántas éramos? ¿Otras trece chicas? Emma, Kendall, Ava, y no me acuerdo quién más. Lo único que recuerdo es que se desató la mayor nevada de la década en Colorado y que nunca había pasado tanto frío. Nos metimos en un saco de dormir a bajo cero, con bolsas de agua caliente a los pies, y aun así no conseguimos entrar en calor. Siempre había querido volver cuando hiciera buen tiempo. Estes Park es impresionante y...

Etcétera, etcétera.

—¿En serio? —exclamó Simon, que leía por encima de su hombro, con una sartén con beicon chisporroteante en una mano.

Jordan pulsó el botón lateral para oscurecer la pantalla.

—¿Que se ha acordado de ti? —continuó su hermano con incredulidad.

—¿Qué pasa? —preguntó Pru, alarmada.

—Nada, abuela —dijo Jordan y miró a su mellizo—. Simon, no.

—¿Lo hace a menudo? —preguntó él y apuntó con el dedo al teléfono.

—Nunca respondo —dijo y se lo guardó en el bolsillo.

De repente se sintió muy cansada.

—¡Más vale que no! —espetó Simon, con la voz cada vez más tensa, que era justo la razón por la que nunca le había contado de las intrusiones de los mensajes de Meredith. Su hermano no era el mayor admirador de su exmujer, aunque suponía que era de esperar. Tampoco era que últimamente ella quisiera ponerse a cantar las alabanzas de Meredith, pero aun así. Había sobrevivido a un cáncer. Había sido su mujer. Una parte de ella nunca podría odiarla, por mucho que lo deseara. No era culpa de Meredith que Jordan no fuera la elegida.

Que no fuera un destino.

—Cariño, siéntate —dijo Pru y la miró con preocupación.

Le dio una palmadita, pero Jordan negó con la cabeza. No soportaba la mirada compasiva de su abuela ni la manera en que Simon se frotaba la mandíbula, como hacía cuando no sabía qué hacer.

Estaba harta de ser la persona por la que todos se preocupaban. No lo necesitaba, ese pliegue ansioso entre las cejas que la hacía sentir débil e inútil. Necesitaba…

Sé hacerle un nudo al tallo de una cereza con la lengua.

Se le escapó una risotada, pero la reprimió. Aun así, no contuvo la sonrisa que se dibujó en la comisura de los labios.

Simon levantó las cejas con sorpresa.

—Tengo que ir a trabajar —dijo ella y señaló con el pulgar la puerta de atrás antes de volver a llenarse la taza de café hasta el borde y marcharse con una sonrisa aún en la cara.

Cuando dieron las cinco y el equipo de Josh y el del programa se marcharon, la sonrisa de Jordan se había transformado en un nubarrón. Había avanzado mucho con los armarios de la cocina y una mesa de comedor y había recibido artículos que definitivamente no entraban en el plan de diseño de Astrid, pero a ella no la había visto.

Se estaba volviendo loca. Y que la ausencia de la diseñadora la estuviera volviendo loca era, como mínimo, preocupante.

Rememoró toda la noche juntas una y otra vez, como si su vida fuera una película muda, con expresiones faciales exageradas y mucho dramatismo. En concreto, su cerebro se había atascado en el momento en que la había ayudado a meterse en la cama. Cómo le había quitado la ropa sin ningún miramiento y se había acurrucado en las sábanas de alto conteo de hilos con un gemidito de felicidad, con el pelo alborotado sobre la almohada.

Y después…

Te dejó como si no fueras nada. Y no es así. Eres importante.

Sintió que el aire se le escapaba de los pulmones. De hecho, dieciocho horas después, aún no estaba segura de haber conseguido volver a respirar con normalidad. No sabía qué pensar de las palabras de Astrid, de la delicadeza con que las había pronunciado, aunque se le deslizara un poco la lengua, ni del hecho de que hubiera tenido un nudo en la garganta los cinco minutos posteriores.

Pero entonces Astrid se había atrevido a ni siquiera aparecer por el hotel. Sí, no iba todos los días y no estaba en la programación de la jornada, pero no se le podía decir algo así a otro ser humano y luego desaparecer. Por otra parte, tal vez Astrid ni siquiera recordara lo que le había dicho. Estaba borracha y cansada y acababa de vomitar en un arbusto.

Eres importante.

El zumbido de la sierra eléctrica se coló entre sus pensamientos. Las virutas de madera flotaban por el aire y llenaban el espacio de un olor limpio y áspero que le encantaba, era como si los árboles revelaran secretos. Pasó otra media hora dando forma al tocador a medida que pensaba instalar en el dormitorio principal e intentó ahogar con el trabajo la suave voz de Astrid.

A medianoche, Jordan renunció a conciliar el sueño. Apartó las sábanas y se puso los mismos vaqueros que había llevado durante el día y un jersey verde oscuro con el cuello dado de sí. Agarró el bolso y salió a hurtadillas por la puerta de atrás, en dirección al taller.

Nunca llegó.

Había una luz encendida en el hotel.

Mejor dicho, había una luz pululando por el hotel. Cuando se detuvo en la hierba, se fijó en un resplandor blanco que se movía de un lado a otro en la primera planta.

Una linterna.

Se le puso la piel de gallina. Pasó unos dos segundos y medio preguntándose si debería ir a buscar a Simon o llamar a la policía, pero lo segundo no le pareció una solución segura para nadie en la actualidad, y lo primero... Probablemente ella podría ocuparse de un intruso con más eficacia que su hermano. Estaba casi segura de que él no había dado un puñetazo en su vida, mientras que Jordan al menos sabía manejar herramientas pesadas.

Se metió en el taller sin hacer ruido, con el corazón a mil por hora, y dejó el bolso en el suelo de cemento manchado de serrín tan silenciosamente como pudo. Usó el teléfono para alumbrarse y rebuscó en el banco de trabajo hasta que encontró el martillo de kilo y medio para atravesar madera dura.

Salió del taller y cruzó el césped de puntillas mientras buscaba algún coche en la oscuridad. Aparte del contenedor, el camino de entrada estaba completamente vacío, la hierba arrancada por las camionetas de los trabajadores. Miró hacia el hotel.

La luz se había instalado en la habitación Lapis.

Cerró los ojos con fuerza y el miedo le invadió el pecho. Respiró hondo una vez, dos, tres, le envió una súplica silenciosa a Alice Everwood para que la ayudase y rodeó la casa para entrar por la puerta de atrás con su llave.

La casa olía a pintura fresca y el gris que Astrid había elegido recubría las paredes de la cocina. Oyó un golpe en la planta de arriba. Tocó la luz del teléfono y se dirigió a las escaleras. Subió despacio y evitó el punto del duodécimo escalón que sabía que chirriaba, luego avanzó a hurtadillas hasta la habitación Lapis.

La puerta estaba cerrada y la luz blanca oscilaba bajo la delgada franja cerca del suelo.

Puso la mano en el pomo de cristal. Era imposible entrar sin hacer ruido; sabía que la puerta crujiría como los huesos de un anciano en cuanto la abriera. Tenía que elegir: la luz del móvil o el martillo. La elección estaba clara. Apagó la luz, se guardó el teléfono en el bolsillo de atrás y se movió para abrir la puerta con la mano izquierda y empuñar el martillo con la derecha.

Se detuvo para escuchar si había movimiento en el interior. Unos pasos ligeros, el roce de lo que le pareció madera contra madera y luego una voz. Un «mierda» pronunciado en voz muy baja, si no se equivocaba.

Contó hasta tres en silencio, giró el pomo, empujó e irrumpió en la habitación con el martillo en alto como el mismísimo Thor. Sin embargo, antes de que le diera tiempo a pronunciar ninguna frasecita heroica, chocó con algo blando, rebotó hacia atrás y aterrizó con el trasero en el suelo.

—¡Ay, Dios! —gritó una voz.

—¡Joder! —gritó Jordan.

El resplandor que segundos antes llenaba la habitación se apagó y el teléfono o la tableta de quienquiera que fuera aterrizó con un crujido en el suelo de madera.

Jordan volvió a ponerse de pie y recuperó el martillo, que se le había escapado en la caída. Lo sujetó con las dos manos, lista para blandirlo.

—¿Quién cojones…?

Se quedó inmóvil cuando sus ojos se adaptaron a la oscuridad y distinguió una silueta familiar.

—¿Parker?

Astrid suspiró desde donde había aterrizado en el suelo, con el iPad en la funda de cuero a su lado.

—Hola, Jordan.

—¿Qué se supone que haces aquí?

Respiraba con dificultad, tanto el alivio como la rabia arremolinándose en su pecho. Y una pizca de excitación, si era sincera, pero la aplastó. La evaporó.

—¿Y bien? —insistió cuando Astrid no dijo nada.

La mujer recogió el iPad y volvió a encender la linterna. Apuntó hacia abajo mientras se levantaba despacio en pie.

Llevaba unos pantalones de yoga, muy ajustados, aunque Jordan no se fijó, y una sudadera con los hombros caídos.

—Bueno, yo, eh... —balbuceó Astrid, pero no terminó ni la frase. Se quedó allí plantada, con el elegante bolso negro en el suelo y una expresión en la cara que a Jordan le recordó a un niño intentando resolver un problema difícil de matemáticas.

Esperó. No tenía ninguna intención de ponérselo fácil, no después de que casi le hubiera provocado un infarto a los treinta y uno.

Y de que la hubiera ignorado durante todo el día después de una noche increíble, pero no había necesidad de ponerse emocional.

Al cabo de un rato, Astrid suspiró y se frotó la frente.

—No podía dormir, así que se me ocurrió venir y trabajar un poco.

—¿A diferencia de venir durante el horario de trabajo normal?

—No he dicho que fuera una decisión lógica.

—¿Dónde has dejado el coche?

—Lo aparqué en la calle.

Jordan levantó una ceja.

—Ladina.

Astrid puso cara de horror.

—No quería despertar a nadie. Simon me dio la llave de la puerta de atrás.

—Cómo no. —Jordan dio un paso hacia ella—. ¿Y cómo va la cosa?

Astrid frunció el ceño.

—¿Cómo va qué...?

—El trabajo. —Jordan señaló el iPad—. ¿Planeas pintarlo todo de blanco mañana?

No dijo nada, pero por fin la miró a los ojos y atisbó algo delicado e incluso un poco vulnerable en ellos. Un sentimiento similar a la esperanza creció en el pecho de Jordan, pero lo reprimió.

Al menos lo intentó. La sensación persistió, creció y la empujó a acercarse más a aquella mujer en la que no había dejado de pensar.

—¿Parker? —preguntó en voz baja.

—No lo sé —dijo Astrid—. Entiendo por qué quieres preservar este lugar, Jordan. De verdad que sí, y no quiero hacerte daño, pero estamos hablando de mi trabajo. Me lo estás poniendo muy difícil.

Jordan asintió.

—¿Y si no fuera tan difícil?

—No me pareces de las que se rinden.

—Tienes razón, no lo soy.

—Entonces, ¿cómo piensas facilitarme las cosas?

Jordan encendió la luz del techo. La habitación azul estalló en colores, el tono aún más oscuro de noche y bajo el resplandor de la débil bombilla ámbar de la antigua lámpara de cristal.

—¿Qué te parece el color? —preguntó—. Sinceramente.

—¿Sinceramente? —Astrid miró alrededor, con una mano en la cadera—. Lo odio. Es demasiado oscuro, encoge la habitación, y no consigo visualizar ningún acabado final que resulte agradable a la vista.

Jordan se pasó una mano por el pelo.

—La culpa es mía por pedir sinceridad.

—Lo siento —dijo Astrid y dio otro paso. La brecha que las separaba era cada vez más pequeña—. Es que no soy yo.

—Pero es que tú no eres este hotel. Tu trabajo consiste en crear un espacio para tu cliente, no para ti misma.

—Es lo que estoy haciendo, Jordan —replicó Astrid—. Mi plan es lo que Simon me dijo que quería, lo que Pru quería.

Jordan negó con la cabeza.

—No saben nada de diseño. No saben lo que quieren hasta que lo tienen delante y a mi abuela le encantó este color. Sabes que sí.

Astrid se cruzó de brazos, con el iPad abrazado al pecho.

—Necesito que este proyecto salga bien, Jordan. La opinión de Natasha Rojas podría lanzar mi carrera o enterrarla. Mi negocio ya pende de un hilo muy fino, mi madre apenas es capaz de mirarme sin poner cara de asco y hay un límite de consultas de dentistas que alguien puede redecorar antes de replantearse sus elecciones vitales.

—Pues replantéatelas, Parker. —Jordan se dio una palmada en el pecho—. Yo también necesito que esto salga bien. Este es mi hogar. ¿Lo entiendes? Por no mencionar que apenas he superado los treinta y ya estoy divorciada, vivo en casa de mi abuela y duermo en la cama de noventa de mi infancia, mi hermano piensa que soy una puta inútil y...

—No eres una inútil.

Astrid lo dijo en voz muy baja, pero fue como si una bomba estallara en el corazón de Jordan.

Eres importante.

—No me conoces —respondió, también en voz baja—. No sabes nada de mí, Parker.

Astrid frunció el ceño y dejó de mirarla para contemplar la habitación. A Jordan le costaba tragar y se quedó esperando a que Astrid refutara sus palabras con un *claro que te conozco*, aunque no fuera ni remotamente cierto. Además, ¿de qué le serviría? Meredith la había conocido mejor que nadie, mejor incluso que Simon, y aun así se había marchado.

Por lo visto, conocer a Jordan Everwood provocaba que la gente echara a correr en dirección contraria.

—Pues enséñamelo —dijo Astrid.

Jordan parpadeó y tardó un segundo en recuperar el aliento.

—¿Qué?

—Enséñamelo —repitió Astrid y señaló la habitación con la mano—. Algo habrás planeado más allá de este espanto de pintura.

—No te cortes —dijo Jordan.

—No lo haré —aseguró Astrid, con un desafío en la mirada.

Jordan sintió entonces esa chispa que sentía a menudo antes de que Meredith enfermara. El impulso de crear, de hacer algo que otra persona amara. Hasta entonces ese *algo* siempre habían sido muebles, estanterías, armarios y mesas, pero sabía que sus planes de diseño para el Everwood eran buenos.

Y pensaba demostrárselo a Astrid Parker costara lo que costara.

CAPÍTULO

DIECIOCHO

La noche no había salido como había planeado. La intención de Astrid había sido ir al hotel, pasar un rato a solas en las habitaciones y pensar en su siguiente paso. Durante todo el día se convenció a sí misma de que no estaba evitando el Everwood a propósito, de que le daría igual ver a Jordan en un ambiente profesional después de la noche que habían pasado juntas, después del sueño y de todo lo que había hablado con Delilah. Sin embargo, cada vez que pensaba en estar en la misma habitación con ella, se le erizaba la piel, se le revolvían las tripas como si fuera una adolescente con su primer flechazo y temía que fuera a vomitar de verdad.

En aquel momento se sentía igual, pero ya no había nada que hacer al respecto. Jordan la había sorprendido y Astrid se esforzaba por no vomitar delante de ella.

La otra mujer se frotó la nuca, pensativa. Algo en el movimiento volvió a acelerarle el estómago, la forma en que se le marcaba la clavícula bajo la piel, cómo levantaba una cadera ligeramente más que la otra.

Por Dios, qué ridiculez. Astrid no era así. No perdía la cabeza por un flechazo. No tenía flechazos y punto. Desde luego, Spencer nunca le provocó este tipo de sentimientos. Tendría que remontarse a la escuela secundaria, cuando enamorarse era toda una novedad, para encontrar una comparación adecuada a cómo su cuerpo se estaba comportando al mirar cómo el cabello castaño dorado de Jordan le cubría la frente.

En menudo lío estaba metida.

—¿Me dejas el iPad? —preguntó Jordan.

—¿Qué?

—El iPad. —Señaló con la cabeza el aparato que Astrid tenía en la mano—. Así te lo enseño.

Se lo entregó sin decir palabra y observó cómo Jordan daba golpecitos en la pantalla al mismo tiempo que caminaba por la habitación, hasta que se acomodó en el chirriante banco de madera de la ventana. Astrid la siguió y se sentó sobre las piernas para no rozar a la carpintera.

El intento resultó en vano. Tras unos cuantos golpecitos más, Jordan se inclinó dentro del espacio de Astrid para que ambas vieran el iPad y arrastró consigo ese aroma embriagador a pino y flores, con un hombro apenas apoyado en el suyo y la estimulante presión del calor corporal.

Astrid respiró despacio por la nariz, pero entonces el sueño le volvió a la mente. Por Dios, tenía que controlarse.

—Bien, esta es la habitación Lapis.

Jordan inclinó un poco más el iPad y Astrid vio que había iniciado sesión en el mismo programa de diseño que ella usaba para trazar sus planos.

Salvo que la pantalla mostraba un diseño completamente distinto.

En la imagen tridimensional, el azul oscuro, casi brillante, recubría las paredes, como era de esperar, y unas cortinas de damasco blanco y plata enmarcaban las ventanas. La cama estaba en la pared de la derecha y tenía un cabecero de tela blanquecina. Las sábanas eran blancas, pero la colcha casi hacía juego con las paredes, de un azul intenso y sedoso, con cojines decorativos del mismo tono, salpicados de blanco, gris y dorado, formando un mosaico.

Una gran alfombra se extendía sobre el suelo de madera, blanca con círculos de color azul, gris, blanco y dorado. En una esquina, había dos sillones dorados, con cojines blancos y grises para adornar. Los muebles, una mesa entre los sillones, dos mesitas de noche, una cómoda y un armario, eran de roble oscuro, y las paredes estaban salpicadas de apliques pequeños de color ámbar, junto con marcos para cuadros que parecían ser en su mayoría blancos y grises.

Para dar luz, pensó Astrid.

Pensó muchas cosas mientras analizaba el diseño, desde los colores hasta la ornamentada lámpara de araña que colgaba del techo. Pensó en que a la habitación le faltaba un poco de textura, algo que le diera un toque más personalizado. Pensó en que normalmente no le gustaban nada los muebles de madera oscura.

Pero, sobre todo, pensó en que el diseño rebosaba inspiración.

Sabía que tenía que decirlo, pero las letras se le enredaban en la lengua. Más allá de estar inspirada, Jordan tenía razón: la habitación encajaba en el Everwood mucho mejor que cualquier cosa que se le hubiera ocurrido a Astrid. Era elegante, moderna y preciosa, pero además tenía algo que no sabía describir. Fantasmagórico, quizá, pero no en el sentido de una casa embrujada con telarañas. Más bien misteriosa, llena de intriga, historia y relatos.

Pero debajo de todo eso, una emoción nueva y aún más confusa la recorrió como una ola.

Alivio.

Era alivio.

No tenía ni idea de dónde venía. No tenía sentido. Debía de haberle preocupado que el diseño de Jordan fuera horrible, porque de haberlo sido, ¿qué le hubiera dicho?

Sin embargo, sentía una tirantez por dentro, algo que últimamente sentía cada vez más, como si intentara partirla en dos.

No puedes permitirte perder el encargo del Everwood y las dos lo sabemos.

Las palabras de su madre irrumpieron en su cerebro. Cumplieron su función, borraron de un plumado todo el asombro que sentía y lo cambiaron por angustia, por una sensación de fracaso total.

Su trabajo era todo lo que tenía.

Su trabajo, y ser buena en él, era todo lo que era.

—Me inspiré en el lapislázuli —dijo Jordan a su lado y la arrancó de la espiral de sus pensamientos.

Astrid levantó la vista y se miraron a los ojos. La expresión de la otra mujer era muy sincera, muy... ansiosa.

—Según la historia —continuó Jordan—, Alice Everwood llevó un collar de lapislázuli todos los días después de que su amante la abandonara. Nunca se lo quitó.

—Por eso la llaman la Dama Azul —dijo Astrid. La verdad era que nunca lo había pensado.

Jordan asintió.

—Algunas de las personas que afirman haber avistado el fantasma hablan de una piedra brillante en el cuello.

Astrid asintió y volvió a mirar el diseño. Por supuesto que entendía lo de incorporar la historia a los diseños, pero la mayoría de sus clientes en los últimos nueve años solo le habían pedido habitaciones ultramodernas como las que veían en las revistas o en las casas de sus amigos y Astrid se las había proporcionado. Nunca había tenido un cliente insatisfecho.

Y no pensaba empezar ahora.

Sin embargo, no sabía cómo competir con la habitación que Jordan había creado. Sabía que a Pru le encantaría y que Simon haría lo que Pru quisiera. En el fondo, sabía que eso era lo que importaba, hacer feliz a la clienta, sobre todo a una tan querida como Pru, pero no quería dejar el trabajo. No quería apartarse y dejar que Jordan asumiera el mando. No iba a permitir quedar marcada como alguien que no era lo bastante buena, no en Bright Falls y, desde luego, no delante de Natasha Rojas.

No soportaría ni un *brunch* más con los suspiros de decepción de su madre llenando el espacio entre ellas.

Además, desde un punto de vista logístico, ni siquiera creía que fuera posible marcharse sin cargarse el episodio de *Innside America*. Ya tenían un montón de grabaciones con Astrid como diseñadora principal, prácticamente todo el trabajo preliminar, y su negocio necesitaba el programa.

Más importante aún, los Everwood necesitaban el programa. Tal vez Jordan no supiera que Astrid estaba al tanto de los problemas económicos del hotel, pero a veces la habilidad casi sobrenatural de Isabel para enterarse de todo lo que ocurría en Bright Falls jugaba a favor de Astrid.

Los Everwood y ella estaban juntos en esto, quisieran o no.

—¿Y bien? —preguntó Jordan. Se inclinó un poco hacia su espacio y ladeó la cabeza para captar su mirada—. ¿Qué te parece?

Astrid le sostuvo la mirada y la sensación de nervios volvió a removerle el estómago, una sensación que la inquietaba, pero que también la atraía.

Tampoco quería ignorar esa sensación. Si se marchaba, probablemente nunca volvería a ver a Jordan Everwood así, con la cara desmaquillada, el pelo revuelto por haber intentado dormir antes, la clavícula al descubierto a través del cuello estirajado de la camiseta de Henley.

—Me parece preciosa —dijo en voz baja—. De verdad, Jordan. Es una maravilla.

Una lenta sonrisa se extendió por el rostro élfico de Jordan, le levantó las comisuras de la boca y los pómulos y le iluminó los ojos. Fue como contemplar un amanecer.

—¿De verdad? —dijo, con un hilo de voz, pero henchida de felicidad.

Astrid asintió.

De verdad.

Su propia voz sonó como un susurro y algo en su tono debió de sonar raro o delatar la ternura con que le latía el corazón en el pecho en aquel momento, porque la sonrisa de Jordan se apagó con la misma lentitud con la que había aparecido. Desvió la mirada hacia la boca de Astrid, lo que le provocó una oleada de deseo tan sorprendente y potente que se le escapó un suspiro audible y apretó las piernas.

Aun así, no apartó la mirada.

Sintió que se le aceleraba la respiración, que entreabría la boca y bajó la vista a los labios de Jordan, luego volvió a subirla. Recorrió el rostro de la otra mujer como un artista estudiaría a un modelo, y Jordan hizo lo mismo. El aire entre las dos se espesó y la tensión creció, se formó un tira y afloja tan embriagador que Astrid se sintió un poco borracha. Se inclinó, solo un poco.

Lo justo.

Jordan abrió mucho los ojos, con una expresión que representaba una clara amalgama de asombro, confusión y lujuria.

Astrid se sintió identificada.

Pero siguió sin apartar la mirada.

Jordan tampoco. Ay, madre, estaba pasando. Iba a besar a Jordan Everwood y, además, se moría de ganas. Lo necesitaba. Tenía que saber si era real, si los sentimientos que habían estado revoloteando en sus entrañas desde la noche anterior eran de verdad.

No. Desde antes. Si era sincera, desde el día en que la había visto blandir el mazo. Incluso… Astrid recordó cómo había estudiado a Jordan durante la demolición, cómo había dejado que su mirada se posara en su vientre expuesto y sus brazos tonificados.

Jordan la había dejado sin aliento desde aquel primer encuentro bañado de café. Ahora lo veía y era capaz de admitirlo.

Se inclinó un poco más, sin dejar de mirar a Jordan. Ella le puso una mano en la rodilla, más bien para apoyarse al inclinarse también, pero Astrid sintió la presión de los dedos como una tormenta eléctrica y el calor se le acumuló entre las piernas.

Dios fue lo único que pensó. *Dios, joder*.

Estaban a centímetros de distancia, cuando la puerta del dormitorio se cerró de golpe.

Ambas se sobresaltaron. El corazón de Astrid le subió a la garganta cuando chocó con la ventana y se le escapó un gritito. El iPad resbaló del regazo de Jordan y aterrizó con un crujido en el suelo mientras ella se ponía en pie de un salto, con las palmas de las manos hacia arriba y orientadas hacia la puerta, como si quisiera bloquear algún mal invisible. Se quedaron así unos diez segundos, sin más compañía que el sonido de una respiración agitada, hasta que Jordan bajó los brazos al cabo de un rato.

—Joder —dijo.

—Pues sí —dijo Astrid, mientras deshacía el ovillo en el que se había encogido por instinto y bajó los pies al suelo. Se quedó mirando la puerta cerrada—. ¿Qué ha sido eso?

Jordan negó con la cabeza.

—No lo sé. No he dejado ninguna puerta abierta abajo que pudiera provocar una corriente de aire.

—A lo mejor alguien se ha dejado una ventana abierta durante el día —sugirió.

Jordan asintió, pero Astrid solo pensaba en fantasmas, lo cual era ridículo.

¿Lo era? Después de todo, estaban en la habitación Lapis.

—Creo que será mejor que nos vayamos a dormir —dijo Jordan y se agachó para recoger el iPad. Se lo entregó sin mirarla a los ojos.

Astrid sintió que el corazón se le encogía. No quería dar por terminada la noche. Quería saber qué había estado a punto de ocurrir entre ellas, antes de que Alice Everwood las interrumpiera de manera tan brusca.

Jordan se dirigió al centro de la habitación, recogió el martillo y fue hacia la puerta. Astrid sintió una oleada de pánico y, por una vez, decidió que iba a hacer lo que quería hacer.

Iba a actuar, en lugar de dejarse amilanar por una espiral constante y agotadora de pensamientos.

—Jordan, espera —dijo.

La mujer se quedó quieta, pero no se volvió. Astrid dejó el iPad en el asiento de la ventana (quizá necesitara las dos manos para lo que iba a pasar) y se acercó a Jordan para quedar frente a frente. La mujer la miró a los ojos, pero aquellos iris con el borde verde ya no reflejaban lujuria y asombro.

Reflejaban miedo.

Astrid frunció el ceño. Quiso estirar la mano y atrapar la de Jordan, pero no se atrevió.

—Verás —dijo en voz baja, como le hablaría a un animal asustado—. Quizá podríamos…

—¿Alguna vez has besado a una mujer, Astrid? ¿O a cualquiera que no fuera un hombre cis hetero?

La pregunta de Jordan llenó el espacio entre las dos. Astrid se quedó con la boca abierta. «Astrid». La había llamado Astrid. En el poco tiempo que se conocían, siempre la había llamado Parker.

—¿Qué? —preguntó, cuando recuperó la funcionalidad.

Jordan cerró los ojos un segundo y se pasó una mano por el pelo.

—Ya me has oído.

Astrid sintió que su rostro se desplazaba entre un millón de emociones: levantaba las cejas, abría la boca y la cerraba otra vez.

—No, pero…

—Vale —dijo Jordan y suspiró con resignación—. Entonces no creo que esta noche sea el momento de empezar.

Astrid negó con la cabeza.

—No lo entiendo.

—No me obligues a decir lo que las dos sabemos que iba a pasar —dijo Jordan—. No me cargues toda la culpa.

—¡No! —dijo Astrid y ahí sí que le agarró la mano—. No era eso lo que quería decir. Solo… Sí, es verdad, sé lo que estaba a punto de pasar. Lo que no entiendo es por qué no puede pasar.

Elevó la entonación al final, como si fuera una pregunta y casi hizo una mueca al notar la desesperación de su voz. Sin embargo, a otra parte de ella le daba igual.

Jordan suspiró.

—Está claro que hay algo entre nosotras. Lo admito. Pero todo esto es nuevo para ti y, aunque no es culpa tuya y estoy totalmente a favor de que la gente descubra su sexualidad a cualquier edad y experimente, yo no quiero ser un experimento. Ya he pasado por ello y no estoy en condiciones emocionales de repetirlo. Es lo que hay.

Astrid le soltó la mano y dio un paso atrás.

—Quiero besarte —continuó Jordan—. Joder, de verdad que sí, pero si alguna vez va a pasar, necesito que tú quieras lo mismo.

Astrid negó con la cabeza.

—¿A qué te refieres? Creía que era bastante evidente que quiero...

—No. Quieres besar a una mujer y resulta que yo soy la primera por la que te has sentido atraída. Necesito que quieras besarme a mí.

Astrid parpadeó, incapaz de decir nada. Cualquier palabra que hubiera servido para aquella situación se esfumó de su cabeza. Jordan la miró durante un segundo, pero luego asintió, la rodeó y abrió la puerta. Astrid se quedó a solas con sus pensamientos en mitad de una habitación azul embrujada.

CAPÍTULO

DIECINUEVE

Jordan apenas pegó ojo y a las siete de la mañana del día siguiente ya estaba en el taller. La lluvia se deslizaba por las ventanas, golpeaba el tejado de acero y embarraba el patio del hotel, que tampoco estaba muy bien antes.

La lluvia le venía bien. La lluvia intensa le venía aún mejor.

El tiempo combinaba con su estado de ánimo y el ritmo de la pistola de clavos creaba un aluvión constante de ruido que se acompasaba con los pensamientos que se agolpaban en su cabeza.

Pensamientos sobre la puñetera Astrid Parker.

Pensamientos sobre la boca de la puñetera Astrid Parker.

Pensamientos sobre la cara de la puñetera Astrid Parker cuando le dijo que no iba a besarla.

¿Qué cojones se le había pasado por la cabeza a Jordan Everwood?

La noche anterior, la decisión le había parecido una solución de lo más inteligente. Si hasta parecía que Alice Everwood no quería que se besaran, con el portazo y todo eso. Sin embargo, después de rememorar el momento en el asiento de la ventana una y otra vez, le inundaba el pecho una sensación que había jurado que nunca más se permitiría sentir: esa necesidad del anhelo, el deseo de una vida en pareja que Meredith había terminado sin siquiera consultar a Jordan.

Nunca olvidaría la mañana en que su mujer se fue. Cómo ni siquiera le había avisado. Ni una conversación. Ningún *creo que tenemos que hablar*. Solo unas maletas junto a la puerta y un *tengo que irme* en los labios de Meredith.

Llevaba dos meses en remisión.

Era lo único que Jordan había tenido con su mujer después del infierno que las dos habían pasado. Un mes después, los papeles del divorcio le llegaron por correo.

Jordan los había firmado. Meredith se lo dejó prácticamente todo: la casa, la camioneta, la gata, lo cual supuso que era un premio de consolación por haberla abandonado y por todas las promesas que Meredith le había hecho.

—Que le den por el culo —dijo en voz alta.

Pero el problema no era Meredith. Ya no. Ya no estaba enamorada de su mujer, lo sabía. El problema era que no sabía cómo deshacerse de las secuelas. Las bombas que Meredith le había arrojado le habían dejado cicatrices. Profundas, incrustadas en el corazón, los pulmones, el cerebro y la sangre de Jordan, que había pasado casi un año en terapia para intentar curarlas en vano.

Apretó la pistola de clavos en el punto correcto de un armario de cocina y disparó.

Pum.

Pum.

Pum.

Siguió hasta que se le acabaron los clavos. Mientras recargaba, el teléfono le sonó en el bolsillo de atrás. Lo sacó, con un angustioso atisbo de esperanza que se había instalado en su pecho sin permiso. Astrid tenía su número. Nunca lo había usado, cierto, pero lo había tenido desde el primer día, cuando había insistido en que Jordan le diera sus datos para enviarle la factura de la tintorería del estúpido vestido.

Casi sonrió al recordarlo.

Hasta que miró la pantalla y vio el nombre de Meredith en las notificaciones, seguido de un breve mensaje.

Vuelvo a la ciudad la semana que viene.
Me encantaría verte.

—¿Qué cojones? —exclamó en voz alta.

Sacudió la cabeza y volvió a guardarse el teléfono en el bolsillo, luego procedió a disparar clavos a una velocidad temeraria con la pistola. Meredith no sabía que ya no estaba en Savannah y no tenía ninguna intención de decírselo.

Colocó la pistola en el siguiente punto del armario, pero antes de que llegase a disparar, alguien llamó a la puerta del taller.

—Por Dios, ¡dejadme en paz, joder! —gritó en el espacio vacío, un poco más alto de lo que pretendía. Seguramente sería Simon, el único que se atrevería a interrumpirla mientras trabajaba y él la perdonaría por ser borde.

—No hace falta ponerse así.

Una voz femenina.

Una voz femenina que conocía.

—¿Parker?

—Sí. ¿Me dejas entrar?

Echó un vistazo a la gran cantidad de armarios de color salvia que la rodeaban, contrabando en toda regla.

—Eh, bueno…

—Venga ya —dijo Astrid—. Ya sé que tienes tus proyectos secretos ahí dentro.

Jordan frunció el ceño. Dejó la pistola de clavos en el suelo y se acercó a la puerta, abrió el candado y tiró unos centímetros. Astrid estaba bajo la lluvia con un paraguas transparente. No iba maquillada y llevaba unos elegantes pantalones negros y una blusa de seda de color ciruela, el pelo a capas un poco encrespado por la humedad. Le pareció la mujer más hermosa que había visto nunca.

Por el amor de Dios, Everwood, contrólate.

—¿Cómo lo sabes? —preguntó e intentó dominar el descontrol de sus entrañas.

Astrid la miró.

—Anoche dijiste que no tenías que ponérmelo tan difícil y he venido a tomarte la palabra. No voy a irme a ninguna parte, Jordan. Las dos sabemos que no puedo. Así que lo mejor es que me dejes entrar.

Jordan lo consideró un segundo, principalmente para intentar reactivar su cerebro aturullado por culpa de Astrid. Sabía que en algún momento tendría que hablar con Simon y Natasha sobre lo que estaba haciendo, pero esa conversación sería mucho más fácil si tenía a la mujer de su parte. Profesionalmente hablando, claro. Astrid se ganaba la vida diseñando. Dirigía un negocio de éxito. No era una inútil a ojos de su hermano. Así que, sí, las dos podían hacer que la vida de la otra fuera mucho más fácil.

Se aclaró la garganta y abrió la puerta del todo. Se quedó mirando cómo Astrid entraba y recorría el espacio hasta la mesa de trabajo mientras contemplaba los armarios de color salvia, las puertas con parteluz y las enormes planchas de madera que aún tenía que cortar para los mostradores. Los tacones de la diseñadora resonaron por el taller hasta que se detuvo en el borde del banco de trabajo, donde el portátil de Jordan estaba apoyado de cualquier manera. Dejó el paraguas en el suelo y la miró, con una pregunta en la mirada.

Jordan asintió y Astrid pulsó una tecla del ordenador. El aparato volvió a la vida. La cocina del Everwood, al menos tal como ella la había imaginado, apareció en la pantalla. La expresión de Astrid no revelaba mucho. Escrutó las imágenes con ojos oscuros, que entrecerró ligeramente en algunos puntos, antes de volver a relajar el semblante. Hizo clic en la almohadilla táctil y el plan de Jordan para la biblioteca se materializó: el mismo color salvia, pero en las estanterías empotradas y la repisa sobre la chimenea.

De hecho, el color estaba en todas las habitaciones de la primera planta, un contraste que combinaba bien con las paredes grises de Astrid. En la planta principal había una sola habitación de invitados, una habitación esquinera con un acogedor techo inclinado que Jordan había cubierto de enredaderas y flores pintadas en sus planos, lo que convertía todo el espacio en un relajante oasis. No tenía ni idea de qué reglas de diseño había seguido o ignorado, se había limitado a seguir lo que le parecía bien para la casa.

Jordan se acercó al otro lado de la mesa de trabajo mientras Astrid pasaba de una habitación a otra, con el ceño a veces fruncido y a veces tranquilo. En la planta de arriba estaba la habitación Lapis, por supuesto, pero todas las demás habitaciones de invitados tenían también su propia identidad, un color llamativo o un estampado que las distinguía de las demás.

—Sé que no es perfecto —dijo Jordan.

Astrid no respondió enseguida. La carpintera la observó mientras volvía atrás y repasaba cada habitación, con los labios fruncidos mientras pensaba.

—No, no lo es —comentó al cabo de un rato.

Jordan estuvo a punto de reírse. Aquella mujer no se andaba por las ramas y le encantaba. Durante el último año, todas las personas que la rodeaban habían estado caminando de puntillas a su alrededor, con cuidado de no disgustarla, empeñadas en mantenerla en calma. Astrid sabía lo de Meredith y le importaba un bledo.

O tal vez creía que Jordan era capaz de enfrentarse a todo lo que la vida le deparara.

El pensamiento le provocó una punzada en la garganta. Tragó saliva y rodeó el banco de trabajo para situarse junto a Astrid, con el portátil entre las dos.

—Tal vez podrías ayudarme a que lo sea —dijo Jordan—. O al menos, a que sea mejor. No sé mucho de diseño.

—Ya lo veo —aseguró Astrid, pero la miró directamente, no a su trabajo, y tenía un atisbo de sonrisa en los labios.

Jordan se resistió a su propia sonrisa y negó con la cabeza.

—Pues qué suerte que tú sepas tanto.

Astrid se rio.

—Supongo que sí.

Jordan volvió a mirar el diseño de la biblioteca en la pantalla del portátil.

—En serio. ¿Qué hacemos? Me encantaría que me ayudaras con esto, pero no quiero que lo hagas si lo que he hecho no te gusta de verdad.

Astrid también se volvió hacia la pantalla.

—¿Qué pasa si no me gusta?

Jordan sintió una punzada de dolor para la que no estaba preparada. Se había dejado la piel en aquel diseño. Había volcado todo el amor que sentía por su familia y la infancia que había pasado allí, la historia de la casa, el amor del pueblo por la historia de Alice. La idea de que una profesional... No, una profesional, no. La idea de que a Astrid no le gustara su creación dolía.

Pero no cambiaba nada.

—Pues entonces supongo que tocará volver a las estratagemas y a pintar en mitad de la noche —dijo.

Empezó a alejarse y se dispuso a rodear el banco para distanciarse de ella, tanto física y emocionalmente, pero Astrid la agarró de la mano.

—Espera —dijo—. Perdona, no sé ni por qué lo he preguntado. Me encanta.

Jordan se quedó de piedra. El mundo entero se paralizó, como si lo único que existieran fueran aquellas dos palabras y los cálidos dedos de Astrid en los suyos.

—¿Sí? —consiguió articular.

Astrid asintió.

—A ver, necesita algo de trabajo. —Soltó la mano de Jordan, pero en un movimiento muy lento en el que las yemas de sus dedos la siguieron tocando hasta último momento, e hizo un gesto con la cabeza hacia el portátil—. Hay problemas de textura en la mayoría de los espacios y no tengo claro que esa franja amarilla y marfil sea lo ideal, teniendo en cuenta el ambiente del resto de las habitaciones, pero si estás abierta a...

—Lo estoy —dijo Jordan, la euforia la llenaba como un globo de helio—. Muy abierta.

Astrid sonrió.

—Ni siquiera sabes lo que voy a sugerir.

—Aun así. Me apunto. De cabeza.

Astrid se ruborizó y fue posiblemente lo más adorable que Jordan había visto nunca. Junto con la forma en que las largas pestañas le acariciaron los pómulos y los dientecillos de vampiro se asomaron para morderse el labio inferior.

Mierda.

Jordan sacudió la cabeza para despejarse.

—De acuerdo —dijo Astrid—. Entonces lo haremos juntas. Repasaremos cada habitación, detalle a detalle, miraremos tus diseños y los míos y buscaremos la forma de sacar algo cohesionado y temático.

Jordan asintió con ímpetu.

—Y tendremos que hacerlo rápido, porque la pintura base ya está casi terminada en la planta baja, así que, si vamos a incorporar el color salvia, tenemos que hacer el pedido a los pintores cuanto antes.

—Sí. Está bien.

—Lo que significa que necesitamos la aprobación de Pru, Simon y Natasha.

A Jordan su abuela no le preocupaba; después de todo, había diseñado toda la casa pensando en Pru, pero Simon era otro tema. Desde el punto de vista legal, su nombre figuraba en el contrato con Diseños Bright, junto con el de Pru, así que sabía que Astrid tenía que conseguir su aprobación antes de hacer nada. Aun así, confiaba en que Simon seguiría el consejo de Astrid. Y Natasha… bueno. Ya había calificado los diseños de Astrid de faltos de inspiración en una ocasión. Tenía la sensación de que una mujer que llevaba un collar de un clítoris todos los días no se mostraría reacia a que hubiera un poco más de intriga con los diseños, sobre todo si estos acentuaban la historia de la casa.

Se dispuso a decir que sí a todo lo que Astrid le proponía, pero entonces le entraron las dudas.

—¿Por qué? —preguntó—. ¿Por qué lo haces? ¿Por qué no te enfrentas a mí, hablas con Simon y le cuentas todo lo que intento hacer, ya que ambas sabemos que me cortará las alas? ¿Por qué quieres colaborar conmigo cuando podrías seguir tu plan tal como querías?

Astrid apartó la mirada y se recogió el pelo detrás de la oreja. Se centró en la pantalla del ordenador y se perdió en sus pensamientos. Jordan no pudo evitar preguntarse qué quería Astrid Parker en realidad. No le parecía que fuera una persona que se rendía, no después de cómo la había atacado en su primer encuentro y cómo le había exigido su teléfono para la factura de la tintorería.

Sin embargo, estaba dando un paso atrás. Dijo que lo harían juntas, sí, pero estaba cediendo terreno.

—Es lo correcto —dijo al final y rozó el teclado del ordenador antes de volver a mirarla—. Es la casa de tu familia. Técnicamente, eres una Everwood, y también eres mi clienta. Quiero que el proyecto te haga feliz.

Jordan se limitó a parpadear, atónita. Astrid parecía casi tan sorprendida por sus propias palabras, porque se ruborizó aún más y apartó la mirada.

—Además —dijo con una risita—, no creo que mi corazón vaya a soportar entrar en otra habitación con Natasha Rojas al lado sin saber exactamente de qué color será la pared.

Jordan hizo una mueca.

—La verdad es que lo siento bastante.

—No quiero estratagemas —continuó Astrid y volvió a mirarla a sus ojos—. Quiero una asociación.

Las palabras revolotearon entre ambas y a Jordan de repente le costó respirar.

Una asociación.

Una socia.

—Yo también.

Se miraron un momento hasta que Astrid sacudió la cabeza. El flequillo le rozó las pestañas y cuadró los hombros.

—De acuerdo, entonces.

Jordan le tendió la mano.

—Socias.

Astrid tragó con dificultad. Deslizó los dedos en los de Jordan, más despacio de lo que era necesario, pero no se iba a quejar, y le apretó la palma.

—Socias —dijo en voz baja.

Permanecieron así un segundo, con las manos entrelazadas, pero entonces la leve sonrisa de Astrid se atenuó.

—Queda la cuestión del programa.

Jordan frunció el ceño y le soltó la mano.

—¿Qué pasa con el programa?

—¿Qué les decimos? ¿Que ahora somos codiseñadoras? ¿Les parecerá bien? Hemos grabado un montón de planos en los que tú eres la carpintera gruñona y yo la diseñadora estirada. A Natasha y Emery parece gustarles esa dinámica, pero si vamos a trabajar juntas, lo justo es que se te reconozca el mérito.

Jordan se pasó una mano por el pelo. Todo el embrollo de *Innside America* la estresaba muchísimo. Le daban igual los equipos de cámaras y las entrevistas. Ni siquiera le importaba el mérito. Lo único que quería era asegurarse de que su casa familiar se mantuviera fiel a sus raíces. En cualquier otro proyecto, habría seguido las órdenes del contratista y el diseñador, construyendo, martillando y clavando sin rechistar.

Pero su familia necesitaba que el programa saliera bien y no estaba dispuesta a arriesgarse a que Natasha, o peor aún, los altos cargos de la cadena, se enfadaran porque Jordan y Astrid habían echado por tierra la dinámica que habían establecido durante semanas.

Además, a Astrid le gustaba la notoriedad. Natasha Rojas era su ídola y tenía un negocio real que se beneficiaría de la exposición que el programa le proporcionaría. Jordan solo quería salvar el hotel, no convertirse en una estrella.

—¿Y si seguimos como hasta ahora? —preguntó.

Astrid levantó las cejas.

—¿Igual que hasta ahora?

Jordan asintió.

—Carpintera gruñona y diseñadora estirada.

Astrid levantó una mano.

—Un segundo, para que me quede claro. ¿Quieres que siga actuando como si fuera la única diseñadora, aunque usemos gran parte de tu diseño?

El plan sonaba un poco raro al plantearlo así, pero Jordan no reculó. Estaba muy cerca de conseguir lo que quería.

—Las dos necesitamos el programa. No veo razón para cambiar las cosas ahora, sobre todo cuando a Natasha y a Emery les gusta lo que tenemos. Ya vamos a cambiar el diseño, lo que seguro que les lleva al límite. Añadir más leña al fuego solo serviría para complicar las cosas.

Astrid cerró la boca, pero Jordan se dio cuenta de que le estaba dando vueltas la cabeza. Tal vez no comprendiera del todo a Astrid Parker, pero sabía que ser la diseñadora en el programa era importante para ella.

Y ella quería concedérselo, lo que tal vez fuera la revelación más importante de todas.

Jordan le tendió la mano.

—Acéptalo, Astrid. Vas a ayudarme. Deja que yo te ayude.

Astrid le apretó los dedos y asintió.

—Está bien —susurró, luego más alto—: De acuerdo. Así que vamos a hacerlo.

Jordan sonrió.

—Vamos a hacerlo.

CAPÍTULO

VEINTE

Unos días después, Astrid se plantó ante la puerta de la casa de Iris para una improvisada sesión de cine con sus amigas. Estaba agotada después de haber estado hasta la madrugada trabajando en el nuevo plan de diseño con Jordan varias noches seguidas. Tenía muchas ganas de pasar una noche tranquila con sus mejores amigas, con un poco de vino, en el mullido sofá de Iris y viendo una peli mala de la que burlarse sin piedad.

Acababa de levantar la mano para llamar cuando lo oyó.

Gemidos.

Procedentes del interior del piso.

—Sí —dijo la voz entrecortada de Iris—. Justo ahí. Dios, Jillian, sí.

Astrid se llevó la mano a la boca y casi trastabilló hacia atrás. Iris nunca hacía nada a medio gas y al parecer eso incluía lo ruidosa que era durante las sesiones de sexo con su nueva novia.

—Joder, sí. Dios, qué lengua tienes. Así, sí.

Era lo que conseguía por llegar siempre temprano. Su madre le había inculcado la puntualidad con tanto fervor que incluso cuando era puntual, la ansiedad se le disparaba y caía en una espiral de miedo a decepcionar o incomodar a quien pudiera estar esperándola. Por eso siempre madrugaba.

En ese momento, sin embargo, habría preferido por mucho llegar tarde que encontrarse en aquella incómoda situación. No quería quedarse allí esperando a que Iris y Jillian terminaran, pero tampoco quería darse la vuelta e irse, porque ¿a dónde iría? Cuando Iris les había enviado un mensaje al grupo para sugerir una noche de pelis y tacos, les había dicho a las seis y media. Eran las seis y veinticinco.

Y sin embargo, los gemidos continuaron.

—¿Te gusta? —le llegó la voz aterciopelada de Jillian.

—Me gusta. Joder, sí, me gusta muchísimo. Por favor, quiero que me comas el...

Astrid salió corriendo por el pasillo en dirección a las escaleras antes de que Iris terminara la frase. Tenía las mejillas encendidas, el corazón le latía con fuerza y... Dios.

Sentía una tirantez en el vientre, una presión entre las piernas que no podía ignorar. Sí podía, pero Dios. No había salido esa noche esperando ponerse cachonda. Iris siempre había sido muy abierta con su vida sexual, pero nunca la había oído en vivo y en directo.

Se quedó en lo alto de las escaleras, con la botella de Riesling bajo el brazo, mientras se retorcía para intentar librarse de las punzadas que sentía entre los muslos. Cerró los ojos, pero no sirvió de nada, pues la perfecta boca de piñón de Jordan se materializó en su mente y empezó a imaginar los callosos dedos de la carpintera por su piel...

Mierda. Necesitaba tomar el aire.

Hacía una noche agradable. Esperaría en la calle a que Claire y Delilah llegaran, no pasaba nada.

Estaba a medio camino por la escalera cuando Jordan Everwood apareció dando saltitos desde la planta baja, con un pack de seis cervezas artesanales en la mano.

En la otra llevaba el teléfono e iba leyendo la pantalla. Astrid sintió una repentina oleada de alegría al verla, lo cual era ridículo, teniendo en cuenta que hacía apenas una hora que habían estado juntas en el hotel.

Habían pasado mucho tiempo juntas en los últimos días: de nueve a cinco, más varias noches en el taller de Jordan, buscando muestras de tela y tonos de pintura y navegando por Etsy, rodeadas de envases de comida para llevar.

En algún rincón de su mente, sabía que debería sentirse un poco amenazada o incluso territorial con su trabajo. Juntas, Jordan y ella habían repasado los planes de diseño de ambas para toda la casa y, para cada habitación, la opción de Jordan terminó siendo el diseño predominante. Sí, muchos de los planos de Astrid también se habían colado, como una pared de contraste con patrón espigado por aquí, unas fotografías en blanco y negro de Bright Falls por allá, pero a veces costaba recordar a quién se le había ocurrido cada idea.

Al menos, eso era lo que Astrid se decía a sí misma. Sabía que era una parte fundamental para que el proyecto saliera bien; a Jordan se le daba fatal organizarse y, cuando tocaba hacer malabarismos con los pedidos y los planos de una casa tan grande, la organización era fundamental, pero la carpintera no hacía ni un solo movimiento, ni pulsaba un botón de «completar pedido» sin la opinión de Astrid. Aun así, cada vez que hojeaba las imágenes en el programa de diseño, la invadía una creciente sensación de inquietud, que para su desgracia se combinaba con la pura felicidad que sentía cuando estaba con Jordan Everwood.

Cuando un nuevo aluvión de dopamina le recorrió el sistema nervioso al encontrarse con Jordan sin esperarlo, la inquietud reapareció, como una nube de tormenta flotando a kilómetros de distancia. Tragó saliva y se concentró en lo bueno, lo cual era mucho más fácil de decir que de hacer. *Feliz* no era una palabra que hubiera entrado a menudo en su campo de experiencia.

Parpadeó y se concentró en el cabello alborotado de Jordan, en su lento ascenso hacia ella, y la inquietud disminuyó un poco. Por desgracia, los sentimientos que le había despertado el inesperado descubrimiento en la puerta de Iris no la acompañaron. Al contrario, al ver a Jordan en las escaleras, se apoderaron de ella con la fuerza de un río liberado de una presa.

—Hola —dijo cuando la tenía a solo unos pasos.

—¡Ay, joder!

Jordan retrocedió un paso y dejó caer el móvil para agarrarse a la barandilla.

—Ups, lo siento —dijo Astrid y se agachó para recogerlo. Al devolvérselo a Jordan, vislumbró una conversación en la pantalla, con el nombre de Meredith en la parte superior.

El estómago le dio un vuelco y una pizca de pánico se unió al batiburrillo de emociones. Quizá debería irse a casa. Cachonda y ansiosa no eran una buena combinación.

—No pasa nada —dijo Jordan, agarró el teléfono y se lo guardó en el bolsillo de atrás. Se había quitado el mono de trabajo y se había puesto unos vaqueros negros con los puños doblados en los tobillos y una camiseta de manga corta abotonada, azul marino y con un estampado de suculentas verdes.

Astrid esbozó una sonrisa y se esforzó por sonar alegre y perfecta.

—No sabía que venías.

Jordan frunció el ceño y entrecerró los ojos.

—¿Estás bien?

La sonrisa de Astrid decayó un poco, pero consiguió mantenerla.

—Sí, estoy bien.

Jordan la observó durante un segundo, con el ceño fruncido. Al final apartó la mirada y se frotó la nuca.

—Iris le escribió a Simon y él insistió en hacerme venir con él. Si no intentara salvar a su hermana la reclusa, creo que no sabría qué hacer con su vida. —Señaló con el pulgar hacia la entrada del edificio—. Está aparcando.

Astrid asintió y deseó haber sido ella la que hubiera invitado a Jordan a casa de Iris, pero no había sido capaz de articular la pregunta. ¿Y si Jordan hubiera pensado que la estaba invitando a una cita? ¿Y si le hubiera dicho que no? No hubiera sabido gestionarlo, y menos con todos los sentimientos que concernían a Jordan a flor de piel. Ya la había rechazado una vez y habría decretado que no la besaría a menos que Astrid quisiera hacerlo de verdad y ella estaba decidida a cumplir la petición. Después de todo lo que había sufrido Jordan, lo entendía. Incluso estaba de acuerdo. Sabía que tenía que analizar a fondo sus motivaciones.

Pero en ese momento, después de ver el nombre de Meredith en su teléfono, lo único que quería era atraparle la cara entre las manos y besarla hasta olvidarse del nombre de su exmujer.

—Me alegro de que hayas venido —dijo en cambio, pero con la voz muy suave y el tono ansioso, a su pesar. Las mejillas se le encendieron de vergüenza al reconocerlo.

Jordan ladeó la cabeza y la estudió durante unos segundos. Se fijó en sus alpargatas negras, subió por sus piernas hasta alcanzar sus pantalones cortos negros y luego se detuvo en su pecho y en la blusa azul cielo sin mangas, antes de llegar a su cara y posarse en sus ojos. Astrid se quedó sin aire. Le era imposible respirar mientras aquella mujer condenadamente sensual la miraba como si quisiera comérsela de postre.

Pero entonces la expresión de Jordan se allanó, plácida y neutral. Asintió y dijo:

—Sí, yo también. —Salvo que su voz no fue suave ni ansiosa. Sonaba normal. Sin ninguna entonación. Astrid sintió el repentino impulso de llorar como un niño que acaba de enterarse de que han cancelado su fiesta de cumpleaños.

—¡Hola, cielo!

La voz de Claire se elevó desde la base de las escaleras y Astrid sacudió la cabeza para despejarse. Claire y Delilah empezaron a subir los escalones, con bolsas de la compra en los brazos, y Simon venía detrás de ellas.

—Hola —respondió Astrid.

Se dio la vuelta y se dirigió hacia el piso de Iris antes de que sus amigas se dieran cuenta de lo rojas que tenía las mejillas.

Por suerte, cuando todo el grupo llegó a la puerta, Iris y Jillian ya estaban completamente vestidas y actuaban con normalidad, aunque Iris tenía la cara un poco sonrojada. Aun así, sirvió vino y preparó tacos en la pequeña isla de la cocina, tras rebuscar en los armarios de color turquesa para recoger lo que le faltaba, mientras parloteaba sobre el nuevo planificador que estaba diseñando y de la fiesta de Claire y Delilah del fin de semana, que no era una inauguración de verdad, puesto que Claire ya vivía allí, y así sin parar.

Astrid se preguntaba cómo se recuperaba alguien tan rápido de lo que había parecido una sesión de sexo alucinante. Por supuesto, ella nunca había vivido nada así, pero tenía la impresión de que la habría dejado fuera de combate durante al menos una hora.

Estaba en la cocina, llenando cuencos de color mostaza con lechuga, salsa y guacamole, mientras Claire doraba la carne picada en una sartén. Los demás estaban en el salón con Jillian, que, al parecer, le estaba enseñando a Simon la botella de cien dólares que se había traído de Portland esa misma mañana.

Jordan estaba con Delilah.

Astrid las observó sentadas en el sofá rojo de Iris, la carpintera con una cerveza y su hermanastra con un vaso del *bourbon* de Jillian, con las piernas cruzadas y charlando con facilidad, como si se conocieran desde hacía mucho.

—¿Crees que le está revelando todos tus profundos y oscuros secretos? —preguntó Iris y le dio un golpe con la cadera que lanzó la suya contra el fregadero.

—¿Qué? —dijo Astrid, paralizada mientras enjuagaba un manojo de cilantro—. ¿Quién?

—Delilah y tu enemiga mortal —respondió Iris.

—No es mi enemiga mortal —dijo Astrid y sacudió las hierbas para secarlas antes de dejarlas en la tabla de cortar—. Además, yo no…

Iba a decir que no tenía secretos, pero no era del todo cierto. No les había contado a Claire ni a Iris que se sentía atraída por Jordan y, aunque Delilah sabía lo del sueño erótico, no sabía que Astrid había intentado besar a Jordan, solo para acabar rechazada.

Nadie lo sabía.

De repente sintió el impulso de contárselo todo a sus amigas, la necesidad de pedirles consejo, o aunque solo fuera un poco de consuelo, fue casi abrumadora. Sin embargo, con Jordan a escasos metros, sería imposible que Iris Kelly se enterase de que Astrid había experimentado unos sentimientos muy poco heteros sin armar un escándalo.

—¿No qué? —preguntó.

Astrid negó con la cabeza mientras picaba el cilantro con rapidez y habilidad.

—Nada. No creo que Delilah vaya a decir nada malo.

Iris bufó.

—¿Hablamos de la misma mujer? ¿Tatuajes? ¿Actitud neoyorquina para parar un tren? ¿Un desdén generalizado por la ropa de cualquier tono que sea levemente más claro que el noveno círculo del infierno?

Claire le dio un azote en el trasero con un paño.

—Es mi novia a la que estás insultando.

—No la estoy insultando —dijo Iris—. Solo hago una observación.

—¡Te estoy oyendo! —gritó Delilah desde el salón y levantó el *bourbon* en un brindis simulado—. Y me gusta la ropa negra, pedazo de zorra.

Iris la fulminó con la mirada y Delilah se echó a reír, incluso Astrid no pudo evitar sonreír ante la comodidad, aunque con un toque mordaz, con la que sus amigas y Delilah interactuaban. Pero al mirar a Jordan, perdió la sonrisa otra vez.

Mierda, estaba hecha un lío.

—Voy a buscar algunos libros para que me prestes —dijo, se secó las manos con un trapo y se llevó la copa de vino. Necesitaba un segundo para recomponerse, un momento de paz. Lo cual, con tanta multitud, era difícil de conseguir.

—Claro —dijo Iris—. Asegúrate de elegir algo muy guarro.

Claire se rio, pero Astrid se limitó a negar con la cabeza mientras se dirigía a la biblioteca, la única habitación del diáfano piso de Iris que estaba separada por tabiques. Se giró hacia las estanterías que ocupaban toda la pared del fondo, con los lomos ordenados por colores, algo muy propio de su amiga.

Astrid recorrió el arcoíris de libros con la mirada mientras se preguntaba cómo conseguía Iris encontrar nada en aquel sistema estético. Sin embargo, la distracción le calmó el pulso, el agradable oleaje del rojo al naranja y al amarillo.

—Es la estantería más rara que he visto nunca.

Se dio la vuelta al oír la voz de Jordan. Tenía una botella de cerveza en la mano y la miraba a ella.

—Ya —dijo—. Iris es muchas cosas, pero sutil no es una de ellas.

Jordan se rio mientras se le acercaba.

—Me he dado cuenta.

Astrid se volvió con ella para mirar al arcoíris. Sus hombros se rozaron y sintió que se relajaba, algo que le ocurría con naturalidad en compañía de Jordan Everwood. A todas luces, debería estar más tensa. Jordan la ponía nerviosa como una adolescente embelesada y lo único que quería era reírse como una boba y besarla, lo cual era una crisis de identidad bastante estresante en sí misma.

Así que, sí, tenía muchas razones para estar alerta. En vez de eso, se derritió al sentir el calor corporal de Jordan en el brazo.

—¿Te gusta leer? —preguntó ella y sacó un colorido libro de bolsillo de la estantería; un romance, por el aspecto de la pareja entrelazada con muy poca ropa de la cubierta. Leyó la contraportada.

—Sí —respondió Astrid—. No tengo mucho tiempo últimamente, pero de niña leía mucho.

Jordan dejó el libro en su sitio y se volvió para mirarla de frente.

—¿Qué tipo de libros te gustaban?

Astrid hizo memoria, recordando lo mucho que suspiraba por Gilbert Blythe, cómo se le aceleraba el corazón cuando Darcy y Lizzie discutían, la vertiginosa excitación que sentía al terminar uno de los tórridos romances que su niñera a veces se olvidaba entre los cojines del sofá.

Cómo habría odiado Isabel aquellas novelas subidas de tono, de haber sabido de su existencia.

—De romance, sobre todo —dijo Astrid.

Jordan levantó las cejas.

—Vaya.

Astrid se rio.

—No pongas esa cara de sorpresa.

—Estoy sorprendida. Pensaba que te gustaría...

—Lo que sea que estés a punto de decir, no lo hagas.

Astrid tomó un sorbo de vino y se aseguró de sonreír, pero si Jordan le decía que había deducido que le gustaban libros como *El corazón de las tinieblas* o alguna otra mierda deprimente para hombres blancos, estamparía la copa contra la pared.

Jordan hizo el gesto de sellarse los labios, pero sonrió.

—Cuéntame más cosas de la joven Astrid Parker.

—¿Como qué?

Jordan se encogió de hombros.

—Sé que le gustaban las novelas románticas. Tenía una madre muy implicada.

Astrid resopló.

—Eso es quedarse corta.

Jordan entrecerró un poco los ojos.

—¿Con qué soñaba?

Astrid levantó la cabeza, sorprendida.

—¿Soñar?

—Sí. Me refiero a ¿cómo soñabas que sería tu vida? Yo quería ser cantante de Disney cuando fuera mayor.

Se le escapó una carcajada.

—Cantante de Disney.

—¿Te burlas de mi sueño? —Jordan se llevó la mano libre al pecho—. Que sepas que mi abuela decía que mi coreografía de salón para *Part of Your World* era la mejor que había visto u oído nunca.

Astrid se rio aún más.

—¿Así que cantas?

Jordan le guiñó un ojo.

—Ese talento, o la falta de él, me lo reservo para mi círculo íntimo, así que tendrás que torturar a mi hermano hasta la sumisión para descubrir la verdad.

Astrid puso los ojos en blanco, pero en el pecho sintió una punzada de anhelo, que rechazó enseguida.

—¿Cómo te metiste en carpintería? —preguntó.

—Mi padre me compró un juego de herramientas para niños cuando tenía diez años. Me enganché enseguida. ¿Destrozar cosas con un martillo? Deme diez.

Astrid sonrió.

—A mí también me gusta romper cosas.

—Lo recuerdo —dijo Jordan y le guiñó un ojo. Mariposas. Por todo el vientre—. Aunque en realidad lo que más me encantaba era crear. Darle vida a algo que otras personas amen. Algo mágico.

«Magia». Era justo lo que transmitía el diseño de Jordan para el Everwood.

—Bueno, yo ya te he revelado mis sueños desperdiciados —dijo tras otro trago de cerveza—. Ahora te toca a ti.

Astrid negó con la cabeza y sonrió mientras sorbía el vino.

—Yo no…

—No te atrevas a decirme que no tenías ningún sueño —la cortó Jordan y la señaló con un dedo—. Empecemos por algo sencillo. ¿Siempre has querido ser diseñadora de interiores?

Astrid abrió la boca, con la respuesta correcta en la punta de la lengua.

«Por supuesto que sí».

Pero no era verdad. Ni de lejos. Y no quería mentirle a Jordan. No podía.

—No —dijo en voz baja—. No quería.

Jordan asintió, como si la información no la sorprendiera lo más mínimo.

—¿Qué querías ser?

—Quería… —Sus pensamientos viajaron hasta una niña pequeña, una preadolescente, una adolescente, que soñaba no solo con una cosa, sino con muchas. Periodista. Maestra. Repostera.

Pensó en los deliciosos *scones* de lavanda que Jordan y ella habían probado en el mercadillo de Sotheby, que le habían recordado lo mucho que había disfrutado horneando con Claire e Iris cuando eran pequeñas: probar recetas nuevas, reírse cuando algo salía fatal, chillar de alegría cuando una hornada de galletas o un pastel quedaba perfecto. Le encantaba crear algo que la gente disfrutara, algo cálido, poco práctico y divertido.

Suponía que le seguía gustando, aunque ya casi nunca cocinaba. Habían pasado años. El octavo cumpleaños de Ruby, si no recordaba mal. La pastelería del pueblo había metido la pata con la tarta de fresa que Claire había encargado, así que Astrid se había puesto manos a la obra.

La tarta había salido deliciosa. Y le había encantado hacerla, sobre todo para Ruby, a quien adoraba con todo el corazón. Había sido una especie de magia, a su manera. No había mejor sensación que la de que alguien probara algo que ella había hecho y le encantara. Hacía mucho que no lo sentía. Siempre se sentía satisfecha cuando a un cliente le encantaba el trabajo que hacía, pero, de algún modo, no resultaba tan… mágico.

—Quería ser muchas cosas —dijo con sinceridad. Luego le contó a Jordan que siempre le había intrigado el periodismo, la posibilidad de informar sobre hechos de forma atractiva, que su profesora de inglés del penúltimo año de instituto había hecho que pensara que la enseñanza podía ser gratificante. Le habló de cocinar con Iris y Claire, de la tarta de fresas para Ruby.

—¿Y por qué no lo hiciste? —preguntó Jordan.

—¿Por qué no hice qué?

—¿Nada de eso? ¿Enseñar? ¿Cocinar? No creas que me he olvidado de tu caudal de conocimientos sobre el azúcar de lavanda.

Astrid negó con la cabeza. Debería decirle que sus sueños habían cambiado, pero ¿lo habían hecho? ¿O solo se habían atenuado con el paso de los años, a medida que las expectativas de Isabel la habían ido cercando cada vez más? Ni siquiera recordaba haber elegido estudiar Administración de Empresas en la universidad. Era el plan y punto, lo que siempre iba a hacer.

Volvió a buscar la sinceridad y se encontró con los ojos de Jordan.

—No lo sé.

La mujer inclinó la cabeza y la miró. Astrid se sintió desprotegida, incluso desnuda, pero no apartó la mirada.

—Quizás algún día cante para ti —dijo Jordan.

—¿Lo harías?

Asintió.

—Si me haces una tarta.

Astrid le sostuvo la mirada y no habría podido detener la sonrisa que se le dibujó en la boca aunque lo hubiera intentado.

—Tal vez lo haga —dijo.

Jordan le devolvió la sonrisa y la sensación efervescente de un primer flechazo volvió a recorrer a Astrid: el pecho, las puntas de los dedos de las manos, los dedos de los pies. Tras unos segundos, se volvió hacia las estanterías y se llevó el borde de la copa de vino a la boca, aún sonriente.

Se quedó así un momento, fingiendo escudriñar los libros mientras sonreía como una cría. Porque lo sabía. Lo sabía con una certeza total y absoluta: quería besar a Jordan Everwood. No a cualquier mujer o persona. A Jordan. A nadie más.

La idea era liberadora, aterradora y electrizante a la vez. Tenía ganas de agarrarla en ese mismo instante, pero tenía que pensarlo bien. Jordan tenía que saber que iba en serio, que no se había dejado llevar por los recuerdos o algún escenario futuro que incluyera canciones de Disney y mucha repostería.

Mientras se esforzaba por equilibrar las emociones, se fijó en un lomo azul oscuro con una ilustración de dos mujeres blancas abrazadas. Sacó el libro y encontró una versión ampliada de las mujeres en la cubierta, una pelirroja y otra rubia, mirándose bajo las estrellas, con la Aguja Espacial de Seattle de fondo.

Sintió que el corazón se le hinchaba y se le reblandecía en el pecho. Ojeó la sinopsis del libro de la contraportada: una versión moderna y *queer* de *Orgullo y prejuicio*, con una mujer bisexual y otra lesbiana.

—Tiene buena pinta —dijo Jordan y se inclinó para mirar la cubierta. Astrid percibió el aroma a jazmín y pino, y resistió el impulso de inhalar.

—Sí, ¿verdad? —asintió. Miró a Jordan a los ojos y juraría que encontró un desafío en ellos.

Dejó el vino sobre la mesa de centro turquesa y se puso el libro bajo el brazo, luego escudriñó las estanterías en busca de más opciones, mientras Jordan se acomodaba en uno de los mullidos sillones de cuero del centro de la sala y la observaba, dando perezosos sorbos a la cerveza. Al cabo de diez minutos, Astrid cargaba con otros tres libros románticos de bolsillo: uno protagonizado por dos mujeres dominicanas, otro por un rabino judío y una mujer bisexual, y el último por una pareja formada por una mujer y una persona no binaria que iba de un concurso de repostería.

Giró sobre los talones, con los coloridos libros en los brazos. Jordan levantó una ceja.

—Parece que tienes deberes.

Astrid se limitó a sonreír.

—Eso parece.

Durante el resto de la noche, Astrid solo pensó en los libros que se había guardado en el bolso. Alrededor de las once, Simon y Jordan fueron los primeros en despedirse y aprovechó la oportunidad para irse también; después de todo, el día siguiente era importante; iban a presentar el nuevo plan de diseño con los Everwood y Natasha. Sin embargo, nunca se había alegrado tanto de volver a su casa vacía de paredes blancas. Se duchó y se tumbó en la cama con la novela sobre las dos mujeres en Seattle. Se quedó leyendo hasta pasadas las dos de la madrugada, devorando las palabras, los momentos adorables, el arco de la relación entre las dos protagonistas.

El sexo.

Dios, el sexo.

En el lapso de solo unas pocas horas y un par de cientos de páginas, tuvo que dejar de leer para masturbarse. Dos veces. Pero no se imaginó a una persona sin nombre ni rostro cuando deslizó la mano dentro de la ropa interior y se acarició el clítoris con el dedo corazón. No se imaginó a los personajes del libro.

Se imaginó a Jordan Everwood. Todas las veces.

CAPÍTULO

VEINTIUNO

Jordan estaba segura de que nunca había estado más nerviosa. En la cocina del hotel, dejó el portátil en el trozo de madera contrachapada que habían usado para cubrir la isla sin encimera para crear una especie de escritorio improvisado para la reunión del día. Mientras recorría habitación por habitación en la pantalla, comprobando si había alguna irregularidad de última hora en el diseño, el estómago la amenazaba con rechazar la tostada de aguacate que se había comido en el desayuno.

La mañana había empezado un poco diferente. En cuanto la luz se había colado por la ventana, había saltado de la cama y se había estirado con elegancia, como una verdadera princesa Disney preparándose para el día, y había sonreído.

Había sonreído mientras se duchaba.

Mientras se lavaba los dientes.

Mientras se ponía su sudadera estampada favorita, blanca con ilustraciones de sirenas de varias razas, etnias y géneros cubriendo el algodón.

Se había convencido a sí misma de que tanta sonrisita, que sinceramente ya empezaba a dolerle por la falta de costumbre, se debía a que el diseño ya estaba acabado, era glorioso y Astrid y ella iban a presentárselo a su familia y a Natasha después de comer. Sabía que lo que habían creado era impresionante, el

Everwood en su más pura esencia, y, por primera vez en más de un año, se sentía orgullosa de su trabajo.

Sin embargo, al salir de la habitación para ir a la cocina a tomar un café, su trabajo no era lo que más le estiraba los labios. No, ese honor recaía en una mujer insufrible con dientes de vampiro, el pelo cortado a capas y unas piernas eternas, frente a una estantería arcoíris hablando de pasteles, a quien no conseguía sacarse de la cabeza.

Últimamente pensaba mucho en Astrid. Demasiado. Y esos pensamientos la asustaban muchísimo, pero no sabía cómo detenerlos. Lo que le había dicho en la habitación Lapis hacía casi una semana iba en serio; no la besaría hasta estar segura de que la deseaba a ella. Se conocía y no soportaría la angustia de que al final Astrid llegara a la conclusión de que *ah, no, perdona, al final no me gustan las mujeres*.

Pero eso no le impedía soñar despierta y suspirar, porque la forma en que la mujer la miraba sacaba a relucir emociones que había echado mucho de menos; la forma en que siempre intentaba que sus hombros se rozaran cuando ambas estaban frente al portátil; cómo era incapaz de seguir una melodía, pero eso no le impedía canturrear la última canción de Tegan y Sara en la camioneta de Jordan cuando salían a hacer recados; cómo era capaz de visualizar el día entero de un huésped para determinar la mejor ubicación para una cama, un escritorio, una cómoda… Había echado de menos que le gustara alguien, esa ráfaga de esperanza y terror en las entrañas cada vez que pensaba en la otra persona, las miradas y las sonrisas.

Ni siquiera estaba segura de si echar de menos era la expresión correcta. Recordaba algunas de esas emociones con Meredith, pero se habían conocido en secundaria, Jordan había seguido a Meredith a la Escuela de Arte y Diseño de Savannah y luego se habían convertido en amantes una noche de último curso, después de preparar sus portafolios, besándose despacio sobre una caja de pizza del día anterior.

Meredith y ella habían seguido una progresión natural.

Y ahí estaba, el pensamiento que la había hecho detenerse en mitad del pasillo esa mañana.

No quiero una mejor amiga. Quiero un destino.

Sintió que la sonrisa se le caía a los pies, donde se quedó enterrada mientras se tomaba el café y devoraba la tostada mientras Pru la miraba con preocupación, hasta entonces, cuando fruncía el ceño ante el plano del diseño, segura de que, de una forma u otra, iba a fastidiarla y cargárselo todo.

—Hola —dijo Astrid desde la puerta de atrás mientras sacudía el paraguas transparente. Iba de punta en blanco, como de costumbre: una blusa negra, pantalones de color marfil de pata ancha y los habituales tacones negros de diez centímetros. Jordan no tenía ni idea de cómo se desplazaba por el noroeste del Pacífico con aquellos zapatos.

Masculló una respuesta, concentrada de nuevo en la pantalla.

Sintió más que vio a Astrid detenerse a evaluarla. Sentía los ojos de la mujer deslizándose sobre ella, los engranajes del cerebro en movimiento, estudiándola.

—Estoy bien —dijo de forma preventiva.

Astrid se acercó a ella, acompañada del ruido de los tacones, y no se detuvo hasta que sus hombros se tocaron. Olía a limpio, a brisa marina y a lavandería. Olía a ella y a Jordan casi se le doblaron las rodillas. De repente estaba muy cansada. A la mierda las sonrisas, quizá lo que necesitaba era echarse a llorar en el precioso cuello de Astrid Parker y sentir cómo la abrazaba.

Sacudió la cabeza para intentar controlarse. Odiaba que Meredith aún la afectara así. Un solo pensamiento. Un recuerdo. Y ¡puf! No hacía falta más para derribarla y dejarla igual que un trapo tirado en el suelo. Emocionalmente hablando, claro. De repente, sintió que todo iba mal. Iba a meter la pata: el diseño era hortera, Astrid solo quería acostarse con una mujer, no importaba quién, y Jordan nunca sería más que la mejor amiga. La colega. La…

—Jordan.

La voz de Astrid.

Los dedos de Astrid en su mejilla.

Jordan dejó que le girase la barbilla para quedar la una frente a la otra.

—Estás bien —le dijo.

No *¿qué te pasa?* No *¿estás bien?* Ningún interrogante. Una afirmación. Una preciosa afirmación. Empezaron a escocerle los ojos y las lágrimas amenazaron con hacer acto de presencia. Ni hablar, se negaba a llorar y estropearse el delineador de ojos, no cuando su familia y el equipo de grabación iban a llegar en cualquier momento para la reunión.

Pero rodeó la muñeca de Astrid con los dedos. Las dos muñecas, de hecho, porque de algún modo Astrid había levantado ambas manos para acunarle la cara y le acariciaba los pómulos con los pulgares.

—Eres brillante —dijo Astrid y el aliento de sus palabras le rozó los labios—. Y a todo el mundo le va a encantar lo que has creado.

Jordan se inclinó para apoyar la frente en la suya.

—Lo que hemos creado.

Astrid suspiró y luego asintió.

—Juntas.

—Juntas.

—Es una palabra bonita.

Jordan se rio.

—Sí. Sí que lo es.

Se quedaron así durante lo que parecieron horas, acariciando pómulos y muñecas, casi como una coreografía. Con Astrid tan cerca, Jordan no se sentía una mujer cualquiera.

Se sentía ella misma.

Se sentía…

Llamaron a la puerta batiente y Jordan se apartó un segundo demasiado tarde. La cabeza de Natasha ya asomaba por la abertura y su expresión expectante se transformó en otra cosa.

—Ah —dijo cuando Astrid se alejó de Jordan, se alisó la blusa y se aclaró la garganta—. Lo siento, no quería interrumpir.

Salvo que su tono decía: *Me alegro de haber interrumpido.*

—No lo has hecho —expresó Astrid, la sonrisa profesional de vuelta en su sitio—. Pasa.

—Es que me muero por ver ese plan de diseño definitivo —dijo Natasha.

Emery, Darcy, Regina y Patrick entraron detrás de ella y encendieron con rapidez todo el equipo que habían dejado preparado el día anterior para la sesión.

—Bienvenida —agregó Jordan y señaló el espacio con el brazo, donde descansaba en el suelo un único armario de color verde salvia, con un parteluz de cristal. Astrid y ella lo habían trasladado allí la tarde anterior con la intención de usarlo en su presentación.

Mejor dicho, la presentación de Astrid.

Jordan vio el instante en que Natasha se fijó en el armario; dejó de caminar y abrió mucho los ojos.

—Vaya, qué… sorprendente.

—Sí —dijo Astrid—. Ya te había comentado que he hecho algunos cambios en…

—Espera, espera —detuvo Emery y agitó una mano desde detrás de una cámara—. Hay que grabarlo.

—Sí, claro —dijo Natasha y luego se cruzó de brazos mientras miraba a Jordan y a Astrid, con tanta atención que la carpintera sospechaba que podría calcular con precisión sus ritmos cardíacos.

Astrid la miró, ella le devolvió la mirada y Natasha esbozó una sonrisa.

—Es demasiado bueno —dijo.

—¿El qué? —preguntó Jordan.

Pero antes de que Natasha dijera nada más, Simon y Pru aparecieron y Emery anunció que ya podían empezar. Regina empezó a contar antes de que Astrid pudiera explicarle nada a la familia sobre el armario verde salvia que había en mitad de la habitación, lo cual, por supuesto, era justo lo que Emery quería.

—Qué sorprendente —dijo Natasha de nuevo y se pusieron en marcha.

Simon frunció el ceño, pero entonces se fijó en el armario.

—Ah. ¿Qué...? —Profundizó el gesto—. ¿Qué es eso?

—A mí también me gustaría saberlo —dijo Jordan y miró a Astrid con las cejas levantadas. Lo habían hablado, incluso lo habían practicado. Jordan, la carpintera gruñona. Astrid, la elegante diseñadora. Aun así, ponerse borde con Astrid Parker ahora se le hacía raro.

—Os lo enseñaré con mucho gusto —expresó Astrid, con una voz profesional, suave y burbujeante. Se le daba muy bien esa parte.

Pru, Simon, Natasha y Jordan, con los brazos cruzados y expresión escéptica, rodearon la isla, donde Astrid cerró el portátil de Jordan y lo apartó del medio. Jordan casi sonrió. No habían ensayado esa parte, pero había sido un gesto muy eficaz, una expresión perfecta de *quita esta monstruosidad de aquí* mientras sacaba su iPad.

Comenzó la presentación con la habitación Lapis, puesto que tanto Simon como Pru ya habían visto la pintura azul. Cuando la imagen llenó la pantalla, la abuela de Jordan soltó un gritito.

—Ay —fue lo único que dijo y se llevó una mano temblorosa a la boca.

Astrid explicó el diseño, inspirado en el lapislázuli, mientras Jordan observaba cómo los ojos de Pru empezaban a brillar.

—Vaya —dijo Simon y se acercó para colocarse entre Jordan y Pru—. Es... vaya. Es espectacular.

—¿Verdad que sí?

Astrid captó la mirada de Jordan y levantó las cejas. Ella le devolvió la mirada; la emoción de la conspiración entre las dos era como una droga.

Pero entonces encontró la mirada de Natasha, que sin duda había captado el intercambio entre las dos mujeres. Se aclaró la garganta y relajó la expresión.

Astrid continuó con la presentación, habitación tras habitación. Mientras hablaba y señalaba algunas características concretas, a Jordan se le amontonaban las palabras en la lengua: cosas que le gustaría añadir, puntualizaciones que quería hacer, decisiones que quería explicar... pero se las tragó todas. Astrid y ella sabían cómo habían surgido los diseños y Pru adoraba claramente lo que habían creado; si su radiante sonrisa, sus aplausos y sus chillidos de alegría con cada nueva habitación que revelaban eran prueba de algo. Eso era lo único que importaba.

¿Verdad?

—Me encanta —dijo la anciana cuando Astrid terminó—. Me encanta muchísimo. Es perfecto.

Miró directamente a Jordan al decirlo, con la cabeza ladeada y los ojos brillantes por las lágrimas.

Jordan se pasó una mano por el pelo. Hora del espectáculo.

—Sí, bueno, es bonito. Pero ¿qué pasa con todo el trabajo que ya hemos hecho? ¿A qué viene el cambio repentino?

La última pregunta no estaba planeada y Astrid abrió la boca con sorpresa, pero una sonrisa tranquila la sustituyó tan rápido que la carpintera se preguntó si se lo habría imaginado.

—He estado pensando —dijo—. He pasado algún tiempo investigando más a fondo la historia de Alice y me pareció lo correcto. Este lugar es especial y se merece un diseño que rebose inspiración.

Miró a Natasha y Jordan casi se echó a reír.

—¿Por qué ahora? —preguntó Jordan. Separó las piernas y cruzó los brazos—. ¿Por qué no antes?

La sonrisa de Astrid vaciló de nuevo. Mierda. Iba a ser más complicado de lo que habían pensado en un principio. Pero parecía una pregunta que una carpintera gruñona le haría a la diseñadora, sobre todo si el cambio le iba a suponer más trabajo a ella y al equipo. Solo las dos sabían que su taller estaba lleno de piezas casi terminadas.

Astrid suspiró y volvió a mirar el diseño.

—A veces se tarda un poco en conocer un espacio, en comprender el auténtico espíritu de una casa o una habitación. No soy perfecta y sé reconocerlo cuando actúo con demasiada precipitación en un diseño.

—Bueno, en parte también es culpa nuestra —dijo Simon y se señaló con la mano a Pru y a él—. Nosotros le pedimos un diseño moderno.

La anciana asintió.

—Así es. Creía que nos ayudaría a atraer clientes, pero esto... —Agarró la mano de Astrid—. Es impresionante. Es más bonito de lo que jamás hubiera imaginado.

Jordan sintió una oleada de emoción en el pecho. Era lo que quería para Everwood, para su familia. Tuvo que forzarse a hablar.

—Ya he cortado las encimeras de la cocina —dijo. Una mentira—. Hemos encargado los armarios. —Otra mentira—. Esta pieza que has mandado a hacer para ilustrar lo que dices parece hecha a medida. —Señaló el armario verde salvia del suelo.

—¿Quieres decir que no eres capaz de construir algo tan bonito como ese armario? —preguntó Astrid con los labios fruncidos.

Otra sonrisa amenazó con partir la boca de Jordan.

—Claro que puedo. Hasta con una mano atada a la espalda, no me jodas. —Miró a Emery—. Perdón.

Le productore le hizo un gesto con la mano para que siguiera.

—Lo único que digo es que tenemos poco tiempo.

—Pues trabajaremos más y más rápido —dijo Astrid y dio un paso hacia Jordan.

—Querrás decir que el equipo y yo trabajaremos más y más rápido —replicó ella. Se acercó también a Astrid. Sus narices casi se tocaban. Olió su pasta de dientes mentolada—. Dudo mucho que tú vayas a quedarte martilleando en mi taller hasta altas horas de la madrugada.

Astrid entrecerró los ojos, pero Jordan se dio cuenta de que también se estaba esforzando por no sonreír. Era bastante divertido.

Y un poco excitante.

Mientras se miraban, Jordan sintió un claro estremecimiento entre las piernas. Dio un paso atrás y se pasó una mano por el pelo.

—¿Tú qué dices, Natasha?

La decisión de la estrella del diseño era la única forma de dar por cerrada la escena y, de repente, Jordan sentía que necesitaba una ducha.

Una bien fría.

La presentadora no respondió de inmediato. En vez de eso, se quedó mirando a Jordan y a Astrid, pasó de una a la otra, como si tratara de atravesarles la piel. Al final, sonrió.

—Me parece brillante.

—¿En serio? —preguntó Jordan por instinto, con la voz cargada de orgullo. Se aclaró la garganta—. ¿Crees que es factible? Tenemos cuatro semanas.

Natasha frunció los labios y señaló la pantalla del portátil.

—Con un diseño tan bueno, habrá que hacer lo que haga falta para conseguirlo.

CAPÍTULO
VEINTIDÓS

La casa de Claire estaba hasta los topes. Astrid ni siquiera conocía a la mitad de las personas, pero habían acudido a la pseudofiesta de inauguración de Delilah y Claire, armadas con botellas de vino y juegos de toallas «para ella y ella», dispuestas a celebrar a la feliz pareja. Estaba bastante segura de que la agente de Delilah andaba por allí, así como un puñado de galeristas con los que su hermanastra había establecido contactos por toda la Costa Oeste a lo largo del último año. En conclusión, solo reconoció a un puñado de invitados.

—Menuda locura, ¿eh? —dijo Josh Foster cuando se le acercó en el porche de atrás, donde se había retirado para tomar el aire. Había estado dentro de la casa todo el día, ayudando a Claire a preparar la fiesta, colocando tablas de embutido y limpiando manchas de las copas de vino.

Astrid le dedicó su habitual mirada mordaz y él sonrió. A aquellas alturas de su relación, el desdén mutuo se había convertido casi en una broma.

—No tenía ni idea de que Claire conociera a tanta gente —dijo.

—Dudo que los conozca. Pero cuando tu novia es una fotógrafa medio famosa, supongo que no te queda otra que moverte en círculos fastuosos.

Astrid echó un vistazo al interior y luego a las pocas personas que había en el otro lado del porche. La mayoría iban vestidas de negro, con tatuajes por todas partes y estilos de lo más bohemios que le encantarían a Iris.

—No lo llamaría «fastuoso».

Él inclinó la botella de cerveza hacia ella.

—Ah, cierto, olvidaba que las Parker-Green eran las únicas expertas en sofisticación.

—Que te jodan, Josh.

Se tambaleó hacia atrás y se agarró el pecho como si le hubieran disparado.

—Astrid Parker ha dicho una grosería.

Ella negó con la cabeza, pero una sonrisa amenazó con curvarle los labios.

—El Everwood está quedando bien —dijo Josh cuando se hubo recuperado—. El programa es interesante.

Astrid solo masculló. El equipo de Josh trabajaba en reforzar el porche delantero, que tenía mucha madera podrida, y pronto pasarían a los demás problemas estructurales, como la torreta inclinada y las nuevas puertas exteriores. Pru había aprobado todos los detalles del diseño, y Jordan se estaba dejando la piel al restaurar muchos de los muebles originales con los que planeaban decorar las habitaciones terminadas.

Al menos, eso suponía que estaba haciendo. En los tres días que habían pasado desde la reunión del rediseño, solo habían grabado dos escenas juntas, una en la que discutían por el color de la pintura de la fachada y otra en la que Astrid le explicaba los cambios a un incrédulo Josh mientras Jordan sorbía un café ruidosamente en el fondo, apoyada en los escalones del porche con los pies cruzados a la altura de los tobillos.

A Emery le encantaba. A Natasha le encantaba. Por supuesto, la diseñadora y la carpintera habían planeado cada momento, pero cada vez que rodaban una escena en la que tenían que enfrentarse, Astrid seguía sintiendo que el mundo se tambaleaba. También estaba el hecho de que aquellos tensos intercambios ante las cámaras eran la única interacción que había tenido con Jordan desde la reunión. Ambas habían estado muy ocupadas grabando escenas por separado, Astrid dirigiendo al equipo de Josh y Jordan construyendo y renovando. De modo que no había visto a su carpintera en todo el día. Estaba desesperada por verla, por hablar con ella sin cámaras alrededor, sobre todo después del momento que habían compartido en la cocina del hotel justo antes de la reunión. La sensación de la piel de Jordan bajo las yemas de los dedos, la forma en que había cerrado los ojos... No había dejado de pensar en ello desde entonces.

Se puso de puntillas para escudriñar la multitud del interior en busca de un corte de pelo con un lado rapado y una camisa abotonada estampada.

—Me gusta el nuevo diseño —dijo Josh y dio un sorbo de cerveza—. Aunque no parece propio de ti.

Lo miró con el ceño fruncido.

—¿Qué quieres decir?

Se encogió de hombros.

—Es vintage. Espeluznante. Tú no eres nada de eso.

Astrid puso los ojos en blanco. Aunque técnicamente tenía razón, no iba a dejar que Josh Foster le dijera quién era.

—Soy diseñadora de interiores. Soy capaz de diseñar lo que haga falta.

Él levantó una mano en señal de rendición, pero por algún motivo siguió sin cerrar la bocaza.

—Nunca lo has hecho antes.

—¿Qué se supone que significa eso?

—Hemos trabajado juntos en muchos proyectos en el último año. Este se siente diferente.

Astrid negó con la cabeza, pero se le formó un nudo en la garganta. Si Josh se había dado cuenta de que el diseño no encajaba, las demás personas de su círculo seguro que también lo notarían. No se había mostrado muy abierta sobre el proyecto con Claire e Iris. Tampoco era que compartiera muchos detalles del trabajo con sus amigas a menudo, pero ocultar la colaboración con Jordan empezaba a parecerse demasiado a una mentira.

Josh se dio la vuelta para mirar hacia la casa.

—Tal vez lo diferente sea el quién.

Se quedó de piedra.

—¿De qué estás hablando?

Él inclinó la botella de cerveza en dirección al salón, donde Simon y Jordan zigzagueaban entre la multitud.

No estaba segura de a cuál de los mellizos se refería Josh, pero, por la sonrisa de imbécil que lucía, no le costaba adivinarlo. Aunque si había una sola persona en el planeta con la que jamás hablaría de su sexualidad, esa era Josh Foster. Además, era imposible que sospechara. Jordan y ella fingían odiarse cada vez que él estaba cerca.

—¡Papá! —La vocecilla de Ruby Sutherland atravesó sus pensamientos, la niña de doce años voló por el patio y aterrizó en los brazos de su padre, con el pelo castaño y los brazos un poco demasiado largos típicos de la edad. Claire e Iris la siguieron y los ojos de ambas se iluminaron al ver a Astrid.

—Aquí está mi chica —dijo Josh y levantó a Ruby en el aire un segundo antes de volver a dejarla en el suelo—. ¿Estás lista para pasar un fin de semana con tu viejo?

—Sí, por favor —expresó la niña—. Hay demasiados besos en esta casa ahora mismo.

—Oye —dijo Claire y le dio un manotazo en el brazo a su hija.

Ruby se rio y apoyó la cabeza en el hombro de su madre. Astrid sonrió y le pasó una mano por el pelo a modo de saludo. Ruby le sonrió y Josh y ella se pusieron a hablar sin parar de sus planes para el fin de semana.

Astrid agradeció la distracción. Enroscó un brazo por el codo de Iris y con el otro empujó a Claire hacia un rincón del patio.

—Recuérdame que no vuelva a dejar que tu ex me arrincone, ¿vale?

Claire soltó una risita.

—¿Qué ha hecho ahora?

Astrid hizo un gesto con la mano.

—Ser tan encantador como siempre. —Dio un sorbo al vino y miró a Iris—. ¿No ha venido Jillian?

Los hombros de Iris se hundieron.

—No. Tenía que trabajar este fin de semana. Una gran empresa ha hecho algo terrible.

Claire ladeó la cabeza.

—¿Es la defensa o la acusación?

Iris puso una mueca.

—Defensa, creo.

Astrid y Claire se miraron a los ojos. Iris era bastante hippie, predicaba los males de Amazon y la necesidad de servicios de compostaje en todas las ciudades de Estados Unidos.

—Ya lo sé, lo sé —dijo—. No hace falta que digáis nada.

—¿Decir qué? —preguntó Astrid, fingiendo ignorancia.

Iris se llevó una mano a la cadera.

—Cuando estás disfrutando del mejor sexo de tu vida, todo se vuelve un poco difuso aquí arriba. —Se dio un toquecito con el dedo en la cabeza—. Y Jillian es muy dulce. Recicla y dona a organizaciones benéficas.

—Ah, bueno, si recicla… —dijo Claire y le guiñó un ojo a su amiga por encima de su copa de vino.

—Vete a la mierda —cortó Iris, pero sonreía.

—No voy a juzgarte por divertirte un poco —dijo Claire—. Además, el mejor sexo de tu vida…

No terminó la frase y las dos chocaron las copas. Luego miraron a Astrid expectantes.

—Ah, sí, ¿verdad? —dijo Astrid y levantó también la copa, pero sabía que no iba a engañar a sus mejores amigas. *El mejor sexo de tu vida* no era una frase con la que pudiera identificarse, dado que estaba casi segura de que nunca lo había vivido. Sexo decente, vale, sí. ¿El mejor? Si lo que había experimentado hasta entonces era lo mejor, entonces llevaba una vida muy triste.

—Eh, hola —dijo Iris.

Astrid dejó aparcados sus deprimentes pensamientos al ver que Simon y Jordan se dirigían hacia ellas.

—Hola —dijo Simon—. Felicidades por la convivencia, Claire.

Se inclinó para besarla en la mejilla.

—Gracias —dijo ella.

—¿Dónde está Jillian? —preguntó Simon.

Iris gimió y volvió a explicarlo, pero la interrumpió un tono de llamada que Astrid nunca había oído antes. Todos se quedaron helados cuando *The Power of Love,* de Celine Dion, llenó el espacio.

—¿Qué demonios es eso? —preguntó Iris y miró alrededor.

—¿Un triste intento noventero de un romance? —sugirió Simon.

Ella le dedicó una mueca, pero sonrió. La canción seguía sonando, metálica y un poco apagada.

—Es tu móvil, Ris —dijo Astrid al acercarse a su amiga y notar que la melodía subía de volumen.

—¿Mi móvil? —Iris frunció el ceño, pero se lo sacó del bolsillo—. Ese no es mi tono…

Parpadeó ante la pantalla y deslizó el dedo por la superficie antes de acercarse el teléfono a la oreja.

—¿Diga?

Astrid miró a Claire y ambas intercambiaron una expresión de preocupación. Al lado de Astrid, Jordan se movió inquieta y le rozó el hombro. El calor la inundó como un subidón de adrenalina, pero trató de centrarse en su amiga.

—Soy Iris. ¿Quién eres tú? —dijo, con una mano en la cadera, pero entonces dejó caer el brazo y se quedó con la boca abierta. Miró a sus amigas y levantó un dedo antes de darse la vuelta y volver a entrar.

—¿Qué ha sido eso? —preguntó Claire.

—No tengo ni idea —respondió Astrid.

—Voy a ver cómo está —dijo Claire.

—Te acompaño —agregó Simon.

Astrid sabía que también debería ir; estaba preocupada por Iris, pero Jordan estaba allí, por fin, después de tres días de fingir que estaba enfadada con ella ante las cámaras y de avistamientos aleatorios en el patio del hotel. Se sentía incapaz de mover los pies.

—Hola —dijo cuando los demás desaparecieron en el interior de la casa.

Jordan le sonrió, pero era una sonrisa cansada.

—Hola.

—¿Cómo estás?

—Bien —dijo, con un deje burlón en la voz—. ¿Y tú?

—Muy bien.

Jordan asintió y dio un sorbo a la cerveza mientras miraba a los demás invitados y Astrid se devanaba los sesos en busca de algo más que decir. En realidad, tenía mucho que decir, casi todo alguna variación de *por favor, dame la mano* y *¿puedo besarte?*, pero no le parecía apropiado soltarlo sin más.

Mierda, se le aceleró el pulso. ¿Siempre había sido tan torpe cuando le gustaba alguien?

Un torrente de gente salió al patio y las obligó a acercarse más. Las palabras y las risas las envolvieron y Astrid captó una mirada irritada de Jordan en dirección al hombre que tenía al lado, que no parecía darse cuenta de que le estaba clavando el codo en el brazo.

Le quitó la cerveza, dejó la botella y su copa de vino en la mesa de exterior y le agarró la mano.

—Ven conmigo.

No esperó a que Jordan respondiera y la arrastró al interior de la casa, cruzaron la abarrotada sala de estar y salieron por el pasillo principal. No se detuvo hasta que llegaron al dormitorio de Claire y Delilah, que en ese momento hacía de armario para los abrigos, con todas las chaquetas esparcidas ordenadamente sobre la cama.

Empujó a Jordan al interior y cerró la puerta, luego apoyó la espalda en la madera pintada de blanco. Había poca luz, solo una lámpara de lectura en la mesita de noche. La otra mujer estaba frente a ella, con las manos en los bolsillos de los vaqueros gris oscuro y las cejas levantadas con expectación. No dijo nada y Astrid sabía que no lo haría.

Era su momento, le tocaba mover ficha.

Y pensaba hacerlo.

—No eres la primera mujer que me atrae —dijo.

Jordan levantó más las cejas.

—Pero antes de ti no había entendido lo que significaba —continuó Astrid.

La carpintera la observó durante un segundo que le parecieron años. El corazón de Astrid le martilleaba las costillas.

—Lo entiendo —dijo por fin Jordan.

Astrid exhaló y se acercó un paso.

—No me he explicado bien. Toda la vida he esperado sentirme así.

Jordan abrió la boca.

—¿Cómo, Parker?

Otro paso.

—Así. Lo que siento cuando estoy contigo. Como si tuviera doce años y me gustara alguien por primera vez. Como si fuera a explotar si no te veo, si no hablo contigo. Como si no me importara nada más en el mundo que lo que tú pienses de mí. Lo que sientes por mí.

Jordan seguía sin decir nada, pero el pecho empezó a movérsele más rápido y la atravesaba con la mirada.

Un paso más. Ya estaban muy cerca. Sentía el aliento de Jordan en la cara; la tela de su camina rosa claro cubierta de huellas de besos de un tono más oscuro rozaron la blusa sin mangas verde oscuro de Astrid.

Se arriesgó, porque ya habían llegado el punto de no retorno, y acarició con el pulgar uno de los besos en la cadera de Jordan. La electricidad le atravesó todo el cuerpo, solo por ese único y apenas perceptible roce, y vio que a la otra mujer se le ponía la piel de gallina.

—Quiero besarte —dijo Astrid. Subió la otra mano hasta la cintura de Jordan y agarró con los puños la ridículamente adecuada camisa de Jordan. Pero no tiró de ella. Todavía no—. Quiero tocarte y no para saber lo que se siente al estar con una mujer.

—¿Por qué entonces? —preguntó Jordan. Su voz sonaba ronca y Astrid no pudo evitar sonreír un poco.

—Para saber lo que se siente al estar contigo —dijo.

Jordan jadeó y sacó la lengua para lamerse el labio inferior. El calor se le acumuló en el vientre a Astrid, pero no se movió. Necesitaba que dijera que sí, necesitaba asegurarse al cien por cien de que estaba bien.

Una de las comisuras de la boca rosada de Jordan se elevó en un amago de sonrisa.

—Supongo que será mejor que lo averigües.

Astrid sintió que la alegría le calentaba el pecho, los brazos, las piernas y el estómago. Esa era la única palabra que se le ocurría para describir la sensación que le recorrió el cuerpo. Pura alegría.

También había terror.

¿Y si besaba mal? ¿Y si lo hacía todo mal y Jordan cambiaba de parecer después de aquello? Después de todo, era hija de su madre. Era fría, insensible, desapasionada. Spencer se lo había dicho en una de sus últimas conversaciones por teléfono mientras desmantelaban la boda el año anterior. Estaba segura de que otros lo habían pensado también. Por Dios, si la razón por la que había roto con su novio de la universidad en el penúltimo curso había sido porque estaba demasiado centrada en los estudios.

Porque no era divertida.

Pero no se sintió así al mirar a Jordan Everwood. No se sentía como la misma mujer que le había gritado en la puerta del Wake Up hacía solo unas semanas. No se sentía impotente ni desesperanzada como en los *brunch* semanales con su madre. No se sentía una fracasada como cuando Natasha Rojas había considerado su diseño falto de inspiración.

No se sentía desdichada como cuando pensaba en el diseño en general.

Simplemente sentía. Todo lo bueno. Esperanza, anhelo, excitación, curiosidad. Lo sentía todo con Jordan Everwood.

Le tiró de la camisa y la estrechó contra su cuerpo. Jordan soltó un gritito de sorpresa, pero luego sonrió cuando Astrid le pasó los dedos por los brazos. No iba a precipitarse. Iba a tomarse su tiempo y a disfrutar de cada segundo del primer beso. Las manos de la otra mujer encontraron su cintura y se metieron bajo la blusa de seda para rozarle la piel desnuda con los pulgares. Astrid estuvo a punto de desmayarse por el contacto. Sintió alivio, pero se concentró en su propio viaje. Deslizó las yemas de los dedos por los antebrazos de Jordan, luego por la parte superior de los brazos y apretó un segundo los tonificados bíceps antes de subir hasta los hombros y recorrer su clavícula expuesta.

Dios, le encantaba su clavícula. Dibujó con los dedos el delicado hueso hasta dejar que se juntaran en la hendidura en la base de la garganta de Jordan. Por fin, subió por el cuello y le rodeó la cara con las manos. Se miraron fijamente, con la respiración entrecortada y agitada.

—Mierda, Parker —fue todo lo que dijo Jordan.

Astrid sonrió. De pronto se sintió joven y atolondrada, y quería más. Le encantaba el efecto que le causaba aquella mujer preciosa y maravillosa. Se inclinó despacio y dejó que sus bocas se rozaran, pero apenas.

Jordan era como una droga: su aroma a jazmín y pino, la forma en que sentía su cuerpo bajo las manos. De repente, Astrid se sintió salvaje, voraz, y llevó la palma a la nuca de Jordan.

Aun así, no se apresuró. Deslizó la boca por un lado de los labios de la otra mujer, luego subió hasta la mejilla, pasó por la sien y le rozó los párpados y la frente, antes de volver a bajar por el otro lado y posar la boca justo debajo de su oreja.

—Joder —dijo Jordan y arqueó el cuello para facilitarle el acceso—. Por mucho que esté disfrutando de la sesión de seducción, si no me besas ahora mismo, voy a perder la cabeza.

Astrid se apartó y le sonrió.

—Eso tiene solución —dijo.

Jordan extendió los dedos en la cintura desnuda de Astrid y la acercó aún más.

—Más te vale.

Astrid obedeció.

Cerró la boca alrededor del labio inferior de Jordan, giró la cabeza y lo hizo otra vez... y otra vez. Cada vez con más fuerza, cada vez más desesperada. Jordan la siguió, pero entonces, en cuanto sus lenguas entraron en contacto, soltó una especie de gruñido que hizo que a Astrid se le encogieran los dedos de los pies y abrió la boca para entregarse por completo.

Jordan sabía a verano, a cerveza y a menta, a algo único en ella, y Astrid no se saciaba. La hizo retroceder hasta la cama, acariciando la cara, los hombros y la cintura de Jordan. Las manos de la carpintera tenían su propia misión, se deslizaron por la espalda desnuda de Astrid y le rodearon las costillas mientras se enrollaban como adolescentes.

Era la única forma de describirlo. Lenguas y dientes, jadeos en la boca de la otra, una desesperación en cada roce que Astrid no recordaba haber experimentado nunca.

Las rodillas de Jordan chocaron contra la cama y cayó sobre el mar de abrigos, arrastrándola con ella. Ambas mujeres rieron, pero cuando Astrid le rodeó la cadera con las piernas, empujada por una necesidad casi insoportable de sentarse a horcajadas sobre la otra mujer, la expresión de Jordan se volvió muy seria. Las hizo rodar para que Astrid quedara debajo y luego la aplastó contra el colchón.

Astrid jadeó y metió las manos bajo la camisa de Jordan; la sensación de su piel desnuda era celestial. La otra mujer volvió a besarla, sus lenguas bailaron y le mordió el labio inferior de un modo que hizo que le palpitara el clítoris.

—¿Sabes cuánto hace que quiero hacer esto? —preguntó Jordan y deslizó la boca hasta el cuello de Astrid para aspirar con suavidad el punto bajo su oreja.

—¿Cuánto? —consiguió decir.

—Desde que te vi blandir el mazo. —Beso—. Te deseé en ese mismo momento. Quizás incluso antes, no lo sé.

Beso.

—Yo también —dijo Astrid. Movía las caderas contra Jordan para buscar la presión—. Incluso delante de Wake Up aquel día… Me porté como una zorra, lo sé, pero algo en ti me llamó la atención.

Jordan se rio en su piel.

—Fuiste una zorra de campeonato. Una muy caliente y muy sexi.

Astrid rio también y apretó la pierna alrededor de la cadera de Jordan.

—Y el tallo de cereza —dijo Jordan—. Joder, qué sensual.

—¿En serio?

—Dios —suplicó y le estiró el lóbulo de la oreja—. Me lo guardé de lo excitada que estaba.

—De eso nada —dijo Astrid y la empujó por los hombros para mirarla a los ojos.

—Claro que sí. Lo tengo en el tocador.

Astrid no sabía qué decir. Era una tontería, un tallo de cereza atado con un nudo, pero el sentimiento que implicada hizo que le picasen los ojos. Tomó la cara de Jordan entre las manos y la atrajo hacia sí para darle un beso lento y pausado. Un beso que pronto se aceleró para volverse desesperado y salvaje.

Perdió la noción del tiempo. Solo existía la boca de Jordan, sus manos, su vientre y sus muslos, el sabor de su piel justo debajo de la oreja, que no quería dejar de besar mientras se deleitaba con los soniditos que Jordan emitía en respuesta.

Iba a ahogarse en aquella mujer, feliz y dichosa, y probablemente por eso no oyó que la puerta del dormitorio se abría hasta que la voz de Claire llenó el espacio.

—Jordan, perdona —dijo. Las dos se quedaron heladas—. No me había dado cuenta de que habías entrado aquí. ¿Has visto a As…?

Pero Claire se interrumpió cuando Jordan se volvió para mirarla por encima del hombro y reveló a su amiga debajo de ella. Era evidente que se habían estado besando y todavía tenía el muslo enroscado en la cadera de Jordan.

Claire parpadeó.

—Ay, madre.

—Eh… —dijo Astrid—. Hola.

—Ah. Sí. Hola —dijo Claire, todavía parpadeando muy deprisa.

—Esto es un poco incómodo —dijo Jordan. Se separó de Astrid y se sentó. Astrid también se levantó y se colocó la blusa—. Perdona, Claire, no quería montar una porno en tu habitación.

Claire agitó una mano y soltó una risita nerviosa antes de frotarse la cara con las manos.

—Yo solo… Vaya… No sabía… Eh…

Astrid observó cómo su mejor amiga intentaba superar su asombro y esperó a que la vergüenza la invadiera.

No pasó.

No se avergonzaba en absoluto. Estaba… feliz. Deslizó la mano hacia la de Jordan y la apretó una vez. Ella la miró y le guiñó un ojo antes de devolverle el apretón.

Al cabo de un rato, Claire recobró el control.

—Tenemos que ir a casa de Iris. Por eso he venido a buscarte.

La alarma se mezcló con la felicidad.

—¿Está bien?

Claire asintió.

—Físicamente, sí, pero ha pasado algo con Jillian.

Tardó un segundo en procesar las palabras.

—¿Jillian? Si ni siquiera ha venido.

—Lo sé. Pero cuando Simon y yo hemos entrado a buscarla, se había ido. Su coche tampoco estaba. No contestaba al teléfono, así que Delilah fue a su casa a verla y… no lo sé. Está disgustada, pero no quiere contar nada hasta que lleguemos nosotras. Ha dicho que no quiere tener que explicarlo más de una vez.

—¿Cómo? —dijo Astrid—. Si a Iris le encanta repetirse.

—Lo sé —expresó Claire y asintió—. Por eso estoy bastante preocupada.

—Ya veo —respondió Astrid. Se acercó al borde de la cama y recogió las sandalias que se le habían caído al suelo en algún momento. Jordan la miró mientras se las ponía.

—Ve —dijo—. Tienes que estar con tu amiga.

—¿Estarás bien?

Jordan sonrió.

—Mejor que bien.

—Dame el teléfono.

La mujer lo hizo y Astrid abrió la lista contactos para meter su número. Se estremeció con emoción. Hasta entonces solo se habían comunicado por correo y la función de mensajes directos del programa de diseño que utilizaban. Tener oficialmente el número de la otra, y en un contexto mucho más agradable que el de enviar una factura de la tintorería, le resultaba romántico.

—Escríbeme, ¿vale? —dijo mientras le devolvía el móvil—. O ya te escribo yo cuando... No sé cuánto tiempo estaré allí.

—No te preocupes, Parker.

Astrid asintió. Tenía muchas ganas de darle un beso de despedida, pero Claire la estaba mirando como si no la conociera y fuese un clon que había suplantado a su mejor amiga, así que se resistió.

Sin embargo, cuando se levantó para ir hasta la puerta con ella, miró atrás y vio una sonrisita en la cara de Jordan mientras leía la pantalla del teléfono, sin duda después de ver el nombre con el que Astrid había guardado su contacto en la agenda.

Persona medio decente que quiere volver a besarte.

CAPÍTULO

VEINTITRÉS

Astrid se subió al asiento del pasajero del Prius de Claire y abrazó el bolso en el regazo mientras su amiga conducía.

—Josh me ha dicho que se ocupará de la fiesta —dijo—. Cerrará cuando todos se hayan ido en caso de que tardemos mucho en volver.

Astrid asintió.

—Por suerte Ruby va a pasar el fin de semana en su casa.

—Bien.

—Espero que Iris esté bien —dijo Claire.

—Yo también.

—O sea, no soy la mayor fan de Jillian, pero aun así.

—Ya.

Claire se aclaró la garganta. Astrid sabía que su mejor amiga no mencionaría la sesión de besuqueos que había presenciado. También sabía que la forma en que parloteaba de otros temas era un intento de que Astrid lo mencionara.

Cosa que no iba a hacer.

No era que no confiara en Claire, pero todavía necesitaba procesarlo por sí misma. Jordan y ella se habían besado. Se habían enrollado. De forma apasionada. Tanto que sentía la ropa interior húmeda. Aunque no era lo más cómoda que había estado nunca y no le importaría ponerse unas bragas limpias, sobre todo ahora que los besos habían terminado, no podía evitar sonreír mientras repasaba cada detalle de la última media hora.

Cuando Claire se detuvo frente al edificio de Iris en el centro, Astrid no perdió el tiempo y salió del coche. Su amiga la siguió en silencio, aunque casi sentía sus preguntas en el aire.

—Oye —dijo Claire cuando se detuvieron frente al piso de Iris.

Astrid se preparó y mantuvo la vista fija en la puerta mientras golpeaba tres veces con los nudillos.

—¿Sí?

—Verás. —Claire vaciló—. Tal vez quieras…

La puerta se abrió y apareció Delilah con un vaso de agua y una caja de pañuelos sin abrir bajo el brazo. Astrid fue a preguntar cómo estaba Iris, pero su hermanastra habló primero.

—Joder, ¿qué te ha pasado? —preguntó.

Astrid la miraba con los ojos muy abiertos y las cejas levantadas.

—¿De qué me hablas? —preguntó Astrid.

—Eh… —dijo Claire y luego se rodeó la cara con la mano antes de señalarse el pelo.

Astrid se llevó una mano a la cabeza y sintió que le daba un vuelco el estómago. Entró, apartó a Delilah de un empujón y se encontró con el colorido espejo enmarcado que Iris tenía colgado en la entrada.

—Ay, Dios —exclamó al verse.

Tenía el pelo hecho un desastre, cada mechón apuntando a un lado y una marca rara provocada por las manos de Jordan, pero eso no era lo peor. Lo peor era que se había manchado toda la mitad inferior de la cara con pintalabios, un rosa oscuro que se había olvidado de haberse puesto al arreglarse.

Por toda la cara.

Parecía un payaso con una afición por la pintura de cara de larga duración. Se pasó la mano por la boca para intentar quitarse la mancha, pero solo consiguió empeorarlo.

—Toma —dijo Claire y entró a la cocina para mojar una servilleta de papel bajo el fregadero y ponerle un poco de jabón—. Con esto bastará.

Le dio la servilleta a Astrid, que procedió a limpiarse los labios todavía hinchados mientras Delilah la miraba con una sonrisa de lo más petulante.

—No digas ni una palabra —dijo Astrid mientras frotaba con rabia.

—No pensaba hacerlo —dijo Delilah, aún sonriendo.

—Espera, ¿sabes de qué va esto? —preguntó Claire.

—¿El qué? —inquirió ella con inocencia.

—Amor —dijo Claire, con un quejido adorable.

—¿Hola? —gritó Iris desde el dormitorio—. ¡Aquí tenéis a vuestra amiga desconsolada esperando un poco de consuelo!

Claire le dedicó otra mirada airada a su novia antes de salir a toda prisa hacia la habitación de Iris. Delilah miró a Astrid y enarcó las cejas.

—Veo que has convertido el sueño en realidad —dijo.

Astrid terminó de limpiarse la boca, que ahora daba la impresión de que le hubiera salido un sarpullido.

—Pensaba que no ibas a decir nada.

—He cambiado de opinión.

Astrid sacudió la cabeza, pero sintió que se le escapaba una sonrisa.

—Ajá, ahí está —dijo Delilah.

—Cállate.

Astrid hizo una bola con la servilleta de papel manchada y se la lanzó a su hermanastra, que la esquivó con habilidad, incluso con las manos ocupadas.

—Al menos dime que ha estado bien —dijo.

La sonrisa se ensanchó. Le empezaban a doler las mejillas.

—Muy bien.

—¡Por el amor de Dios! —gritó Iris.

—¡Ya voy, mi reina! —respondió Delilah y luego movió la cabeza en dirección al pasillo.

Astrid asintió con la cabeza y siguió a su hermanastra hasta la habitación de Iris, donde encontró a su mejor amiga pelirroja en la cama, rodeada de un millón de pañuelos, arropada con la colcha de mosaicos de colores y los ojos rojos e hinchados. En la mesita de noche de color verde menta, había lo que parecía una botella de vino vacía, sin copa a la vista. No era una buena señal.

—Me estoy regocijando en mi desgracia —anunció cuando Delilah y Astrid entraron en la habitación. Claire ya estaba instalada a un lado de Iris, así que ella se tumbó al otro.

—Ya lo veo —dijo y apoyó la cabeza en uno de los múltiples cojines multicolores de Iris y rodeó la cintura de su amiga con un brazo.

Iris suspiró, moqueó y se le llenaron los ojos de lágrimas. Delilah limpió los pañuelos usados, le dejó la caja nueva en las piernas y cambió la botella de vino vacía por el vaso de agua.

—Más vale que sea vodka —dijo Iris.

—Necesitas hidratarte —replicó Delilah.

—Puaj, vale —protestó Iris, pero se llevó el vaso a los labios y tragó la mitad.

Después, Delilah se acomodó a los pies de la cama y apoyó una mano en las espinillas de Iris. Claire también le rodeó la cintura con el brazo y le rozó el codo a Astrid con las yemas de los dedos. Las dos cruzaron una mirada por encima de su amiga y le guiñó un ojo. Claire le devolvió la sonrisa.

Se quedaron así durante un rato, sin más sonidos que sus respiraciones y los ocasionales moqueos de Iris.

—¿Qué ha pasado, cielo? —preguntó Claire al cabo de un rato.

Iris suspiró y se apartó un mechón rojo de la cara. Abrió la boca, la cerró y repitió el baile varias veces. Las otras tres mujeres se miraron; a Iris Kelly rara vez le costaba saber exactamente lo que quería decir.

—Cariño —dijo Claire en voz baja—. Somos nosotras. Sea lo que sea...

Se interrumpió e Iris asintió, luego enterró la cara entre las manos.

—Me siento como una tonta.

—No eres tonta. Jillian lo es —dijo Delilah.

Iris soltó una carcajada sin gracia.

—Ni siquiera sabes lo que ha hecho.

—Fuera lo que fuere, ha hecho que acabes como una adolescente melodramática que se enfrenta a su primera ruptura, así que es tonta.

—Estoy de acuerdo —dijo Claire.

Astrid se limitó a abrazarla.

Esperaron.

Y esperaron un poco más.

Tras unos minutos, Iris suspiró.

—Está casada.

Las palabras retumbaron por la habitación como un trueno inesperado en un día despejado y las dejó a todas sorprendidas y en silencio. Por supuesto, Delilah fue la primera en reaccionar.

—¿Qué demonios? —dijo.

Iris asintió.

—Pues sí. Casada. Con una mujer llamada Lucy. Tienen un hijo, joder. Elliott, de ocho años. Le encanta el béisbol y pintarse las uñas de morado.

—Ay, Dios —dijo Claire.

—¿Cómo te has enterado? —preguntó Astrid.

—Jillian tiene mi móvil. Y yo, por lo visto, tengo el suyo, una confusión muy inconveniente después de que se pasase por aquí esta mañana para un *cunnilingus* rapidito.

Las otras tres mujeres solo se miraron.

—¿La horterada de Celine Dion de antes? —continuó Iris—. Pues resulta que es su tono de llamada para su maldita esposa, que no tenía ni idea de que Jillian se estaba escapando a Bright Falls para acostarse con una pelirroja a la que había conocido por Instagram. Luego he estado una hora al teléfono intentando calmar a la desconsolada esposa despechada de mi amante.

—Cariño, no —dijo Claire.

Iris se limitó a negar con la cabeza, con lágrimas frescas en los ojos a medida que la rabia se transformaba en tristeza.

—Creía que ya lo había superado.

—¿El qué? —preguntó Astrid.

—Esto. Este sentimiento. La sensación de que lo que soy nunca es lo que los demás quieren.

—Cielo —susurró Claire. Se le acercó y le apartó el pelo de la cara.

Astrid captó la mirada de su amiga, lo único que necesitaron para entenderse. El otoño pasado, se había separado de su novio de casi tres años porque Grant quería casarse y ser padre, e Iris no.

Ella nunca había querido hijos, pero Grant sí, y había esperado que cambiara de opinión. Al final, se dio por vencido y se marchó, o más bien ambos acordaron que Grant debía seguir su sueño e Iris el suyo, pero Astrid sabía que había sido un duro golpe para su amiga, que había sentido de nuevo que juzgaban la clase de mujer que era, aunque Grant jamás hubiera tenido la intención de hacerla sentir así.

—Es que… —dijo Iris—. Quiero una pareja. De verdad que sí. Pero siento que la gente me mira, ve mi pelo rojo y mis tetas grandes, se dan cuenta de que soy una bocazas y piensan… en fin, que valgo para un buen polvo, pero nada más.

—La gente no piensa eso —replicó Delilah.

—Jillian sí.

—Pero Grant no —dijo Astrid—. Estabais en caminos diferentes y no pasa nada. No significa que no estés hecha para las relaciones.

—Algo significa —gimió Iris—. Que Jillian pensara que podía tratarme así. ¿No significa nada?

—Significa que es imbécil —dijo Delilah—. Y pienso partirle la cara cuando vaya a Portland mañana para recuperar tu móvil.

—No tienes que hacerlo —dijo Iris.

—Voy a hacerlo —aseguró Delilah.

—Está bien —dijo Claire—, pero, amor, por favor, no le partas la cara.

—Con eso me refiero a partirle la cara al estilo lésbico, que significa mirarla muy mal y negarle la palabra.

Todas se rieron, incluso Astrid, que exhaló casi con alegría. No porque Iris estuviera dolida; odiaba lo que Jillian le había hecho, sino porque estaba rodeada por un grupo de mujeres increíbles que, sin duda, le partirían la cara a quien fuera por ella si hiciera falta.

Estuvieron a punto de hacerlo cuando estaba prometida con Spencer.

De repente, se sintió abrumada y agotada, así que se permitió ser esa Astrid que tan a menudo había ignorado últimamente, una persona que se acurrucaba con sus amigas y reía mientras tramaban el ardiente final de una desgraciada.

—Bueno, se acabó —dijo Iris y tiró otro pañuelo usado al suelo—. Ya me he cansado de hablar del tema. —Se incorporó y miró a Astrid con dramatismo—. De lo que sí me gustaría hablar es de por qué nuestra querida Astrid Parker parece que acaba de enrollarse con un leñador.

La aludida abrió mucho los ojos y se incorporó como un resorte.

—¿Qué?

Delilah se tapó la boca con una mano. Claire se limitó a levantar las cejas.

—¿Te has mirado al espejo últimamente? —preguntó Iris y se señaló la boca con un gesto circular—. Tienes un notable sarpullido de rozarte con una barba.

—No es de una barba —dijo Astrid—. Se me ha corrido el pintalabios.

Iris frunció los labios.

—¿Y cómo ha ocurrido eso? En los veinte años que hace que te conozco, nunca te había visto con los labios manchados.

Astrid abrió la boca para contestar, pero no supo qué decir. Si le confesaba la verdad a Iris, se habría acabado. No habría vuelta atrás. Miró alrededor. Delilah ya lo sabía. Claire había sido testigo presencial. Pero lo más importante era que no quería volver atrás.

Le gustaba Jordan Everwood. Lo que eso significaba en términos de etiquetas o a la hora de definir su sexualidad, no lo sabía. Tampoco le importaba.

Sin embargo, nunca había sido aficionada a ir contando por ahí con quién se besaba o dejaba de hacerlo, ignorando lo de comentar ciertos sueños eróticos, y no quería quebrantar la confianza de Jordan.

Cerró la boca.

—Nos hace falta helado.

—No, de eso nada —dijo Iris y le señaló la cara—. Conozco esa mirada. Es la cara que pone Astrid Parker cuando no quiere hablar de sentimientos. Después de la debacle del compromiso del año pasado, pensaría que habrías aprendido la lección.

—Iris —advirtió Claire.

—¿Qué? Sabes que tengo razón.

—Existe una diferencia entre guardar un secreto y no estar preparada para hablar de algo —dijo Claire.

—¿Como cuando te estabas tirando a Delilah y le mentías a todo el mundo? —replicó Iris.

Silencio. A Astrid se le revolvió el estómago y miró a Claire, que tenía las mejillas encendidas. Delilah se acercó y le dio la mano para entrelazar sus dedos.

—Mierda —masculló Iris y se frotó los ojos—. Joder, lo siento. Estoy siendo un poco zorra.

—Un poco bastante —dijo Delilah.

—Lo siento —repitió Iris—. No hay excusa, lo sé, pero Jillian me ha dejado hecha un lío. Quizá deberíamos comer helado.

—Voy a por él —ofreció Astrid y bajó las piernas fuera de la cama. Necesitaba con urgencia un minuto para recomponerse.

Su mente era un completo caos. Un caos feliz y todavía un poco excitado, pero caos al fin y al cabo.

En la cocina, encontró un bote de Ben & Jerry's, sacó cuatro cucharas del cajón y estaba a punto de volver a la habitación cuando le vibró el teléfono en el bolsillo de atrás. Lo sacó y se encontró con una notificación de la persona encantadora que se ha cargado tu horrible vestido parpadeando en la pantalla.

Sonrió y abrió los mensajes, dado que el nombre con el que Jordan le había guardado su número semanas atrás era demasiado largo para revelar nada del texto.

¿Lo decías en serio?

Astrid respondió al instante:

¿El qué?

Los puntitos rebotaron, al igual que la pierna de Astrid mientras esperaba.

Que quieres volver a besarme.

Se mordió el labio.

Sí. Al cien por cien. ¿Y tú?

Esa vez los puntitos rebotaron un poco más y sintió una punzada de duda. Pero al cabo de unos segundos, apareció el emoji del cien por cien. Tres seguidos, de hecho.

¿Trescientos por ciento?

Escribió Astrid.

Unos cuantos emojis de cien por cien más.

Eso es mucho porcentaje.

Ya te digo, Parker.

¿Puedo verte mañana?

Más te vale.

Escribió Jordan.

¿Claire te ha hecho muchas preguntas?

Astrid hizo una pausa antes de responder:

No, pero podrías haberme avisado de que se me había corrido el pintalabios.

Jordan envió un emoji de llorar de risa.

No me di cuenta, lo juro. Estaba demasiado concentrada en resistirme a arrastrarte hasta tu casa como una cavernícola para hacer lo que me diera la gana contigo.

Astrid sintió un cosquilleo en el estómago.

Un evento que estaría interesada en revisitar en el futuro.

Envió.

¿Ah, sí?

Al cien por cien.

No te van nada los emojis, ¿eh?

Se rio. Era cierto que no los usaba muy a menudo, pero por Jordan haría casi cualquier cosa. Recorrió el mar de dibujitos de colores hasta que uno en particular le llamó la atención. Era un poco coqueto, quizá también un poco sucio, lo que no era habitual en ella, pero le pareció perfecto, así que pulsó el emoticono del melocotón y le dio a «enviar».

PARKER

Respondió Jordan, lo que le arrancó una carcajada en mitad de la cocina de Iris, con el helado derritiéndose poco a poco en sus brazos.

¿Qué has hecho con el problema del pintalabios?

Empeorarlo, por lo visto.
Ahora Iris dice que parece que me he liado con un leñador. Sarpullido por el roce de una barba o algo así.

¿Y qué le dijiste?

Astrid hizo una pausa. Quería ir con cuidado. No quería que Jordan creyera que le daba vergüenza hablar de lo que había pasado con sus amigas. No era cierto. Para nada. Pero también quería respetar su intimidad.

Todavía nada.

Tecleó al cabo de un rato.

No estaba segura de si querías que la gente lo supiera.

Los tres puntitos rebotaron y desaparecieron. Rebotaron y volvieron a desaparecer. Astrid se llevó una mano al vientre y apretó la mandíbula cuando los puntos volvieron a aparecer por tercera vez. Por fin, llegó el mensaje de Jordan.

Me apunto si te apuntas.

Astrid exhaló y esbozó la que empezaba a reconocer como su sonrisa para Jordan.

Me apunto.

Al cien por cien.

Bien.

Bien.

Dale un abrazo a Iris. Avísame si puedo hacer algo para ayudar.

Lo hare. Buenas noches.

Buenas noches, Parker.

Astrid apagó la pantalla y se volvió a meter el móvil en el bolsillo antes de apoyar la frente en la fría superficie de la nevera retro de color turquesa de Iris. Tras respirar hondo un par de veces más, regresó a la habitación. Dentro, Delilah trasteaba con el portátil de Iris, cargando lo que parecía una película de terror en Netflix, mientras Claire agitaba un bote de esmalte de uñas de color azul brillante, a punto de hacerle a Iris una manicura aficionada.

Astrid dejó el botín en la cama y se puso las manos en las caderas.

—No me he enrollado con un leñador —anunció.

Tres pares de ojos volaron hacia ella como insectos a una luz.

—Me enrollé con una leñadora. ¿Entendido?

Por un segundo, las demás mujeres se quedaron congeladas y compartieron varias miradas. Al final, fue Iris la que rompió el hechizo.

—La maldita Jordan Everwood —dijo y aplaudió después de cada palabra antes de señalar a Astrid—. Lo sabía. Sabía que os estabais comiendo con los ojos el otro día delante de mi estantería arcoíris.

Entonces, antes de que Astrid pudiera reírse, protestar o reaccionar, Iris la agarró por la cintura y la arrastró a la cama. También abrazó a Claire y a Delilah de un tirón, hasta que las cuatro mujeres quedaron enredadas, riendo, llorando y maldiciendo, con el pelo y el maquillaje de todas arruinado.

Ningún momento en la vida de Astrid había sido más perfecto.

CAPÍTULO
VEINTICUATRO

Una semana después, Jordan se quedó mirando la carta sobre su edredón, la colorida imagen de una persona sentada en una cama, con la cara enterrada entre las manos en clara desesperación, y nueve espadas colocadas horizontalmente sobre ella, varias de las cuales parecían atravesarle la espalda.

Suspiró y se apoyó en el cabecero. Durante la última semana, todos los días había sacado cartas que la habían puesto de mal humor. Primero el loco, que, bueno, vale. Un nuevo camino, nuevos comienzos. Al fin y al cabo, había ido a Bright Falls para empezar de nuevo.

Al día siguiente, sin embargo, había sacado el ocho de copas. Bien, dejar atrás lo negativo. Los mensajes diarios de Meredith de la última semana eran ciertamente negativos. Jordan tenía ganas de bloquearla.

Luego había sido el ermitaño. Bien, sí, la búsqueda de la soledad para dedicarse a la introspección, pero ¿no era eso lo que Jordan había hecho durante todo un puñetero año?

La siguiente había sido el as de oros. Salud, riqueza, prosperidad material, nuevos trabajos y oportunidades, la carta que todos los que emprendían una nueva aventura financiera querían sacar. Sin embargo, cuando le había tocado a ella unos días atrás, había fruncido el ceño y había sentido una inquietud inexplicable en el pecho.

Por último, ese día, el maldito nueve de copas, qué bien. Una traición inminente. Estupendo. Tal vez su energía se había mezclado con la de Iris y en realidad era una referencia a la zorra de Jillian y cómo la había estado engañando durante todo un mes.

Era posible. La energía era una cosa extraña. ¿Quién sabía lo que hacía cuando los caminos de la gente se cruzaban?

Sin embargo, lo que de verdad quería saber era dónde estaba el dos de copas. La carta de las almas gemelas. La carta de la pareja perfecta. La carta de las nuevas relaciones. La carta de las asociaciones positivas. La carta que había sacado al menos tres veces por semana durante los últimos dos meses. ¿Dónde se había metido?

Intentó que no le molestara, pero no había vuelto a ver el dos de copas desde el día anterior a que Astrid y ella se besaran en la fiesta de Claire hacía una semana. Le gustaba Astrid. Mucho. Quizá demasiado. Había vuelto a sentir esa necesidad olvidada, la misma que había hecho que Katie, su única amante después de Meredith, saliera corriendo en dirección contraria hacía meses. Salvo que con Astrid era peor, magnificada hasta el punto de que tenía que apretar los puños para no retenerla cuando se marchaba cada noche, morderse la lengua para no pedirle que se quedara.

Ninguno de esos sentimientos era malo en sí mismo, lo sabía. Lo que tenía con Astrid era nuevo. Estaba claro que se gustaban. Y aunque tenía la impresión de que la otra mujer necesitaba tomarse las cosas con calma, tanto emocional como físicamente, siempre conseguía encontrar a Jordan en el hotel al final de la jornada para darle un beso rápido y preguntarle qué quería hacer esa noche. Pasar la noche juntas había sido habitual en los últimos días, así que Jordan sabía que sus sentimientos no eran unilaterales.

Lo sabía.

Aun así, la asustaban. No dejaba de pensar en el destino. En cómo Meredith, su primer amor, la persona que la conocía mejor que nadie, la había mirado después de años y años juntas y había dicho «No, gracias».

Jordan no era un destino. ¿Cómo iba a serlo si ni siquiera su mujer la había querido, la persona por la que había renunciado a todo para ayudarla a recuperar la salud? Astrid también acabaría por darse cuenta.

¿No?

El teléfono vibró en la mesita e interrumpió la espiral en la que estaba atrapada. Volvió a meter el nueve de espadas en la baraja y desbloqueó el móvil. Maldijo en voz alta cuando vio el mensaje de Meredith.

Estoy en la ciudad. Por favor, Jo, contéstame.

Se pasó una mano por el pelo y apoyó la frente en la palma. Meredith la había estado llamando y mandándole mensajes durante toda la semana, incluido uno extremadamente frívolo el día anterior en el que solo le preguntaba dónde estaba. Seguramente había descubierto que Jordan ya no residía en su casa de Savannah, en Ardsley Park, pero tampoco le importaba una mierda. Un mensaje de voz tras otro se acumulaban en su bandeja de entrada, pero no los escuchaba. Sabía que se estaba portando como una cría; una persona adulta y madura sería capaz de lidiar con su ex de manera civilizada, sobre todo una mujer lesbiana, dado que muchas seguían siendo amigas íntimas de sus exparejas para toda la eternidad, pero Jordan nunca había fingido ser la viva imagen de la salud mental.

Ni la lesbiana perfecta.

El teléfono le volvió a sonar.

—Por Dios, ¿qué? —gritó y miró la pantalla con la piel de gallina. Los nervios se calmaron de inmediato cuando se encontró el nombre persona medio decente que quiere volver a besarte.

¡Buenos días! Voy a pasar por el Wake Up a por café de camino al hotel. ¿Te apetece?

Jordan sonrió y envió un emoji de un zombi.

¿Me lo tomaré como un sí?

Escribió Astrid.

Jordan encontró el emoji de la lengua, lo pulsó cuatro veces y le dio a «enviar».

¿Eso es jadear porque te apetece mucho un café o...?

Soltó una carcajada al darse cuenta demasiado tarde de que la lengua se utilizaba a menudo en contextos mucho más sucios.

Usa la imaginación, Parker.

Los tres puntos aparecieron y luego desaparecieron. Jordan sonrió y se imaginó a la mujer roja como un tomate. Se ponía muy nerviosa siempre que se mencionaba el sexo y era adorable.

Aún no lo habían hecho. Ni siquiera se habían aventurado por debajo de la cintura, ni con la boca, ni los dedos, ni nada. Sí habían incursionado un poco por encima del sujetador, pero eso era todo.

Lo que sí hacían era pasarse al menos la mitad de la noche, todas las noches, besándose hasta que Jordan estaba a punto de explotar. No se quejaba. A pesar de sus temores y de la clara ausencia del dos de copas en su lectura diaria, estaba bastante sorprendida de lo bien que estaba llevando la situación.

No quería cagarla.

El teléfono volvió a sonar y Astrid le devolvió el mensaje.

La imaginación está haciendo que me cueste caminar ahora mismo.

Jordan enarcó las cejas y un millón de mariposas revolotearon en su estómago.

Quizá deberíamos hacer algo al respecto.

Sí. Quizá deberíamos.

Por supuesto, después de ese intercambio de mensajes, Jordan no vio a Astrid en todo el día.

Entró en el taller y se encontró un café del Wake Up en el banco de trabajo, con una serie de X y O dibujadas en el vaso con uno de los rotuladores que Jordan sabía que Astrid llevaba en el bolso, pero ni rastro de Astrid.

Por desgracia, tampoco tuvo tiempo de buscarla. Ese día iban a grabar la instalación de los armarios de la cocina y no veía el momento de verlos en todo su esplendor. Eran preciosos, si no estaba mal que ella lo dijera, y sabía que el efecto del verde salvia en contraste con la pared gris claro iba a ser espectacular.

Se bebió el café de un trago, le envió un mensaje a Astrid para darle las gracias y se enfrascó en el trabajo. Mientras Josh y ella se centraban en los armarios, Nick y Tess, otros dos miembros del equipo del contratista que habían trabajado estrechamente con Jordan la semana anterior, instalaban las encimeras de madera y el fregadero de porcelana blanca.

A lo largo del día, la cocina fue cobrando vida. Era como ver un amanecer, la imagen con la que había soñado se iba haciendo realidad poco a poco. A las cinco ya estaba terminada. Había huecos donde irían los electrodomésticos, así como algunos elementos decorativos, pero el esqueleto estaba listo, el ancla de toda la habitación, para todo el hotel, en realidad. Sintió que se le formaba un nudo en la garganta al asimilarlo.

—Tiene muy buena pinta —dijo Josh y se secó la frente.

—¿Tú crees? —preguntó, con las manos en las caderas. El sudor le salpicaba la frente y el pecho.

Él asintió con la cabeza.

—Tenía mis dudas con el color, pero sí. Es perfecto.

Jordan sonrió tanto que le dolieron las mejillas. Abrió la boca para darle las gracias, incluso para explicarle que era el tipo de armario que se encontraría en una cocina de los años treinta, cuando Alice Everwood vivía, pero entonces se acordó.

Ella no era la diseñadora.

—Madre mía, mirad qué cocina —dijo Natasha al entrar en la habitación y en el plano, como hacía a menudo.

—¿Verdad? —comentó Josh y le dedicó una sonrisa a la presentadora que incluso, lesbiana como nadie, reconoció que era deslumbrante.

Natasha, por su parte, estaba concentrada en la habitación.

—Es impresionante. Siento como si fuera a cruzarme con un fantasma, pero no de una manera espeluznante. Es intrigante. Esa es la palabra.

Jordan se dio cuenta demasiado tarde de que sonreía como un niña con un trofeo. Natasha ladeó la cabeza y Jordan se apresuró a cambiar la expresión. Se suponía que debía mostrarse neutral con el diseño, si no directamente molesta.

—Los armarios han sido una tortura, eso te lo garantizo —dijo y Emery contuvo una carcajada desde detrás de una cámara.

—Me lo imagino, pero ha merecido la pena, ¿no? —dijo Natasha.

Jordan se hinchó de orgullo. Otra vez. Nunca se había sentido así con el trabajo. Nunca había sentido un cariño especial por sus creaciones, pero aquello era diferente. Era el diseño de toda una casa, el hogar de su familia.

Que era lo único que importaba. No necesitaba méritos ni elogios, solo seguir con la farsa un poco más, una carpintera que construía cosas y nada más. Sin listones que superar, sin nadie a quien decepcionar.

Se lo repetía cada vez que el orgullo amenazaba con desbordarla. Astrid era la única diseñadora. Era lo mejor para todas las partes. También estaba el hecho de que no creía que Natasha fuera una mujer que dejaba que la tomasen por tonta. ¿Mentirle durante las dos últimas semanas sobre el origen del diseño que tanto le gustaba? Dudaba de que fuera a hacerle ninguna gracia.

Además, Astrid había trabajado tan duro como ella, sobre todo en los asuntos administrativos y logísticos, todas esas mierdas para la que Jordan no tenía cabeza. Era innegable que la mujer formaba parte del proyecto. Verla en acción era bastante alucinante, la rapidez que demostraba para tomar decisiones, la forma en que resolvía un problema antes de que se convirtiera en una catástrofe, como cuando un proveedor les había enviado la bañera con las patas equivocadas para el baño principal, de cobre vez de níquel bruñido.

También la excitaba un poco, si era sincera.

—Corten —dijo Emery—. Bueno, gente, esto es todo por hoy.

Jordan sintió que los hombros se le relajaban al instante y la tensión que le provocaban las cámaras se desvanecía. Se despidió de Josh y el equipo mientras salían por la puerta de atrás, mientras Emery, Natasha y Regina se retiraban a un rincón a repasar los detalles para el lunes siguiente.

—Dios mío.

Al oír la voz familiar, el corazón de Jordan dio un vuelco, pero sonrió a Astrid en la puerta de la cocina.

—¿Qué te parece? —preguntó Jordan y extendió los brazos para abrazar el espacio—. No está mal, ¿no?

Astrid negó con la cabeza mientras miraba alrededor.

—Es… Jordan, es increíble.

La miró, con la boca abierta. Un atisbo de tristeza le empañaba la mirada y Jordan no lo comprendió. No estaba segura de querer hacerlo. Era muy consciente de que aquel acuerdo profesional, combinado con lo que les estaba pasando en el plano personal, era una mezcla más bien precaria.

—¿Estás bien? —preguntó Jordan.

Astrid asintió, pero tragó saliva con dificultad. La vio apartar lo que sentía y acercarse a ella. Se inclinó para besarla y Jordan estuvo a punto de complacerla, pero se quedó de piedra al acordarse de que tres miembros del equipo de *Innside America* estaban de pie en la esquina.

Y miraban fijamente a Jordan y Astrid.

Jordan se aclaró la garganta y la otra mujer siguió su mirada. Jadeó con sorpresa al ver a las demás personas que había en la habitación.

Natasha tenía los brazos cruzados y una sonrisa de satisfacción en el rostro.

—Bueno —dijo Emery despacio—. Creo que es hora de irse.

—Yo diría que sí —añadió Regina, que parecía tan incómoda como le productore.

—Debería volver a casa —dijo Jordan y se puso a guardar las herramientas en su caja. No tenía que irse a ninguna parte. Lo que quería era perderse en los labios de Astrid, pero lo más apremiante en ese momento era desaparecer de la cocina.

—Sí, yo también —agregó Astrid y se alisó los pantalones cortos negros—. Tengo que…

—De eso nada —la cortó Natasha y negó con la cabeza—. Vosotras dos no vais a ninguna parte.

Astrid y Jordan intercambiaron una mirada, pero no se atrevieron a moverse. Jordan tenía la clara sensación de que acababan de mandarlas al despacho del director. Emery y Regina ni siquiera se molestaron en ocuparse del material, sino que optaron por desaparecer por la puerta batiente lo más rápido posible. Después de que se fueran, Natasha no se movió. Se limitó a seguir mirando a Jordan y Astrid durante un minuto.

—¿Algo que queráis decirme? —dijo al cabo de un rato.

Jordan no se atrevió a mirar a Astrid, pero sentía cómo la tensión irradiaba de ella como un horno.

—¿Como qué? —preguntó.

Tenían que tener cuidado. Jordan estaba segura de que Natasha se refería a que había sido más que evidente que habían estado a punto de besarse y no a que Astrid estuviera fingiendo ser la única diseñadora de un importante proyecto televisivo, pero aun así. Cualquiera de las dos verdades le pareció una posible cuando Natasha Rojas la fulminó con la mirada.

—De acuerdo, vamos a hacernos las locas —dijo Natasha—. Iré directamente al grano entonces. ¿Cuánto hace que os acostáis?

Astrid balbuceó, tosió y se llevó una mano al pecho como una damisela sureña. Jordan se habría reído y se habría burlado de ella si Natasha no estuviera en la habitación.

—No nos acostamos —dijo, lo cual era verdad.

—Está bien, lo siento, tal vez me he pasado un poco —añadió la presentadora y agitó una mano—. ¿Cuánto tiempo hace que os ponéis ojitos y fantaseáis con acostaros?

Jordan miró a Astrid, que seguía dándose golpecitos en el pecho mientras tosía y carraspeaba una docena de veces. Necesitaba que ella tomara las riendas; era el proyecto de Astrid, su nombre el que saltaría a la fama o se arrastraría por el fango de la mano de Natasha Rojas, así que no iba a tomar ninguna decisión por ella.

—No… No hacemos nada de eso —dijo Astrid cuando se recompuso.

Jordan contuvo la respiración.

—¿En serio? —preguntó Natasha.

Y entonces… Lo vio. La Astrid original, la que había conocido delante del Wake Up aquel primer día, tomó las riendas. La mujer cuadró los hombros, levantó la barbilla y apretó la mandíbula.

—En serio —dijo con frialdad—. Pero es cierto que nos hemos hecho amigas.

Jordan intentó no sentirlo, de verdad que sí. Intentó ignorar cómo se le encogía el estómago, la emoción vulnerable de que la dejaban de lado, de que negaban su existencia. A pesar de sus esfuerzos, se abrió camino y le clavó las garras en el vientre expuesto.

—Amigas —repitió Natasha. Miró a la carpintera y Jordan tardó unos segundos en darse cuenta de que estaba esperando a que lo confirmase.

Se aclaró la garganta y relajó el gesto.

—Así es —dijo—. Ya sabes que acabo de mudarme, así que Astrid y sus amigas se han apiadado de Simon y de mí. Nos han invitado a algunos planes aquí y allá. Amigas, sí.

Sutil. Muy sutil.

Joder, necesitaba un minuto. Necesitaba que Natasha se largase lo antes posible.

—De acuerdo —dijo, pero no parecía convencida.

Sinceramente, a Jordan le importaba una mierda si se lo creía o no. Sentía que su corazón había cuadriplicado su tamaño normal y le retumbaba en los oídos.

—Supongo que me equivocaba —dijo Natasha.

—Quizá podríamos quedar todas alguna vez —añadió Astrid con alegría.

Jordan sintió ganas de gruñir.

—Tal vez —respondió la presentadora y luego echó un vistazo al teléfono—. Ahora mismo tengo una reunión por Zoom con mi jefe en Portland, así que nos vemos el lunes.

Astrid asintió.

—Que pases un buen fin de semana.

Natasha se limitó a sonreír, las miró a las dos de nuevo como si estuviera esperando a que se lanzaran a los brazos de la otra y le dieran la razón, y luego salió por la puerta de atrás.

Durante unos instantes, ninguna se movió, pero cuando oyeron arrancar el coche de Natasha, Astrid perdió la actitud de reina de hielo, hundió los hombros y soltó un largo suspiro.

—Dios —dijo y se llevó una mano al pecho mientras respiraba con dificultad—. Ha estado cerca.

Jordan apretó los dientes. Sabía que no tenía derecho a enfadarse. Si Natasha se enteraba de su relación, las consecuencias podrían ser desastrosas por un montón de razones y pondrían en peligro todo lo que tanto les había costado construir. Lo sabía. Su cabeza lo sabía.

Pero...

A su corazón le importaba una mierda.

—Sí —dijo con la voz tensa. Se apartó de Astrid y se acercó a la caja de herramientas sobre la isla. Metió dentro la cinta métrica y el martillo. Sacó el estuche del taladro, desmontó la broca y la colocó en su sitio.

—Oye —la llamó Astrid desde detrás de ella.

Jordan no respondió. Aún no podía.

—Oye —repitió la otra mujer. Más suave. Más cerca. Le puso una mano en el brazo y tiró un poco.

Jordan dejó que le diera la vuelta y endureció la expresión.

—¿Estás bien? —preguntó Astrid.

Jordan asintió, agitó una mano en el aire y emitió una especie de silbido. Tal vez fueron demasiados intentos, porque el ceño de Astrid se profundizó. Al final, dejó de fingir.

—Es que... no me lo esperaba —confesó.

—Yo tampoco —dijo Astrid—. No tenía ni idea de que Natasha estuviera en la habitación y...

—No me refiero a Natasha —contestó Jordan—. Hablo de ti.

Astrid dio un paso atrás.

—¿Qué...? —Pero se interrumpió y abrió los ojos de par en par—. Ay, Dios.

Jordan negó con la cabeza.

—No pasa nada. Lo entiendo. Es que me sentí...

—Como una mierda —terminó Astrid—. Porque lo ha sido. Dios, Jordan, lo siento muchísimo. No me he parado a pensar. Es que... creía que no queríamos que Natasha se enterase. No tengo ni idea de cómo reaccionaría, o lo que significaría para el programa y…

—Necesitas el programa —terminó Jordan.

Era verdad y ella también lo necesitaba, pero la amargura se entremezclaba con cada sílaba. Tragó saliva, intentó ser lógica, razonable.

Pero ¿desde cuándo el corazón era razonable?

Se quedaron allí, incómodas, y no supo qué más decir. Astrid tampoco parecía saberlo. El teléfono de Jordan le sonó en el bolsillo trasero y les evitó tener que averiguarlo.

El nombre de Meredith apareció en la pantalla.

—¡Joder! —susurró, pulsó el botón rojo y casi estampó el aparato contra la encimera recién estrenada.

—¿Qué pasa? —preguntó Astrid—. ¿Quién era?

—Nadie.

Astrid no insistió, pero seguía preocupada.

—Jordan —dijo y se le acercó. Metió los dedos en las trabillas del mono de la mujer—. Siento lo que le he dicho a Natasha. O lo que no he dicho. No es por ti.

Se rio.

—Vaya frasecita.

—No —dijo Astrid y tiró de ella para acercarla a su cuerpo—. No es por ti. De verdad. Ni tampoco es por nosotras. Es que no sé lo que estoy haciendo, ¿entiendes? Todo esto me tiene al límite. No me quejo, pero…

—¿Eres una bisexual recién nacida? —dijo Jordan y esbozó una sonrisa de medio lado. Joder, era adorable. Incluso cuando quería enfadarse un poco con ella, era incapaz de resistirse. Y era verdad, todo era muy nuevo para Astrid. Tenía que recordarlo.

Astrid le devolvió la sonrisa.

—A ver, sí, supongo que sí, pero no me refería al componente *queer* de todo esto. Me refería a ti. Tú eres nueva para mí. Sentirme así.

—Esa sí que es una buena frasecita —dijo Jordan, pero a su corazón le dio igual.

Levantó las manos para enmarcar la cara de Astrid entre las suyas. No la besó. Todavía no, sobre todo porque ella seguía mirándola con el ceño fruncido, con una expresión claramente desesperada.

Astrid miró hacia la despensa, que estaba ligeramente entreabierta. Agarró a Jordan de la mano, la arrastró al interior del espacio vacío y cerró la puerta tras ellas.

CAPÍTULO

VEINTICINCO

Astrid no tenía ni idea de lo que estaba haciendo, era verdad. Sin embargo, en ese momento, empujar a la chica que le gustaba al interior de una despensa después de haberla hecho sentir como una mierda le pareció la opción más lógica. Si Jordan pensaba que sus palabras eran tópicos, le demostraría lo contrario. Le demostraría todo lo que sentía por ella.

—Pero ¿qué...? —empezó la otra mujer, pero no llegó a terminar, porque Astrid la aplastó contra la puerta y la besó.

Esa vez sabía a primavera, a pino y a lluvia. Le deslizó las manos dentro del mono y sus dedos bailaron por la columna hasta llegar al sujetador deportivo

—A ver, un segundo —dijo Jordan. Se apartó y encendió la luz para verla con claridad—. No es que no me guste, pero... te das cuenta de que estamos solas en la casa, ¿no?

Astrid se rio, aliviada por el tono relajado de Jordan y la besó por el cuello hasta la clavícula.

—Lo sé —dijo y le rozó la piel con los dientes. La otra mujer suspiró y ella sonrió; nunca superaría ser capaz de provocar ese tipo de reacciones en Jordan. El efecto era como el de una droga, adictivo y eufórico—. Empujarte dentro de la despensa me pareció un bonito gesto después de meter la pata. No digo que tenga sentido.

—No tiene ningún...

Astrid usó la lengua para explorar la deliciosa hendidura en la base de la garganta de Jordan.

—Joder —dijo ella y arqueó el cuello para dejarle espacio—. No voy a discutir contigo. Nunca.

—Me parece bien —agregó Astrid, mientras jugueteaba con la parte inferior del sujetador de Jordan. Nunca había tocado los pechos desnudos de otra mujer que no fuera ella misma, pero se moría por hacerlo, aunque los nervios le retorcieran el estómago. Pero eran nervios de los buenos. De los que surgían del deseo.

—Jordan —dijo y se apartó para mirarla—. Yo...

—Chist —la acalló y le pasó un pulgar por el labio inferior—. No pasa nada.

—Sí pasa —dijo Astrid—. Te deseo, ¿vale? Necesito que me creas.

Tal vez no supiera nada de ser *queer*, si era bisexual o pansexual o algo totalmente distinto, pero sabía sin el menor atisbo de duda que deseaba a Jordan Everwood.

—Te creo —dijo ella y luego la besó una, dos veces. Le dio la vuelta para que Astrid quedara de espaldas a la puerta. El movimiento le arrancó el aire de los pulmones, pero le encantó. Tal vez era lo que necesitaba, lo que ambas necesitaban, un glorioso espacio donde el diseño, los hoteles, Natasha Rojas e Isabel Parker-Green no tenían cabida. Donde solo existían Astrid y Jordan, dos mujeres que ansiaban arrancarse la ropa la una a la otra.

Las manos de Jordan se colaron bajo la sencilla camiseta blanca de Astrid, sus dedos callosos le acariciaron el vientre y la caja torácica, cada vez más cerca...

—¿Esto está bien? —preguntó Jordan y le rozó el sujetador con el pulgar.

Astrid asintió con tanta ansia que se golpeó la cabeza con la puerta.

—Ay, mierda —dijo y se agarró la cabeza con ambas manos.

—Oye, cuidado —añadió Jordan y soltó una risita—. Me gusta esa cabeza.

—Sí, a mí también.

Fue a bajar los brazos, dispuesta a recibir más caricias de Jordan, pero antes de que lo hiciera, la carpintera le atrapó los dedos por encima de la cabeza. Deslizó la rodilla entre sus muslos y presionó justo donde lo necesitaba. El calor se acumuló en el centro de sus piernas y los besos de Jordan se volvieron más fervientes. Le mordió el labio inferior de un modo que la hizo querer gritar.

Jordan movía las caderas en círculos deliciosos y perversos.

—Joder, Parker —dijo en su boca—. Necesito que te corras.

Le soltó los brazos y le deslizó las manos por la espalda hasta el culo para atraerla con más fuerza hacia su muslo.

Astrid era consciente de lo increíble que era todo y de lo mucho que necesitaba correrse, pero algo en su interior se paralizó al oír a Jordan decirlo y la mujer lo sintió.

Dejó caer la pierna y le puso las manos en las caderas.

—¿Estás bien?

Astrid asintió, con más suavidad que antes.

—Es que… no estoy segura…

—Podemos parar —dijo Jordan, con tanta dulzura que tuvo ganas de llorar—. No tenemos que ir más lejos.

—No —replicó Astrid y enganchó las manos dentro del mono de Jordan para atraerla—. No, quiero. Tengo muchas ganas. Es que… no quiero que te enfades si no…

Jordan enarcó una ceja.

—¿Si no qué?

Astrid se encogió de hombros. Por Dios. Era lo que le faltaba. Muy típico de ella, dejar que sus traumas se cargasen el momento cuando lo único que quería era demostrarle a Jordan cuánto la deseaba.

—¿Qué pasa, Parker? —volvió a preguntar con seriedad.

Ella suspiró.

—Si no consigo… Ya sabes. Correrme.

Jordan abrió mucho los ojos.

—¿Eso es lo que te preocupa?

—No siempre he podido con otras personas. A veces sí, pero no siempre.

Esbozó una sonrisa perversa y Astrid percibió el brillo de desafío en sus ojos que había llegado a conocer muy bien.

—Allá vamos —dijo Astrid.

—Puedes estar segura —expresó Jordan y la atrajo hacia sí mientras le rozaba el labio inferior—. Apuesto a que consigo que te corras sin tocarte la piel, Parker.

Se apartó.

—¿Qué?

—Ya me has oído.

—¿Hablas de frotarnos? Porque lo hice muchas veces en el instituto y nunca funcionó.

—Probablemente porque lo hacías con un adolescente medio lerdo sin experiencia al que solo le preocupaba correrse él.

Astrid frunció el ceño. Nunca lo había pensado así.

Jordan le soltó la cintura y dio un paso atrás.

—¿Has estado alguna vez con un tipo que dedicase tiempo a intentar excitarte? ¿Que se concentrase en ti al cien por cien y no en su propio rabo?

Astrid abrió la boca. La cerró.

—Joder, con menuda panda de imbéciles has estado —dijo Jordan.

Ella se cubrió la cara y gimió entre las manos.

—Dios, sí, es verdad.

—Entiendes que el problema eran ellos y no tú, ¿verdad?

¿Lo entendía? Sabía que a algunas personas no les interesaba el sexo y no tenía nada de malo. También sabía que no era su caso. Le gustaba el sexo. Quería practicarlo. Más de lo que lo había hecho nunca, si era sincera. Le atraían los hombres y se sentía excitada cuando estaba con ellos. El problema era que hacían falta muchos preliminares para conseguir que se corriera y la mayoría no estaban dispuestos a invertir ese tiempo. Spencer, desde luego, no lo había estado, pero luego se frustraba cuando Astrid no se corría y ella nunca se atrevía a fingir.

Durante los dos últimos meses de su relación, había empezado a ver porno en el baño antes de acostarse con él, solo para intentar excitarse un poco. A veces funcionaba. Sin embargo, cerca del final, nada funcionaba.

Siempre había asumido que así era como era. No era para tanto; la mayoría de las veces se lo pasaba bien igualmente y tenía unos dedos muy hábiles para terminar sola después de que su pareja se metiera en la ducha o se durmiera.

—¿Tal vez? —le susurró a Jordan y dejó caer las manos—. No lo sé.

Jordan negó con la cabeza.

—Pues vamos a solucionarlo ahora mismo.

Astrid no pudo evitar sonreír ante la determinación.

—¿Vamos a restregarnos dentro de un armario?

—No exactamente.

Jordan sonrió con picardía y la empujó contra la puerta. Pegó todo su cuerpo al de Astrid, le besó el cuello, debajo de la oreja y luego en la boca. A Astrid se le aceleró el pulsó y el calor creció entre sus piernas.

—¿Te parece bien? ¿Puedo probar?

—Sí —dijo Astrid, con la voz ridículamente entrecortada.

—Vale. Lo de no tocar piel empieza… —La besó una vez más—. Ahora.

Separó el cuerpo del de Astrid y le sonrió.

Astrid frunció el ceño.

—No lo entiendo.

—Intenta relajarte.

—No se me da muy bien.

Jordan se rio y le puso las manos en la cintura. Le apretó la camisa de algodón con los pulgares.

—Me he dado cuenta. Créeme.

Astrid recostó la cabeza en la puerta e intentó seguir las indicaciones. Las manos de Jordan iniciaron un lento viaje hacia arriba y se detuvieron en la base de sus costillas, donde curvó los dedos para explorar y acariciar. Era agradable, pero no exactamente digno de un orgasmo. Aun así, Astrid cerró los ojos y se concentró en las caricias de Jordan.

Pronto, las manos de la otra mujer empezaron a subir de nuevo. Cerró una y luego la otra alrededor de los pechos de Astrid, apretó y masajeó con delicadeza, antes de trazarle los pezones con los pulgares.

Astrid jadeó, sorprendida, cuando se endurecieron al instante, a pesar de que Jordan la estuviera tocando a través de dos capas de algodón. Arqueó la espalda, ansiosa por más, y la otra mujer se lo concedió. Bajó la cabeza y cerró la boca en torno a su pecho izquierdo. Astrid sentía el calor de la lengua de Jordan, incluso a través de la tela.

Se le escapó un grito ahogado y se tapó la boca con la mano. Jordan la miró.

—¿Estás bien?

—Sí. De maravilla.

Nunca había sido muy vocal en la cama, pero nunca había pensado en la razón hasta ese momento, con la boca ardiente de Jordan quemándole la camisa. Un grito ahogado era una proclamación. También lo eran un *sí*, un *justo ahí*, un *así* o cualquier otra palabra que la gente usara durante el sexo. Eran indicadores. Revelaban una parte de ti, suave, vulnerable y a merced de la otra persona.

Nunca había dejado que nadie la afectase de ese modo. Incluso cuando conseguían que se corriera, se mordía el labio y soltaba, como mucho, un gruñido de satisfacción, y luego se levantaba para ir al baño casi de inmediato. Pero con Jordan quería llegar a lo más hondo. Quería ser vulnerable. Es más, le era imposible no hacerlo, así que enterró las manos en el pelo de la mujer para acercar más la boca de la carpintera a sus tetas.

Jordan se rio.

—Eres una entre un millón, Astrid Parker.

Astrid sonrió y esperó que fuera algo bueno. Exhaló un suspiro mientras Jordan seguía explorando su cuerpo. Pero cuando volvió a chuparle el pezón, a pesar de la tela, no se habría callado ni aunque le pagaran.

—Dios —jadeó.

Solo se sintió tonta durante un segundo, porque entonces Jordan gimió sobre su piel y las vibraciones le llegaron directamente al clítoris. Su cuerpo se retorció y se arqueó hacia la boca de la mujer, que movía la lengua por la tela de una forma que ni siquiera creía que fuera posible. Abrió los ojos para mirarla y la imagen de sí misma entre sus dientes le resultó insoportable. Empezó a levantarse la camisa, con la misma necesidad de sentirla como de respirar, pero Jordan se apartó.

—No. Nada de piel, ¿recuerdas?

Astrid emitió algo parecido a un quejido.

—¿En serio? ¿Todavía?

Jordan se acercó, pero se detuvo antes de que sus bocas se tocaran. Bajó las manos al botón de sus pantalones.

Lo abrió.

—En serio —susurró.

Las rodillas empezaron a temblarle cuando Jordan le bajó la cremallera.

—¿Te parece bien? —preguntó y recorrió con el dedo el borde superior de la ropa interior de Astrid.

Ella asintió. No podía respirar. No podía hablar.

—Necesito una confirmación verbal, Parker.

—Sí —consiguió jadear con un suspiro—. Sí y mil veces sí.

—Gracias a Dios —dijo Jordan y le metió la mano dentro de los pantalones.

Se tomaba en serio eso de no tocarle la piel. Se quedó encima de la ropa interior y exploró despacio con los dedos, dibujando círculos en un sentido y luego en el otro. Astrid separó un poco las piernas para darle mejor acceso, lo que Jordan agradeció con entusiasmo. Aumentó la presión y deslizó dos dedos desde los labios de Astrid hasta justo debajo del clítoris. Sentía que se iba a partir en dos, estaba tan excitada que notaba su olor en el aire. En el fondo de su mente acechaba la vergüenza, pero mandó a la mierda al sentimiento y se concentró en cómo los dedos de Jordan se deslizaban cada vez más cerca de su clítoris.

—Estás muy mojada —dijo Jordan.

Apoyó el cuerpo en el costado de Astrid, pero siguió sin besarla, sin tocar ningún centímetro de su piel. Se limitó a acercarse y a mover los dedos sobre su centro, en círculos pequeños que le arrancaban gemidos de la garganta. La doble fricción de los dedos de Jordan y el algodón de la ropa interior era intensa, más intensa de lo que Astrid creía posible.

La sensación creció con sorprendente rapidez. Jordan aumentó la presión, dibujando círculos, deslizando y frotando. Astrid se dio cuenta de que estaba atenta a los sonidos que ella emitía y ajustaba sus caricias en consecuencia y, joder, vaya si funcionaba. Empezaron a temblarle los muslos y la tensión que sentía en el bajo vientre se fue hinchando como un volcán a punto de estallar.

Eso era lo que sentía, como si literalmente fuera a explotar. Nunca se había sentido tan desatada con otra persona, tan desesperada por liberarse. Empezó a apretarse contra la mano de Jordan y se agarró a los hombros de la otra mujer para sostenerse. Ella le rodeó la cintura con el brazo libre y la sujetó mientras con los dedos le hacía cosas absolutamente perversas en el clítoris.

—Por favor —murmuró Astrid. Sin vergüenza. Sin preocupaciones. En todo caso, se sintió más ella misma que nunca—. Dios, Jordan, por favor, haz que me corra.

La mujer agachó la cabeza y le mordió la clavícula a través de la camisa; apretó los dientes con la fuerza justa mientras movía los dedos más rápido... Más...

Una ola, o más bien un océano de placer arrastró a Astrid, que estuvo a punto de perder el equilibrio. Emitió un ruidito ridículo al correrse, salvaje y primitivo, y no se mordió el labio ni una sola vez para contenerlo. Jordan la aferró con fuerza por la cintura y siguió moviendo aquella mano mágica hasta que Astrid terminó de estremecerse.

—Dios —jadeó cuando volvió al planeta Tierra. Se secó la frente sudorosa—. Eso... ha sido...

Antes de que terminase, Jordan le bajó los pantalones de un tirón y dejó que se deslizasen hasta los tobillos.

—Ah —dijo Astrid, pero entonces la boca de Jordan asaltó la suya y le metió las manos bajo la camisa. Ambas gimieron por el contacto. Ella sintió el impulso irrefrenable de arrancarle la camisa a Jordan. Estaba desesperada por sentir la piel de la mujer en la suya, por lamer la franja entre sus pechos. Desabrochó los tirantes del mono de la carpintera y buscó inmediatamente el sujetador deportivo.

—No es como me imaginaba nuestra primera vez —dijo Jordan mientras le quitaba la blusa por encima de la cabeza y la lanzaba al suelo—. ¿No preferirías una cama?

—Me dan igual las camas —añadió Astrid.

—Menos mal —respondió mientras le desabrochaba el sujetador—, porque si no te pruebo ahora mismo, voy a volverme loca.

Astrid se echó hacia atrás un segundo, con el sujetador colgando de los codos.

—¿Te refieres a...?

Jordan sonrió con satisfacción.

—Sí. —Pasó los dedos por la banda de la ropa interior de Astrid—. ¿Puedo?

Astrid tragó saliva. Nunca se le había dado bien recibir sexo oral. Spencer odiaba hacerlo y con los otros hombres siempre se había sentido muy cohibida, como si solo lo hicieran para que después ella les correspondiera. Pero se trataba de Jordan.

Todo era diferente con Jordan.

—Está bien —dijo y dejó caer el sujetador al suelo—. Sí.

Jordan dio un paso atrás para contemplarla. Astrid no tenía mucho pecho, pero eran turgentes y siempre le habían gustado. Por cómo se le oscurecieron las pupilas, le pareció que a Jordan también le gustaban.

—Joder, Parker —dijo mientras acercaba las manos para palparla y atraparle los pezones entre los pulgares y los índices.

Astrid estuvo a punto de jadear. Jordan bajó la cabeza y empezó a dibujar círculos con la lengua sobre uno de los picos endurecidos, esa vez sin algodón que las separase. Astrid gritó algo ininteligible y la agarró del pelo mientras la carpintera se deslizaba por su vientre y con la boca exploraba su ombligo y la suave piel de justo debajo.

Jordan enganchó con los pulgares la ropa interior de Astrid y tiró. El lento deslizamiento de la tela por las piernas fue casi una tortura y no le quedaba paciencia para aguantarlo. Arrojó las bragas de encaje amarillo de una patada, sin preocuparse por dónde iban a parar, y buscó algo a lo que agarrarse mientras se preparaba para sentir la boca de Jordan.

—Tengo una idea mejor —dijo ella cuando Astrid se agarró a las estanterías vacías que tenía a ambos lados. Le deslizó los dedos por los brazos, entrelazó sus manos y las guio hasta el suelo. Hacía poco que habían pintado las estanterías, así que una tela cubría la madera.

Astrid se dispuso a tumbarse a su lado, pero Jordan negó con la cabeza.

—Aquí arriba.

Se dio unas palmaditas en el pecho.

Astrid la miró con el ceño fruncido.

—¿Dónde?

Jordan sonrió, luego se sentó y le indicó que se sentara a horcajadas sobre su vientre.

—Deslízate hacia arriba.

Bajó de nuevo al suelo y tiró de Astrid hacia su cara.

—¿Estás segura? —preguntó ella al comprender lo que le estaba diciendo y que estaba muy desnuda.

Y empapada.

Apretó los muslos alrededor de Jordan, sintiendo una extraña mezcla de desesperación y vergüenza.

—Eres preciosa —dijo ella. Extendió una mano y deslizó un pulgar por el centro húmedo de Astrid, luego se lo metió en la boca—. Y estoy más que segura.

Astrid se quedó boquiabierta y Jordan se rio, la agarró por el culo con las manos y la arrastró hacia su boca. Astrid quedó a horcajadas sobre sus hombros, con las rodillas clavadas en la tela de algodón. Jordan le rodeó los muslos con los brazos y la acercó aún más.

Astrid se arqueó un poco hacia atrás, desesperada por ver la cara de la otra mujer, mientras su lengua...

—Ay, joder —jadeó cuando la boca de Jordan se cerró alrededor de su sexo.

La carpintera emitió un sonido para mostrarse de acuerdo y las vibraciones casi la enviaron a la estratósfera. Jordan la besó con suavidad, con cuidado, y se detuvo con calma en los pliegues donde las piernas se encontraban con las caderas antes de volver a su centro. Cuando hundió la lengua en el húmedo calor de Astrid, ella jadeó y apoyó los brazos en sus caderas. Giró la pelvis sobre la boca de Jordan, un movimiento que no habría podido controlar aunque hubiera querido. Los ruidos que emitía eran salvajes y primarios; apenas reconocía su propia voz. Nunca había sentido nada parecido.

—Te gusta —dijo Jordan contra su piel húmeda.

No era una pregunta y no contestó. En vez de eso, se movió para inclinarse y deslizar las manos por su pelo. Los dedos de Jordan jugueteaban por su baja espalda mientras la lamía. Metió la lengua en su entrada antes de que cerrar los labios alrededor del clítoris y aspirar.

—Dios, sí, justo ahí —dijo Astrid, nada avergonzada por cómo estaba montando la cara de Jordan.

La carpintera siguió besando, chupando y soplando y Astrid sintió que se mareaba mientras se le contraía el bajo vientre y el orgasmo brotaba desde su clítoris e irradiaba por sus piernas.

—Joder —jadeó y lo repitió una y otra vez, mientras la boca de Jordan se aplicaba a fondo, se deslizaba y chupaba. Cuando por fin se corrió, Astrid apretó más sus labios y un gemido le retumbó en el pecho mientras se estremecía.

Pasó una eternidad hasta que la habitación dejó de dar vueltas y recuperó la sensibilidad en las extremidades.

—Vaya —dijo cuando volvía a ver con claridad. Se recolocó encima de Jordan, ahora a horcajadas sobre sus caderas—. Bueno, vaya.

Jordan sonrió y se apoyó en los codos.

—No presumas tanto —dijo Astrid, pero sonreía.

—Claro que pienso presumir —añadió Jordan—. Durante un mes entero. No, mejor un año. Quizá más.

Astrid se rio y se inclinó para besarla. Se saboreó a sí misma en la boca de Jordan y ni siquiera la horrorizó. De hecho, se sintió excitada de nuevo, aunque le pareciera imposible.

—Quiero hacértelo a ti —dijo en los labios de Jordan mientras arrastraba las uñas por su cuello. Dios, sería capaz de devorarla entera.

—¿De verdad? —preguntó Jordan, perdiendo de repente toda la bravuconería.

—Sí —respondió Astrid sin vacilar.

El cuidado, el esfuerzo que Jordan había dedicado solo para que Astrid se sintiera bien, dos veces… nunca antes había recibido algo así. Sabía que cualquier amante que mereciera la pena debería hacer lo mismo, pero ese era el problema: antes de Jordan, no había sido consciente de ello. No había sido consciente de muchas cosas y no creía que fuera solo porque Jordan era una mujer y su primera experiencia homosexual. Al mirarla a los ojos color avellana, verdes y dorados, sintió las emociones en carne viva, sensibles como un moretón, y supo que estaba completamente perdida.

—Ahora mismo —dijo Astrid—. ¿Quieres venir a mi casa?

Jordan sonrió y las hermosas pestañas le acariciaron los pómulos.

—Sí, creo que sería…

—¿Jordie?

Las dos se congelaron al oír la voz de Simon retumbar por toda la casa.

—Jordie, ¿dónde narices estás?

—Mierda —dijo Jordan.

Astrid se levantó a toda prisa y ambas pasaron veinte segundos aterrorizadas localizando toda su ropa. Jordan volvió a abrocharse el mono mientras a ella se le pasaba por la mente la inoportuna idea de que no había llegado a verle los pechos a la carpintera, un hecho que tendría que rectificar pronto. Apenas estaban decentes cuando la puerta de la despensa se abrió de golpe.

—¿Qué demonios? —exclamó Jordan cuando Simon apareció en la puerta.

Miró a Astrid y luego a su hermana.

—Lo mismo digo, hermanita.

Astrid sintió que le ardían las mejillas. No era precisamente la situación más profesional para que Simon la descubriera; estaba casi segura de que tenía un caso grave de pelo postcoital en ese momento y la despensa… en fin, apestaba a sexo. Tenía que olerlo. Aun así, en el fondo sabía que no había hecho nada malo y estaba bastante segura de que todas las personas que habían estado en la fiesta de Claire la semana anterior sabían perfectamente lo que había pasado en la habitación de los abrigos.

—No es asunto tuyo, hermanito —replicó Jordan.

Se frotó la nuca.

—Te he buscado por todas partes. ¿Por qué no respondías al teléfono?

—Está en la encimera —dijo ella y señaló con la cabeza el bloque de madera inmaculado—. Ahora, si nos disculpas, seguro que sea lo que sea esto puede esperar.

Fue a cerrar la puerta, pero Simon la volvió a abrir con un movimiento suave.

—Me temo que no puede —dijo y luego suspiró, un suspiro cansado y resignado, de alguien a quien no le apetecía nada lidiar con el tema del que estaba hablando. Miró a su derecha.

Allí estaba la que debía de ser una de las mujeres más guapas que Astrid había visto jamás. Era blanca y tenía el pelo negro brillante, corto hasta justo por debajo de las orejas, la piel perfecta y unos ojos de puro color ámbar, como si fuera un vampiro que se alimentaba de sangre animal. Era alta, esbelta y con curvas al mismo tiempo.

Sintió que Jordan se deshacía a su lado, antes de pronunciar una sola palabra aterradora.

—Meredith.

CAPÍTULO

VEINTISÉIS

—Hola, Jo.

Jordan parpadeó.

Meredith sonrió y el hoyuelo que solía besar por las noches antes de irse a dormir apareció en su mejilla izquierda.

—¿Qué…? —consiguió articular, pero nada más.

—Si hubieras contestado el teléfono, no sería una sorpresa —dijo Meredith.

Jordan desvió la mirada hacia Simon, que parecía querer arrancarle la cabeza a su exmujer y, al mismo tiempo, estrecharla a ella entre sus brazos. Suspiró y se pasó una mano por el pelo, pero la miró y la bombardeó con un millón de preguntas silenciosas.

¿Estás bien?

¿Quieres que me quede?

La echaré a patadas ahora mismo, solo tienes que pedirlo.

Sinceramente, Jordan no tenía claro cómo responder a ninguna.

Entonces Astrid se aclaró la garganta y todo se agudizó y se volvió muy real.

—Mierda —dijo Jordan—. Hola, lo siento. Meredith, esta es Astrid.

—Hola —saludó Astrid con frialdad. La mujer que le gritó a una desconocida delante del Wake Up reapareció con fuerza renovada. Pero a Jordan le gustaba esa mujer en aquel momento.

—Encantada de conocerte —dijo Meredith y desvió la mirada de color ámbar un instante hacia la despensa en la que seguían metidas—. Siento interrumpir.

—No pasa nada —respondió Jordan antes de que pudiera detener las palabras. Claro que pasaba. La cabeza le daba vueltas. Meredith estaba allí. Estaba guapísima y sana, y le dolía el centro del pecho.

—Debería irme —dijo Astrid—. Os dejaré un rato para que habléis.

No. No lo hagas. Por favor, no te vayas.

Las protestas revoloteaban en la mente de Jordan, pero no consiguió expresarlas en voz alta. Se limitó a mirar a Astrid y asentir.

¿Por qué narices asentía?

Astrid le devolvió el gesto con la mirada perdida. Apretaba los dientes. Jordan se dio cuenta de que tenía la mandíbula en tensión. Pero entonces, cuando la mujer salió de la despensa, se fijó en que le temblaba un poco el labio inferior antes de apretar más la boca.

Y la vio alejarse.

—Te acompaño fuera —dijo Simon cuando Astrid estaba a medio camino de la puerta de atrás—. ¿De acuerdo? —añadió mirando a Jordan.

Ella asintió. Otra vez. Por Dios, que alguien le inmovilizase el cuello.

Miró a Astrid, con la esperanza de que le devolviera la mirada antes de irse, pero sabía que no lo haría.

La puerta se cerró y Jordan sintió en el estómago la horrible sensación de que había metido la pata.

Lo arreglaría.

Podía arreglarlo.

Pero antes, tenía que averiguar qué hacía Meredith en el Everwood. Tenía que saber por qué acababa de priorizar a la mujer que la había abandonado y la había hecho sentir como si no fuera nada por encima de la mujer de la que se estaba enamorando.

—Bueno —dijo, en un alarde de perspicacia.

Meredith se limitó a sonreírle, siempre tranquila como un monje. Llevaba un mono corto azul y un sombrero de paja en las manos. Jordan sabía que era sensible al sol desde la quimio, que tenía que ponerse una capa de protector solar cada hora si iba a estar al aire libre. Pero tenía buen aspecto. Muy bueno. Había engordado y su piel resplandecía con un aire saludable y vitamina D. Tenía el pelo más largo, pero apenas le llegaba a los lóbulos de las orejas.

—¿Qué haces aquí, Meredith? —consiguió preguntar—. ¿Cómo sabías que estaba en Bright Falls?

—Bueno —respondió mientras se apoyaba en la isla de la cocina—. Primero fui a Savannah. Llegué ayer por la mañana. Pero entonces alguien que no eras tú abrió la puerta de nuestra casa…

—Mi casa.

La mujer entrecerró un poco los ojos.

—Tu casa. Esa fue la primera pista.

—¿Y la segunda?

—¿Aparte del hecho de haber sido tu mujer y saber que este lugar es como tu Disneyland personal? Le dejaste una dirección de contacto al nuevo inquilino.

Maldito Simon. Jordan no había dejado nada.

—¿La has vendido? —preguntó Meredith—. ¿La casa?

Jordan negó con la cabeza.

—De momento la tengo alquilada. Pero lo haré.

Meredith asintió.

—Creo que es lo mejor.

—No he pedido tu aprobación.

—Jo. No seas así.

—¿Así cómo?

Meredith le hizo un gesto con la mano.

—Así. Quería verte. Esperaba que quisieras verme. Seguimos siendo nosotras.

Jordan se rio.

—Esa es la clave, Meredith, no lo somos. No somos nosotras. Para nada. Me dejaste por... ¿cómo era?

—Jo.

—Ah, sí, ya me acuerdo. Un destino. ¿Ya lo has encontrado? ¿Algún destino acechaba en las Rocosas o en lo alto de la Torre Eiffel o donde narices hayas estado el último año?

Meredith se frotó la frente y apartó la mirada. El arrepentimiento estranguló a Jordan. Joder, no quería entrar ahí. Lo que estaba hecho estaba hecho y volver a hablar de ello, sobre todo con la propia Meredith, solo servía para que se sintiera como una mierda.

Estaba harta de sentirse así.

—Lo siento —dijo Meredith—. Siento que mi decisión te hiciera daño.

Jordan se rio sin gracia.

—Eso no es una disculpa.

—Tal vez no lo sea —replicó Meredith, alzando la voz—. Siento haberte hecho daño, pero no siento haberme ido. Tenía que hacerlo. Por las dos.

—¿Las dos? O sea que, ¿qué? ¿Eres el alma caritativa que tuvo que tomar todas las decisiones en nuestra relación de quince años porque la pobre Jordan no sabe lo que le conviene?

Meredith suspiró, pero no dijo nada.

—Es exactamente lo que piensas, ¿verdad? —preguntó Jordan al comprenderlo con absoluta claridad—. Joder.

—Jordan —dijo Meredith, con voz suave—. Te quiero. Siempre te querré, pero sabes que tengo razón.

Jordan negó con la cabeza. Se puso las manos en las caderas y bajó la mirada al suelo cubierto de plástico para intentar serenarse sin mirar a la mujer con la que antes pensaba que pasaría toda la vida.

No sentía ninguna atracción ni nostalgia en el pecho. Ya sabía que se había desenamorado de ella. Hasta hacía poco, pensaba que la ira había quemado todo sentimiento romántico que pudiera sentir por Meredith, pero últimamente, había empezado a dudar. Se habían conocido en secundaria. Habían sido mejores amigas que se convirtieron en amantes en la universidad y, cuando había llegado el momento de entrar en el mundo de los adultos, le pareció natural hacerlo con su amiga más antigua, la persona que mejor la conocía. La persona con la que se sentía más cómoda. Su vida sexual era buena. Tenían amigos en común. Construyeron una vida juntas.

Sin embargo a veces Jordan se preguntaba cómo habían acabado en esa vida. Quién había tomado la decisión. Ni siquiera recordaba quién de las dos había sacado el tema del matrimonio, quién se lo había pedido a quién. No creía que ninguna de las dos lo hubiera hecho en realidad. En cuanto el Tribunal Supremo legalizó el matrimonio entre personas del mismo género, casarse era el siguiente paso, algo que debían hacer, el sueño americano. Ni siquiera celebraron una boda. No una de verdad. Se casaron en el juzgado un miércoles por la tarde y una semana después celebraron una fiesta pequeña para familiares y amigos en el jardín de su casa.

Los pensamientos eran amargos y difíciles de digerir, pero, debajo de todo, se agazapaba un regusto de alivio. No acababa de entenderlo; estaba claro que tenía mucho que procesar, mucha rabia que aún nublaba sus sentimientos hacia Meredith y su vida en común. Probablemente debería llamar a su psicóloga.

Por el momento, sin embargo, no estaba preparada para hablar del tema con la propia Meredith. No importaban sus razones ni cuánta razón creyera tener, no estaba segura de que fuera a perdonarla jamás.

—Está bien, de acuerdo —dijo Jordan, cansada de lo que quiera que fuera aquello y dispuesta a darlo por zanjado—. Necesito…

—Háblame de este diseño tuyo —le pidió Meredith y extendió los brazos para señalar la cocina.

Jordan se quedó paralizada.

—¿Qué?

—El diseño —repitió Meredith y luego caminó por la habitación mientras deslizaba la mano por las encimeras nuevas y acariciaba con las yemas de los dedos el borde del cristal ajimezado de los armarios.

—Es para la reforma —dijo Jordan.

Meredith rodeó la isla por el otro lado y apoyó las palmas de las manos en el bloque de madera.

—Y es tuyo.

Jordan parpadeó.

—Es... sí. He hecho los armarios.

Meredith suspiró y negó con la cabeza.

—Verás, cuando llegué a la casita de tu abuela, no te encontraban. No contestabas al teléfono y el hotel estaba vacío. —Sonrió y miró hacia la puerta de la despensa aún abierta—. Bueno, pensamos que estaba vacío. Sé que tu familia no es precisamente mi mayor fan, así que mientras esperábamos a que le devolvieras la llamada a Simon, pasamos un rato muy incómodo. Le pregunté por la renovación que claramente estabais haciendo y me lo contó. También me enseñó el plano del diseño en su portátil.

Jordan se cruzó de brazos.

—Ve al grano.

Aunque no estaba segura de querer saberlo. O más bien tenía la sensación de que ya lo sabía. El malestar la recorrió como una mancha de aceite por el agua.

—Lo que quiero decir, Jo, es que todo esto es tu diseño, pero cuando Simon me habló de él, no dejaba de mencionar a una tal Astrid Parker. La misma Astrid, supongo, que acabo de conocer hace unos minutos.

Las fosas nasales de Jordan se dilataron por el esfuerzo de mantener la respiración uniforme.

—Eso no es... El diseño no es...

—Te conozco —dijo Meredith—. Conozco tu estilo y tu trabajo, y es esto. —Volvió a extender los brazos y los dejó caer despacio a los costados—. Lo que me gustaría saber es por qué dejas que esa zorra rubia se lleve el mérito.

—Eh —espetó con brusquedad—. No te atrevas a llamarla así.

Meredith cerró los ojos.

—Está bien, tienes razón. Lo siento. Pero Simon parecía pensar que ella era la diseñadora. La única diseñadora.

—Lo es.

—Jo.

—Me llamo Jordan.

Meredith se estremeció un segundo y la miró con tristeza. Llevaba llamándola «Jo» desde octavo.

—De acuerdo. Jordan. Sé que tal vez no quieras oírlo, o tal vez no te importas una mierda, pero a mí todavía me importas. Solo quiero entenderlo, porque...

—Ya no te corresponde entender nada.

—El diseño es sobrecogedor.

Eso la hizo callar.

Sobrecogedor.

Meredith asintió y los ojos le brillaban con evidente orgullo.

—Lo es. De verdad, Jordan. Es asombroso. Eres tú. Así que demándame por no entender por qué le regalas todo el mérito a otra. Y en un programa televisado a nivel nacional, nada menos.

—Porque ella es diseñadora. Yo no quiero el mérito y ella sí. Lo necesita. Y ha trabajado tan duro como yo para asegurarse de que todo salga bien. No se ha quedado tomando mojitos mientras yo me dejo los cuernos.

Meredith se quedó con la boca abierta.

—Así que me estás diciendo que una mujer con la que te acuestas...

—No me acuesto con ella.

Meredith frunció el ceño.

—¿En serio? Porque estoy bastante segura de que acabas de hacer que se corra en una despensa.

Se le encendieron las mejillas.

—Eso no... Bueno, sí, pero ha sido la primera vez que...
—Se pasó una mano por el pelo—. Mierda, no es asunto tuyo.

—Está bien, lo expresaré de otra manera —dijo Meredith, ignorando claramente la parte sobre lo que era y no era asunto suyo—. Me estás diciendo que la mujer que acabas de hacer que se corra en una despensa de alguna manera te ha convencido de que le cedas tu brillante diseño para el hotel de tu familia, sellarlo con su nombre y llevarse todo el mérito como diseñadora en un episodio de un importantísimo programa de diseño. ¿He acertado?

A Jordan se le formó un nudo en el estómago.

—Lo estás tergiversando. Cuando lo dices así, suena horrible.

—Porque es horrible, Jordan. ¿Cómo es que no lo ves?

Negó con la cabeza. No era horrible, era... una asociación. Era un acuerdo que las beneficiaba a las dos. Era...

Joder, la mirada de Meredith, su Meredith, la chica que siempre superaba a los profes de mates en el colegio, que encontraba todos los agujeros de la lógica, la mujer que había conquistado sin despeinarse la carrera de Arquitectura y que siempre sabía lo que Jordan sentía una fracción de segundo antes de que ella misma se diera cuenta. Conocía aquella mirada.

Pero Astrid era... Astrid. La adorable chica *queer* recién nacida con dientes de vampiro que la había arrastrado a una habitación y le había dicho que quería besarla, que había pasado todas las noches de la última semana con ella. No tendría por qué haberlo hecho. Era imposible que la hubiera estado manipulando todo el tiempo. Era imposible que solo la estuviera usando para conseguir lo que quería.

¿Verdad?

Sabía que Astrid estaba desesperada porque el proyecto saliera bien. Sabía que su madre tenía algún tipo de control emocional y profesional sobre ella. Sabía que la opinión de Natasha Rojas podría encumbrarla o hundirla.

Falto de inspiración.

Así había descrito Natasha al plan de diseño original de Astrid, justo antes de que la mujer acudiera a ella para sugerirle una asociación. Antes de que negara rotundamente cualquier posible relación romántica cuando Natasha les preguntó...

No. No, muchas otras cosas habían pasado antes y después de eso. Era imposible que todo fuera inventado.

Se le cerró la garganta. Aire. No lo encontraba. No podía respirar.

—Vale, tranquila, no pasa nada —oyó decir a Meredith—. Siéntate. Pon la cabeza entre las piernas.

De repente, Jordan estaba en el suelo, con la frente apoyada en las rodillas y la mano de Meredith le frotaba la espalda en círculos relajantes.

—No pasa nada —dijo Meredith de nuevo—. No es demasiado tarde. Todavía puedes arreglarlo.

Jordan levantó la cabeza.

—No es lo que quiero.

—¿El qué?

Señaló hacia la cocina.

—Solo quiero que el Everwood sea el Everwood. Quiero algo que le haga justicia a su historia.

—Lo sé —dijo Meredith y se sentó frente a ella con las piernas dobladas—. Y tu diseño lo hace. Pero tienes que entender que no puedes dejar que Astrid te lo quite.

—No lo ha hecho. Soy yo la que no quiero...

—Jordan, lo único que yo veo es una mujer que se ha dejado la piel en algo y que se contenta con regalarlo. Pregúntate por qué.

Abrió la boca. La cerró. No lo estaba regalando. Tenía lo que quería. El Everwood sería como debía y tendría una oportunidad de salvar el negocio de su familia. Si la dejaban ser el centro de atención, lo fastidiaría. Trabajaba mejor entre bastidores. Astrid era la cara del proyecto. ¿No había habido un millón de asociaciones en el mundo creativo que habían funcionado justo así? Astrid y ella estaban juntas en todo.

Pero ahora... quería mucho más que un diseño auténtico para el Everwood.

También quería a Astrid.

—Tengo que irme —dijo y se puso de pie. La habitación giró un segundo, pero enseguida se enderezó. Meredith también se levantó y le puso una mano firme en el brazo.

Jordan se apartó.

—Espera —dijo—. Al menos deja que te invite a cenar.

Jordan negó con la cabeza. Necesitaba ver a Astrid y necesitaba verla ya.

—No puedo.

Recogió el teléfono de la encimera y se dirigió a la puerta de atrás. El bolso. Necesitaba el bolso. El carné. Las llaves de Adora. Todo estaba en el taller.

—Al menos dime que has entrado en razón —dijo Meredith.

Jordan se quedó paralizada en la puerta.

—Jo... Jordan. Me importas. Te mereces...

—No te atrevas a hablar de lo que merezco —espetó.

No se volvió para mirar a su exmujer. No esperó una respuesta. Abrió de un empujón la puerta batiente, le mandó un mensaje a Simon para que sacara a Meredith de su propiedad, mientras cruzaba a toda prisa el patio y entraba en el taller, y luego salió por el camino de entrada tan rápido como el motor de Adora le permitió.

CAPÍTULO

VEINTISIETE

Alivio.

Era la única forma de describir la expresión de Astrid cuando, treinta minutos más tarde, abrió la puerta de su casa y se encontró a Jordan en el porche.

Por su parte, la carpintera se derritió al verla. Había tenido los hombros en tensión durante todo el trayecto, pero se relajaron al instante y se le escapó una larga exhalación.

—Hola —dijo Astrid, con tanta suavidad y tanta dulzura, sin ningún rastro de la frialdad remilgada de antes, que Jordan sintió que la barbilla empezaba a temblarle.

Astrid se dio cuenta. Por supuesto que sí. Extendió la mano, la atrajo hacia sí y la abrazó. Deslizó las manos por su cuello y su pelo. Jordan se desplomó contra su cuerpo. Si antes pensaba que estaba cansada, después de todo el estrés que Meredith había liberado, se sentía como un globo desinflado.

Rodeó la cintura de Astrid con los brazos. Era un poco más alta que ella, así que apoyó la barbilla en su hombro. Cerró los ojos y se relajó, intentando averiguar qué decir sobre... en fin, todo.

—Lo siento —fue lo primero que le salió.

Astrid se echó hacia atrás y frunció el ceño.

—¿Por qué?

Jordan negó con la cabeza.

—Por dejar que te fueras. Quería que te quedaras, pero...

—Oye —la cortó Astrid y levantó las manos para acariciarle la cara—. No pasa nada. Las dos estábamos un poco conmocionadas.

Jordan soltó una risa amarga.

—Ya.

—¿Estás bien?

Jordan asintió, pero incluso mientras lo hacía, los ojos se le llenaron de lágrimas. No pudo contenerlas; todas las emociones que últimamente sentía, por el hotel, por Astrid y por Meredith, por fin se desbordaban.

—Ah —murmuró Astrid, con expresión preocupada.

Por una fracción de segundo, Jordan se quedó de piedra. Apartó la mirada, con la respiración agitada. Era uno de esos momentos clave en una nueva relación, cuando descubrías cómo reaccionaba alguien cuando perdías los papeles por completo. Ya sabía que Astrid era una mujer complicada, criada como una heredera de la realeza, encorsetada hasta la médula. Por si fuera poco, con las teorías de Meredith aún flotando por su cerebro, necesitaba que Astrid...

—Ven aquí —dijo la mujer en voz baja.

Entrelazó los dedos con los de Jordan y la condujo al gigantesco sofá blanco de su blanquísimo salón. La hizo sentarse, todavía de la mano, y subió una pierna al asiento como una auténtica bisexual. Jordan estuvo a punto de reírse y soltar un comentario al respecto, pero entonces Astrid se inclinó hacia ella mientras le dibujaba círculos con el pulgar en la cara para tranquilizarla.

Eso.

Eso era justo lo que necesitaba que hiciera.

—¿Quieres hablarlo? —preguntó Astrid.

Jordan se recostó en el sofá y giró la cabeza para mirarla a los ojos. Se quedó en silencio unos segundos, buscando cualquier señal de la mujer manipuladora que Meredith le había pintado, pero todo lo que encontró fueron unos suaves ojos marrones que le devolvían la mirada, con la boca ligeramente entreabierta en señal de preocupación.

—Olvidé lo que sentía —dijo Jordan.

—¿Lo que sentías cuándo? —preguntó Astrid.

Tragó saliva.

—Al verla. Cómo me hace sentir. Es decir, no lo he olvidado del todo. Siempre está ahí, ¿sabes? Pero las últimas semanas, he estado tan ocupada. Distraída. Tal vez incluso feliz, no lo sé.

Astrid asintió. Tenía un brazo sobre el respaldo del sofá y la mano enredada en el pelo de Jordan para acariciarle la sien con el pulgar.

—¿Cómo te has sentido?

—Como… —Jordan exhaló. Había muchos sentimientos, pero uno destacaba sobre los demás. Uno que sospechaba que había impulsado casi todas las decisiones que había tomado en el último año—. Como si, de alguna manera, haga lo que haga nunca fuera suficiente. Como si no mereciera ser feliz ni conseguir lo que quiero. Ella me recuerda todo lo que no soy, porque lo sabía todo de mí, y se fue de todos modos. Luego soltó un montón de mierdas sobre ti y me…

—¿Sobre mí? —dijo Astrid y la miró consternada—. ¿Qué pasa conmigo?

Jordan suspiró y dejó caer la cabeza en el respaldo acolchado. No había querido decir nada. No había querido mencionar lo que Meredith pensaba de Astrid.

—Oye —dijo la mujer y le apretó el hombro—. Por favor. Cuéntamelo.

Jordan pensó en negarse, pero una parte de ella no quería. Más que solo una parte, si era sincera. Una parte enorme, tierna y asustada quería que la consolaran. Se miró las manos en el regazo, porque no soportaría mirar a Astrid a los ojos mientras se lo contaba.

—Sabe que gran parte del diseño del hotel es mío.

La mujer frunció el ceño.

—Yo no se lo he dicho —continuó Jordan—. Pero me conoce. Conoce mi estilo.

—Está bien —dijo Astrid—. Y no le ha gustado, ¿no?

Jordan la miró por fin. Astrid seguía pegada a su costado, con los ojos castaños muy abiertos y preocupados.

—Dime que esto es más que trabajo.

Astrid parpadeó.

—¿Qué es más que...?

—Nosotras. Esto... lo que sea que estemos haciendo. No es por el trabajo, ¿verdad? ¿Por el programa?

—Jordan...

—No digo que tengamos que tener una charla grandilocuente para definir nuestra relación ni nada —la cortó. Las palmas de las manos empezaban a sudarle—. Pero necesito... No sé...

Astrid le puso un dedo en los labios para impedirle que siguiera hablando. No apartó la mano y le estudió el rostro con intensidad.

—Escúchame bien —dijo con firmeza—. Sé que todo es complicado. El hotel. El programa. —Hizo un gesto con la mano—. Lo nuestro. Pero me gustas, Jordan Everwood. Quería besarte, ¿recuerdas?

Jordan asintió, con los dedos de Astrid aún suaves en su boca.

—Te mereces todo lo bueno, ¿entendido? —continuó ella. Su voz sonaba algo llorosa—. Te mereces...

Se interrumpió, con un amago de sonrisa en una comisura de los labios. Jordan contuvo la respiración, con el corazón a mil por hora y desesperada por lo que fuera que Astrid estuviera a punto de decir.

Cuando por fin volvió a hablar, su voz era un susurro grave e intenso.

—Te mereces un destino, Jordan Everwood.

Jordan parpadeó mientras la palabra se le asentaba en el cerebro y en el corazón. Un destino. Siete letras que siempre habían sido un concepto lejano, algo que ella no era. Nunca había pensado en su propio destino.

Pero, entonces, al oírlo de boca de Astrid Parker, nada menos, la palabra se volvió… real. Bañada por el sol, brillante y cálida, como una sensación resplandeciente en lo más profundo de sus entrañas. Todas las dudas de su mente y de su corazón desaparecieron. De repente le parecían una tontería, sentada junto a Astrid, una mujer que fingía ser dura y fría, pero que en realidad era la persona más amable y abierta que había conocido en mucho tiempo. No se lo demostraba a todo el mundo y Jordan sintió una repentina oleada de gratitud porque, por alguna razón, la hubiera elegido a ella. Porque la hubiera visto.

—Astrid —dijo en voz baja, porque era lo único que se le ocurría decir. La sonrisa de la otra mujer se ensanchó.

—Repítelo.

Jordan frunció el ceño.

—¿El qué? ¿Tu nombre?

Ella asintió.

—Siempre me llamas Parker. Solo me has llamado por mi nombre otra vez. Cuando me dijiste que no podía besarte.

Al repasar todas sus interacciones, Jordan se dio cuenta de que tenía razón. No tenía ni idea de por qué había preferido usar su apellido, pero en ese momento lo único que ansiaba era pronunciar el nombre de aquella mujer una y otra vez, susurrarlo en su piel.

Le rodeó la cintura con el brazo para subírsela al regazo. Astrid jadeó, pero abrió las piernas y se sentó a horcajadas sobre las caderas de Jordan. Ella posó las manos en la parte baja de su espalda y tiró de ella con fuerza mientras la miraba a los ojos y Astrid le enredaba las manos en el pelo. Las uñas cortas le rozaron el cuero cabelludo.

—Astrid —susurró y le dio un beso en la garganta—. Astrid. —Un beso debajo de la oreja—. Astrid.

Un roce con los dientes en la clavícula.

Astrid gimió en silencio y echó la cabeza hacia atrás, pero pronto sus dedos se tensaron en el pelo de Jordan y las separó lo necesario para acercarse a su boca.

Fue un beso suave al principio, como si quisiera sellar la promesa de todo lo que acababa de decirle, pero pronto cambió. La lengua de Astrid se deslizó por su boca, le mordió el labio con los dientes y un gemido le retumbó en el pecho. Las piernas de Astrid le apretaron los muslos mientras giraba las caderas para buscar presión. Jordan presionó mientras el palpitar entre las ingles alcanzaba niveles de crisis. Por muy increíble que hubiera sido ese primer encuentro en la despensa, Jordan aún no se había corrido.

—Astrid —volvió a decir, pero esa vez como una súplica cargada de necesidad.

Astrid se apartó. Jordan estuvo a punto de gemir en protesta, pero entonces, por segunda vez en el día, los dedos de la mujer se dirigieron a las hebillas de su peto y las soltaron con un tintineo de metal. Jordan observó mientras el calor se le acumulaba entre las piernas cómo Astrid le bajaba el vaquero hasta la cintura y luego bajaba la pierna de su regazo para colocarse frente a ella. La diseñadora le tiró de la ropa hasta que levantó el culo del sofá y dejó que la desnudara hasta quedarse solo con el sujetador deportivo morado y unos bóxeres negros. Astrid paró un segundo para mirarla, con el peto aún colgando de una mano. Sacó la lengua para lamerse el labio inferior y Jordan no pudo evitar sonreírle. Al final, la mujer soltó una risita nerviosa, antes de dejar caer la prenda de ropa y lanzar al suelo todos los cojines de color azul y marfil.

—Túmbate —dijo.

Jordan enarcó una ceja, pero obedeció. Los nervios le revoloteaban en el vientre mientras veía a Astrid desvestirse, quitarse la blusa por encima de la cabeza y arrojarla hacia atrás, bajarse la cremallera de los pantalones cortos negros para dejar a la vista la bragas de encaje que apenas había tenido tiempo de apreciar en la despensa, teniendo en cuenta lo rápido que se las había quitado.

—Joder, Astrid —dijo e intentó incorporarse. Tenía que tocarla. Probarla. Volver a enterrarle la cara entre sus piernas y disfrutar.

Astrid, sin embargo, tenía otros planes. Se sentó a horcajadas sobre sus caderas y le puso una mano en el pecho para empujarla hacia abajo.

Jordan gimió y ella se rio.

—Deja que te haga sentir bien —dijo y se cernió sobre ella.

—Bien, sí, me parece estupendo —aceptó Jordan y le puso las manos en las caderas—. Pero no pretenderás desnudarte así delante de mí y esperar que no...

—Sí, lo pretendo —dijo Astrid. Apartó las manos de Jordan y luego le estiró los brazos por encima de la cabeza—. Me toca a mí.

Jordan quiso protestar otra vez, pero entonces Astrid agachó la cabeza y le raspó la clavícula con sus dientecillos de vampiro.

—Joder —protestó Jordan y siseó cuando volvió a hacerlo. Sacudió las caderas y Astrid le soltó las manos, pero llegadas a ese punto la carpintera estaba dispuesta a hacer cualquier cosa que le pidiera, así que dejó los brazos encima de la cabeza y dejó que Astrid la dominara.

Una sensación muy agradable.

La mujer bajó las manos para acariciarle los pechos y rodeó con el pulgar sus pezones ya endurecidos. No tardó en arrancarle el sujetador deportivo por encima de la cabeza y luego se quitó el suyo. Jordan apenas tuvo un segundo para volver a contemplar sus tetas firmes y perfectas, los grandes pezones marrones ya duros e hinchados para ella, antes de que Astrid las apretara contra su pecho y les arrancara un gemido de la garganta a ambas.

—Joder —jadeó Jordan y se retorció en el sofá—. Eres increíble.

—Sí —dijo Astrid sin aliento. Onduló encima de Jordan, buscando fricción y deslizando los pezones con deliberación sobre los de la otra mujer—. Esto es...

Pero no le salieron las palabras, cerró los ojos de golpe y se le escapó un gemido de sus gloriosos labios. Jordan estaba a punto de explotar. Necesitaba tocarla, excitarla y excitarse ella misma. Astrid era nueva en el sexo con personas con vagina, así que sentía que era su responsabilidad tomar el control.

Pero la diseñadora no se lo permitiría. En cuanto las yemas de sus dedos rozaron los pechos oscilantes de Astrid, la mujer abrió los ojos, dejó de cabalgarla y atrapó los brazos de Jordan por encima de su cabeza.

—Dios, Astrid —dijo ella, pero sonreía. Le encantaba esa actitud dominante.

Astrid sonrió con picardía, la besó una vez e inició un lento viaje hacia el sur. Jordan creyó que esa lengua iba a volverla loca. Astrid se detuvo en sus pechos, besó la parte inferior de uno mientras acariciaba el otro y le sopló el pezón de una forma que hizo que Jordan gritara un par de improperios al techo, antes de succionarlo con la boca caliente.

Más improperios. Más succión.

Astrid fue bajando, besando y deslizando la lengua por el vientre de Jordan, antes de abrirle las piernas y acomodarse entre ellas.

—Espera —dijo ella, con la respiración entrecortada como si hubiera corrido una maratón. Se apoyó en los codos—. ¿Estás segura?

Astrid la miró con el ceño fruncido.

—¿No quieres…?

—¡No! —Se atrevió a tocarla y le deslizó una mano por el pelo. Astrid se lo permitió—. Sí que quiero. Joder, pues claro que sí, pero es tu primera vez… ya sabes…

—Contigo.

Jordan sonrió.

—Sí. Y quiero que te sientas cómoda.

—Lo estoy. Quiero hacerlo. —Besó el interior de uno de sus muslos y luego el otro, pero entonces se quedó muy quieta y miró hacia arriba—. ¿Te preocupa que lo haga mal?

—¿Qué?

—Nunca lo he hecho. ¿Y si se me da mal?

Jordan se rio y rascó con las uñas el cuero cabelludo de Astrid.

—Ser mala es parte del proceso.

Astrid se rio, pero se sonrojó. Era tan adorable que Jordan casi gimió.

—Y dudo mucho que se te dé mal —añadió.

—He estado leyendo sobre el tema —dijo Astrid con naturalidad y se apoyó en un codo—. Y estoy bastante segura de que puedo hacerlo bien. Creo que...

—Espera, espera, espera —dijo Jordan y agitó una mano en el aire—. ¿Cómo que has estado leyendo?

Astrid se mordió el labio y arrugó la nariz antes de asentir.

—¿Sobre los *cunnilingus*?

—Bueno, a ver, no busqué instrucciones en Google ni nada por el estilo, pero en la mayoría de las novelas de romance *queer* que he estado leyendo aparece y cuando vi algunos videos parecía...

—Joder, para, ¿has visto porno para esto?

La cara ya enrojecida de Astrid se volvió incandescente y apoyó la frente en el muslo de Jordan.

—Puede —murmuró contra su piel.

Jordan soltó una carcajada.

—No me gusta sentirme incompetente, ¿vale? —protestó Astrid, pero también se estaba riendo—. Y ahora que sé lo increíble que resulta cuando se hace bien, quiero hacer lo mismo por ti.

Jordan no pudo evitar sonreír. Adoraba a aquella mujer. La adoraba, joder. Astrid Parker, viendo porno para poder complacerla en la cama. Era divertido, incluso hilarante, pero también insoportablemente dulce, y no pudo evitar levantarle la barbilla para mirarla a los ojos.

—Lo harás de maravilla —dijo, sin querer invalidar ni por un segundo todo el esfuerzo que la mujer había dedicado a aquel momento. Luego, obediente, volvió a subir los brazos por encima de la cabeza y se recostó.

Astrid soltó una risita, respiró hondo y volvió a su tarea.

Y joder, se lo tomó muy en serio. Empezó por la ropa interior, con dedos suaves y soplidos cálidos. Deslizó los pulgares por el pliegue donde la pierna se encontraba con las caderas y luego la besó, justo en el centro, sobre el algodón, suave y firme al mismo tiempo, y Jordan casi se levantó como un resorte. Ya estaba muy mojada, empapada incluso, lo que solo empeoró cuando la lengua de Astrid salió a jugar y empezó a dar vueltas sobre su centro.

Cuando le bajó la ropa interior por las piernas, Jordan estaba mareada de deseo. Cuando estuvo totalmente desnuda, sintió que Astrid se detenía a contemplarla. Resistió el impulso de retorcerse y dejó que Astrid avanzara a su ritmo.

Al principio vaciló, sí, y fue un poco torpe durante unos segundos, la presión demasiado suave y su lengua demasiado dura. Pero solo debía de necesitar un par de rondas de práctica, porque de repente Jordan era incapaz de dejar las manos quietas; necesitaba tocarle el pelo, tirar de sus sedosos mechones mientras Astrid cerraba la boca en torno a su sexo, inclinaba la cabeza para besarla de un lado a otro y luego deslizando la lengua desde su entrada hasta el clítoris. Sin embargo, todas las veces se detenía justo antes de llegar a aquel nudo de nervios como una jodida profesional.

—Aprendes muy deprisa —consiguió balbucear, palabras que rápidamente se convirtieron en un gemido y un improperio cuando la lengua de Astrid incursionó en su interior.

—Sabes… Guau —dijo la mujer—. Nunca había… Esto es…

Pero no terminó y a Jordan no le importó, porque se la folló con la lengua, la boca y los putos dientes. Pronto, los dedos también se unieron a la diversión; su pulgar entró y salió de ella hasta que Jordan se sintió a punto de hiperventilar.

Los gemidos le retumbaban en el pecho a medida que se acercaba al orgasmo. Hundió ambas manos en el pelo de Astrid, pero no la dirigió. Cada movimiento era cosa suya, cada vibración y cada deslizamiento de los dedos. Por fin, cerró la boca en torno al clítoris de Jordan y alteró la succión con el movimiento de la lengua.

—Joder, Astrid —gritó y apretó los muslos en torno a su cabeza al correrse con fuerza.

Astrid no se detuvo, aunque ralentizó los movimientos mientras esperaba a que Jordan dejara de estremecerse y apretara las piernas contra el sofá para romper el contacto. Incluso entonces, no se movió, la besó en el muslo y en el monte de venus, antes de deslizarse de nuevo por su cuerpo. Se detuvo brevemente para acariciarle con la lengua un pezón de forma que casi la hizo gritar de nuevo y después se acomodó a su lado, con la respiración también entrecortada y acelerada.

Astrid se apoyó sobre el codo y miró a Jordan mientras se mordía el labio. Tenía las mejillas enrojecidas y ella alargó una mano para acariciarle la cara.

—Ha sido brutal —dijo.

Astrid exhaló con fuerza.

—¿Sí? ¿En serio?

Jordan la acercó y la besó. Le encantó el olor, el sabor, la intimidad compartida del sexo oral y sus consecuencias.

—Tendrás que enseñarme qué tutoriales de porno has visto para apuntar algunos consejos —dijo, con las extremidades todavía temblorosas como si les hubiera caído un rayo.

Astrid le dio un manotazo suave en el brazo, pero se rio y volvió a besarla. Luego le apoyó la cabeza en el hombro.

—No necesitas ningún consejo. Créeme.

—¿Te ha gustado? —preguntó Jordan, sintiendo que se ponía un poco tensa mientras esperaba la respuesta.

Pero Astrid no la hizo esperar mucho. Le dio un beso en el hombro, luego en el cuello, y murmuró:

—Me ha encantado —susurró en su piel.

Jordan exhaló y le hundió la mano en el pelo para frotarle el cuero cabelludo en lentos círculos. Los arrumacos postorgásmicos eran agradables, pero Astrid le clavó los dedos en la piel de la cintura y movió las caderas para indicarle que seguía muy excitada.

Por suerte, Jordan no creía que fuera a necesitar un tutorial para encargarse del asunto. Todavía tumbada, separó la pierna de Astrid, deslizó la mano entre sus muslos y, dentro de su calor húmedo, se lo demostró.

CAPÍTULO

VEINTIOCHO

Ocho.

Esos eran los orgasmos que Astrid había tenido hasta el momento y todavía era sábado por la tarde, el día después del encuentro en la despensa y de la primera incursión de Astrid en los *cunnilingus* con Jordan Everwood.

No era que llevara la cuenta.

Salvo que era justo lo que estaba haciendo, porque ¿ocho? No había tenido tantos orgasmos que no fueran autoinducidos en los últimos ocho años. Sin embargo, allí estaba Astrid Parker, desnuda y desmadejada en la cama, con las sábanas hechas un lío y la respiración agitada mientras se recuperaba del maravilloso número ocho. Estaba bastante segura de que estaba a punto de necesitar ponerse hielo en el clítoris.

La idea la hizo reír, el sonido le burbujeó en el pecho y se le escapó antes de poder detenerlo. Las últimas veinticuatro horas habían sido… Nunca se había divertido tanto.

—¿De qué te ríes? —preguntó Jordan.

Estaba tumbada a su lado, gloriosamente desnuda y apoyada en un codo mientras le acariciaba el vientre con las yemas de los dedos. Lucía una expresión fanfarrona, porque Astrid no se había esforzado precisamente por mantener el recuento de orgasmos en secreto.

La diseñadora se dio la vuelta y se apoyó también en un brazo mientras negaba con la cabeza.

—Es que ya entiendo por qué Natasha Rojas lleva un collar de un clítoris, nada más.

Jordan se rio.

—Es bastante maravilloso.

—Mucho. ¿Sabías que el clítoris tiene ocho mil terminaciones nerviosas solo en la punta? Es el doble que un pene.

—Eh...

—Y está formado por dieciocho partes, es una intrincada mezcla de tejido eréctil, músculos y nervios.

Jordan parpadeó un segundo.

—Has investigado sobre el clítoris.

Astrid se mordió el labio.

—Puede que haya mirado algunas cosas.

Jordan le rodeó con el brazo la cintura desnuda.

—¿Algunas cosas?

—Es un órgano fascinante, que no tiene nada que ver con la reproducción. Existe por y para el placer. El clítoris es una pasada.

Jordan sonrió.

—*El clítoris es una pasada.* ¿Me lo puedo bordar en un cojín?

Astrid le dio un manotazo en el brazo, que rápidamente se convirtió en una caricia en el cuello y una profunda inhalación de la piel de Jordan.

—Esto está bien —dijo Astrid y hundió la nariz en su garganta.

Ella le besó la coronilla.

—Sí.

—Nunca había hecho esto antes.

Jordan se rio.

—Ya lo habíamos dejado claro.

—No, no hablo del sexo. Hablo de esto.

Agitó la mano para señalar la habitación. Varias copas de vino a medio vaciar salpicaban las mesitas de noche, la ropa adornaba el suelo y se veían toallas en las baldosas del baño a través de la puerta de cuando se habían duchado juntas.

Dos veces.

—Pasar todo el fin de semana así con alguien —explicó Astrid—. Acostándonos y pidiendo comida a domicilio, sin ninguna otra preocupación.

Jordan le acomodó un mechón de pelo detrás de la oreja.

—Yo tampoco, la verdad.

Astrid abrió mucho los ojos.

—¿Nunca? ¿Con...?

No fue capaz de decir el nombre de la mujer y de repente sintió un fuerte impulso de cambiar de tema. La opinión de Meredith sobre el diseño del hotel le había rondado por la cabeza toda la noche y le preocupaba que también rondase en la de Jordan.

Quería acallar esos pensamientos, cada palabra que Meredith le había dicho. Porque no eran ciertas. Ni siquiera un poco. Astrid no estaba usando a Jordan. Ni hablar. A ella le gustaba Jordan.

Tal vez incluso más que eso.

Abrió la boca para hablar de otra cosa, pero Jordan frunció el ceño y se tumbó boca arriba, mirando al techo.

—Ni siquiera nos fuimos de luna de miel. Nos quedamos un par de noches en un piso alquilado en Tybee Island, pero incluso eso fue como... no sé. Lo hacíamos, tal vez dos veces al día. Y estaba bien, pero era como... —Parpadeó, como si se diera cuenta de lo que iba a decir por primera vez—. Como si fuera una tarea que tachar de una lista. Algo que teníamos que hacer porque estábamos casadas.

Astrid no sabía qué responder. Mentiría si dijera que no se alegraba un poco de que aquella maratón sexual fuera también la primera de Jordan, pero otra parte de ella se apenaba por todos los recuerdos que la hacían sentir como un elemento de una lista.

—Bien —dijo y alineó su cuerpo con el de Jordan. Paseó los dedos por sus pechos y por su vientre, hasta alcanzar los rizos aún húmedos entre sus piernas—. No siento para nada que esto sea algo que tengo que hacer.

Le metió un dedo. Jordan cerró los ojos.

—Ni esto —dijo Astrid al introducir otro dedo y presionarle el clítoris con la palma de la mano.

—Joder —siseó Jordan y levantó las caderas hacia la mano de Astrid—. ¿Este truquito también lo leíste por ahí?

—Tal vez. Pero definitivamente no era algo que tuviera que hacer.

Entonces procedió a volverla loca con los dedos hasta que Jordan apretó las sábanas con tanta fuerza que le dolió la mano durante una hora después de correrse.

Cuando llegó el domingo por la mañana, la cuenta de orgasmos ascendía a diez. Astrid salió de su dormitorio en tal estado de embriaguez sexual que tardó un segundo en darse cuenta de que Jordan había cubierto la encimera de la cocina con todo tipo de utensilios de repostería.

Se acercó despacio, con unos pantalones de chándal negros y una camiseta verde pálido que dejaba la barriga al aire, un conjunto que recordaba vagamente haber comprado para hacer yoga, pero que estaba segura de no habérselo puesto nunca.

Jordan estaba junto a la cafetera, de espaldas a ella, y solo llevaba puesto el sujetador deportivo y un pantalón corto de pijama de Astrid.

La observó durante un segundo mientras tamborileaba los dedos en la encimera de granito, esperando a que terminara de prepararse el café con el pelo castaño recogido en una corta trenza.

Astrid sintió un aleteo en el pecho.

—¿Qué es todo esto? —preguntó cuando por fin se hubo controlado y se sintió capaz de entrar en la habitación sin una sonrisa ridícula en la cara.

Pero entonces Jordan se volvió, sonrió y los labios de Astrid se rebelaron.

—Ya te has levantado —dijo Jordan.

—Estoy dolorida —respondió ella al acercarse y capturar su boca con un beso rápido. Abrió el armario sobre la cafetera y sacó dos tazas.

—Yo también. ¿Quién iba a decir que Astrid Parker estaría tan obsesionada con el sexo?

Le dio una palmada en el culo.

—Oye, dos no bailan si una no quiere.

Jordan le rodeó la cintura desnuda con un brazo y tiró de ella.

—Desde luego que no.

Astrid se acercó para darle otro beso, en parte dispuesta a lanzarse a por el orgasmo número once, si era sincera. Joder, quizá sí estaba obsesionada con el sexo. Pero entonces Jordan la soltó y se apartó.

—No, de eso nada, tenemos otros planes para esta mañana —dijo.

—¿Ah, sí?

Miró la encimera cubierta de ingredientes: harina, extracto de vainilla, azúcar blanca y morena, huevos, chocolate para hornear y una miríada de otros artículos diversos, todos los cuales parecían nuevos. Astrid tenía muchos productos de repostería en la despensa, pero estaba segura de que la mayoría estaban caducados.

—¿Has salido a comprar? —preguntó.

Jordan asintió y se mordió la comisura del labio.

—Tal vez me haya pasado un poco.

Astrid parpadeó.

—Pero… ¿por qué?

Jordan sonrió con timidez.

—Quiero que me cocines algo.

—Que te cocine.

Jordan asintió.

—Me dijiste que tu sueño había sido la repostería.

Astrid recordó aquella conversación en casa de Iris. Examinó los ingredientes que Jordan había reunido, con el corazón en la garganta y un cosquilleo en la punta de los dedos.

—Si te hago una tarta, ¿me cantarás? —preguntó, rememorando la promesa que Jordan le había hecho frente a las estanterías arcoíris.

Jordan entrecerró los ojos.

—¿Te acuerdas de eso?

—No soy de las que olvidan.

Jordan se rio.

—No, no lo eres. Está bien. Si me haces una tarta, te cantaré una canción de amor.

Astrid levantó las cejas mientras una imagen empezaba a tomar forma en su mente. Jordan Everwood abrazándola y cantando una melodía, su voz ronca en el oído.

Una canción de amor.

Ansiaba esa canción.

—Trato hecho —dijo.

La mañana se prolongó hasta la tarde, la luz se fue haciendo más clara y luego empezó a desvanecerse. A las cuatro, la encimera de la cocina de Astrid estaba repleta de dulces.

Hizo la tarta de Jordan. Una sencilla tarta amarilla con glaseado de chocolate, que al parecer era su sabor favorito. Pero entonces, cuando la carpintera lo probó y fingió desmayarse de lo bueno que estaba, Astrid... floreció.

Fue lo que pareció. Una flor cerrada que el sol por fin había encontrado. Como si hubiera olvidado todo lo que había pasado antes del fin de semana: las expectativas de su madre, el Everwood, *Innside America*, el terror constante que la acompañaba al pensar en todas esas cosas.

En vez de eso, recordó lo que sentía al dejarse la piel en algo que amaba de verdad. En Diseños Bright había vivido algún atisbo de ello, con una pared de contraste especialmente creativa o la satisfacción que experimentaba cuando a un cliente le encantaba el resultado final, pero todos esos momentos no eran nada comparados con la felicidad que le recorría las venas cuando metía las manos en un bol de masa, cuando medía la cantidad justa de azúcar, mantequilla y levadura y luego veía cómo todo se unía en una creación totalmente nueva.

Parecía magia.

Aquella tarde, Jordan fue su ayudante y catadora obediente. Ataviada con un delantal de cuadros verdes y blancos, le pasaba los ingredientes y lavaba los cuencos y las tazas medidoras mientras le daba besos en la frente y le rodeaba la cintura mientras Astrid montaba claras de huevo hasta conseguir merengue francés.

Pronto, la cocina estaba invadida por tres tartas, una docena de magdalenas de calabaza y manzana, cuyo sabor había provocado que Jordan emitiera unos sonidos orgásmicos que había hecho que Astrid sintiera que podía volar; una remesa de brownies de chocolate negro y canela, y dos docenas de galletas de avena y caramelo.

—Joder —dijo Jordan después de acabarse una galleta—. Yo diría que te has ganado una canción de amor.

Astrid le sonrió, con las manos doloridas en las caderas. Tenía los brazos y las mejillas manchados de harina y cada músculo de su cuerpo era un nudo de calambres, pero no le importaba. Examinó su trabajo y le dio un mordisco a una galleta.

—Deberíamos llevarles algunas a Claire y a Iris —dijo. Masticó y tocó con el dedo el borde dorado de la galleta—. Las hacíamos de niñas.

Jordan asintió y se bajó del taburete donde llevaba sentada la última hora, bebiendo vino blanco y robando dulces en cuanto salían del horno.

—Hagámoslo.

Astrid abrió un cajón para buscar un táper, pero en cuanto localizó un recipiente, sonó el timbre de la puerta.

—Voy yo —dijo Jordan mientras se sacudía el polvo de las manos y se tragaba otra galleta—. Tú prepara la mercancía.

Se marchó hacia la entrada dando saltitos, mientras Astrid metía las galletas en el recipiente. Sonrió, pensando en cómo reaccionarían Iris y Claire. Hacía años que no comían aquellas galletas, quizás incluso desde el instituto. Sería...

—Hola. ¿Y tú quién eres?

La voz de Isabel Parker-Green flotó por el pasillo como el hielo del invierno recubriendo las plantas.

Astrid se quedó paralizada y su mente catalogó rápidamente cuántas llamadas de su madre había evitado en las últimas semanas.

Oyó a Jordan decirle su nombre y a Isabel responder con nada más que un *ya veo* en respuesta. Ni *encantada de conocerte*, ni siquiera *soy la madre de Astrid*. Nada.

Sabía que tenía que salvar a Jordan del infierno frío al que estaba a punto de someterla su madre, pero sentía los pies clavados al suelo y las manos pegadas al tirador del cajón de la cocina.

—Astrid está en la cocina —dijo Jordan.

No hubo respuesta. Solo el taconeo de los zapatos de Isabel sobre la madera. Poco después apareció, impecablemente vestida con unos pantalones de pitillo negros y una blusa de seda rosa oscuro, el pelo rubio teñido peinado a la perfección.

Astrid parpadeó. Por una fracción de segundo, habría jurado que la figura de la puerta era ella misma, si no fuera por algunas líneas de más alrededor de la boca y los ojos. ¿También las combatiría llegado el momento? ¿Se pondría bótox en la cara hasta que apenas pudiera expresar emociones?

—Hola, mamá —consiguió decir y sacudió la cabeza para despejarse.

Isabel levantó las cejas en respuesta y observó el desorden. Azúcar y carbohidratos por todas partes, harina salpicada por el suelo, el fregadero apilado con la última ronda de cuencos y cucharas cubiertos de masa.

—Astrid, ¿qué te está pasando? —preguntó su madre—. Es el segundo fin de semana consecutivo que no te presentas al *brunch* y esta semana ni siquiera te has molestado en pensar una mentira para excusarte.

Mierda. Era domingo. Y se había olvidado por completo del *brunch*.

—Pensaba que habías muerto —dijo Isabel—. Te llamé al móvil, pero me saltó el buzón de voz.

El móvil. Ni siquiera sabía dónde tenía el móvil y mucho menos quién había intentado llamarla en las últimas cuarenta y ocho horas.

—Lo siento —dijo mientras se limpiaba las manos en el delantal.

Jordan apareció detrás de Isabel, con los ojos muy abiertos por la preocupación.

Dios. Jordan. Todavía estaba vestida con nada más que un sostén deportivo y los pantalones de pijama de Astrid... y había abierto la puerta así. No era de extrañar que Isabel estuviera en plan reina del hielo.

—Hablemos en el porche de atrás —dijo a su madre—. ¿Quieres algo de beber?

—No —respondió Isabel y se deslizó hacia la puerta trasera, con los nudillos blancos de apretar el bolso de mano de Prada.

Astrid tragó el nudo que tenía en la garganta. O lo intentó. El nudo estaba decidido a cortarle todo el aire y ella se planteó permitírselo.

—¿Estás bien? —preguntó Jordan—. Lo siento, no sabía qué decirle.

Astrid se limitó a asentir e intentó acicalarse un poco, lo cual era una batalla perdida. Se lo había lavado en los dos últimos días, o más bien, Jordan se lo había lavado, pero luego lo había dejado secar al aire hasta quedar medio liso, medio ondulado.

—Ahora vuelvo —dijo.

Jordan alargó la mano para estrechársela al pasar y Astrid la dejó, pero no la miró. El espanto había sustituido a la felicidad y no quería que Jordan viera ese lado suyo.

Fuera, el sol empezaba a teñir de oro la hierba. Aún faltaban horas para el atardecer, pero el día se iba apagando. Era el momento favorito de Astrid, cuando todo empezaba a cambiar de color y a ralentizarse. Pero en ese momento, con su madre junto a la barandilla del porche trasero y contemplando el pequeño patio de su casa, sentía que todo iba demasiado rápido.

Se sentía frenética y el pánico que llegaba a abarcar lo que le recorría las extremidades.

—Siento lo del *brunch* —dijo—. He perdido la noción del tiempo y...

—¿Quién es esa mujer? —preguntó Isabel.

Astrid se quedó paralizada. Su madre sabía exactamente quién era.

—Jordan Everwood.

—¿Y por qué una mujer para la que técnicamente trabajas está en tu casa vestida como si celebrarais una fiesta de pijamas?

Así no era como había imaginado aquella conversación. No se lo había planteado siquiera. Sabía que tarde o temprano tendría que salir del armario con su madre y contarle que era lo que fuera que era, pero no se había parado a pensar en la logística. No había tenido tiempo. Jordan y ella acababan de empezar. Entre el hotel y aquel fin de semana que la había dejado completamente aturdida, aún no había tenido tiempo de plantearse el papel de su madre en el descubrimiento de su sexualidad.

No estaba preparada.

Pero había llegado. Podía mentir, pero, si lo hacía, sería incapaz de mirar a Jordan a la cara, ni a sí misma.

—Porque estamos saliendo —dijo antes de perder los nervios.

Isabel se volvió, con una ceja levantada.

—Lo estáis.

No era una pregunta. Pero, con esas palabras, sintió como si su madre acabara de soltarle una especie de declaración existencial.

—¿Y te parece apropiado dado el estado actual de tu negocio? —continuó Isabel—. ¿Tu reputación en esta ciudad como empresaria seria?

Astrid tragó saliva.

—Yo...

—Es una Everwood, Astrid. Estás rediseñando el Everwood. En la televisión nacional. ¿Qué imagen crees que vas a dar? ¿Crees que atraerás a otros clientes cuando se descubra?

—¿Cuando se descubra qué, madre? ¿Que salgo con una clienta o que salgo con una mujer?

Isabel frunció los labios.

—Cuando se enteren de que sales con la mujer que es la verdadera diseñadora del proyecto del Everwood.

Las palabras tardaron un segundo en aterrizar, como metralla a cámara lenta.

—¿Qué? —consiguió articular.

—Me has oído, Astrid. Y la expresión horrorizada en tu cara lo confirma. Tenía razón.

—¿Cómo...?

—Soy copropietaria de Diseños Bright. Tengo derecho a conocer todas tus actividades.

—¿Tienes acceso a mi plan de diseño?

—Siempre he tenido acceso a tus planos, Astrid.

Por supuesto que Isabel tenía acceso a la nube donde Astrid almacenaba todo lo relacionado con el negocio. Cuando acababa de empezar, su madre supervisaba cada movimiento, todo en lo que Astrid gastaba dinero y hasta la última hoja de cálculo. Sin embargo, en los últimos años, no le había dado su opinión sobre nada, así que había asumido que la había dejado en paz, que por fin confiaba en ella.

Resultó que se equivocaba.

Se había equivocado por completo.

—Sigues revisando todos los diseños que hago —dijo Astrid en voz baja—. ¿No es cierto?

—Pues claro que sí —declaró Isabel con incredulidad—. ¿Por qué no iba a hacerlo? Soy tu madre. Es mi trabajo protegerte y asegurarme de que triunfas.

Astrid asintió, pero las lágrimas amenazaban con escapar. Dicho de esa forma, casi sonaba entrañable, pero lo único que ella oía era que no era lo bastante buena por sí misma. Que sin la supervisión constante de Isabel, fracasaría.

—Por eso me llevé una gran sorpresa al ponerme a revisar los planos hoy y encontrarme con un diseño completamente distinto al encantador plan que había aprobado hace unas semanas.

—¿Aprobado? ¿Cuándo...? —Pero se interrumpió. Si Isabel no decía nada correctivo sobre un diseño, sobre cualquier aspecto de la vida de Astrid, eso implicaba aprobación. Al más puro estilo Isabel Parker-Green.

—¿Qué está pasando, Astrid? —preguntó—. Ese diseño, que imagino que estás aplicando, no es tuyo. Nunca en tu vida habías creado algo tan... chabacano.

Los hombros de Astrid se tensaron.

—No es chabacano. Es precioso. Es lo que el Everwood necesita y...

—Pero no es tuyo, ¿verdad?

Podía mentir. Debería hacerlo. Pero su madre ya sabía la verdad. De hecho, Isabel ni siquiera esperó a que contestara. Se limitó a sacudir la cabeza y la mueca de desaprobación que conocía bien fue como un disparo en el pecho.

Entonces sintió que sucedía. La antigua Astrid, la de antes de Jordan, antes de Delilah y antes de romper con Spencer, antes de los diez orgasmos y de hornear hasta que se le acalambraron los dedos, tomó el control. Se encajó en su sitio, como una llave en una cerradura, una Astrid joven, asustada, triste y desesperada por el amor de su madre.

—Sigo siendo la diseñadora oficial —dijo—. En el programa, sobre el papel. Sigo siendo yo.

Isabel entrecerró los ojos.

—¿Y a esa mujer le parece bien el arreglo?

Escupió *mujer* como si fuera una palabra muchísimo peor. Astrid la odió.

Odiaba la persona en la que se convertía en presencia de su madre. Pero no sabía cómo no ser esa persona. Su madre era todo lo que tenía. Su única familia. Lo había sido durante la mayor parte de sus treinta años de vida.

—Sí —se oyó decir, su voz robótica—. Jordan está de acuerdo con el arreglo.

Un nudo se le formó en la garganta al terminar la frase mientras todo dentro de ella le gritaba: *No, no, no, no.*

Porque Jordan no debería estar de acuerdo. Meredith tenía razón. Ahora lo tenía claro, el malestar que había sentido desde el momento en que acordaron el plan. Astrid no era solo la cara visible de una asociación entre iguales. Allí no había igualdad. Era…

Dios, ella ni siquiera conseguía dar forma a los pensamientos. Porque si lo hacía, ¿qué pasaría? ¿Qué pasaría con el trato que Jordan y ella tenían, con la treta que ambas necesitaban?

Eso era lo que Astrid tenía que recordar. Lo hacía tanto por Jordan y por los Everwood, como por ella misma.

¿Verdad?

Isabel bufó por la nariz.

—Espero de verdad que sepas lo que haces. No hace falta que te diga el desastre que acontecería si alguien descubriera la verdad.

Astrid asintió. La niña buena. La hija obediente.

—En lo que respecta a esta relación… —Isabel desvió la mirada hacia el salón, donde Astrid suponía que Jordan era perfectamente visible—. No me importa con quién pases el tiempo, Astrid. De verdad que no. Tomaste una decisión con Spencer y la respeté, pero esta es tu vida. El mundo no es tan amable como crees y espero que no dejes que las emociones fugaces te nublen el juicio. Tu reputación es lo que eres y necesitas centrarte antes de perderte por completo.

Isabel Parker-Green pasó junto a su hija sin decir nada más y se marchó.

CAPÍTULO

VEINTINUEVE

Jordan se quedó mirando cómo la madre de Astrid se esfumaba por la puerta principal, sin despedirse ni mandarla a la mierda ni nada. Qué mujer más encantadora. Sabía que Isabel Parker-Green era todo un personaje, pero joder. Le temblaban las manos y apenas había pasado dos minutos en su presencia.

Se sentó en el sofá y observó a Astrid en el porche de atrás. Aún no había entrado, ni se había movido desde que su madre se había marchado hacía diez minutos. Fuera lo que fuese de lo que habían hablado, había sido breve y, por cómo la mujer encogía los hombros, no muy agradable.

Jordan se levantó. Volvió a sentarse. Quería ir a ver a Astrid, pero también quería dejarle espacio. Sabía cómo era que alguien no te dejase en paz cuando estabas perdiendo la cabeza, gracias a su hermano mellizo.

Por otra parte, a pesar de lo molesta que resultaba a veces la preocupación de Simon, no dejaba de ser una muestra de cariño. Era amor y eso era lo que Jordan quería mostrarle a Astrid en ese momento.

Se levantó de nuevo. Cuadró los hombros y se dirigió hacia el porche. Luego decidió que probablemente sería buena idea llevarle un poco de valor líquido, así que corrió a la cocina y llenó dos vasos de *pinot grigio*. Bien armada, abrió la puerta de atrás procurando no hacer ruido. Salir al exterior fue como entrar en otro mundo. Hacía un calor primaveral y las nubes se acumulaban en el cielo, pero contenían la lluvia, como un suave manto de calma sobre el día que se desvanecía.

Astrid no se volvió. Siguió mirando hacia el patio, pero Jordan vio que bajaba un poco los hombros.

—Hola —dijo al acercarse y ofrecerle una de las copas.

Astrid la aceptó y se bebió la mitad. Se estremeció al tragar.

—Uf, ¿así de mal ha ido? —preguntó Jordan. Intentó usar un tono distendido, con la esperanza de que pudieran reírse de que Jordan hubiera abierto la puerta en ropa interior y se hubiera encontrado a la madre de su amante, que era como Meryl Streep, pero con un palo metido por el culo.

Astrid suspiró, temblorosa, y bebió otro trago.

—¿Puedo hacer algo? —preguntó Jordan.

Astrid negó con la cabeza.

—Se lo he dicho. Le he contado lo nuestro.

Jordan se pasó una mano por el pelo.

—Supongo que no le ha hecho gracia.

Astrid se encogió de hombros, con los ojos aún vidriosos fijos en el patio trasero.

—No le ha importado. Eso me ha dicho. *No me importa con quién pases el tiempo, Astrid.* Esas fueron sus palabras exactas.

Ahí fue Jordan la que bebió un trago de vino. En cuanto a experiencias saliendo del armario con los padres, no era la más horrible. Joder, había oído historias terroríficas entre su comunidad *queer* en Savannah, sobre todo entre gente de la generación X, personas a las que sus padres habían echado de casa o las habían enviado a campamentos de conversión. Sabía que esas cosas aún ocurrían y que afectaba mucho más a los niños racializados y a los niños trans.

Aun así, cuando un padre reaccionaba con indiferencia ante una confesión vital bastante importante, no era bueno.

—Mierda —fue lo único que se le ocurrió decir.

Astrid asintió.

—Lo que sí le importa, sin embargo, es mi reputación.

—En plan, ¿qué pensara la gente de que salgas con una mujer?

—En plan… —se interrumpió y miró al interior. Jordan sintió que Astrid estaba a kilómetros de distancia.

—Oye —dijo y le apretó el hombro—. Salir con alguien que te gusta no va a arruinar tu carrera. Es…

—No tiene que ver con mi elección de pareja —continuó Astrid y se apartó de la barandilla para iniciar un lento paseo por la cubierta. Llevaba el vino en la mano, pero parecía haberse olvidado de que lo tenía y el líquido amarillo pálido chapoteaba mientras se movía—. Se refería a mí. A quién soy. Y quizá tenga razón. O sea… —Se señaló con la mano—. Mírame. Soy un desastre. No estoy centrada en el trabajo, a mis diseños les *falta inspiración*, el hotel es el único proyecto que tengo ahora mismo porque no me importa lo suficiente. Todo se está desmoronando y tal vez lleva haciéndolo desde hace mucho tiempo, pero creía que podría… Creía que con el hotel lo arreglaría. Pero, últimamente, estoy…

—Feliz —dijo Jordan y Astrid se quedó parada—. Es lo que has estado últimamente. ¿Es que no lo ves?

Astrid negó con la cabeza.

—No lo entiendes. Tú no…

—¿Qué? ¿No tengo trabajo? —Jordan sintió que se le calentaba la sangre. Intentó mantener la calma, pero estaba siendo testigo de cómo la mujer que veía porno solo para asegurarse de que ella disfrutaba se desintegraba ante sus ojos—. ¿No tengo una madre que es una zorra a la que complacer?

—Eso no es justo.

—¿No lo es? Pero no pasa nada por declarar que pasar tiempo conmigo, asociarte conmigo o hacer cosas que claramente te encantan es un error. —Levantó el brazo hacia atrás, hacia los postres que estaban abandonados en la cocina—. ¿Solo porque a tu madre no le gusta?

—No he querido decir eso.

—Pues yo creo que sí. Creo que estás tan perdida que no tienes ni puta idea de quién eres ni lo que quieres. Y dejas que tu madre tome las decisiones por ti, como una cobarde.

Jordan solo oía el fluir de la sangre en los oídos. El remordimiento le encogió el pecho, pero no podía retractarse. Ni siquiera estaba segura de querer hacerlo. Los últimos días con Astrid habían sido una revelación. Verla cobrar vida no había hecho más que acentuar lo desgraciada que había sido antes la mujer en casi todos los aspectos de su vida. El trabajo, la familia. Sus amigas eran lo único que le arrancaba una sonrisa genuina, lo único que revelaba el gran corazón y el espíritu bondadoso que en realidad tenía. Con todo lo demás, lo escondía, ¿y para qué? Por una madre a la que ni siquiera parecía caerle muy bien. Jordan lo odiaba. Odiaba ver cómo sucedía.

No quería perder a esa Astrid.

Pero la que tenía delante ya era diferente. Más cerrada. Más reservada. Una mujer desapasionada con un vestido de tubo de color marfil. Permanecía quieta como una piedra, con las puntas de los dedos blancas de apretar la copa de vino.

—Vete a la mierda —dijo al cabo de un rato, en voz tan baja que Jordan casi no la oyó—. No tienes ni puta idea de lo que hablas. Creciste con dos padres. Tienes una abuela que te adora y un hermano mellizo que moriría por ti. Sé que has tenido tus propios problemas familiares, Jordan, pero también a muchas personas que te ayudaron a superarlos. Yo tenía a mi madre. A nadie más. Ella y yo, desde los tres años hasta ahora.

Cuando habló, lo hizo con los dientes apretados, la mandíbula tan tensa que parecía a punto de romperse y los ojos marrones soltando chispas. Jordan no podía apartar la mirada, como si fuera un ave fénix a punto de prenderse fuego.

—Mi madre perdió dos maridos en siete años —siguió Astrid—. Yo perdí a dos padres. La vi hundirse en el dolor, aterrorizada porque ella también desapareciera y nos dejara solas a Delilah y a mí. Por entonces Delilah estaba demasiado triste para ser mi hermana, así que sí, yo era un poco dependiente de mi madre. Y ella se dejó la piel para asegurarse de que me convirtiera en quien se suponía que debía ser. Se aseguró de que fuera excelente. Porque cuando eres excelente, cuando triunfas, nadie te lo puede arrebatar. Eso no muere. Tu nombre, tu reputación, eso no te abandona, siempre que tengas cuidado. Puedes controlarlo. Puedes moldearlo para formar la compañía perfecta que necesitas que sea. Nunca te decepcionará. Nunca te dejará tirada.

Las lágrimas le corrían por las mejillas, aunque Jordan no creía que Astrid fuera consciente de que estaba llorando.

—Así que a la mierda tu teoría de que estoy perdida, Jordan. Solo estoy perdida si fracaso. Si todo por lo que he trabajado arde en llamas, porque mi madre tiene razón. Es mi vida. ¿Quién soy sin ella? ¿Sin mi madre? Si mi propia madre no cree que pueda triunfar, ser alguien importante, entonces quién...

—Astrid —dijo Jordan en voz baja. También quería usar otros nombres. «Amor», «cariño», pero Astrid retrocedió cuando intentó acercarse, con la mano levantada en señal de advertencia.

—Sin una madre que crea en mí, ¿quién soy? ¿Quién es nadie sin eso, lo más básico, Jordan? ¿Qué sentido tiene todo? —Su respiración era entrecortada, cada vez más áspera y temblorosa. Tenía los ojos muy abiertos, como una niña aterrorizada—. ¿Quién... quién soy? ¿Quién soy, Jordan? ¿Quién...?

Jordan vio cómo se desbordaba el pánico. Astrid inhaló con dolor, como si un puño intentara arrancarle todo el aire del cuerpo.

—Eh, oye —dijo y corrió hacia ella para quitarle la copa de vino y dejarla en la mesa del patio. Luego abrazó a la temblorosa y jadeante mujer y esperó que Astrid lo aceptara de buena gana.

Lo hizo. Se desplomó contra Jordan como una muñeca de trapo, entre sollozos ahogados que le oprimían la garganta y cubriéndose la cara con las manos. Jordan la estrechó con fuerza y le frotó la espalda.

El arrebato de Astrid no dejaba de repetirse en su mente, toda la rabia y la tristeza mezcladas, y no tenía ni idea de qué hacer al respecto. No tenía ni idea de cómo ayudarla, solo se le ocurría abrazarla y esperar.

Pronto, la respiración de Astrid se calmó. Se apartó y Jordan la soltó. Tenía los ojos enrojecidos e hinchados y el pelo hecho un desastre. Incluso así, seguía siendo preciosa. Hacía que Jordan se sintiera suave y ligera, vaporosa como las alas de un hada.

Y así, lo supo. Lo supo como sabía que Simon era su hermano o que la gravedad de la luna movía las mareas.

Estaba enamorada de Astrid Parker. Estaba enamorada de ella al cien por cien, hasta los huesos, hasta la locura.

—Creo que te debo una canción de amor —dijo con suavidad y todo el cuerpo temblando. Aun así, le tendió la mano.

Astrid hundió los hombros y sus ojos, aún relucientes, se ablandaron y derramaron nuevas lágrimas. Aceptó la mano de Jordan y ella la arrastró hacia sí, le rodeó la cintura desnuda con un brazo y con el otro se llevó la palma de Astrid al corazón. Entonces empezó a bailar, balanceándose en círculos lentos mientras la primera canción de amor que le vino a la cabeza fluía de su boca, *Your Song*, de Elton John.

Astrid sonrió contra el cuello de Jordan.

—¡Suenas igual que Ewan McGregor en *Moulin Rouge*!

—Pues claro que sí.

—Sí que sabes cantar.

—Calla —dijo Jordan y las hizo girar, con la boca pegada a la mandíbula de Astrid—. Le estoy cantando a mi chica.

CAPÍTULO

TREINTA

Durante la semana siguiente, Astrid trabajó.

Trabajó como nunca había trabajado en su vida.

Todas las mañanas, a las siete en punto, llegaba al hotel y se ocupaba del papeleo y de los pedidos. Luego, cuando llegaba el equipo, se ponían a grabar. La instalación de los electrodomésticos de la cocina, pintar una delicada flor en el techo inclinado de la habitación de invitados de la planta baja, una sombría conversación con Josh y Jordan sobre el porche trasero, la mitad del cual estaban transformando en solárium, porque tenía graves problemas de cimentación y tendrían que reconstruirlo desde cero.

Lo hizo todo con una sonrisa, salvo cuando se esperaba que frunciera el ceño, y la respiración perfectamente en calma y uniforme.

Grabó y mintió.

Esta repisa tiene que quedar bien, Josh.

Las flores crearán un ambiente de jardín inglés que les encantará a los huéspedes.

Sé que dudabas de la bañera de níquel bronceado, Natasha, pero ¿a que tenía razón?

Mentir. Sonreír. Mentir un poco más.

Por supuesto, Jordan y ella llevaban semanas mintiendo, interpretando un papel ante las cámaras y otro muy distinto detrás. Sin embargo, después del fin de semana que habían pasado juntas y la visita de Isabel, sentía una tensión constante en el hotel. Cada palabra, cada decisión, cada ceño fruncido. Astrid se decía que Jordan y ella estaban haciendo esto juntas. Se decía que mentía por Jordan y por el Everwood tanto como por sí misma. Aun así, cada día, cuando observaba cómo la casa se transformaba ante sus ojos en algo que jamás habría imaginado, cuando encontraba a Jordan mirando la pantalla del portátil y jugueteando con el diseño con una expresión de nostalgia en el rostro que desaparecía en cuanto se daba cuenta de que la estaba viendo, eso también empezaba a parecerle una mentira.

Así que trabajaba.

Trabajaba y, cuando terminaba, trabajaba un poco más.

A las cinco de la tarde, buscaba a Jordan y le daba un beso a su boca de piñón. Aspiraba el aroma de la otra mujer, desesperada por quedarse a vivir en él, pero tenía mucho trabajo. Iba a su despacho y redactaba boletines informativos para enviar a clientes actuales y potenciales. Buscaba en internet proyectos futuros, preparaba presentaciones, hacía listas de personas a las que llamar, a las que enviar correos electrónicos y a las que perseguir.

Por fin, llegaba a casa sobre las diez, se duchaba e intentaba no pensar en Jordan, en lo que le estaba haciendo, lo que le estaba arrebatando; intentaba no llamarla solo para oír su voz.

Normalmente, fracasaba.

Y en cuanto la llamaba, Jordan notaba lo pequeña que sonaba su voz, porque Astrid se había pasado las dieciocho horas anteriores intentando ocultar ese sonido diminuto y desesperado y ya no podía hacerlo más, no con las palabras suaves, amables y seguras de la otra mujer en su oído. Entonces Jordan iba y se la llevaba a la cama, y Astrid por fin descansaba de verdad por primera vez en el día.

—Trabajas demasiado —dijo Jordan aquel jueves por la noche mientras le acariciaba el pelo con la mano cuando las dos yacían arropadas bajo el edredón blanco de Astrid. Diez minutos antes, había entrado en su casa y la había encontrado sentada en la ducha, totalmente dormida. Ahora, seca y vestida con una simple camiseta blanca, Astrid apenas conseguía mantener los ojos abiertos para responder.

—Estoy bien —dijo.

Jordan suspiró y le dio un beso en la cabeza.

—No, no lo estás.

Astrid no respondió. Fingió que ya se había dormido, pero las palabras de Jordan se le quedaron grabadas.

Estaba bien.

Así era como era. Trabajaba mucho y trabajaba duro. Triunfaba. Ya había contratado dos nuevos proyectos para el verano, una consulta nueva para una ginecóloga que quería un ambiente de spa y un pequeño bungalow en la avenida Amaryllis; y se mostraba serena y profesional durante las horas en el Everwood.

Pero ¿era ella?

Ya no estaba segura.

Cuando sintió que Jordán se hundía contra su cuerpo y que su respiración se acompasaba con el sueño, se volvió hacia su amante como había hecho todas las noches de la semana y trazó los rasgos de su rostro élfico con las yemas de los dedos. No conseguía dormir. En vez de eso, observó cómo los ojos de Jordan se agitaban en sueños, la mujer de la que estaba casi segura de estar enamorada, cuyo diseño reclamaba como propio, y lloró.

El viernes por la mañana, Astrid estaba tan agotada que apenas se mantenía en pie. Sabía que tenía un aspecto horrible y dependía demasiado de Darcy, que hacía verdadera magia con las ojeras. La agenda de grabación del día estaba cargada. Empezarían por la habitación Lapis para instalar las vigas de madera que iban a arquear el techo, así como la pared de contraste de patrón espigado. Después, Natasha y los Everwood se marcharían a la sociedad histórica de Bright Falls para grabar algunos artefactos de Alice Everwood que se guardaban en vitrinas de cristal.

Astrid ya estaba en la habitación, repasando el diseño una última vez y comprobando que todos los materiales estuvieran en su sitio. El iPad le temblaba en las manos. Probablemente ya había tomado demasiadas tazas de café esa mañana, pero la cafeína era lo único que la mantenía alerta.

—Hola —dijo Jordan al entrar con la bolsa de herramientas.

—Hola —respondió Astrid, sin levantar la vista de la pantalla.

Sintió que Jordan se detenía, como si esperara a que la mirara.

No lo hizo. No podía.

El contacto visual le resultaba difícil últimamente. No era que nunca le hubiera sido fácil, pero la última semana apenas era capaz de mirar a Jordan a los ojos sin que se le formara un nudo en la garganta.

Lo odiaba, pero no sabía qué más hacer. Solo tenían que terminar con la renovación y el rodaje. En cuanto acabase todo, las dos podrían empezar de verdad. En cuanto terminaran, todo volvería a la normalidad.

El pensamiento debería reconfortarla, pero le entraron ganas de gritar. El labio inferior amenazaba con echarse a temblar, así que apretó tanto la mandíbula que supo que antes del mediodía le dolería la cabeza.

—Oye —dijo Jordan, justo al lado de Astrid.

Le puso las manos en los hombros y la obligó a girarse, de modo que la mujer no tuvo más remedio que mirarla a los ojos.

Dios, era preciosa. Astrid la absorbió y, casi contra su voluntad, exhaló un suspiro profundo y estremecedor.

Jordan frunció el ceño y levantó las manos para enmarcarle la cara.

—Amor —dijo.

Nada más. Una sola palabra susurrada, pero suficiente para que Astrid casi se partiera por la mitad.

—Vayamos a algún sitio este fin de semana —añadió.

Astrid se esforzó por mantener la voz uniforme.

—¿A dónde?

—A donde sea. A Winter Lake, quizá. Apuesto a que Josh nos encuentra una cabaña para alquilar. Tendremos una cita como Dios manda y veremos comedias románticas malísimas. —Le rodeó la cintura con los brazos y presionó los labios en su cuello—. Dormiremos hasta el mediodía. Beberemos vino barato. Haremos el amor en el porche.

Astrid se rio.

—¿En el porche?

Los dientes de Jordan le mordisquearon el cuello.

—Buscaremos una cabaña aislada.

Astrid cerró los ojos y se dejó llevar. Sonaba perfecto. Sonaba al tipo de vida que quería.

—De acuerdo —se oyó decir.

Jordan se apartó.

—¿Sí?

Astrid asintió y Jordan la besó. Astrid le rodeó el cuello con los brazos y le devolvió el beso. La besó más fuerte, como si la presión de sus bocas fuera la solución a todos los problemas.

Tal vez lo fuera.

Astrid estaba a punto de dar por terminado el día y llevarse a Jordan a casa cuando se oyó un carraspeo en la puerta. Las dos mujeres se separaron de un salto, pero se relajaron un poco al ver que era Simon.

—Siento interrumpir —dijo—. Natasha acaba de llegar y quiere reunirse con todos abajo en la biblioteca.

—¿Por qué? —preguntó Jordan, con una mano aún aferrada a la cadera de Astrid, como si temiera que fuera a irse flotando.

—No lo sé, pero tiene esa expresión calmada y aterradora que pone cuando algo no le gusta.

Astrid sintió que el estómago le daba un vuelco. Dos. Miró a Jordan, pero solo un segundo. Probablemente no fuera nada. A Natasha se la conocía por ser muy meticulosa. Lo más probable era que hubiera algún detalle en las molduras que no estuviera a la altura, un rasguño en las paredes recién pintadas.

Sin embargo, incluso esas hipótesis hacían que la cabeza le diera vueltas. Ella era la diseñadora. Se suponía que debía ser meticulosa y asegurarse de que todo estuviera perfecto.

Los tres bajaron las escaleras, Astrid en la retaguardia. Natasha ya estaba en la biblioteca y miraba el teléfono con el ceño fruncido. Pru también estaba allí, igual que Emery, pero no había nadie más del equipo del programa.

Tampoco había cámaras.

A Natasha le gustaba grabarlo todo: cualquier interacción, positiva o negativa, cuanto más jugosa, mejor. Así que el hecho de que no tuviera intención de grabar la reunión le aceleró el pulso a Astrid.

—Buenos días —dijo la presentadora cuando todo el mundo estuvo dentro de la habitación. No había sillas ni muebles en los que apoyarse, así que se colocaron en círculo. Simon le ofreció el brazo a Pru y Astrid se colocó junto a Jordan para que el calor de su hombro la mantuviera centrada.

—Iré directa al grano —continuó Natasha.

Pero entonces se limitó a juntar las manos, con el teléfono entre las palmas, y a llevarse las yemas de los dedos a la boca.

—Ayer por la tarde recibí un correo electrónico muy interesante —dijo al cabo de un rato—. Me he pasado toda la noche intentando averiguar qué hacer al respecto, pero lo único que se me ocurre es preguntar.

—¿Preguntar qué? —dijo Simon—. ¿De quién era el correo?

—De nadie que yo conozca —dijo Natasha—. Una tal Meredith Quinn.

Jordan aspiró con fuerza. Astrid parpadeó mirando a Natasha, casi esperando que su pelo se transformara en serpientes o algo similar, cualquier cosa que indicara que estaba soñando.

—Meredith Quinn te ha enviado un correo electrónico —dijo Simon y miró a Jordan—. ¿Por qué?

—¿Sabéis quién es? —preguntó Natasha, con voz tensa y seca.

—Es mi exmujer —dijo Jordan, con el ceño fruncido.

Natasha abrió mucho los ojos.

—¿Tu ex? —Tamborileó los dedos en la pantalla del teléfono—. Vaya, qué interesante.

—¿Por qué iba a escribirte la ex de Jordan? —preguntó Emery.

—Excelente pregunta —dijo Natasha.

Era evidente que estaba enfadada, pero a Astrid no se le ocurría por qué. ¿Por qué la ex de Jordan le enviaría un correo a Natasha?

A menos que...

Se le cayó el alma a los pies. Desvió la mirada hacia Jordan, que de repente se había puesto verde.

—¿Por qué no nos lo lees en voz alta, Jordan? —dijo Natasha—. Para que podamos encontrarle sentido.

Le tendió el teléfono y la mujer lo tomó con mano temblorosa.

Durante un segundo, se quedó quieta con la mirada fija en la pantalla mientras lo leía para sí. Cerró los ojos y le tembló un músculo de la mandíbula.

—Vamos, Jordan —la apuró Natasha—. No nos tengas en vilo.

La respiración de Astrid se había acelerado de repente y tuvo que apretar los labios para no jadear.

—*Estimada señora Rojas* —empezó Jordan, con voz ronca. Se aclaró la garganta—. *Tengo entendido que en estos momentos se encuentra rodando la renovación del hotel Everwood en Bright Falls, Oregón. Hace tiempo que admiro su programa y su trabajo y sé que valora el talento y el esfuerzo. Debido a su integridad y reputación, todos los diseñadores que aparecen en su programa reciben innumerables oportunidades para crecer en su campo. Es una oportunidad única en la vida. Por ese motivo, quiero instarla a que investigue la veracidad del diseño del hotel Everwood. Atentamente, Meredith Quinn.*

El silencio retumbó en la habitación.

—¿Qué demonios? —exclamó Simon, rompiendo el estupor.

—Eso me gustaría saber a mí —dijo Natasha mientras recuperaba el teléfono—. ¿Jordan?

Astrid la observó y contuvo la respiración. Sabía lo que diría Jordan. Sabía que lo arreglaría. Lo arreglaría, se aseguraría de que todo el mundo siguiera con su día como si nada, que volvieran al trabajo y a centrarse en el éxito del programa. Astrid casi veía las palabras formándose en la mente de la carpintera y sabía que necesitaba esas palabras. Todos las necesitaban. Necesitaban el programa para mantenerse a flote.

Pero no quería oírlas.

Su mente intentó aferrarse a ellas, a las mentiras que se habían convertido en su pan de cada día, pero su corazón las rechazó. Vio a Jordan dudar. La había visto sufrir durante semanas, tratando de reconciliar su papel de carpintera jefe con su realidad de diseñadora del proyecto. La había visto a Jordan dar, dar y dar, y Astrid la había dejado hacerlo. ¿Y para qué?

¿Por qué?

¿Por una madre que nunca la apreciaría de verdad? ¿Por una carrera que ni siquiera le gustaba?

No quería ser esa mujer, alguien que dejaba que la persona a la que amaba pasara a un segundo plano, cuando se merecía brillar. No quería ser la clase de hija que suplicaba tan desesperadamente la aprobación de su madre hasta el punto de perderse a sí misma.

Porque Jordan tenía razón.

Astrid estaba perdida.

Y tenía que encontrarse a sí misma. Tenía que hacerlo pronto, antes de desaparecer por completo.

—No sé de qué está hablando —dijo Jordan. Su voz sonaba tranquila, pero Astrid sabía que no lo estaba. Notó el ligero temblor—. Meredith es… es mi ex. No nos separamos de manera amistosa y… supongo que quiere causar problemas.

Natasha levantó una ceja.

—¿Así que esto es una pelea de amantes despechadas?

Jordan asintió. Extendió las manos, pero le temblaban.

Astrid vio que Pru fruncía el ceño.

—Lo siento mucho —continuó Jordan—. Hablaré con ella. No volverá a molestarte. Te aseguro que la veracidad del diseño no...

—Basta —dijo Astrid. Su voz sonó tranquila, pero hizo callar a Jordan de sopetón. Levantó la cabeza para mirarla—. Para.

CAPÍTULO

TREINTA Y UNO

Jordan se quedó mirando a Astrid.

—Que pare… ¿que pare qué? —preguntó.

Astrid cerró los ojos. Jordan no se movió. Nadie se movió. Nadie dijo ni una palabra. Al cabo de un rato, Astrid cuadró los hombros y asintió para sí mientras respiraba hondo.

Mierda.

Jordan conocía esa mirada.

—Astrid, espera…

—Jordan es la diseñadora principal de este proyecto —dijo Astrid—. No yo

Hubo un horrible lapso de silencio antes de que Natasha ladeara la cabeza.

—¿Cómo dices?

—Se merece llevarse el mérito —continuó Astrid—. Se merece todas las oportunidades que le brinde salir en el programa.

—Astrid —dijo Jordan en apenas un susurro. La conmoción hizo que las emociones se le desbordaran. Le costaba respirar, pero lo arreglaría. Solo tenía que negarlo. Era lo único que tenía que hacer para arreglarlo—. ¿De qué estás hablando?

—No lo hagas —le pidió Astrid, pero no la miró—. Siento haberlo dejado pasar durante tanto tiempo. No sé…

Sacudió la cabeza y se llevó una mano a la boca.

Entonces se dio la vuelta y salió de la habitación. Nadie la detuvo. Ni siquiera Jordan, que todavía intentaba asimilar lo que acababa de ocurrir y lo que supondría. Captó la mirada de Simon, que la miraba como si nunca la hubiera visto antes. Las lágrimas brillaron en los ojos de Pru, que se llevó las manos a la boca. Natasha se quedó con la boca ligeramente entreabierta, como si intentara averiguar qué decir o hacer.

Jordan fue tras Astrid.

—Oye —dijo cuando la alcanzó en el vestíbulo—. Eh, ¡oye! Más despacio.

Astrid no se detuvo. Se precipitó hacia la puerta del hotel y Jordan tuvo que correr los últimos pasos para alcanzarla. La agarró del brazo y la obligó a girarse.

—No digas nada —dijo Astrid—. Por favor, no digas nada.

—Claro que voy a decir algo, joder —espetó Jordan—. ¿En qué estabas pensando? ¿Por qué lo has hecho?

—Sabes por qué. No puedo... Lo siento mucho, Jordan.

—¿Por qué lo sientes? —preguntó Jordan y abrió mucho los brazos—. Somos compañeras. Estamos juntas en esto.

Astrid negó con la cabeza.

—Las compañeras no se hacen esto. No se roban el mérito ni las oportunidades. No mienten.

—Astrid —dijo Jordan—. Tú no...

Pero no podía terminar la frase y ambas lo sabían.

A Astrid se le escapó un sollozo seco.

—He estado muy cerca. He estado a punto de arrebatártelo todo. ¿Y sabes qué? Lo habría hecho. Creo que habría seguido adelante si Meredith no le hubiera escrito a Natasha. Es lo que más me asusta. Eso es lo que... —Se frotó la frente y suspiró entre las manos—. No puedo hacerlo.

—¿El qué?

Agitó una mano entre las dos.

—Esto. Lo nuestro.

—Espera —dijo Jordan, con el pánico acumulado en el pecho. Astrid no se refería a ellas, no podía ser. Tenía que estar hablando de su relación profesional.

¿Verdad?

—Podemos arreglarlo —aseguró Jordan—. Cálmate, ¿vale? Pensemos un segundo.

—No quiero arreglarlo —dijo Astrid, con voz temblorosa—. ¿No lo ves? Es lo que tiene que pasar. Todo tiene que derrumbarse para que puedas empezar de nuevo. Sé la diseñadora del proyecto, como tendrías que haber sido desde el principio.

—Astrid, no lo quiero —espetó Jordan. La ira iba aumentando para unirse a la conmoción y la preocupación—. Te dije desde el principio que no lo quería.

—Claro que lo quieres —dijo Astrid con suavidad—. Veo cómo miras lo que has creado. Te encanta, Jordan. Pero te has convencido de que no, porque crees que no te lo mereces.

—Eso no… No es eso lo que hago —dijo Jordan, pero algo dentro de ella, un muro duro y resistente que había empezado a levantar cuando Meredith cerró de golpe la puerta de sus vidas un año antes, empezó a desmoronarse.

Astrid se acercó un paso y le acunó la cara entre las manos. Apoyó la frente en la de la otra mujer.

—Te lo mereces, Jordan. Te mereces todo lo bueno.

Un miedo paralizador le revolvió el estómago a Jordan.

—Espera… Astrid, espera. ¿Qué quieres…?

Pero Astrid no la dejó terminar. La besó en la boca, una vez, dos. Luego la soltó.

Y por segunda vez en su vida, Jordan vio cómo la mujer a la que amaba se marchaba por la puerta.

Se quedó allí plantada, mirando hacia la puerta vacía del Everwood, durante un largo rato. Tanto que Simon tuvo que salir a buscarla.

—¿Jordie? —dijo y le puso una mano suave en el brazo.

Se volvió a mirarlo. Era consciente de lo deshecha que estaba, vacía de cualquier emoción, pero se sentía incapaz de reaccionar.

Astrid se había ido.

La había dejado.

—¿Es verdad? —preguntó Simon.

Jordan se dio la vuelta y parpadeó hacia el embarrado patio delantero. Los paisajistas irían dentro de dos semanas.

—¿El qué? —preguntó.

—El diseño. ¿Es tuyo?

Respiró con dificultad y levantó la vista para mirar el vestíbulo, que habían pintado del mismo color azul noche estrellada que la habitación Lapis. Era oscuro y encantador y hacía que los huéspedes se sintieran atraídos por la intriga del Everwood. Más tarde añadirían una alfombra marfil con círculos marinos y dorados, sillones sin brazos de colores similares y apliques ámbar en forma de cúpula.

Astrid tenía razón.

Jordan amaba lo que había creado.

Le había encantado crearlo.

En las últimas semanas, había intentado negárselo. Era demasiado duro amar algo que habías hecho y que tenías que regalar, pero esa era la naturaleza misma del arte. Lo había hecho antes, con cada mueble que había construido, y estaba dispuesta a hacerlo también con aquel proyecto. Era la única opción con sentido, la única manera de que el episodio de *Innside America* fuera una realidad.

Jordan no era diseñadora.

Solo era una carpintera que amaba la casa de su familia, que estropeaba todo lo que tocaba.

Incluido el hotel. Porque sabía que todo había terminado. Natasha no seguiría grabando a Astrid como diseñadora principal y habían perdido demasiado tiempo, la renovación estaba demasiado avanzada como para empezar de nuevo con Jordan.

—¿Y bien?

La nueva voz la sacó de sus pensamientos. Se volvió para mirar a Natasha en la puerta de la biblioteca, con Emery al lado. Pru estaba detrás de ellas y a Jordan casi se le parte el corazón al verla. Tendrían que vender. Les sería imposible recuperar el dinero que su abuela había pedido prestado para la renovación sin la exposición de *Innside America*.

Aunque mintiera entonces, ¿qué sentido tendría? Astrid se había ido y no volvería a poner un pie en el Everwood, eso lo sabía a ciencia cierta. Se sentiría demasiado humillada y Simon, en cuanto descubriera el alcance de todo lo que había sucedido con el diseño, estaría demasiado enfadado como para permitírselo.

—Sí —dijo por fin—. Lo es.

Por un segundo, floreció la esperanza. Tal vez Natasha, a quien Jordan sabía que le encantaba el diseño, encontraría la manera de que todo funcionara. Quizá tuvieran suficientes escenas sin Astrid para improvisar algo parecido a un episodio. Tal vez no fuera el mejor de *Innside America*, pero ¿no sería mejor que desperdiciar todo el metraje que tenían, todo el dinero que la cadena debía de haberse gastado en equipo, alojamiento y material? Tal vez…

Pero cuando Simon murmuró un *joder* a su lado, cuando Jordan cruzó una mirada con Natasha y vio la decepción y la resignación, todos los *quizás* estallaron como pompas de jabón en el aire.

CAPÍTULO

TREINTA Y DOS

El correo oficial para rescindir el contrato de Astrid con los Everwood llegó al día siguiente. Había apagado el teléfono; Jordan la había llamado varias veces después de irse del hotel y se sentía incapaz de hablar con ella, de modo que la lacónica misiva de Simon le había llegado al correo cuando abrió el portátil para ver una peli cutre en la cama.

Estimada señorita Parker:

Según los términos de nuestro acuerdo, por la presente le notifico que el hotel Everwood disuelve oficialmente su asociación con Diseños Bright, basándose en la cláusula 3.1, que estipula que el cliente puede rescindir el contrato por insatisfacción con el proyecto.

Muchas gracias por su tiempo.

Atentamente,
Simon Everwood

Cerró el portátil y se tapó con las sábanas, donde se quedó las diez horas siguientes.

No recordaba haber oído el timbre. Aunque conociendo a Iris, no habría llamado. Tanto Claire como Iris tenían llaves de su casa, una decisión de la que Astrid se arrepintió al abrir los ojos tras un sueño inducido por el Tylenol y encontrarse a sus dos mejores amigas y a su hermanastra mirándola con expresiones de preocupación en los rostros. Protestó y se dio la vuelta, con la esperanza de que su espalda les comunicara el mensaje claro de que se largaran.

Por supuesto, no fue así. No con ellas.

—Hemos traído provisiones —dijo Iris y se sentó en la cama.

Astrid oyó el crujido de una bolsa de papel, pero no se dio la vuelta.

—Helado, patatas fritas y una caja gigante de vino malísimo —continuó Iris.

—Marchaos —espetó Astrid.

—De eso nada, cariño —dijo Claire.

Se acercó al otro lado de la cama para mirarla a la cara, se arrodilló en el suelo y apoyó los antebrazos en el colchón.

Astrid suspiró y se tumbó boca arriba, mirando al techo.

—¿Qué día es?

—Domingo.

Hacía dos días desde que todo se había ido al infierno y estaba segura de que solo había salido de la cama para hacer pis.

—¿Cuánto sabéis? —preguntó.

—Todo —dijo Delilah—. Simon se lo contó a Iris y luego Iris nos lo contó a nosotras, luego Iris llamó a Jordan, que ignoró por completo los cinco millones de mensajes que le dejó.

—Estoy un poco dolida, si te soy sincera —agregó Iris, pero su tono era ligero y bromista.

Sin embargo, Astrid no tenía ganas de bromear. Tuvo que resistir el impulso de taparse la cabeza con la sábana como una niña enfurruñada. La vergüenza le oprimía el pecho, un sentimiento caliente y viscoso que se había esforzado toda su vida por evitar.

La habían despedido.

Había fallado.

Le había hecho daño a Jordan. Llevaba semanas haciéndole daño, aunque no lo hubiera visto antes.

Ahora, sin embargo, era dolorosamente obvio; cada detalle grotesco y peliagudo del último mes de su vida florecía a todo color para que todo el mundo lo viera.

—Cielo —dijo Claire y le acarició el pelo—. ¿Estás bien?

Astrid se incorporó y se frotó los ojos hinchados. Ni siquiera estaba segura de haberse quitado el maquillaje del viernes. Tampoco le importaba una mierda.

—¿Ninguna ha hablado con Jordan? —preguntó y las miró una por una.

Iris negó con la cabeza.

—Simon me dijo que se ha encerrado en su habitación. Ni siquiera ha hablado mucho con él.

—¿Y el programa? ¿Natasha está muy enfadada?

Iris y Claire intercambiaron una mirada, ambas con la boca abierta. Sin embargo, no pronunciaron palabra. Astrid miró a su hermanastra.

Delilah suspiró.

—El programa se ha cancelado, Astrid. El equipo se marchó ayer por la mañana.

—Mierda —gimió ella y enterró la cara entre las manos—. No tendría que haber pasado. Se suponía que…

Sin embargo, al pararse a pensarlo, por mucho que lo hubiera querido, sabía que era imposible que Jordan simplemente hubiese asumido el puesto de diseñadora principal en un programa que llevaba cinco semanas grabando una renovación con ella.

Así que también se había cargado eso.

Jordan debía de odiarla. Debería odiarla.

Cerró los ojos y trató de contener las emociones desagradables, las que Isabel había pasado los últimos treinta años enseñándole a controlar. Pero estaba tan agotada de mantener la compostura, de conocer cada paso y saber exactamente cómo ejecutarlo. Estaba perdida, joder. Estaba lista para actuar como tal.

Así que hizo algo que rara vez había hecho delante de sus amigas.

Lloró.

Mientras el agua tibia y salada se deslizaba por sus mejillas, se dio cuenta de que solo había llorado delante de otra persona: Jordan Everwood, en el porche trasero de su casa. Ella se había derrumbado y Jordan había recompuesto los pedazos con una canción de amor.

La mera idea la hizo llorar más y pronto empezó a sollozar entre las manos, con los hombros temblorosos y una respiración gutural que le quebraba hasta los huesos.

—Mierda —dijo Delilah, pero Astrid apenas percibió su voz. Lo único que le importaba era sacarlo todo, todo lo que odiaba de sí misma, de su vida, de lo que le había hecho a Jordan. Sus lágrimas eran como una purga que le recorría el cuerpo y lo limpiaba a su paso.

Al menos, así lo sentía.

Eso esperaba, aunque le parecía imposible volver a empezar. ¿Qué significaba eso para alguien que ya llevaba treinta años en la Tierra?

Pronto sintió que sus amigas la abrazaban, las tres, Delilah incluida, la envolvieron y la sostuvieron mientras se derrumbaba.

—Ya era hora —dijo Iris, pero no con maldad. Lo dijo con suavidad y cariño, mientras le daba un beso en la frente—. Ya era hora, joder.

El lunes por la mañana, Astrid salió por fin de la habitación. Se duchó, se lavó el pelo e incluso se maquilló un poco. Sin embargo, una vez frente al armario, enfrentada a las hileras de ropa negra, blanca y marfil, se sintió incapaz de ponerse un traje o un vestido.

Encontró unos vaqueros negros en el fondo y se los puso, seguidos de una camiseta blanca de tirantes. Lo combinó con unas cuantas cadenas de oro y unos aros dorados en las orejas. Al mirarse en el espejo, con los ojos aún rojos e hinchados y el pelo ondulado porque la idea de pasarse el secador le resultaba insoportable, creyó reconocer a la mujer que le devolvía la mirada.

Agotada.

Con el corazón roto.

Era lo que era. Por primera vez en su vida, tenía el corazón hecho pedazos. ¿O siempre había sido así y nunca se había permitido sentirlo? No estaba segura, pero sentía que era como debía ser. Era real.

Se sirvió un vaso hasta arriba de café, se metió en el coche y condujo hasta las oficinas de Diseños Bright en el centro. Si hubiera sido cualquier otro día, tendría mucho trabajo esperándola, y no estaba segura de si el pavor que sentía ante la perspectiva de más proyectos, más diseños y sonreír para los clientes era consecuencia de esa nueva realidad o de otra cosa.

Había pasado casi todo el domingo con sus mejores amigas y Delilah, viendo películas malas y durmiendo, pero después de su crisis, no había vuelto a hablar mucho. No era que no hubiera querido, pero todavía no estaba segura de lo que tenía que decir.

La Astrid real seguía enredada con la de antes, la que su madre había creado a su imagen y semejanza.

Una vez instalada en su mesa, encendió por fin el teléfono. La pantalla se iluminó con docenas de notificaciones.

Persona encantadora que se ha cargado tu horrible vestido.

Se le formó un nudo en la garganta al leer el nombre de Jordan, que por alguna razón no había querido cambiar. Sabía que en el teléfono de la carpintera ella seguía siendo la persona medio decente que quiere volver a besarte. La primera parte había resultado ser muy cierta.

Todas las llamadas de Jordan eran del viernes, poco después de que Astrid se marchara del Everwood. No le había dejado ningún mensaje de voz, pero sí le había escrito unos cuantos. Le temblaron las manos al abrirlos.

Astrid, no hagas esto.

Por favor, contéstame.

Hablemos, por favor.

¿Por qué haces esto?

Cariño. Llámame. Por favor.

Ese fue el último. Una súplica dulce y suave. Casi oía la voz de Jordan en las palabras. El dolor.

—Mierda —gimió en voz alta, con los ojos nublados por las lágrimas.

Se llevó una mano a la boca y miró el último mensaje. Ni el sábado ni el domingo le había escrito más ni la había llamado. Lo que significaba que Astrid la había cagado de verdad.

El pánico la invadió y pasó el dedo por encima del número de Jordan. Un toque. Era lo único que tenía que hacer.

Dejó el teléfono.

Lo que le había dicho a Jordan en el vestíbulo del Everwood iba en serio; la mujer se merecía todo lo bueno y Astrid era un puto desastre.

Miró su pequeño despacho de paredes grises, cuadros abstractos bien colocados, sofás blancos en la sala de espera y escritorios blancos. Cerró los ojos y pensó en azul oscuro, verde salvia, oro y plata, bañeras con patas y delicadas flores pintadas en el techo.

—Así que estás viva —dijo una voz.

Astrid abrió los ojos de golpe y vio a su madre en la puerta de entrada, vestida con unos pantalones de color marfil y una blusa de seda negra. Ella tenía varias versiones de ese mismo atuendo en el armario.

Isabel se quitó las gafas de sol, las dobló en la mano y se acercó a una de las sillas blancas que había frente al escritorio de Astrid. Se sentó con educación, tranquila, pero con los labios apretados y la piel tensa alrededor de los ojos.

Astrid se hundió en la silla. Ni siquiera cruzó las piernas. Subió una pierna al asiento y se rodeó la rodilla con los brazos.

Isabel enarcó una ceja, pero no dijo nada sobre la postura displicente de su hija.

—¿Y bien? —preguntó su madre—. ¿Vas a explicarte?

—¿Explicar qué, madre?

Isabel se rio sin gracia.

—¿De verdad crees que la hazaña del Everwood no es de dominio público a estas alturas? ¿Ha sonado el teléfono de la oficina esta mañana? ¿Te ha llegado algún correo? ¿Cuántas notificaciones de proyectos cancelados tienes esperando en la bandeja de entrada?

Una oleada familiar de pánico. Bajó la pierna al suelo mientras se inclinaba hacia el ordenador y abría el correo electrónico. Rebuscó entre sus suscripciones habituales de diseño hasta que encontró algunos nombres conocidos.

Los dos clientes que había conseguido la semana pasada le habían escrito para informarle de que habían decidido tomar otro rumbo. Se echó hacia atrás, sin aliento en los pulmones.

Isabel resopló.

—No puedo creer que dejaras que la situación del Everwood se descontrolara de esa manera. Te advertí de lo que pasaría si la gente se enteraba y tenía razón. Ahora, lo que tenemos que hacer...

Su madre siguió hablando, pero apenas la oía. Astrid miraba la pantalla del ordenador, la falta total de clientes y el mensaje de Simon para rescindir el contrato todavía en la bandeja de entrada. Supo que había llegado el momento.

Fracaso total y notorio.

Lo había hecho.

Su reputación, su integridad como diseñadora, todo se había ido al traste.

Se había acabado.

La chispa de pánico debería avivarse, debería estar a punto de perder los nervios, planear y maquinar formas de arreglarlo. Debería estar escuchando a su madre.

Pero no lo hacía.

Estaba… aliviada.

Eso era, el gran espacio que se había abierto en su pecho. Astrid Parker se había cargado su vida profesional y estaba encantada.

Estaba feliz.

—Eso contribuirá en gran medida a restaurar tu reputación —decía su madre mientras tecleaba algo en el teléfono—. El miércoles organizaremos la cena en la Mansión Wisteria, así que tenemos mucho que hacer hasta entonces. Te enviaré por correo una lista de las personas a las que…

—Basta —dijo Astrid.

Isabel abrió mucho los ojos.

—¿Cómo dices?

—Para —repitió. Le había dicho las mismas palabras a Jordan hacía tres días, dos palabras que había hecho estallar toda su vida.

Y tenía intención de reventarla un poco más.

—Estoy harta, madre —agregó y se apartó de la mesa.

—Estás… harta —dijo Isabel. No era una pregunta. Más bien una acusación.

Astrid respiró hondo y se inclinó hacia delante, apoyando los codos en las rodillas.

—Sí.

—¿De qué? —preguntó Isabel.

—De todo. Diseños Bright. Los *brunch* de los domingos. —Hizo un gesto con la mano—. Las cenas y estas sesiones de estrategia para planificar cómo arreglarme. No necesito que me arreglen, madre.

Isabel parecía ofendida.

—Astrid. No seas ridícula. No intento arreglarte. Intento ayudarte.

Ella negó con la cabeza.

—No. Intentas moldearme y no necesito que nadie lo haga. Pensaba que las cosas cambiarían después de lo de Spencer. Pensaba que te darías cuenta de que soy una persona independiente, que estoy bien tal como soy, pero no fue así. Ni siquiera te culpo, porque yo tampoco lo vi. Dejé que siguieras arreglando y entrometiéndote y moldeando porque quería que me quisieras y me aceptaras...

—¿Que te quisiera? —Isabel se quedó con la boca abierta y, por primera vez en años, tal vez en toda su vida, notó un destello de dolor genuino en los ojos de su madre—. Astrid, claro que te quiero.

Cerró los ojos. Quería que fuera verdad. Su madre era la única familia que tenía, aunque si lo pensaba, sabía que no era cierto. Claire era su familia. Iris. Incluso Delilah. Se había pasado toda la vida intentando ganarse la aprobación de su madre, el amor de su madre, y apenas se había dado cuenta de qué más la rodeaba. Por supuesto, sabía que sus amigas siempre estaban a su lado, pero era como si su cabeza y su corazón estuvieran en constante disonancia; sabía que la querían, pero no había dejado que la quisieran como necesitaba.

No había dejado que fuera suficiente.

Pero lo era.

Astrid Parker era querida, sin importar lo que su madre pensara de ella. Sin importar las decisiones que tomara.

Ese amor le infundió el valor necesario para elegirse a sí misma.

—Creo que lo crees, mamá —dijo, con la voz temblorosa por la emoción—. Pero lo único que yo siento es amor por una Astrid que has fabricado en tu mente y no me gusta esa mujer. Ya no quiero ser ella.

Isabel seguía con la boca abierta y parpadeaba deprisa.

—Astrid, ¿qué estás diciendo?

Se levantó. No se alisó los vaqueros.

No se alisó la camiseta ni se arregló el pelo. Sacó el llavero del bolso y quitó la llave, la de las oficinas de Diseños Bright. La dejó en el escritorio frente a su madre.

—Que renuncio.

Y salió por la puerta, con lágrimas de alivio, alegría y un poco de tristeza corriendo libres por sus mejillas.

CAPÍTULO
TREINTA Y TRES

El maldito dos de copas.

Jordan no lo creía.

Después de dos semanas de pentáculos, espadas y varitas, emperatrices y mujeres ahorcadas, la muy puta había elegido la mañana del miércoles, después de que la vida de Jordan volviera a implosionar, para reaparecer como una sorpresa inesperada recién salida del infierno.

Partió la carta por la mitad, algo que probablemente debería haber hecho hacía meses. Le habría ahorrado muchos disgustos. Al menos, le habría ahorrado un montón de comeduras de cabeza y sentimientos inútiles sobre el amor y las parejas.

Sin embargo, horas más tarde, mientras instalaba la pared de patrón espigado en la habitación Lapis, no dejaba de darle vueltas.

Almas gemelas.

Una pareja perfecta.

A la mierda todo.

Estampó la pistola de clavos en un trozo en zigzag de madera de color oscuro con más fuerza de la necesaria.

Después de la confesión de Astrid, Natasha, Emery, y el resto del equipo de *Innside America* se habían marchado el sábado por la mañana sin mucha fanfarria. En la entrada, Natasha la había abrazado. Se había disculpado por cómo habían ido las cosas, pero no le había ofrecido ninguna alternativa, ninguna idea para arreglar el desastre y seguir con el rodaje.

Jordan no sabía si se sentía devastada o aliviada. Quizás un poco de ambas; tendrían que vender el hotel, pero no habría sido capaz de volver a grabarlo todo como diseñadora principal. No con el fantasma de Astrid rondando cada habitación, cada elección de diseño.

El plan actual, trazado por Simon, por supuesto, consistía en terminar la reforma e intentar conseguir la mayor cantidad de dinero posible por la casa. El día anterior había ido a verlos una agente inmobiliaria, extasiada ante la posibilidad de vender semejante tesoro nacional. Se llamaba Trish. Tenía un pelo muy rubio que no se movía cuando andaba y Jordan tuvo que resistir el impulso de arrojarla por una ventana.

Aun así, Trish había estimado un precio de venta de siete cifras, lo que debería alegrarle el día a cualquiera.

A Jordan la mandó de vuelta a la cama, donde se quedó mirando el hilo de mensajes sin respuesta que le había mandado a Astrid mientras controlaba el impulso de volverla a llamar.

No lo haría. Llegadas a ese punto, se había vuelto una maldita experta en que las mujeres a las que amaba se largaran sin siquiera discutirlo con ella y no pensaba perseguir a alguien que claramente no la quería a su lado. Una decisión que habría sido mucho más fácil de mantener sin la infernal carta del dos de copas, que era exactamente la razón por la que ahora estaba hecha pedazos en el cubo de basura de la cocina de su abuela.

Volvió a atravesar la pared con la pistola de clavos.

Pum.

Pum.

Pum.

Intentó sacarse de la cabeza el rostro de Astrid; Astrid sonriendo, horneando, bailando lento, corriéndose, pero lo único que parecía conseguir bloquearla eran los golpes de la pistola de clavos. Acababa de colocar un nuevo listón de madera sobre el contorno de la pared cuando le sonó el teléfono.

Dejó la herramienta y el corazón se le subió a la garganta. Las manos le temblaban y la jodida esperanza le recorrió el pecho como un cometa. Sacó a tientas el móvil del bolsillo de atrás, aún sin saber qué haría cuando viera el nombre de Astrid en la…

Pero no era Astrid.

Era Natasha Rojas.

Jordan parpadeó incrédula mientras se permitía un segundo para recuperar el aliento. Luego deslizó el dedo por el cristal.

—Jordan, hola —dijo Natasha después de que le murmurara un saludo confuso—. No es un mal momento, ¿verdad?

—Eh, no. Estaba trabajando en el patrón espigado.

—Ah. Seguro que queda precioso.

—Sí.

Natasha suspiró con pesadez y la línea zumbó.

—Mira, iré directa al grano. Detesto cómo acabó todo.

—Ya somos dos.

—Lo sé. Tu trabajo es extraordinario, Jordan. Espero que lo sepas.

Volvió a sentarse en el banco y apoyó la frente en la palma de la mano. Aún se estaba acostumbrando a los cumplidos. Cumplidos que podía aceptar.

Te has convencido de que no lo quieres porque crees que no te lo mereces.

Sacudió la cabeza para alejar las palabras de Astrid, aunque sabía que, en el fondo, tenía razón.

Al teléfono con Natasha Rojas, suspiró y dijo la verdad.

—La verdad, no sé lo que sé.

Natasha guardó silencio durante un instante.

—Pues me gustaría mucho intentar convencerte.

Jordan se enderezó.

—¿A qué te refieres? El programa es historia. ¿Verdad?

—Completamente. Los de arriba están bastante enfadados. Hemos perdido mucho dinero y mucho tiempo.

—Lo siento —dijo Jordan, porque aún no lo había dicho. A nadie.

—Yo también —respondió Natasha—. Por suerte, estos días hacen básicamente todo lo que les pido.

—Espera, entonces… ¿vamos a hacer el programa?

—No, cariño. Soy buena, pero no hago milagros. Cancelar el episodio fue decisión mía.

—Claro. Mierda. Lo siento.

—Pero no te he llamado para que pudiéramos lamentarnos juntas durante una hora sobre las cosas que podrían haber salido mejor.

Jordan soltó una risita.

—Entiendo.

—Te he llamado para ofrecerte publicar un artículo de la renovación en *Orchid*.

Las palabras de Natasha tardaron un segundo en calar, pero incluso cuando lo hicieron, Jordan no estaba segura de haber oído bien.

—*Orchid* —dijo.

—Sí.

—La revista de diseño que veo junto a las cajas de todos los supermercados.

Natasha se rio.

—Y en todos los quioscos de las ciudades más grandes del país.

—Quieres sacar el Everwood.

—Quiero sacarte a ti, Jordan. Tenemos suficientes fotos del antes y el durante. Solo haría falta acercarnos para una sesión rápida cuando la renovación esté terminada. Y, por supuesto, una exhaustiva entrevista contigo sobre el diseño y tu inspiración.

Jordan se levantó y echó un vistazo a la habitación Lapis. La idea de ver su diseño y la adorada casa de su familia en las páginas satinadas de *Orchid* era demasiado que procesar.

—No sé qué decir.

—Hay más.

Jordan volvió a sentarse.

—¿Más?

—Como he mencionado, los ejecutivos de la cadena no estaban muy contentos con la cancelación del episodio.

—Ya, lo…

—Pero les enseñé tu plan de diseño para el Everwood —la interrumpió—. Se volvieron locos, Jordan.

—¿En el buen sentido?

Natasha se rio.

—Sí, en el buen sentido. Quieren contratarte como diseñadora *junior*.

—Perdona, ¿qué?

—Ya me has oído.

—¿Qué significa?

—Al principio, básicamente significa que harás todo lo que te pidan. Eso podría incluir asesorar en varios programas entre bastidores, pero si les gusta lo que aportas, podrías acabar apareciendo en programas como *Housemates* y *Duel Design*, donde no hay un diseñador fijo, sino varios que van rotando por los episodios.

—¿Saldría en la tele?

—Sí, saldrías en la tele. También diseñarías para la cadena. Y, si eres tan buena como creo que eres, podrías acabar con tu propio programa en un futuro. Hasta podrías ser la próxima yo, Jordan Everwood.

Jordan se rio con el tono bromista de Natasha, pero había un eco de verdad en sus palabras.

—¿Qué dices? —preguntó la presentadora.

Jordan se levantó de nuevo y se pasó una mano por el pelo. Luego dejó los dedos enredados en los mechones y tiró un poco, con la esperanza de que la punzada de dolor la devolviera a la realidad.

Pero ya estaba en ella.

Natasha estaba al teléfono y le ofrecía la oportunidad de su vida.

Le ofrecía una forma de salvar el Everwood.

Le ofrecía…

Jordan se llevó la mano al costado. Era lo que quería. Natasha le ofrecía lo que quería. Quería el mérito del diseño. Quería que el mundo supiera que ella lo había hecho, que le había dado vida. Podría parecer un pensamiento egoísta, pero no podía evitarlo. Quería construir armarios de cocina, estanterías y mesitas de café, pero también quería diseñar. Habitaciones, apartamentos, casas enteras. Quería transformar los espacios donde la gente vivía y quería, como había hecho con el Everwood.

Más que eso, se lo merecía.

A pesar de que lo hubiera estropeado todo.

A pesar de que no tuviera ni idea de lo que estaba haciendo.

A pesar de todo.

Se merecía ser feliz.

—Sí —le dijo a Natasha—. Sí a todo.

Bajó las escaleras del Everwood, salió corriendo por la puerta y cruzó el césped hasta llegar a casa de su abuela. En la cocina, encontró a Pru y a Simon sentados a la mesa, comiendo un sándwich de pavo y tomando un té helado de hierbas.

—Cariño —dijo Pru y la miró a través de unas gafas de color azul intenso—, ¿estás bien?

—Estoy genial. De maravilla. —Se dejó caer en la silla frente a su hermano—. Llama a Trish o como se llame, Simon. Dile que no vamos a vender.

—¿Qué? —preguntó él—. Jordie, tenemos que hacerlo.

Ella negó con la cabeza y les habló de la llamada de Natasha, de la oportunidad de diseñar para la cadena. Pru empezó a entusiasmarse, pero Jordan la interrumpió, porque había reservado la noticia más importante para el final: el reportaje en *Orchid*.

—No es un episodio en *Innside America*, pero es algo —dijo—. Será suficiente, ¿verdad?

Pru le sonrió, con lágrimas en los ojos, pero Simon frunció el ceño. Cómo no.

—Jordie, es increíble —dijo sin mirarla—. De verdad, estoy muy orgulloso de ti. Pero no sé si será suficiente para mantener el Everwood abierto. Necesitamos un plan de negocio nuevo. Un nuevo gerente, un nuevo cocinero.

—Pues trazaremos un plan desde cero. Encontraremos un gerente. No será tan difícil —replicó Jordan—. Tiene que haber una manera.

Simon negó con la cabeza, pero Pru estiró el brazo por encima de la mesa y le apretó la mano.

—La encontraremos. Lo hemos hecho durante más de cien años. Volveremos a hacerlo. Lo has conseguido, cariño. Sabía que lo harías.

Jordan la miró con el ceño fruncido. Algo en su tono la confundió.

—Abuela, ¿sabías que el diseño era mío?

Pru suspiró y se retiró.

—Lo sospechaba. Te conozco y el diseño me resultaba familiar, parecía de la familia.

—¿Por qué no dijiste nada?

—Quizá debería haberlo hecho. —Pru levantó la taza de té y bebió un sorbo—. Pero me di cuenta de que había algo entre Astrid y tú y una parte de mí no quería interferir, porque te hacía feliz. Además, quería darle a ella la oportunidad de hacer lo correcto. Y lo hizo. Al final.

Jordan negó con la cabeza. Le escocían los ojos.

—Sin siquiera hablarlo conmigo.

Pru volvió a apretarle la mano.

—Sé que duele, cariño. Pero el amor no siempre piensa en los detalles. A veces, actúa sin más.

La palabra *amor* se le atascó en la garganta. El amor no tenía nada que ver con Astrid y ella. De ser así… Estaría de camino a su casa para contarle las noticias. Estaría con Astrid. Y no lo estaba.

Antes de que le diera más vueltas, Simon apartó la silla hacia atrás tan bruscamente que los platos y los vasos de la mesa traquetearon. Murmuró una disculpa y salió de la habitación.

—¿Qué le pasa? —preguntó Jordan.

Su abuela se quitó las gafas y las limpió en el jersey azul. Cuando volvió a colocárselas en la nariz, entrelazó los dedos y le sonrió.

—Es un hermano mayor.

Jordan frunció el ceño, se levantó y fue a buscar a su mellizo.

Lo encontró en el porche, apoyado en la barandilla y contemplando los rosales descontrolados.

—¿Qué te pasa? —preguntó Jordan mientras se colocaba a su lado y le daba un golpe en el hombro.

Él suspiró y negó con la cabeza.

—Perdona. Necesitaba un minuto.

—¿Por qué? Simon, sé que te preocupa la abuela y el dinero, pero lo resolveremos. Y yo...

—Sé que lo haremos —dijo y luego se volvió para mirarla—. Sé que lo harás.

Ladeó la cabeza para mirarlo.

—Jordan, te debo una disculpa. Unas cuantas, en realidad.

—Simon...

—No, déjame hablar. —Metió las manos en los bolsillos—. Te quiero, Jordie. Probablemente más que a ninguna otra persona en mi vida. Después de lo de Meredith, estaba muy preocupada por ti. Creo que me acostumbré a preocuparme, ¿sabes? Me olvidé de quién eres, de que eres una persona increíble, fuerte y capaz. Quería cuidarte, tanto que me olvidé de creer en ti. Debería haber reconocido que el diseño era tuyo. Ahora que lo sé, es muy evidente, pero antes no lo veía porque no creí que fueras capaz de... Joder. Lo siento, Jordie. Por favor, necesito que sepas cuánto lo siento.

Jordan parpadeó para apartar las lágrimas repentinas, pero brotaron de todos modos.

—Simon, no…

No sabía qué decir. No podía decirle que no pasaba nada, porque ambos sabían que no era verdad. Pero tampoco estaba enfadada. Estaba dolida, sí, pero sobre todo agradecida. Agradecida por aquel momento, por tener un hermano que la quería lo suficiente como para preocuparse tanto, aunque a veces se pasara de la raya.

Le rodeó el cuello con los brazos y tiró de él.

—En tu defensa, era un puto desastre —dijo en su hombro.

Él se rio y la abrazó con fuerza. Su melliza. Su mejor amiga.

—Estoy orgulloso de ti, hermanita. Estoy muy orgulloso.

Jordan lo estrechó una vez más antes de soltarlo. Ambos se secaron la cara, riéndose de sus ojos rojos y llorosos a juego.

—Entonces —dijo Simon cuando se hubieron recuperado—, ¿qué vas a hacer con Astrid?

A Jordan se le borró la sonrisa de la cara.

—Nada. No hay nada que hacer.

Porque Astrid tenía razón; Jordan se merecía todo lo bueno. Y tal vez, por mucho que sintiera que el corazón se le iba a romper en pedazos al pensarlo, Astrid no era buena para ella.

Se merecía a alguien que no huyera. Alguien que hablara las cosas, que las resolviera y le diera a ella la oportunidad de hablar también.

Merecía un gran amor.

Merecía un destino.

Y no iba a conformarse con menos.

CAPÍTULO
TREINTA Y CUATRO

El miércoles por la tarde, Astrid convocó una reunión de emergencia del aquelarre. Se reunieron en casa de Claire y Delilah, donde las cuatro se apiñaron alrededor de la mesa de la cocina, con los portátiles, papel y bolis esparcidos por la superficie de madera, junto con latas de agua con gas y un bol de palomitas que apenas habían tocado.

Astrid se había pasado los dos últimos días desde que había dejado el trabajo ignorando las llamadas de su madre y haciendo listas. Tenía una lista de su situación económica; contaba con unos buenos ahorros, además del dinero de su padre, pero no podría acceder a él hasta los treinta y cinco, así que por el momento no la ayudaba mucho. Tenía una lista de agentes inmobiliarios que no estaban en el bolsillo de su madre; si conseguía un trabajo pronto, no tendría que vender la casa, pero cada vez sentía más ganas de venderla. Empezar de cero. Por supuesto, también tenía una lista de posibles carreras profesionales, que incluían cualquier cosa que se le ocurriera.

—Como te saques la licencia de agente inmobiliaria y cuelgues un cartel de tu cara con una sonrisa de mujer de Stepford en la I-5, se acabó —dijo Iris mientras ojeaba la última lista—. Dejaré de ser tu amiga.

Astrid gimió y enterró la cara entre las manos.

—No quiero ser agente inmobiliaria.

—Pues no lo seas —dijo Delilah. Agarró un bolígrafo y tachó la opción de la lista.

—¿Recepcionista? —preguntó Claire al mirar otra de las opciones—. No es que tenga nada de malo, cariño, pero no creo que te hiciera feliz.

Astrid levantó las manos, derrotada.

—Necesito dinero, Claire. Ser feliz...

—Es la clave de todo —dijo Iris—. Por eso has dejado el trabajo. Por eso estamos aquí. No todo el mundo tiene esa oportunidad y es una posición increíblemente privilegiada, querida.

—Tienes razón. Sé que la tienes —gimió Astrid.

Era afortunada. Tenía una cuenta de ahorros decente y amigas que harían cualquier cosa por ella.

—Entonces, ¿qué es lo que quieres? —preguntó Iris.

Abrió la boca para volver a excusarse, porque, afortunada o no, la pregunta aún la asustaba, pero su amiga levantó la mano para acallarla.

—No, ya basta. Si pudieras hacer cualquier cosa, ¿qué sería?

Un nombre flotó por su mente. Un patio trasero con una hamaca bajo las estrellas, unas manos callosas en las caderas mientras preparaba algo en la cocina. Una boca de piñón en el cuello.

Astrid negó con la cabeza y se concentró en los trabajos. Había algo en el fondo de su mente, cubierto de telarañas. Pero era tan descabellado como que la propia Astrid se hiciera cantante de Disney.

—Tal vez no sea posible.

—¿Y qué? —dijo Iris—. Es un comienzo.

Astrid suspiró y repasó la lista. Su sueño abandonado no estaba. No había tenido el valor de incluirlo.

Pero era lo bastante valiente. Había confesado la verdad sobre el diseño del Everwood a pesar de que le había roto el corazón hacerlo.

Se había enfrentado a su madre. Había dejado el trabajo. No solo eso. Había dejado su carrera. Todo por un mínimo destello de esperanza de que había algo más esperándola, algo que la haría feliz. Algo que la haría sentirse bien consigo misma, incluso cuando las cosas fueran difíciles.

Agarró un boli y añadió otra opción a la lista. Claire, Iris y Delilah se inclinaron para leerla.

Iris fue la primera en levantar la cabeza y la atravesó con la mirada.

—Sí. Joder, claro que sí.

Astrid se estremeció, pero se le escapó una sonrisa.

—¿Sí?

—Sí —dijo Claire y le tendió la mano—. Al cien por cien.

Delilah asintió.

—Recuerdo vagamente que las galletas te salían riquísimas.

Astrid exhaló y bajó la mirada hacia la hoja de papel.

Repostería.

Ahí estaba, en blanco y negro. Su sueño.

Sin embargo, los sueños necesitaban ayuda de la realidad para cumplirse, y la realidad era que no tenía formación, ni experiencia previa, ni capacidad para montar su propio negocio. Así se lo dijo a sus amigas.

—No pasa nada, solo tenemos que encontrar la oportunidad adecuada —dijo Iris—. ¿El Wake Up no prepara sus propios pasteles?

—Creo que sí —contestó Claire.

—A ver si tienen un hueco.

—¿Y si no? —preguntó Astrid.

—Vamos a Winter Lake. A Sotheby. A Graydon —dijo Iris—. A donde sea. A ese sitio a una hora de aquí, Azúcar y Estrella, que tiene los *scones* más increíbles del mundo. Habrá algún lugar dispuesto a darte una oportunidad. Lo único que tendrías que hacer es prepararles una tarta y te contratarán al instante.

Astrid agarró la mano de Iris y la apretó. Aquello era aterrador. Era lo que había temido durante años, la razón por la que se había conformado con la vida que su madre había moldeado para ella. Pero también era liberador.

Le emocionaba tomar decisiones, decir lo que quería e intentar conseguirlo.

—Un segundo —dijo Iris. Soltó la mano de Astrid y extendió las palmas—. ¿Qué hay del Everwood?

A Astrid le dio un vuelco el corazón al oír el nombre.

—¿Qué pasa con él?

—Iris —dijo Delilah, con voz tensa.

Pero ella ignoró la advertencia. Rara vez no lo hacía.

—Están buscando un cocinero y un repostero, dado que ya no van a vender gracias al artículo de Jordan en *Orchid*. Ay, mierda se suponía que no tenía que decírtelo.

Hizo una mueca. Claire se frotó la frente y Delilah se limitó a negar con la cabeza.

El estómago de Astrid se puso a dar volteretas.

—¿Jordan va a salir en un artículo en *Orchid*?

Claire asintió.

—Lo hemos sabido hoy. Simon se lo contó a Iris. No íbamos a decírtelo de inmediato. Queríamos dejarte unos días para que te adaptaras a todo lo que ha estado pasando.

Astrid asintió, con un nudo doloroso en la garganta. Mientras procesaba la nueva información, intentó analizar cómo se sentía.

Jordan había conseguido una oportunidad por la que Astrid habría matado hacía solo unos meses. Pero no estaba celosa. Ni un poquito. En cambio, tenía ganas de llorar de lo mucho que se alegraba por ella y desearía poder decírselo. Quisiera estrecharla entre sus brazos, sostenerle la cara entre las manos y decirle que era mágica, que estaba orgullosa de ella.

Pero no podía.

Jordan había sufrido mucho y Astrid no iba a volver a hacerle daño. No se arriesgaría.

—No es una mala opción —dijo Delilah con prudencia.

Claire asintió.

—De hecho, es bastante buena. Con tu experiencia para los negocios, seguro que conseguirías darle la vuelta a ese lugar en un visto y no visto. Tal vez incluso administrarlo, mientras te pones al día con la repostería y...

—No puedo —dijo Astrid—. Dudo que sea la persona favorita de los Everwood ahora mismo.

Además, ¿estar cerca de Jordan sin estar con ella? No era tan valiente.

—¿Has intentado hablar con ella? —preguntó Claire en voz baja.

—No —respondió con seguridad—. No puedo. Casi le arruino la vida, Claire. Se merece algo mucho mejor.

—¿Por qué no dejas que sea ella quien decida? —intervino Iris.

Astrid negó con la cabeza, agarró el bolígrafo y subrayó *repostería* una y otra vez en la lista. Sabía que sus amigas la estaban mirando, pero, por suerte, la puerta principal se abrió y detuvo todas las posibles tramas románticas.

—¡Ya estoy en casa! —La voz de Ruby llegó desde la entrada.

—Hola, Conejito —dijo Claire cuando la niña apareció. La abrazó y le besó la cabeza—. ¿Te lo has pasado bien en casa de Tess?

Ruby asintió y le entregó a Claire un sobre acolchado cubierto de caritas amarillas sonrientes.

—Esto estaba fuera. Es de la abuela. —Miró el desorden de la mesa—. ¿Qué hacéis?

—Intentamos convencer a la tía Astrid de que vaya a buscar a la mujer que ama —dijo Iris.

—¡Iris! —protestó Astrid.

Su amiga se limitó a sonreírle.

—Un momento —dijo Ruby y la miró—. Tía Astrid, ¿te gustan las chicas?

Ella se echó hacia atrás y sonrió un poco.

—Sí, me gustan. Bueno, una chica en concreto ahora mismo, pero... sí.

—¡Qué genial! —exclamó Ruby y se metió un puñado de palomitas del bol en la boca—. A mí también.

Astrid abrió mucho los ojos.

—¿En serio?

Ruby asintió.

—Sí. Puede que solo me gusten las chicas, pero Delilah dice que aún no tengo que etiquetarlo, ¿sabes? Que solo tengo doce años.

La sonrisa de Astrid se ensanchó. Adoraba a aquella niña.

—Sí, lo entiendo. Qué bien, Rubes.

La chiquilla sonrió y se marchó a su habitación a hacer los deberes. Astrid se inclinó hacia Claire.

—¿Cuándo ha pasado esto?

Su amiga sonrió y Delilah le apretó la mano.

—¿La semana pasada? Llegó a casa muy ilusionada, hablando de una niña nueva de su clase, y luego nos lo confesó. Tenía mis sospechas, así que fue un poco un alivio.

—Estamos encantadas —dijo Delilah—. Aunque el mundo puede ser muy cruel, así que hemos hablado mucho con ella.

—Ruby es fuerte —sentenció Iris—. Y tiene muy buenos adultos en su vida. Estará bien.

—Resulta que todas y cada una de las presentes somos extremadamente *queer* —dijo Delilah y le dedicó un guiño muy sutil a su hermanastra.

—Gracias a la diosa —agregó Iris y Astrid sonrió.

Aún no estaba segura de qué etiqueta le iba mejor. Bisexual le sonaba bien, pero por el momento se conformaba con saber quién era y estar con sus amigas, que la entendían.

Claire rio al abrir el paquete de su madre. Sacó una cajita con una ilustración de una mujer negra con un vestido blanco y una túnica roja sosteniendo una varita.

—Por favor, es otra baraja de tarot. Ya tengo al menos diez.

La madre de Claire, Katherine, viajaba mucho con su marido y le interesaba mucho el tarot, así como los oráculos, los cristales y las hierbas. Cada poco le enviaba a Claire algo nuevo para probar, libros o barajas que creía que la librería debería tener en *stock*.

—¿Hay alguna carta con manzanas? —preguntó Delilah y se inclinó para darle un beso en el cuello.

Claire se sonrojó y soltó una risita.

—Las bromitas privadas entre amantes son mis favoritas —ironizó Iris y Claire le sacó la lengua.

—Esta se ve interesante —comentó Delilah mientras levantaba la caja para leer el reverso—. Parece bastante diversa, no todas las personas son blancas y en las tarjetas hay muchas mujeres y personas no binarias.

—Qué bonita —dijo Iris y le quitó la caja para echarle un vistazo. La abrió y salieron un montón de cartas de colores brillantes.

Cartas que a Astrid le resultaban vagamente familiares.

—Un segundo —añadió y recogió unas cuantas para inspeccionarlas. Todas estaban ilustradas, eran sencillas, pero algo en los dibujos y los colores le provocaba un cosquilleo en el fondo de su mente. ¿Dónde...?

Jordan. El Andrómeda. Le había enseñado una carta exactamente del mismo estilo y le había contado que llevaba meses sacándola.

El dos de copas. La carta de las almas gemelas.

—¿Cómo funciona? —preguntó y hojeó la pequeña guía en busca de algún tipo de instrucciones.

—¿Quieres ponerte a echar las cartas? —preguntó Iris.

—Tú dime cómo funciona. —La voz de Astrid era grave pero temblorosa y sus amigas lo notaron. De repente, sentía el pulso en todas partes.

—Está bien, cielo —dijo Claire. Le quitó las cartas y las barajó mientras le explicaba que debía hacer una pregunta abierta. Luego, cortó la baraja en tres montones, los volvió a juntar y sacó la carta de arriba.

Un cuatro de bastos.

Iris le quitó la guía a Astrid.

—Esta carta significa celebración, prosperidad, el encuentro de almas afines. —Sonrió a sus amigas y volvió a mirar el librito—. También podría significar matrimonio.

Claire se atragantó y miró a Delilah, que se limitó a sonreír.

—Era un comentario —dijo Iris.

—¿Quieres probar? —preguntó Claire tras aclararse la garganta y mirar a Astrid.

Ella asintió. No sabía por qué, pero tenía que significar algo, ¿no? ¿Que estuviera en casa de Claire en el momento exacto en que había llegado el paquete, que casualmente contenía la misma baraja de tarot que usaba Jordan? Astrid no creía en esas cosas, era práctica hasta la exageración, personalidad de tipo A y creía con absoluta certeza que tus elecciones eran solo tuyas.

O las de tu madre, según el caso.

Aún lo creía.

Pero ¿y si...?

—Sí —dijo—. Quiero probar.

Claire le entregó las cartas y le indicó que golpeara la baraja una vez para borrar la última lectura. Después Astrid sostuvo las cartas con ambas manos e intentó pensar en una pregunta abierta.

¿Me odiará mi madre para siempre?

¿He hecho lo correcto?

¿Qué necesito saber ahora?

Se decantó por la última, que le pareció la mezcla perfecta entre practicidad e ilusión.

—Recuerda, no es predictivo —dijo Claire—. El tarot solo sirve para ayudarte a entender lo que hay en tu corazón, las decisiones que debes tomar, cosas así.

—¿Cuándo te has convertido en una experta? —preguntó Iris.

Claire hizo un gesto con la mano.

—Desde que mi madre insiste en leerme las cartas, y a Ruby y a Delilah, cada vez que viene a vernos.

Astrid barajó y cortó el mazo en tres montones, los volvió a juntar, instintivamente, como había dicho Claire, y luego se quedó paralizada. Se quedó mirando la carta superior, con los dedos rozando la brillante superficie azul. Tal vez fuera una tontería. Tal vez...

Le dio la vuelta a la carta antes de terminar de pensar. Allí, reluciente en toda su gloria e imposibilidad, estaba el dos de copas.

CAPÍTULO
TREINTA Y CINCO

Jordan estaba tumbada en la cama y apretaba el teléfono entre las manos. Era más de medianoche y la casa estaba en silencio.

Demasiado.

El tipo de silencio que empujaba a alguien a tomar decisiones muy estúpidas.

Debería haberle dado el móvil a Simon e indicarle que no se lo devolviera bajo ninguna circunstancia hasta al menos el mes siguiente. Sin embargo, como toda persona con el corazón roto, un poco de masoquismo siempre la acompañaba, así que no dejaba de esperar que el nombre de Astrid apareciera en la pantalla.

La primera llamada había llegado sobre las nueve de la noche. Jordan se estaba lavando los dientes cuando oyó el zumbido del teléfono en la mesita de noche, así que, por supuesto, saltó por encima de la carrera de obstáculos de trastos que había repartidos por todo el suelo de la habitación, le dio un susto de muerte a su pobre gata en el proceso y alcanzó el teléfono justo a tiempo para ver una notificación de llamada perdida de persona medio decente que quiere volver a besarte.

Se quedó mirando la pantalla, con la pasta de dientes goteándole de la boca a la camisa, esperando a que le llegara un mensaje al buzón de voz.

No llegó.

Pero Astrid volvió a llamar treinta minutos después.

Esa vez, Jordan estaba preparada. Estaba sentada frente al escritorio, con el portátil abierto en el programa de diseño, aunque solo fingía trabajar en algunas ideas. En realidad, la cabeza le daba vueltas y visualizaba cómo respondería la llamada con calma y le explicaría a Astrid en términos inequívocos que no quería volver a hablar con ella nunca más.

Era un buen plan.

Pero cuando por fin se iluminó la pantalla con el nombre de Astrid, no pudo hacerlo.

No podía contestar. Si lo hacía... ¿entonces qué? Dudaba que tuviera fuerzas para mandar a la mierda a la mujer de la que estaba locamente enamorada y a saber qué le pasaría a su corazón ya herido si escuchaba lo que Astrid quería decirle.

Así que ignorar y hacer oídos sordos era la única opción.

Sin embargo, después fue incapaz de ralentizar su cerebro lo suficiente para dormir. No dejaba de esperar que Astrid volviera a llamar, que la persiguiera hasta que Jordan ya no pudiera ignorarla ni hacerse la loca nunca más.

Pero no era el estilo de Astrid.

Lo sabía.

Se dio la vuelta, Catra ronroneando feliz y arropada en su pecho, y decidió pensar en otra cosa. Tenía que terminar una reforma, preparar un reportaje para una revista elegante, una posible carrera en una importante cadena de diseño en el horizonte. No necesitaba a Astrid. No necesitaba ningún romance. Era demasiado complicado, demasiado duro, y acabaría...

El teléfono interrumpió sus pensamientos.

Lo levantó con el corazón en la garganta. Adiós a su férrea determinación.

Pero no era Astrid.

Era Meredith.

Jordan suspiró y se apretó el teléfono contra la frente; las vibraciones le agitaron más los pensamientos. Desde que hacía una semana Meredith le había enviado un correo a Natasha Rojas que había implosionado su vida, la había llamado y escrito por mensaje o por correo electrónico al menos una vez al día. Incluso había empezado a llamarla mucho más tarde de la hora normal en que los seres humanos hablaban por teléfono.

Estaba cansada de ver el nombre de su ex en la pantalla, pero no estaba enfadada. Sabía que debería estarlo; Meredith había cruzado todos los límites al ponerse en contacto con Natasha, pero a Jordan no le quedaba energía para avivar el odio. De hecho, cada vez sentía menos por Meredith.

Antes de pensárselo mejor, pulsó el botón verde.

—¿Qué? —dijo.

—¿Jo? Dios, has contestado.

—Sí, creo que ya es hora de acabar con esto.

Meredith suspiró por el teléfono.

—Oye, lo siento. No sabía que iban a cancelar el programa.

—¿Has estado hablando con Simon?

—Con tu abuela, en realidad. Sabe que me preocupo por ti.

—¿Preocuparte? —preguntó incrédula—. Meredith, tus actos no son los de una persona que se preocupa por otra.

—El diseño era tuyo, Jo, y no…

—No estoy hablando del hotel.

Hubo un momento de silencio y Jordan supo que, si no se lo decía entonces, quizá no lo hiciera nunca. Y necesitaba hacerlo. Necesitaba que Meredith entendiera por qué su marcha la había destrozado.

Y luego necesitaba despedirse.

—Me dejaste —dijo Jordan.

—Jo…

—Me dejaste porque no estabas enamorada de mí y lo entiendo, Meredith. De verdad, lo entiendo. Joder, hasta creo que tenías razón, no estábamos hechas la una para la otra. Tenías razón en que lo mejor era separarnos, que las dos merecíamos más. Pero lo que no pareces entender es que éramos compañeras. Compañeras, Meredith, una pareja de dos. Y tomaste la decisión por mí. Ni una palabra sobre tus dudas en todos los años que estuvimos casadas, nada durante el tiempo que estuviste enferma y luego te largaste sin más en el segundo en que entraste en remisión. Eso es lo que me enfada. Es lo que más me duele, que no pensaras en mí, que no te importara lo suficiente para tener una puta conversación. Aunque supongo que eso es prueba suficiente de que no era amor, ¿no?

Se le formó un nudo en la garganta al pronunciar las últimas palabras y en su mente parpadeó alguien que no era Meredith. Una pesadilla con el pelo desfilado, pero apartó la imagen.

—Tienes razón —dijo Meredith tras un rato de silencio—. Dios, tienes toda la razón, Jordan. Debería haber hablado contigo primero. Es que... No pensé... Mierda. ¿La verdad? Me preocupaba que no pudieras soportarlo. Tenía miedo de que me dijeras las palabras correctas y entonces me quedaría y sería infeliz e incapaz de hacerte feliz a ti, y entraríamos en un bucle infinito.

Jordan se frotó la frente. Las palabras de Meredith tenían algo de verdad, pero aún así le dolía escuchar que su propia mujer no la había considerado lo bastante fuerte.

—Supongo que nunca lo sabremos —dijo.

—Lo siento, Jo. Jordan. Lo siento mucho.

Jordan asintió, aunque Meredith no la veía.

—Vale.

No había nada más que decir. Jordan le pidió algo de tiempo, que le dejara espacio, y Meredith accedió a hacerlo.

Luego se despidieron.

Jordan dejó caer el teléfono en el pecho y acercó a Catra. Se le llenaron los ojos de lágrimas y las derramó sobre el pelaje del animal. Se sentía bien, una liberación que llevaba un año esperando.

Ser feliz era más que amor y romance. Era más que una rubia explosiva con dientes de vampiro que había irrumpido su mundo en una ráfaga de café y rabia y luego había puesto su vida patas arriba. La felicidad tenía que ver con el propósito, con conocerse a una misma y aceptarse. Así que se centraría en eso. Era lo que...

Tic.

Perdió el hilo de sus pensamientos y Catra se tensó entre sus brazos y levantó la cabeza con las orejas aguzadas en dirección al sonido que provenía de la ventana.

Tic.

—¿Qué es eso, gordita? —preguntó Jordan.

La gata se escabulló del colchón y se escondió debajo de la cama.

—Mi heroína —refunfuñó mientras apartaba las sábanas para acercarse a la ventana. La luna estaba llena y proyectaba un resplandor plateado sobre la hierba, pero no veía gran cosa más allá del rosal que le tapaba la mitad de la vista.

Tic.

Esa vez, retrocedió cuando lo que debía de ser una piedra golpeó el cristal.

—¿Qué demonios?

Desbloqueó la ventana, pero por más que tiró, la maldita no se movió. A saber cuándo la abrían abierto por última vez.

Tic.

Suspiró, recogió la sudadera con el eslogan TODES INCLUYE A TODOS del extremo de la cama y se la puso encima de la camiseta de tirantes y los pantalones cortos del pijama. Metió los pies en las botas y se dirigió hacia la puerta de atrás en la cocina. Sacó un cuchillo del bloque junto a los fogones antes de abrir la puerta sin hacer ruido. No quería que Simon ni su abuela se despertaran y se asustaran por lo que probablemente no fuera más que un insecto chocando con la ventana.

Fuera, el aire era fresco y la hierba ya estaba cubierta de rocío. Se arrastró por un lado de la casa hasta que llegó a la ventana de su habitación, pero una vez allí, no vio nada. Tampoco oyó nada, salvo el leve susurro de las hojas de los rosales movidas por la brisa veraniega y un suave roce que debían ser sus propios pies en la hierba.

Acababa de darse la vuelta, dispuesta a volver dentro, cuando lo vio.

Un rectángulo pequeño en la hierba, en cuya superficie se reflejaba la luz de la luna y lo volvía brillante y plateado.

Se acercó y recogió el objeto, una carta. La orientó hacia la luz para verla con claridad. Tardó un segundo en darse cuenta de lo que era.

Una carta de tarot. Pero no una carta cualquiera.

Un dos de copas.

Nunca la había visto antes; el arte era de estilo bohemio, con dos manos entrelazadas y orientadas hacia abajo. Los colores brotaban de las manos unidas y caían en dos cuencos dorados. Levantó la vista, sin entender quién podría haber dejado algo así allí. Estaba a punto de gritar, cuando vio la segunda carta.

Estaba a unos cuatro metros, delante de su taller. Corrió a recogerla y se encontró otro dos de copas. Era un dibujo en blanco y negro, salvo por el único color de los pétalos rojos de dos rosas cruzadas sobre dos copas. Se quedó mirándola con la respiración tan acelerada que empezó a marearse. La guardó con la primera y buscó algún indicio de quién...

Allí.

A unos seis metros de la puerta del taller, en dirección al hotel, había una tercera carta. Las piernas empezaron a temblarle y las yemas de los dedos le cosquillearon por el exceso de oxígeno al recoger otro dos de copas, ese con dos rostros de mujer de perfil y un fondo salpicado de estrellas. Jordan tenía la boca seca. Temblaba y algo muy cercano a las lágrimas se le agolpaba en el pecho. Dejó caer el cuchillo en la hierba y miró hacia el hotel.

Había una luz encendida en la habitación Lapis. Al menos, algún tipo de luz. Era de color ámbar, suave y parpadeante, pero siguió caminando, con el corazón martilleándole la costillas.

En los escalones del porche encontró un cuarto dos de copas, una carta entera blanca excepto por una delicada ilustración a carboncillo. Cuando empujó la puerta del hotel, que estaba inquietantemente abierta, encendió la linterna del móvil y localizó un quinto dos de copas en el vestíbulo, un sexto a mitad de la escalera, un séptimo en el pasillo y un octavo justo delante de la habitación Lapis.

Recogió el último, una ilustración en acuarela de dos amantes entrelazadas en una playa brumosa, y lo juntó con los demás. El tenue resplandor de lo que debía de ser la luz de una vela parpadeaba bajo la puerta de la habitación.

Puso las manos sobre la madera pulida, cerró los ojos, respiró hondo y empujó.

En el interior, Jordan apagó la luz del teléfono. No la necesitaba, ya que al menos diez velas iluminaban la habitación, todas de distintas formas y colores, algunas en tarros y otras goteando cera sobre los soportes.

En el centro, estaba Astrid Parker.

Sabía que estaría allí. Tal vez lo supiera después del primer dos de copas, pero le había dado miedo confiar.

Seguía teniendo miedo, como si todo fuera un sueño o una alucinación.

Pero Astrid parecía muy real. También estaba guapísima, vestida con unos sencillos vaqueros oscuros y una camiseta gris brezo, el pelo alborotado y el flequillo rozándole las pestañas. Le brillaban los ojos; la luz de las velas los tornaba casi ámbar. Tenía un aspecto mucho menos fantasmal que la última vez que Jordan la había visto.

Parecía diferente. Menos atormentada.

Y la miraba con una carta en las manos.

—Hola —dijo, con la voz suave y un poco ronca.

—Hola —respondió Jordan. Trató de respirar con normalidad, pero jadeaba como si acabara de correr una maratón.

—¿Necesitas agua? —preguntó Astrid y ladeó la cabeza.

Jordan se rio.

—Si tienes. Alguna loca me ha organizado una búsqueda del tesoro con cartas de tarot en mitad de la noche.

—Sí que suena raro —dijo Astrid y sonrió mientras se daba la vuelta y sacaba una botella de agua del bolso—. Siento que no esté fría.

Jordan hizo un gesto con la mano y se tragó el agua. Agradeció el respiro emocional, un segundo para aclararse las ideas. Vació la botella, la dejó en el suelo y esperó a que Astrid hablara.

—¿Vas a obligarme a empezar esta conversación? —preguntó al cabo de un rato.

—Dios, no, lo siento —dijo Astrid y dio un paso adelante—. Quería dejarte un minuto para asegurarme de que quieres estar aquí.

Jordan levantó la barbilla y trató de mostrar más despreocupación de la que sentía. No sabía muy bien por qué, pero le parecía el camino más seguro.

—Aún no lo he decidido.

Astrid asintió.

—Es justo.

No respondió. No iba a decir nada más. No podía.

Astrid respiró hondo y dio otro paso hacia ella.

—Tenía un discurso planeado —dijo. Su sonrisa vaciló y tenía la voz pesada—. Pero ahora que estás aquí...

Sin su permiso, los pies de Jordan la hicieron avanzar.

—¿Qué?

Astrid tragó saliva y miró la carta que tenía en la mano.

—¿Ahora qué, Astrid? —repitió Jordan, con más firmeza, aunque sentía que se le derretían las entrañas.

—Tengo miedo —confesó ella. La miró a los ojos—. Esta tarde he estado en casa de Claire, planeando lo que voy a hacer. Entonces su madre le envió esta baraja por correo. Tu baraja. La misma que me enseñaste en el Andromeda. Y yo... me pareció una especie de señal, ¿sabes? Así que saqué una carta y me salió esta.

Le dio la vuelta a la carta. Jordan sabía cuál sería antes de ver los colores, las dos mujeres frente a frente, las copas doradas en sus manos.

—Joder —susurró Jordan.

—Ya —dijo Astrid y avanzó un poco más—. Yo no creo en estas cosas. Nunca lo he hecho, pero no podía... No quería ignorarlo. Así que te llamé, pero no contestaste, y me di cuenta de que te merecías mucho más que oírme perder los nervios por teléfono por una carta de tarot.

—¿Lo merezco?

Astrid asintió.

—Te mereces una declaración por todo lo alto.

A Jordan se le revolvió el estómago, un millón de alas que se desplegaban y alzaban el vuelo.

—¿Eso es esto, Astrid? ¿Una declaración?

La mujer se rio. Las lágrimas le brillaban en los ojos y se derramaron, pero no se las enjugó.

—Así es.

Otro paso. El espacio entre las dos era de apenas unos centímetros y Jordan no se apartó. No podía. No quería. Los ojos de Astrid la atravesaron y la paralizaron en el sitio.

—Te quiero, Jordan Everwood —dijo—. A eso se reduce todo. Pensaba que no te merecía, que merecías algo mejor, y tal vez siga siendo cierto. Te he hecho pasar un infierno estas últimas semanas. Te utilicé. Incluso si no era consciente en el momento, aun así lo hice. Y lo siento mucho. Por todo. Si no sientes lo mismo, lo entenderé, pero tenía que decírtelo. Tenía que decirte que quiero estar contigo, más de lo que he querido nada en toda mi vida. Tal vez suene tonto o infantil, pero no me importa. Tú eres mi destino, Jordan. No por una carta ni las estrellas ni por algún tipo de magia, sino porque yo te elijo. Y yo...

Pero Jordan no la dejó terminar. Cerró el espacio que las separaba y tomó la cara de Astrid entre las manos para cortar sus palabras con un beso. No fue un beso suave, sino uno salvaje y frenético, de lengua y dientes, de manos enredadas en el pelo. Un beso que comunicaba las cien palabras que Jordan habría sido incapaz de expresar con coherencia en ese momento.

Astrid soltó el dos de copas y le rodeó la cintura con los brazos, le metió las manos bajo la sudadera y la camiseta de tirantes y le arañó la piel desnuda de la espalda. Gimió en la boca de Jordan, un sonido tan cercano a un sollozo que la mujer la besó más fuerte, la abrazó con más fuerza. Sentía las lágrimas de Astrid y se las secó con los pulgares.

Tras unos minutos, el beso se suavizó, hasta que se encontraron en medio de una habitación a medio terminar, abrazadas y las frentes en contacto.

—¿Sería un cliché decir que ya me habías convencido con el *hola*? —susurró Jordan.

Astrid se rio.

—No me importa si es un cliché. Dímelo de todos modos.

—Ya me habías convencido con el *hola* —dijo Jordan y le dio un beso en el cuello mientras las hacía girar.

Astrid se echó a reír, su verdadera risa, y fue lo más hermoso que Jordan había oído.

—Tengo que preguntar —dijo cuando dejaron de girar—. ¿De dónde has sacado todas estas cartas de tarot?

Astrid sonrió.

—Claire tenía un montón de barajas. Iris, Delilah y ella me ayudaron a reunirlas. A colocar las cartas y las velas.

—¿Y las piedras en la ventana?

Astrid se tapó la boca con las manos y habló a través de los dedos.

—Lo siento. Esa fue Iris. También es posible que estuviera escondida en el rosal cuando saliste.

Jordan se rio.

—Joder, Parker. Menuda producción.

Astrid se puso seria.

—Te lo mereces.

—No paras de decirlo.

—Porque es verdad. Quiero asegurarme de que lo sabes.

—Lo sé —dijo Jordan y volvió a apoyar la frente en la de Astrid, con un nudo de emoción en la garganta—. Por fin lo sé.

Astrid levantó la barbilla y acababa de posar los labios en los de Jordan cuando la puerta de la habitación Lapis se cerró de golpe.

Ambas se sobresaltaron, se abrazaron con fuerza y observaron cómo la puerta... volvía a abrirse con un chirrido.

Astrid se echó a reír.

—Parece que Alice Everwood está de acuerdo.

CAPÍTULO

TREINTA Y SEIS

Jordan preparó una mochila y dejó una nota para su hermano y su abuela en la encimera de la cocina. Luego Astrid la llevó a casa.

Apenas había cerrado la puerta y ya se estaban arrancando la ropa. Tampoco llegaron al dormitorio. En vez de eso, Astrid las arrastró hasta el sofá y la ropa interior cayó al suelo. No quería lenguas ni dedos. Necesitaba sentir la piel de Jordan contra la suya, los labios de Jordan, respirar el aire y las palabras de la otra.

Así que la tumbó y se sentó a horcajadas sobre ella para alinear cada parte de sus cuerpos.

—Joder —jadeó la mujer cuando sus vulvas se encontraron.

Hundió la mano en el pelo de Astrid y tiró de los mechones ya desordenados hasta hacerla gritar a ella también. La mezcla del suave escozor con el placer no se parecía a nada que Astrid hubiera sentido antes. Bombeó las caderas contra las de Jordan, desesperada por el contacto, por la sensación, y frotó sus clítoris hasta que ambas se corrieron entre exabruptos, clavándose las uñas y besando gargantas y hombros.

Se desplomó sobre el pecho de Jordan, con la respiración agitada y las extremidades lánguidas bajo el delicioso peso del orgasmo.

—Joder —jadeó Jordan, con la respiración entrecortada.

—Sí —dijo Astrid.

Jordan le levantó la barbilla para mirarla a los ojos, durante tanto rato que Astrid empezó a estremecerse.

—¿Estás bien? —preguntó.

Jordan asintió y sonrió.

—Yo también te quiero. No te lo he dicho en el hotel.

—No tienes por qué…

—Es la verdad.

Astrid dejó que las palabras le abrazaran el corazón. Dejó que fueran verdad. Dejó que se sintieran de verdad. Entonces besó a la mujer que amaba. La mujer que la amaba. La besó en aquel sofá, luego en el dormitorio, en la ducha, en el porche trasero. La besó hasta que el sol asomó por las cortinas y por fin se durmieron.

—Tengo algo para ti —dijo Jordan a última hora de la mañana siguiente. Estaban en la mesa de la cocina mientras llovía a cántaros por la ventana, esperando a que una hornada fresca de magdalenas de manzana de sidra recién hechas se enfriara, ya que se habían pasado la hora del desayuno durmiendo.

Astrid la miró por encima de la taza de café.

—¿El qué?

Jordan arrugó la nariz, como hacía cuando se sentía tímida. Era tan bonita que Astrid estuvo a punto de barrer todo de la mesa y volver a acostarse con ella allí mismo.

—Es… verás… Lo pedí antes de…

Astrid asintió. Sabía lo que significaba *antes*. Habían pasado la mitad de la noche, entre sexo y más sexo, aclarando lo que había sucedido con el hotel y lo que ambas sentían al respecto. Astrid compartió con Jordan todo lo que había hecho desde entonces: dejar el trabajo y básicamente romper con su madre, al menos por el momento. Le habló de sus listas y de que quería ganarse la vida como repostera.

Jordan le habló de la llamada de Natasha, la oferta para *Orchid* y la cadena. Al enterarse por fin de las noticias de boca de Jordan, Astrid esperó sentir algún tipo de celos o amargura, pero no estaban. Se sentía feliz. Orgullosa. Se lo dijo con palabras y después con unas cuantas acciones que dejaron a la carpintera jadeando.

Jordan se levantó y se dirigió al salón, donde había dejado la mochila la noche anterior. Rebuscó entre las cosas para sacar una cajita blanca. Volvió junto a Astrid y acercó la silla. Le dejó la caja delante.

Ella abrió mucho los ojos.

—¿Qué…?

—No es un anillo —aclaró Jordan, con expresión muy seria—. Me sé la broma de que las lesbianas meten el turbo en la segunda cita y no es eso.

Astrid se rio.

—Por Dios, no es lo que pensaba.

—Seguro que no.

—¡Que no!

Jordan se inclinó hacia ella y la besó.

—Ábrelo, anda.

Astrid se apartó el pelo de la cara y tomó la cajita entre las manos. Levantó la tapa y, sobre un lecho de algodón, había una cadena de oro para el cuello. Era delicada, igual que el pequeño colgante, que era…

Contuvo un gritito al reconocer la forma de doble asta y levantó la vista para mirar a Jordan.

Ella se limitó a sonreír.

—Es un collar de clítoris —dijo Astrid.

Jordan asintió y se apresuró a explicárselo.

—Quería comprarte algo después de lo que pasó con tu madre en el porche, algo que te hiciera sentirte fuerte. Lo vi en Etsy y pensé en ti.

—¿Pensaste en mí cuando viste un collar de un clítoris?

Jordan se rio.

—No en ese sentido.

Astrid levantó las cejas.

—Vale, sí, cuando pienso en ti, quiero montármelo contigo hasta la inconsciencia, pero no te he comprado el collar por eso.

Astrid sonrió y enredó la mano libre en el pelo de Jordan, luego dejó caer los dedos hasta su nuca.

—Admirabas a Natasha por atreverse a llevar algo así —continuó Jordan—. Quería que te sintieras igual de atrevida. Quería regalarte algo que te recordara que eres valiente y capaz y que puedes elegirte a ti misma y priorizar lo que quieres, y que mereces que te quieran, sean cuales sean esas prioridades.

Astrid soltó el aire de los pulmones y se acercó a Jordan para apoyar la frente en la suya. Estaba loca por ella. Cada segundo que pasaba la asombraba más.

—Me encanta —dijo, luego volvió a sentarse para sacar el collar de la caja—. Es perfecto.

—No tienes que ponértelo. Sé que es un poco atrevido.

—Puedo ser atrevida —dijo Astrid mientras se llevaba la cadena al cuello y se daba la vuelta para que Jordan enganchara el cierre. El colgante le quedaba justo debajo de la garganta.

Jordan se rio, pero luego la agarró por las piernas y la giró. Deslizó las manos por los muslos de Astrid.

—Puedes ser lo que te dé la puta gana.

Y Astrid le creyó.

El timbre sonó a las cinco de la tarde. Astrid asumió que serían sus amigas, aunque Claire le había prometido mantener a Iris a raya durante unos días para que Astrid y Jordan pasaran un tiempo juntas. Aun así, mientras se dirigía a la puerta en camiseta de tirantes y pantalones de chándal, se dio cuenta de que no le importaba la intrusión. Tenía muchas cosas que contarle y aquel era tan buen momento como cualquier otro.

A Iris le encantaría el collar de clítoris. Estaba convencida de que todas tendrían uno a juego a principios de verano. Sonrió al pensarlo, pero la expresión se esfumó al abrir la puerta y encontrarse cara a cara con su madre.

Isabel Parker-Green no tenía buen aspecto. Dentro de sus posibilidades, claro, lo que significaba un poco menos de maquillaje y el pelo un poco menos lustroso de lo normal. Llevaba pantalones de lino y un top a juego en lugar de las sedas habituales. Sin embargo, cuando Astrid la miró a los ojos bajo el paraguas negro que la protegía de la lluvia, no eran tan afilados como de costumbre, siempre buscando defectos. Tenía una expresión que no estaba segura de haber visto antes. Ni siquiera sabía definirla.

Durante los últimos días, había ignorado las llamadas, los mensajes y los correos de su madre. Sabía que en algún momento tendrían que hablar, pero necesitaba tiempo para aclararse antes de volver a invitar a Isabel a su vida.

—Madre —empezó a decir, pero se le formó un nudo en la garganta, una repentina oleada de emoción, quizás incluso de miedo. Quería llamar a Jordan, pero su novia había salido a por la cena. Mejor así. Además, Astrid era más que capaz de arreglárselas sola.

Se colocó bien el collar de clítoris y respiró hondo.

—No estoy preparada para hablar, madre —dijo. La voz le tembló un poco.

—Sé que no lo estás —expresó Isabel. Su voz sonaba suave, pero salió un poco forzada, como si tuviera que resistirse a su estoicismo habitual.

—Entonces, ¿por qué has venido? —preguntó Astrid.

Los nudillos de Isabel se blanquearon al apretar el paraguas, lo menos serena que Astrid la había visto nunca.

—Solo quería que supieras que estoy aquí. Cuando estés preparada, me gustaría hablar… —Negó con la cabeza y respiró hondo—. Cuando estés lista para hablar, me gustaría escuchar.

Astrid abrió mucho los ojos. A su madre se le daba fatal escuchar. No recordaba ni un solo momento de su vida en el que se hubiera sentido escuchada.

Tal vez Isabel por fin se había dado cuenta.

—Vale —dijo Astrid—. Te avisaré.

Isabel asintió, se recolocó el bolso en el hombro con la mano libre y se volvió para irse.

Se encontró de bruces con Jordan Everwood.

Astrid contuvo la respiración, pero también dio un paso adelante. De ninguna manera iba a permitir que su madre le dijera nada despectivo a Jordan. Ni ese día ni nunca.

Las otras dos mujeres se quedaron paralizadas, Jordan con una bolsa de sushi colgada del codo y el paraguas transparente de Astrid sobre la cabeza mientras la lluvia resbalaba por la superficie.

—Eh, hola —dijo.

Isabel cuadró los hombros.

—Hola, Jordan —saludó—. Me... me alegro de volver a verte.

Jordan enarcó una ceja y captó la mirada de Astrid detrás de Isabel.

—He visto tu diseño para el hotel de tu familia —dijo Isabel—. Es encantador. De verdad.

Jordan siguió atónita.

—Ah. Gracias.

Isabel la rodeó, se subió a su BMW y se marchó.

—¿Isabel Parker-Green me acaba de hacer un cumplido? —preguntó Jordan cuando se acercó a Astrid. Una vez bajo la cubierta del porche, cerró el paraguas y lo apoyó en la fachada.

—Creo que sí. Tampoco te hacía falta.

—No, claro que no. —Jordan soltó un bufido y agitó una mano, lo que hizo reír a Astrid—. Ahora en serio. ¿Estás bien?

Astrid no contestó de inmediato. Se sentía un poco sensible y agotada; la corta conversación con su madre la había dejado sin energías. Pero era su madre. Una parte de ella siempre ansiaría su aprobación, su amor. No era malo que una hija esperase eso de su propia madre, sobre todo de una que la había criado sola. Quería a Isabel en su vida.

Sin embargo, por una vez, iba a hacer las cosas a su manera y su madre lo sabía. Esa certeza le daba fuerzas.

Asintió y se llevó la mano al pecho.

—Tal vez sea el poder del collar de clítoris, pero sí. Creo que lo estoy. Me siento bastante fuerte.

Jordan se rio, le rodeó la cintura con un brazo y la atrajo hacia sí para darle un beso.

—Astrid Parker, eres la persona más fuerte que conozco.

CAPÍTULO

TREINTA Y SIETE

Dos meses después

El Everwood resplandecía. Suaves apliques ámbar iluminaban los pasillos y las habitaciones, combinados con velas estratégicamente colocadas para hacer brillar todas las copas de champán de la sala. En la biblioteca tocaba un grupo muy *queer* que Astrid había encontrado en Portland, Las Katies, con guitarras y mandolinas, mientras cantaban al más puro estilo de Brandi Carlile.

Astrid Parker estaba junto a una estantería a rebosar de todo tipo de libros, que definitivamente no estaban escritos por señores blancos muertos. Bebió un sorbo de champán y observó cómo la multitud alababa y adulaba a su novia. La gente había venido de lugares tan lejanos como Nueva York para celebrar la gran reapertura del hotel Everwood.

Jordan estaba increíble. Siempre lo estaba, pero esa noche, con un traje negro a medida, una camisa blanca con el botón del cuello abierto, el pintalabios rojo rubí perfecto y el pelo castaño dorado sobre la frente, Astrid se quedaba sin aliento cada vez que la miraba.

—Así que es toda una estrella —dijo Iris a su lado mientras inclinaba la copa hacia Jordan, que se deslizaba entre la multitud con Natasha Rojas. Natasha iba con las manos en los bolsillos y adoptaba una postura relajada y segura cada vez que se detenían a hablar con alguien que quería conocer a la diseñadora.

—Sí —asintió Astrid—. Lo es.

El reportaje en *Orchid* sobre la asombrosa e innovadora transformación del Everwood acababa de publicarse esa misma semana. Un mes antes, cuando Natasha había vuelto con un fotógrafo y una redactora de la revista para la sesión final del hotel recién terminado, les había dado la fecha de publicación del artículo, así que, por supuesto, Astrid sabía que el momento perfecto para organizar una fiesta de reapertura sería poco después y así aprovechar el revuelo que el artículo había creado en el mundo del diseño.

Había acertado.

Desde que había asumido la gestión del hotel, cinco semanas atrás, había trabajado a destajo para prepararse para la avalancha de reservas. Era una suposición, claro, pero una con fundamento, y les aseguró a Pru y a Simon que el dinero que estaban invirtiendo en sábanas nuevas, un ordenador para la conserjería y un *software* para gestionar las reservas y las nóminas merecería la pena.

Tres semanas después del lanzamiento del número de *Orchid*, estaban completos para los tres meses siguientes.

Astrid también había pasado mucho tiempo en la cocina. Aunque el surtido de magdalenas, tartas y *scones* que Jordan y ella habían llevado a la primera reunión con Pru y Simon había bastado para convencer a los Everwood de que podía encargarse de la repostería, cocinar era otro tema muy distinto, así que también habían contratado a una chef, una joven negra llamada Rhea que había estudiado en una escuela culinaria de Seattle, y Astrid estaba muy entusiasmada con la colaboración. Sabía que iba a aprender mucho de Rhea, que era tan organizada como talentosa. No había probado en su vida nada más delicioso que las *frittatas* de espinacas y romero de aquella mujer.

En cuanto a la limpieza, habían conservado a Sarah, que llevaba trabajando en el Everwood casi una década antes de la reforma y estaba encantada con todos los cambios.

—Está precioso —dijo Claire cuando Delilah y ella se unieron a Astrid y a Iris, con las copas reflejando la luz—. Tenemos que reservar una noche, ¿verdad, amor?

Delilah asintió mientras daba un trago de champán.

—La verdad es que la idea de que Astrid me traiga más almohadas es demasiado tentadora como para dejarla pasar.

Ella le dio un manotazo a su hermanastra, pero sonreía. Con gusto le llevaría una almohada. También le haría la cama y le dejaría un caramelo de menta en las sábanas limpias. Lo haría todo y disfrutaría de cada segundo. Adoraba estar allí, en los acogedores pasillos y habitaciones del Everwood. Le parecía imposible amar más un lugar. Incluso cuando el trabajo se volvía tedioso, cuando tocaba redactar presupuestos o hacer pedidos de jaboncitos y los champús para distintos tipos de cabello que tenían en cada baño, sabía que aquel era su lugar.

Everwood la hacía feliz, así de simple.

Vio a su madre entre la multitud, elegante como siempre con un traje pantalón de color marfil. Hacía aproximadamente un mes, Astrid la había llamado por fin para hablar. No fue a la Mansión Wisteria, sino que le pidió a Isabel que se vieran en el Wake Up, terreno neutral, donde procedió a contarle cómo se sentía y todo lo que la había llevado a dejar Diseños Bright.

Y su madre la escuchó.

En algunos momentos de la conversación, Isabel puso cara de horror. También parecía triste, confusa y esperanzada. Apenas había dicho nada, pero lo que Astrid necesitaba era que su madre la escuchara y creía que lo había hecho. Dos semanas después, volvieron a tomar café y charlaron del nuevo trabajo de Astrid y de que Isabel iba a poner Diseños Bright a la venta.

Era un proceso lento y a veces incómodo, pero Astrid estaba más que dispuesta. Lo más sorprendente era que sabía que Isabel también, lo cual era lo único que le importaba.

Desde el otro lado de la habitación, llamó la atención de Jordan. Su novia le guiñó un ojo y el estómago de Astrid revoloteó como si fuera una preadolescente. Sonrió y se mordió el labio inferior, lo que al parecer bastó para que Jordan se excusara con Natasha y se dirigiera hacia ella.

—Qué asco dais —dijo Iris, testigo de todo el intercambio.

—Por favor, te encanta —replicó Astrid.

—¿Qué le encanta? —preguntó Jordan cuando llegó. Le rodeó la cintura con un brazo y le dio un beso rápido.

—Nosotras —dijo Astrid y se inclinó hacia ella—. Somos adorables juntas, ¿lo sabías?

—¿Ah, sí? —respondió Jordan y sonrió. Astrid asintió, con una sonrisa imposible de evitar.

—Puaj —gimió Iris.

—Lo dices porque ahora no sales con nadie —dijo Claire—. ¿Estás celosa?

—Desde luego que no —dijo Iris. Dio un sorbo a la bebida y miró a la multitud—. He renunciado a las relaciones, muchas gracias.

Astrid miró a Claire y a Delilah. Iris había estado extrañamente callada en el frente romántico desde la traición de Jillian un par de meses atrás.

—Tomarse un descanso está bien —comentó Delilah.

Iris no respondió. En vez de eso, localizó a Simon al otro lado del vestíbulo, junto a la mesa del bufé. Le apretó el hombro a Jordan, le dio un beso en la mejilla a Astrid y se dirigió hacia él. Últimamente, los dos pasaban mucho tiempo juntos, aunque ella juraba que solo eran amigos. Además, Simon había empezado a salir con Emery, de *Innside America,* hacía unas semanas, justo después de que acompañara a Natasha para la sesión de fotos de *Orchid.*

—Vamos a dar una vuelta —dijo Claire.

Le dio la mano a Delilah y besó a Astrid en la mejilla. Ella asintió y arrastró a Jordan a un rincón un poco sombrío junto a la chimenea.

—Por fin solas —añadió y la besó en el cuello. Luego miró la bulliciosa habitación—. Más o menos.

Jordan se acercó a ella.

—Solo unas horas más y podré hacer contigo lo que quiera.

—Por eso llevo mi vestido de la suerte.

Jordan se rio y se apartó lo suficiente para mirarla de arriba abajo. Se había puesto el vestido de tubo de color marfil, el mismo en el que le había derramado el café en su fatídico primer encuentro. El collar de clítoris relucía en el hueco de su garganta, la única joya que llevaba, y en lugar de unos zapatos negros, llevaba unos tacones de aguja de color rojo cereza espectaculares.

Le levantó el brazo y la hizo girar.

—Yo sí que tengo suerte. ¿Has visto el culo que te hace ese vestido?

Astrid soltó una risita.

—La verdad es que sí.

Jordan silbó y volvió a acercarla mientras el grupo empezaba a tocar una canción más lenta. Astrid le rodeó el cuello y se balancearon al suave ritmo de una mandolina.

—Nadie más está bailando —susurró Astrid.

—No me importa —dijo Jordan y le dio una vuelta.

Les dedicaron algunas miradas, la mayoría sonrientes.

—A mí tampoco —dijo Astrid y sonrió en el pelo de Jordan al darse cuenta de que era cierto al cien por cien.

—Cualquiera diría que estamos enamoradas.

—Es como si fuera el destino.

—Astrid Parker, ¿estás diciendo que eres mi destino?

Ella levantó la vista a una obra de arte en la pared junto a la chimenea.

Rodeadas por un marco cuadrado de color verde salvia y colocadas entre esteras blancas, había nueve cartas de tarot.

Nueve doses de copas.

Sonrió y le dio un beso dulce en la boca.

—Eso es justo lo que digo, Jordan Everwood.

AGRADECIMIENTOS

Ante todo, gracias a todas las personas que han leído, reseñado y hablado de *Delilah Green pasa de todo*. He disfrutado mucho de la interacción con los lectores sobre el primer libro de la saga de Bright Falls, y espero sinceramente que la historia de Astrid no os haya decepcionado. Para mí ha sido muy personal y es un honor compartirla con todos vosotros.

Como siempre, nada de esto sería posible sin Rebecca Podos, mi increíble agente y amiga. Su perspicacia, compasión y fiereza nunca dejarán de sorprenderme. Gracias a mi editora, Angela Kim, cuya mirada experta ha ayudado a dar forma a este libro para que sea exactamente la historia que tenía que ser; ¡sin ti seguiría perdida en un vasto océano de texto sobrante!

Gracias a todo el equipo de Berkley, incluidas Katie Anderson, Fareeda Bullert, Elisha Katz, Tina Joell y Beth Partin. Infinitas gracias a Leni Kauffman, cuya ilustración de cubierta para Astrid y Jordan parece sacada de mis sueños.

Gracias a mis queridas amigas Meryl, Emma y Zabe, cuyo humor, sabiduría y perspicacia me han ayudado en cada paso del proceso. Courtney Kae, gracias por leer a Astrid desde el principio y por tus excelentes comentarios, que ayudaron a que Astrid y Jordan conectaran de un modo aún más significativo. Gracias a Brooke Wilsner por ser de las primeras personas en leer este libro y ayudarme a confiar en que no era una basura. Gracias a Alison Cochrun y Courtney Kae por sus amables palabras sobre *Astrid Parker nunca falla*. Siempre seré fan de les dos, como autores y como personas.

Gracias, escritores, por vuestras amables palabras de apoyo a la novela. No os hacéis una idea de cuánto aprecio vuestro tiempo y vuestros elogios.

Como siempre, gracias a C, B y W, que crean un espacio seguro para que escriba cada día y me quieren incluso cuando me pierdo en mi propia mente durante un rato.

Por último, y de nuevo, y siempre, gracias a quienes me leéis. Sin vosotros, Astrid y Jordan solo existirían en mi cabeza, así que os estoy muy agradecida por haberme ayudado a darles vida.

GUÍA DE LECTURA

1. La primera impresión que se llevan Jordan y Astrid la una de la otra no es la mejor. ¿Alguna vez has conocido a alguien de forma parecida? ¿Al final os llevasteis bien?

2. ¿Crees que Isabel, la madre de Astrid, es redimible? ¿Por qué crees que Astrid tardó tanto en enfrentarse a ella?

3. Jordan hace lecturas de tarot con regularidad mientras que Astrid no cree mucho en ello. ¿Te interesa el tarot? Si es así, ¿en tu experiencia los resultados suelen ser aplicables a tu vida?

4. ¿Quién preferirías que decorase tu casa, Astrid o Jordan? ¿Por qué?

5. Si fueras Astrid, ¿habrías aceptado el plan de Jordan de fingir que el diseño era tuyo, o te lo habría impedido la conciencia?

6. ¿Has vivido alguna vez un cambio profesional drástico como el de Astrid? Si te plantearas uno, ¿cuál sería el trabajo de tus sueños?

7. Durante mucho tiempo, Astrid intentó ajustarse a la idea que otra persona tenía de lo que ella debía ser. ¿Has experimentado alguna vez un conflicto con lo que otra persona esperaba de ti? ¿Cómo lo has afrontado?

8. Astrid descubre algunas cosas sobre su sexualidad después de los treinta. ¿Crees que la sexualidad es fluida? ¿Has experimentado alguna vez un «despertar» sobre tu propia identidad o personalidad?

9. Jordan pasa gran parte de la novela sintiendo que no es lo bastante buena para nadie y al final aprende que antes

tiene que quererse a sí misma. ¿Has conectado con este mensaje? ¿Cómo afecta a tus relaciones la forma en que te ves?

10. Al final, tanto Astrid como Jordan creen en alguna clase de destino; aunque tomamos nuestras propias decisiones y estas decisiones dan forma a nuestras vidas, ¿crees que hay ciertas cosas que están predestinadas?

Pasa la página para echarle un vistazo a la nueva comedia romántica de Ashley Herring Blake.

IRIS
KELLY

NO SALE CON NADIE

Iris Kelly estaba desesperada.

Se detuvo en los escalones del porche de la casa de sus padres, mientras el sol de junio le bañaba los hombros desnudos con la luz del atardecer. Se sacó el teléfono del bolsillo.

Teagan McKee estaba desesperada.

Tecleó las palabras en la aplicación de notas y se quedó mirando el parpadeo del cursor.

—¿Desesperada por qué, picarona? —preguntó en voz alta, con la esperanza de que se le viniera alguna idea, cualquier cosa que no fuera demasiado exagerada ni trillada, pero no se le ocurrió nada. Su cerebro era una aterradora pizarra vacía, nada más que ruido blanco. Borró todo excepto el nombre.

Porque eso era lo único lo que tenía para su libro. Un nombre. Un nombre que le gustaba. Un nombre que le sonaba bien. Un nombre que las mejores amigas de Teagan acortaban como Tea, porque por qué no, pero un nombre solitario, al fin y al cabo. Lo que significaba que, en lo que se refería a su segunda novela romántica, por la que su agente ya la estaba presionando, que la editorial ya había comprado y pagado y su editora esperaba recibir en su bandeja de entrada en dos meses, no tenía nada.

Lo que significaba que era Iris Kelly la que estaba desesperada.

Miró la puerta principal de casa de sus padres, el pavor le revolvió las tripas y sustituyó al bloqueo creativo. Sabía lo que le esperaba dentro y no era agradable. ¿El dentista de su madre, quizás? No, a lo mejor su ginecólogo. O tal vez, si tenía suerte, algún pobre infeliz con aún menos ganas de estar allí que ella, porque era casi imposible decirle que no a Maeve Kelly cuando se empeñaba en algo, y así Iris al menos podría hablar con el susodicho de lo absurdo de la situación.

Tal vez hasta encontraría algo de lo que escribir.

Teagan McKee estaba en una cita. No la había planeado ella, ni recordaba que la hubieran invitado a salir.

Se detuvo con un pie en el escalón y volvió a abrir la aplicación de notas. La verdad es que no estaba del todo mal…

—¿Cariño?

Iris levantó la vista del infernal cursor parpadeante, mientras se preguntaba *¿por qué narices no quieres tener una cita, Teagan?*, y sonrió a sus padres, que estaban en la puerta abierta, abrazados, la felicidad conyugal haciendo que sus rostros resplandecieran a la luz del verano.

—Hola —dijo y guardó el teléfono—. Feliz cumpleaños, mamá.

—Gracias, cariño —contestó Maeve. Los rizos rojos y grises le enmarcaban la cara. Era una mujer curvilínea, de brazos y caderas suaves y un pecho generoso que Iris había heredado.

—Cada año está más guapa —dijo el padre de Iris y besó a su esposa en la mejilla. Liam era alto y ágil, y el pelo rojo pálido rodeaba la calva que le asomaba en la parte superior de la cabeza.

Su madre soltó una risita y entonces Iris tuvo que presenciar cómo sus padres se enrollaban, lo que incluyó un destello de la lengua de Liam y un deslizamiento nada subrepticio de su mano hasta el culo de Maeve.

—Por el amor de Dios —protestó mientras subía los escalones y apartaba la mirada—. ¿Os importa parar al menos hasta que entre en casa?

Se separaron el uno de la otra, pero mantuvieron unas sonrisas insufribles.

—¿Qué esperas, cielo? —dijo Liam, con el acento irlandés aún muy marcado incluso después de cuarenta años en Estados Unidos—. ¡Esta mujer es irresistible!

Siguieron más ruidos de besos, pero Iris ya los había rebasado y se dirigía a la casa. Apareció su hermana pequeña, Emma, con su bebé de cuatro meses oculto bajo un fular de lactancia y, dedujo, enganchado a una teta.

—Por favor, ¿ya están otra vez? —preguntó Emma y señaló con la barbilla hacia la puerta principal, donde Maeve y Liam se susurraban palabras bonitas al oído.

—¿Paran alguna vez? —dijo Iris y colgó el bolso en el perchero del vestíbulo—. Al menos así mamá se distrae de...

—¡Iris! —gritó Maeve y arrastró a su marido dentro de la casa de la mano—. Hay alguien a quien quiero que conozcas.

—Me cago en todo —dijo Iris.

Emma sonrió.

—Esa boca —regañó Maeve y luego la agarró por el brazo.

—¿No tienes algún pañal para cambiar? —preguntó Iris mientras su madre la arrastraba hacia la puerta trasera—. ¿Un retrete mugriento que haya que fregar? Ah, espera, acabo de recordar que llego tarde a una endodoncia...

—Ya vale —dijo Maeve, aún arrastrándola—. Zach es un encanto.

—Ah, bueno, si es un encanto —dijo Iris.

—Es mi profesor de *spinning*.

—Fantástico.

—¡Iris Katherine!

Maeve la empujó hasta el porche y así fue como acabó sentada junto a Zach, quien, treinta minutos después, estaba ocupado ensalzando las virtudes del CrossFit.

—Nunca sabes realmente hasta dónde es capaz de llegar el cuerpo, lo que puede hacer, hasta que lo llevas al límite —dijo.

—Ajá —fue lo único que le respondió. Dio un sorbo a una Cola *light* mientras maldecía la costumbre de su madre de reservar el vino para la comida y miró a su alrededor en busca de alguien que la salvara.

Liam estaba junto a la parrilla sin decir palabra, siempre decidido a no meterse donde no lo llamaban, así que no sería de ninguna ayuda. Maeve quería a su padre, pero el hombre bebía los vientos por su mujer y estaba dispuesto a bajar la luna por ella siempre que podía. Lo que significaba que su madre le proponía a Iris aquellas «citas» cada vez que la familia se reunía y Liam se limitaba a sonreír, besarla en la mejilla, o meterle la lengua durante diez minutos, según el caso, y preguntarle qué quería que preparara en la parrilla para la feliz ocasión.

Emma estaba sentada frente a Iris en la mesa del patio de madera roja, el pelo rojo cortado con un estilo profesional, y contemplaba la situación con una sonrisa. Sabía que su hermana consideraba que las tretas de su madre eran divertidísimas, como también sabía que Iris jamás, ni en un millón de años, se enamoraría de alguien a quien Maeve hubiera arrastrado a casa.

Más que nada porque no había salido con nadie en más de un año.

—¿Alguna vez has hecho HIIT? —preguntó Zach—. Tienes la sensación de que te vas a morir, pero después ¡menudo subidón!

Emma ahogó una carcajada y la disimuló dándole una palmadita en la espalda a su recién nacido.

Iris le hizo un corte de manga por debajo de la mesa.

Mientras tanto, Aiden, su hermano y el mayor de los tres hijos de la familia Kelly, corría por el patio trasero gruñendo como un oso, persiguiendo a sus gemelas de siete años, Ava y Ainsley, bajo la luz dorada y mortecina. Iris se planteó seriamente ir con ellos; jugar un rato al pillapilla o lo que fuera que estuvieran haciendo le parecía una forma mejor de pasar la tarde que el décimo círculo del infierno en que se encontraba.

Por supuesto, lo había esperado. El mes anterior, en una reunión para celebrar el traslado de Aiden de San Francisco a Portland, Iris se había sentado a cenar al lado de la peluquera de su madre, una encantadora mujer con el pelo de color lavanda que se llamaba Hilda y que inició la conversación preguntándole si le gustaban las cobayas. Iris pasó la semana siguiente desperdiciando al menos cinco mil palabras de su novela escribiendo una escena en la que Teagan buscaba el amor en un PetSmart. Acabó desechándolo todo y luego culpó a su madre por la horrible inspiración.

—Sabes que eso te va a matar —dijo Zach. Señaló con la cabeza el refresco y le sonrió con ironía, mostrando todos los dientes perfectos. Era un tipo blanco, rubio y de ojos azules, pero también vagamente anaranjado. Iris tuvo que reprimir una respuesta sobre las lámparas de bronceado y el cáncer de piel.

—A ver si consigues que beba más agua, Zach —dijo Maeve al salir por la puerta con una bandeja de hamburguesas vegetarianas caseras para la parrilla.

—Es lo único que bebo —añadió él y apoyó los codos en las rodillas, aprovechando para flexionar unos bíceps ciertamente impresionantes—. Y de vez en cuando una taza de té verde.

—Jesús bendito —masculló Iris y dio otro sorbo al refresco.

—¿Qué has dicho? —preguntó Zach y se le acercó un poco. Su colonia de olor salado y como a pino la inundó, un tsunami en lugar de una suave ola, y tosió un poco.

—He dicho que necesitamos queso y galletas saladas —dijo Iris. Dio un manotazo en la mesa y se levantó. Se tiró del jersey verde hacia abajo, que apenas le cubría la barriga—. Nos vendrán bien.

—¡Queso y galletas, queso y galletas! —corearon Ava y Ainsley entre risitas y chillidos desde el patio, donde Aiden las cargaba a las dos sobre sus anchos hombros. Sus largos cabellos castaños casi rozaban la hierba.

Aiden dejó a las niñas en el primer escalón del porche e Iris no perdió ni un segundo. Agarró sus manitas tan rápido que debió de parecer un buitre descendiendo del cielo, pero, sinceramente, no le importaba. Pensaba aprovecharse sin ningún reparo de sus adorables sobrinas para escapar de la situación.

—Yo me encargo, cariño —dijo su madre tras dejar la bandeja de hamburguesas en manos de su marido y luego disponerse a volver hacia la puerta.

—¡No! —gritó Iris. Sí, gritó. Sonrió y suavizó la voz—. Ya lo hago yo, mamá, no tienes que ocuparte de todo.

Arrastró a Ava y Ainsley dentro de casa, tan rápido que sus piernecillas desgarbadas casi se enredaron con las suyas. Consiguió que las tres entraran sin acabar amontonadas en el suelo y llevó a las dos niñas a la cocina mientras les repartía una premeditada sesión de cosquillas.

Un aroma a pan y azúcar les dio la bienvenida. Charlie, el marido de Emma, estaba machacando patatas en un cuenco gigante de cerámica azul, con los antebrazos marcados, mientras Addison, la mujer de Aiden, resplandeciente con un vestido camisero con cinturón y un delantal con volantes, colocaba tiras de masa sobre lo que parecía una tarta de ruibarbo y fresas. Parecía un puto cuadro de Norman Rockwell.

Iris saludó a sus cuñados y localizó rápidamente la bandeja de embutidos que su madre había preparado en la isla. De inmediato se metió en la boca un rectángulo de queso *cheddar* y luego untó una galleta de sésamo con un poco de *brie* antes de mojarlo todo en un vasito de acero inoxidable lleno de miel local.

—Despacio —dijo Addison mientras las gemelas se preparaban bocaditos similares—. Luego no tendréis hambre.

Iris se metió en la boca otro delicioso cuadrado que la dejaría sin hambre. Addison era simpática y siempre se había llevado bien con ella, pero seguía vistiendo a las gemelas a juego, les trenzaba el pelo con el mismo estilo y tenía un blog para mamás sobre cómo equilibrar el estilo con la eficiencia en el hogar.

No tenía nada de malo, pero Iris, cuyo piso era una amalgama de muebles desparejados y tenía un cajón a rebosar de juguetes sexuales en las dos mesitas de noche, nunca había sabido muy bien cómo conectar con su cuñada. Sobre todo cuando Addison soltaba tonterías como *luego no tendréis hambre* a unas niñas por comerse un par de cubitos de queso.

Se esforzó por untar la siguiente galleta con extra de miel, lo que, convenientemente, tuvo como consecuencia que tuviera la boca prácticamente pegada cuando su madre entró en la cocina, con los ojos relucientes y clavados en ella.

—¿Y bien? —dijo Maeve—. ¿Qué te parece?

Detrás, tanto Aiden como Emma, junto con el pequeño Christopher, irrumpieron en la cocina, lo que significaba que su pobre padre se había quedado atrapado fuera con Zach y sus consejos de *fitness*.

—Eso, Iris, ¿qué te parece? —dijo Aiden con una sonrisa de satisfacción mientras se metía un trozo de *pepper jack* en la boca.

Lo fulminó con la mirada. De pequeños, Aiden y ella habían estado muy unidos. Era dos años mayor y había trabajado como diseñador en Google hasta el verano anterior, cuando se mudó con su familia a Portland para estar más cerca de los abuelos. Los dos eran creativos y propensos a soñar, pero desde que se había casado con Addison y había sido padre, apenas hablaban, salvo en eventos familiares como aquel.

Lo entendía; estaba ocupado. Tenía una familia, una mujer y unas hijas a las que alimentar y criar para que se convirtieran en seres humanos de provecho. Lo necesitaban, mientras que Iris se pasaba la mayor parte del tiempo mirando un ventilador de techo cubierto de polvo y preguntándose por qué se le había ocurrido que escribir era la profesión adecuada después de tener que cerrar la papelería el verano pasado.

—¿Qué pienso de qué? —dijo, fingiendo ignorancia.

—A mí me parece agradable —dijo Emma y se balanceó mientras Christopher dormitaba en sus brazos. El bebé se retorcía un poco, los ojos cerrados y la boca aún fruncida por la leche.

—Cómo no —espetó Iris.

Emma tenía las cosas claras. Siempre las había tenido. Tres años más joven que Iris, se había casado con el hombre perfecto a los veinticuatro, a los veintiséis ya era ejecutiva *junior* en una lucrativa agencia de publicidad en Portland y había tenido un hijo a los veintisiete. Casualmente, ese siempre había sido su plan desde los dieciséis años, cuando se saltó un curso y sacó una nota perfecta en selectividad.

—No tiene nada de malo preocuparse por la salud —comentó—. Creo que alguien así te vendría bien.

—Sé alimentarme sola, Em —dijo Iris.

—Apenas. ¿Qué cenaste anoche? ¿Perritos calientes? ¿Algo congelado?

No hacía falta decir que Emma y Addison eran mejores amigas y copresidentas del Club de Mujeres Perfectas que lo Tienen Todo. Se lo imaginaba como un grupito de élite que se reunía en un ático opulento y con la entrada controlada por contraseña, donde todas las integrantes se cepillaban el pelo unas a otras y se llamaban cosas como «Divina», «Querida» o «Bombón».

—En realidad —dijo mientras se metía una aceituna verde en la boca—, cené las lágrimas reprimidas de mujeres estiradas a las que le hace buena falta echar un polvo, gracias por preguntar.

Emma apretó los labios con desagrado e Iris sintió una punzada de culpabilidad. A diferencia de Aiden, Emma y ella nunca habían estado muy unidas. De niña, le había encantado la idea de ser la hermana mayor y había innumerables fotos de la preciosa Emma acurrucada en los brazos de Iris, la más pequeña, la bendición inesperada y la joya que completaba la corona de la familia Kelly. Con el paso de los años, se habían cambiado los papeles y la línea entre hermana mayor y la menor se fue difuminando, ya que Emma siempre parecía saber la respuesta correcta, el comportamiento correcto o la elección correcta, una fracción de segundo antes que Iris.

Y eso si ella conseguía descubrirla en absoluto.

—Iris, de verdad —dijo su madre mientras le quitaba a Christopher a Emma y le besaba la calvita—. Tu padre y yo nos preocupamos por ti. Sola en tu casa, sin compañía, sin trabajo fijo, sin novio...

—Pareja.

Su madre hizo una mueca. Maeve y Liam Kelly, ambos supervivientes de una rígida educación católica irlandesa, habían aceptado la bisexualidad de Iris con los brazos y el corazón bien abiertos, incluso habían llegado a intentar emparejarla con la peluquera de Maeve, una mujer *queer* y amante de las cobayas, pero de vez en cuando todavía se veían arrastrados por el lenguaje heteronormativo, sobre todo cuando todos los hermanos de Iris eran heteros como los que más.

—Lo siento, cielo —dijo Maeve—. Pareja.

—Y tengo trabajo —espetó Iris.

—¿Escribir esos SPS o como sea que los llames que ni siquiera experimentas? —dijo Maeve.

Iris apretó los dientes. Ningún miembro de su familia había leído aún su primera novela. No salía a la venta hasta otoño y en su familia no eran lectores aficionados a la novela romántica precisamente. Su madre decía que el género era pura fantasía cuando Iris se enamoró de los libros por primera vez cuando era adolescente. *Los romances de verdad requieren esfuerzo*, había dicho Maeve, y acto seguido le había metido la lengua en la garganta a Liam.

—FPS, mamá —dijo Iris—. Felices para siempre.

Maeve hizo un gesto con la mano.

—Subnormales para siempre —dijo Aiden mientras sacaba dos cervezas de la nevera y le pasaba una a Charlie.

—¡Papá ha dicho una palabra fea! —exclamó Ava.

Aiden hizo una mueca y Addison lo fulminó con la mirada.

—Sífilis para siempre —dijo Charlie, porque tenía un ápice de sentido del humor, a diferencia del resto de antipáticos.

Aiden soltó una carcajada.

—Sinvergüenzas para siempre.

—Aiden —advirtió Addison.

—Idos los dos a la mierda —dijo Iris.

—¡Iris! —exclamó Addison.

—Sois una panta de animales —dijo Maeve mientras le tapaba una de las orejas a Christopher—. Iris, me preocupo por ti. Es todo lo que digo.

—Estoy bien —dijo ella.

La voz le tembló un poco, lo que desmentía sus palabras, pero cualquiera reaccionaría igual a una emboscada familiar. Estaba bien. Sí, había tenido que cerrar la papelería hacía un año y ahora vendía agendas digitales en Etsy, pero ya nadie compraba papel. Al menos, no lo suficiente. Y cuando Iris empezó a ofrecer planificadores digitales, el aspecto físico de su negocio se resintió. Fue una decisión difícil, pero también emocionante. Tras unos meses de sentirse un poco a la deriva, decidió probar a escribir novelas románticas. Siempre le había gustado leerlas y soñaba con escribir una propia. Resultó que era una escritora bastante decente. Escribió una historia sobre una mujer homosexual con mala suerte que había tenido un encuentro en el metro de Nueva York con una desconocida que le había cambiado la vida, y que luego siguió encontrándose con la misma mujer por toda la ciudad en los lugares más insospechados. Recibió varias ofertas de agentes y se decidió por Fiona, que era la mezcla perfecta entre despiadada y cariñosa, y vendió *Hasta que nos volvamos a ver* a una importante editorial de romántica con un contrato de dos libros. No los había vendido por un dineral ni mucho menos, pero tenía suficientes ahorros para mantenerse a flote y las ventas en Etsy le proporcionaban un flujo constante de dinero. Sin embargo, la disolución de su negocio había hecho que su madre se asustara aún más por su futuro y Maeve consideraba que la escritura era más un *hobby* que un trabajo estable. Que Iris llevara más de un año sin salir con nadie en serio tampoco ayudaba. Imaginaba que su madre dedicaba muchas horas al día a imaginar que moriría sola y sin un centavo.

Para ella, la flagrante falta de romance en su vida era magnífica.

Sin dramas.

Sin desengaños de parejas incapaces de aceptar que Iris no quisiera casarse ni tener hijos.

Sin mentiras de personas que le decían que era la criatura más maravillosa que habían conocido, para después enterarse de boca de su sollozante cónyuge de que estaban casadas y con hijos.

Iris apartó el recuerdo de la mentirosa, infiel e hija de puta de Jillian, la última persona a la que había dejado entrar en su corazón hacía trece meses. Desde entonces, se contentaba con escribir sobre romances y había eliminado las citas de la ecuación, junto con las conversaciones, los intercambios de números de teléfono y cualquier tipo de escenario que dejara espacio para un *me gustaría verte otra vez*.

No había otras veces. Ni segundas citas. De hecho, lo que Iris llevaba haciendo con la gente que conocía a través de las aplicaciones y en los bares los últimos meses ni siquiera calificaría como una primera cita.

Que era justo lo que ella quería.

Porque, si era sincera, las novelas románticas eran una fantasía. Nunca se lo admitiría a su madre, pero eso era lo que le gustaba de ellas. Eran una vía de escape. Unas vacaciones de la dura realidad en la que solo un cero coma uno por ciento de las personas encontraban un verdadero final feliz. Historias como la de sus padres, romances que duraban cuarenta años, encuentros en los que la pareja recogía por accidente el equipaje de la otra persona tras un vuelo internacional a París... esas tonterías no eran reales.

Al menos, no lo eran para Iris Kelly.

Sin embargo, para Teagan McKee...

—¡Iris! —gritó Maeve. La arrancó de su lluvia de ideas y sobresaltó al pobre Christopher.

—Lo siento, Dios —dijo Iris y le quitó el bebé a su madre. El niño estiró una manita y le tiró del largo cabello. Iris le sonrió. Era adorable.

—¿Ves? —dijo Maeve y sonrió también—. ¿No es maravilloso tener un bebé en brazos? Ahora imagínate uno tuyo...

—Por el amor de Dios, mamá, basta —espetó Iris y le devolvió a Christopher a Emma.

—Está bien —dijo Maeve—. Pero insisto en que alguien que esté listo para sentar cabeza sería bueno para ti. Zach me ha dicho que está cansado de salir con gente. —Abrió los ojos como si acabara de revelar secretos de Estado—. ¡Tú también!

Iris se frotó la frente. Como de costumbre, su bienintencionada madre daba en el blanco justo a la izquierda de la diana.

—Estoy bien sola, mamá.

—Ay, cariño —dijo Maeve y la miró con evidente lástima—. Nadie está bien solo. Mira a Claire y a Astrid. Ahora son felices, ¿verdad?

Iris frunció el ceño.

—Que las dos tengan parejas que las hacen felices no significa que antes no lo fueran.

—Eso es exactamente lo que significa —replicó Maeve y Emma asintió, cómo no—. Nunca había visto sonreír tanto a Astrid Parker en los veinte años que la conozco como desde que está con Jordan.

—Así es Astrid —dijo Iris—. Nació con cara de zorra.

—Ahí tiene razón —añadió Aiden y lanzó un palito de zanahoria al aire antes de morder la mitad. Conocía bien la fiereza de Astrid Parker, que lo había destripado en el club de debate del instituto cuando él estaba en penúltimo curso y ella solo en primero.

Maeve le quitó la segunda mitad del palito de zanahoria a su hijo y se lo lanzó, antes de volver a centrarse en Iris con su mirada de Madre Católica Preocupada.

—A lo que voy es que las correrías y quedar con una persona nueva cada semana es evitar la edad adulta. No es sano. Ya es hora de ponerse serios.

El silencio llenó la cocina.

Ponerse serios.

Iris había crecido oyendo una u otra versión de aquella misma frase. Había que *ponerse serios* cuando la suspendieron en tercero en el instituto por discutir con el subdirector en mitad de la cafetería sobre el arcaico código de vestimenta. Debía *ponerse seria* cuando les dijo a sus padres que quería estudiar artes plásticas en la universidad. Tocaba *ponerse serios* cuando soñó con convertir los garabatos de sus diarios y cuadernos en un negocio de agendas personalizadas. Era hora de *ponerse serios* durante los tres años que duró su relación con Grant, soportando constantes preguntas sobre matrimonio y bebés.

Iris era promiscua, lo cual, incluso con los mayores esfuerzos de sus padres por ser progresistas, todavía hacía que su madre frunciera los labios y que las mejillas irlandesas de su padre ardieran rojas como su pelo. No les contaba muchos detalles sobre su vida personal, pero nunca se le había dado bien guardarse sus sentimientos u opiniones.

—Cariño —dijo Maeve al percibir el dolor de su hija—. Solo quiero que seas feliz. Todos lo queremos y…

—Aquí os escondéis todos —dijo Zach al asomar la rubia cabeza por la puerta. Metió las manos en los bolsillos de los vaqueros, tan apretados que a Iris le sorprendió que le entrase un solo dedo, y mucho menos cuatro—. ¿Os ayudo con algo? Liam dice que las hamburguesas están casi listas.

—Estupendo —dijo Maeve, más animada. Miró a Iris significativamente—. ¿Qué tal si ponéis la mesa?

¿Otra cosa que no se le daba bien? La sutileza. Tal vez fuera la consecuencia de una infancia siendo la hija mediana por antonomasia, su predilección por el drama o la incapacidad para *ponerse seria*, pero si Maeve quería que Iris y Zach se emparejaran, ¿quién era ella para negarle su más ansiado deseo el día de su cumpleaños?

—Por supuesto, cómo no —dijo—. Pero antes, quiero hacerle una pregunta muy importante a Zach.

Él levantó una ceja rubia, con una sonrisa socarrona.

—Ah, ¿sí? ¿De qué se trata?

Iris se pasó una mano por el pelo largo y se tironeó de una de las múltiples trenzas de color rojo oscuro, como hacía cuando estaba nerviosa, un tic que su madre conocía muy bien.

Maeve ladeó la cabeza.

Iris respiró hondo.

Luego se arrancó el anillo con una piedra lunar del índice izquierdo y se arrodilló para presentárselo a Zach con ambas manos.

—Allá vamos —dijo Aiden.

Ava y Ainsley soltaron una risita.

—Zach... cualquiera que sea tu apellido que tomaré felizmente como cuando nos unamos en matrimonio, ¿quieres casarte conmigo?

—Iris, por el amor del cielo —dijo Maeve y enterró la cara en las manos.

—Eh... —dijo y retrocedió un paso, luego otro—. ¿Qué?

—No me rompas el corazón, Zachie —dijo Iris y abrió los ojos todo lo que pudo mientras levantaba el anillo hacia la luz.

—Iris, por favor —dijo Emma.

Detrás de ella, oyó que alguien se reía entre dientes. Estaba bastante segura de que era Charlie, ya que Addison nunca se dignaría a rebufar así en público ni en un millón de años.

—Eh... bueno... —Zach continuó balbuceando. Su piel anaranjada adquirió un tono rojizo. Dio otro paso hacia el salón y se sacó el teléfono del bolsillo de atrás. Entrecerró los ojos para mirar la pantalla—. ¿Sabes qué?

—¿Tienes una reunión mañana temprano? —preguntó Iris, aún agachada en el suelo de madera. Hizo un mohín con el labio inferior—. ¿Una emergencia familiar?

—Sí —dijo él señalándola—. Sí, exacto. Ha sido... Sí.

Después se dio la vuelta y salió por la puerta tan rápido que una brisa impregnada de colonia agitó los helechos de la entrada.

El ruido de la puerta al cerrarse resonó en la cocina mientras Iris se levantaba y se volvía a poner el anillo con total tranquilidad.

Su familia se limitó a observarla con expresiones en parte divertidas y en parte enfadadas, lo que resumía bastante bien toda su infancia en una sola escena. Las payasadas habituales de Iris, con el pelo alborotado y las uñas mordidas.

A pesar de la familiaridad, se le calentaron un poco las mejillas, pero se encogió de hombros y se llevó a la boca otro cubito de queso.

—Al final, parece que no estaba listo para sentar la cabeza.

Su madre se limitó a levantar las manos y, ¡por fin! abrió una botella de vino.

SOBRE LA AUTORA

Ashley Herring Blake es una autora premiada y profesora. Tiene un máster en enseñanza y le encanta el café, ordenar los libros por colores y el frío. Ha escrito la novela romántica *Delilah Green pasa de todo*, las novelas juveniles *Suffer Love*, *Cómo pedir un deseo* y *Hecha de estrellas*, así como las novelas *middle grade La carta de Ivy Aberdeen al mundo*, *The Mighty Heart of Sunny St. James* y *Hazel Bly and the Deep Blue Sea*. También ha coeditado la antología romántica juvenil *Fools in Love*. Vive con su familia en una isla muy pequeñita en la costa de Georgia.

ENCUÉNTRALA EN:

AshleyHerringBlake.com
Twitter: @AshleyHBlake
Instagram: @AshleyHBlake
Pinterest: AEHBlake

¿TE GUSTÓ
ESTE LIBRO?

escríbenos y
cuéntanos tu opinión en

 /Sellotitania   /@Titania_ed

 /titania.ed

#SíSoyRomántica